Buch

Als Lorna Kepler, eine schöne, eigenwillige junge Frau, ein typischer Vogel der Nacht, tot aufgefunden wird, ist ihr Körper bereits so stark verwest, daß die Todesumstände nicht mehr eindeutig zu klären sind. Und so legt die Polizei den Fall bald zu den Akten. Lornas Mutter kann sich nicht damit abfinden. Sie ist überzeugt, daß ihre Tochter ermordet wurde und der Mörder frei herumläuft. Daher beauftragt sie die Privatdetektivin Kinsey Millhone, sich des Falles anzunehmen. Bald stellt sich heraus, daß Lorna mit Pornoaufnahmen erpreßt wurde. Auf meist nächtlichen Streifzügen durch die Stadt spürt Kinsey jetzt alle Leute auf, mit denen Lorna Kontakt hatte; einen befreundeten »all night deejay«, eine Prostituierte, der sie manchmal aushalf, einen Pornofilmproduzenten, Verwandte, ihren Vermieter. Dabei wird der Kreis der Verdächtigen immer größer, und Kinsey fühlt sich selbst stärker und stärker bedroht von dem Mörder ohne Gesicht, der einfach nicht zu greifen ist. Erst als zwei weitere Morde geschehen, findet Kinsey die richtige Spur.

Autorin

Sue Grafton ist Präsidentin des Verbandes der »Mystery Writers of America« und lebt in Santa Barbara/California. *Frau in der Nacht* ist der elfte Krimi ihrer überaus erfolgreichen, von der Kritik gefeierten Reihe mit der Privatdetektivin Kinsey Millhone.

Außerdem als Goldmann Taschenbuch

Stille Wasser (42637)

SUE GRAFTON
Frau in der Nacht
ROMAN

Aus dem Amerikanischen
von Ariane Böckler

GOLDMANN VERLAG

Die Originalausgabe erschien unter dem Titel
»›K‹ is for Killer« bei Henry Holt, New York

Umwelthinweis:
Alle bedruckten Materialien dieses Taschenbuches
sind chlorfrei und umweltschonend.

Der Goldmann Verlag
ist ein Unternehmen der Verlagsgruppe Bertelsmann

Deutsche Erstausgabe 7/95
© der Originalausgabe 1994 by Sue Grafton
© der deutschsprachigen Ausgabe 1995 by
Wilhelm Goldmann Verlag, München
Umschlaggestaltung: Design Team München
Umschlagmotiv: Tony Stone Bilderwelten
Satz: Uhl + Massopust, Aalen
Druck: Graph. Großbetriebe Pößneck
Verlagsnummer: 41571
Lektorat: Joachim Heimannsberg/Ge
Herstellung: Ludwig Weidenbeck
Made in Germany
ISBN 3-442-41571-3

3 5 7 9 10 8 6 4

Für Mary Lawrence Young und ihre Crew...

Richard, Lori und Taylor,
Lawrence
und Mary Taylor,

und natürlich die Hunde...
Sadie und Halley,
Toto und Emmy
Oz, Bob, Dee, Lily und Tog,

und Katzen...
Yukio, Ace, Karmin und Kit
und die geliebte Charmin, unvergessen.

I

Juristisch wird Mord definiert als die »vorsätzliche Tötung eines Menschen durch einen anderen«. Manchmal wird die Formulierung »aus niedrigen Beweggründen« hinzugefügt, um dadurch Mord von den zahlreichen anderen Gelegenheiten zu unterscheiden, bei denen Menschen sich gegenseitig umbringen – wobei einem als erstes Kriege und Hinrichtungen einfallen. Die »niedrigen Beweggründe« aus dem Gesetzbuch meinen nicht unbedingt Haß oder auch nur Böswilligkeit, sondern beziehen sich auf den bewußten Wunsch, einem anderen gravierende Verletzungen zuzufügen oder seinen Tod zu verursachen. Meist ist Mord eine intime, private Angelegenheit, da die meisten Mordopfer von nahen Verwandten, Freunden oder Bekannten umgebracht werden. Grund genug, Distanz zu wahren, wenn Sie mich fragen.

In Santa Teresa, Kalifornien, werden ungefähr fünfundachtzig Prozent aller Mordfälle aufgeklärt, was bedeutet, daß der Täter identifiziert und verhaftet wird und ein Gericht über seine Schuld oder Unschuld entscheidet. Die Opfer ungelöster Mordfälle stelle ich mir als widerspenstige Tote vor: Menschen, die sich in einem eigentümlichen Schwebezustand befinden, irgendwo zwischen Leben und Tod, ruhelos, unzufrieden und voller Sehnsucht nach Erlösung. Es ist eine wunderliche Vorstellung für jemanden, der im allgemeinen nicht zu Hirngespinsten neigt, aber ich denke mir, daß diese Seelen in einer beklemmenden Beziehung zu jenen stehen, die sie umgebracht haben. Ich habe mit Beamten vom Morddezernat gesprochen, die von ähnlichen Phantasien heimgesucht wurden, gehetzt von bestimmten Opfern, die noch unter uns zu weilen scheinen und hartnäckig an ihrem Wunsch nach Vergeltung festhalten. In dem Dämmerbereich, wo Wachen in Schlafen übergeht, in diesem bleiernen Moment, kurz bevor der Geist aus seinem bewußten Zustand sinkt, kann ich sie manchmal murmeln hören.

Sie betrauern sich selbst. Sie singen das Wiegenlied der Ermordeten. Sie flüstern die Namen ihrer Angreifer, dieser Männer und Frauen, die nach wie vor frei herumlaufen, unerkannt, unbehelligt, ungestraft, reuelos. In solchen Nächten schlafe ich nicht gut. Ich liege wach, lausche, in der Hoffnung, eine Silbe, einen Satz aufzuschnappen, und strenge mich an, in dieser Liste von Verschwörern den Namen eines Mörders herauszuhören. Der Mord an Lorna Kepler hat mich jedenfalls in dieser Form bedrängt, obwohl ich die wahren Umstände ihres Todes erst Monate später herausfand.

Es war Mitte Februar an einem Sonntag, und ich arbeitete noch spät und ordnete tugendhaft die Belege meiner Ausgaben und Einnahmen für die Steuererklärung. Ich fand, daß es an der Zeit war, meine Angelegenheiten wie eine Erwachsene zu regeln, anstatt alles in eine Schuhschachtel zu stopfen und sie im letzten Moment meinem Steuerberater vorbeizubringen. Dieser Griesgram! Jedes Jahr bellt der Mann mich an, und dann muß ich schwören, mich zu bessern, ein Versprechen, das ich ernst nehme, bis es wieder Zeit für die Steuer ist und ich feststelle, daß meine Finanzen ein komplettes Chaos sind.

Ich saß an meinem Schreibtisch in der Anwaltskanzlei, wo ich ein Büro gemietet habe. Nach kalifornischen Maßstäben war es eine kalte Nacht; die Außentemperatur lag nämlich bei zehn Grad. Ich war allein in den Räumen, umfangen von einem warmen, schläfrig machenden Lichtschein, während die anderen Büros dunkel und still dalagen. Ich hatte gerade Kaffee aufgesetzt, um der Schlafsucht entgegenzuwirken, die mich bei Geldangelegenheiten befällt. Ich legte den Kopf auf die Schreibtischplatte und lauschte dem beruhigenden Gurgeln des Wassers, das durch die Kaffeemaschine lief. Nicht einmal der Duft des Mokkas reichte aus, um meine müden Geister in Schwung zu bringen. Noch fünf Minuten, und ich wäre weggedämmert, hätte sabbernd auf meinem Ordner gelegen und auf meiner rechten Wange hätten sich tintige Wortfetzen in Spiegelschrift abgebildet.

Ich hörte ein Klopfen am Seiteneingang, hob den Kopf und spitzte wie ein Wachhund ein Ohr in die entsprechende Richtung. Es war schon fast zehn Uhr, und ich erwartete keine Besucher.

Trotzdem erhob ich mich, verließ den Schreibtisch und ging auf den Flur hinaus. Ich legte den Kopf an die Seitentür, die in die Vorhalle führte. Das Klopfen wiederholte sich, diesmal wesentlich lauter.
»Ja?« sagte ich.
Eine erstickte, weibliche Stimme antwortete. »Ist da Millhone Investigations?«
»Wir haben geschlossen.«
»Was?«
»Moment, bitte.« Ich legte die Kette vor die Tür, öffnete sie einen Spalt weit und sah zu ihr hinaus.

Sie war weit in den Vierzigern und trug modische Western-Kleidung: Stiefel, ausgebleichte Jeans und ein grobes Wollhemd. Dazu hatte sie sich mit so viel schwerem Silber- und Türkisschmuck behängt, daß man fürchtete, sie würde gleich damit rasseln. Das dunkle Haar reichte ihr fast bis zur Taille, und sie trug es offen, leicht gekräuselt und rostrot gefärbt. »Entschuldigen Sie die Störung, aber unten steht, hier oben gäbe es einen Privatdetektiv. Ist er vielleicht noch da?«

»Ah. Na ja, mehr oder weniger«, sagte ich, »aber momentan sind eigentlich keine offiziellen Bürostunden. Könnten Sie eventuell morgen wiederkommen? Ich würde mich glücklich schätzen, Ihnen einen Termin zu geben, nachdem ich im Kalender nachgeschaut habe.«

»Sind Sie seine Sekretärin?« Ihr gebräuntes Gesicht bildete ein unregelmäßiges Oval, rechts und links ihrer Nase zogen sich zwei scharfe Falten nach unten, und vier Falten zeichneten sich zwischen ihren Augen ab, wo sie die Brauen fast restlos weggezupft und mit Schwarz nachgezogen hatte. Für den Lidstrich hatte sie den gleichen spitzen Stift benutzt, während sie – soweit ich sehen konnte – sonst kein Make-up trug.

Ich versuchte, nicht verärgert zu klingen, da der Irrtum häufiger vorkommt. »Ich bin der Detektiv«, sagte ich. »Millhone Investigations. Mein Name ist Kinsey Millhone. Haben Sie mir Ihren genannt?«

»Nein, Entschuldigung, habe ich nicht. Ich heiße Janice Kepler. Sie müssen mich für völlig beschränkt halten.«

Na ja, nicht *völlig*, dachte ich.

Sie streckte mir die Hand entgegen und merkte dann, daß der Türspalt nicht breit genug war, um Kontakt aufzunehmen. Sie zog die Hand zurück. »Ich wäre nie auf die Idee gekommen, daß Sie eine Frau sein könnten. Ich habe das Schild unten im Treppenhaus schon öfter gesehen. Einmal die Woche besuche ich eine Selbsthilfegruppe ein Stockwerk tiefer. Ich habe mir schon länger überlegt vorbeizukommen, aber ich schätze, ich habe mich einfach nicht getraut. Als ich heute abend rausging, sah ich vom Parkplatz aus, daß Licht brannte. Ich hoffe, es macht Ihnen nichts aus. Ich bin auch auf dem Weg in die Arbeit und habe sowieso nicht viel Zeit.«

»Was für eine Arbeit?« fragte ich ausweichend.

»Schichtleiterin in Frankie's Coffee Shop oben in der State Street. Von elf bis sieben, was es ganz schön schwierig macht, tagsüber Termine einzuhalten. Ich gehe meistens um acht Uhr morgens ins Bett und stehe erst am Spätnachmittag wieder auf. Aber wenn ich Ihnen mein Problem nur *schildern* dürfte, wäre es mir schon eine große Erleichterung. Wenn sich dann herausstellt, daß Sie so etwas nicht machen, können Sie mir vielleicht jemand anderen empfehlen. Ich kann wirklich Hilfe brauchen, aber ich weiß nicht, an wen ich mich wenden soll. Daß Sie eine Frau sind, könnte es leichter machen.« Die nachgezogenen Augenbrauen hoben sich zu zwei flehentlichen Bögen.

Ich zögerte. Selbsthilfegruppe, dachte ich. Alkohol? Drogen? Süchtiger Partner? Wenn die Frau eine Schraube locker hatte, wollte ich es lieber gleich wissen. Der Flur hinter ihr war leer und wirkte unter dem Deckenlicht stumpf und gelblich. Lonnie Kingmans Anwaltskanzlei nimmt die gesamte zweite Etage ein – abgesehen von den beiden öffentlichen Toiletten, auf denen M beziehungsweise F steht. Es war nicht auszuschließen, daß ein paar Verbündete der Sorte M im Waschraum lauerten, die auf ein Zeichen von ihr hervorspringen und mich überfallen würden. Aus welchem Grund konnte ich mir allerdings nicht vorstellen. Sämtliches Geld, das ich besaß, mußte ich sowieso den Haien vom Finanzamt überlassen. »Sekunde, bitte«, sagte ich.

Ich schloß die Tür, ließ die Kette aus ihrer Verankerung gleiten und machte die Tür wieder auf, damit ich sie hereinlassen konnte. Zögernd ging sie an mir vorbei, im Arm eine knisternde braune Papiertüte. Ihr Parfüm roch nach Moschus, und der Duft erinnerte mich an Sattelseife und Sägemehl. Sie schien sich nicht recht wohl in ihrer Haut zu fühlen, und ihr Verhalten war eine nervöse Mischung aus Besorgnis und Verlegenheit. Die braune Papiertüte enthielt offenbar irgendwelche Papiere. »Das war in meinem Auto. Ich möchte nicht, daß Sie denken, ich trüge es ständig mit mir herum.«

»Hier herein«, sagte ich. Die Frau folgte mir dicht auf den Fersen ins Büro. Ich wies auf einen Stuhl und sah ihr zu, wie sie sich setzte und die Papiertüte auf den Fußboden stellte. Dann zog ich mir selbst einen Stuhl heran. Ich fürchtete, wenn wir auf verschiedenen Seiten meines Schreibtisches säßen, würde sie studieren, was ich von der Steuer absetzen konnte, und das ging sie nichts an. Ich bin selbst Meisterin im Verkehrtrumlesen und zögere selten, mich in Dinge einzumischen, die mich nichts angehen. »Was für eine Selbsthilfegruppe?« fragte ich.

»Für Eltern, deren Kinder umgebracht worden sind. Meine Tochter starb im vergangenen April. Lorna Kepler. Man hat sie in ihrer Hütte drüben bei der Mission gefunden.«

»Ah ja«, sagte ich. »Ich erinnere mich. Aber soviel ich weiß, gab es da Unklarheiten wegen der Todesursache.«

»Nicht in meinen Augen«, sagte sie bissig. »Ich weiß zwar nicht, *wie* sie gestorben ist, aber ich weiß, daß sie ermordet wurde, so sicher wie ich hier sitze.« Sie hob den Arm und steckte sich eine lange, lose Haarsträhne hinters rechte Ohr. »Die Polizei hat nie einen Verdächtigen gefunden, und ich weiß nicht, welcher Zufall ihnen nach so langer Zeit noch helfen könnte. Jemand hat mir gesagt, daß die Chancen mit jedem Tag geringer werden, aber ich habe vergessen, um wieviel Prozent.«

»Das stimmt leider.«

Sie beugte sich vor, wühlte in der Papiertüte und holte eine Fotografie in einem Klapprahmen heraus. »Das ist Lorna. Vermutlich haben Sie das Bild damals in den Zeitungen gesehen.«

Sie hielt mir das Foto hin. Ich nahm es und starrte auf das Mädchen. Ein Gesicht, das man nicht vergaß. Sie war Anfang

Zwanzig, hatte dunkles Haar, das sie glatt aus dem Gesicht gestrichen trug und das ihr bis zur Mitte des Rückens ging. Sie besaß leuchtendhaselnußbraune Augen, die beinahe asiatisch geschlitzt waren; dunkle, klar geschwungene Augenbrauen; einen breiten Mund und eine gerade Nase. Sie war schlank und trug eine weiße Bluse, einen langen, schneeweißen Schal, den sie mehrmals um den Hals geschlungen hatte, einen dunklen, marineblauen Blazer und ausgebleichte Jeans. Sie blickte direkt in die Kamera, lächelte leicht und hatte die Hände in die Jackentaschen gesteckt. Sie lehnte an einer Wand mit geblümter Tapete, auf der sich üppige, blaßrosa Kletterrosen auf einem weißen Hintergrund nach oben rankten. Ich gab das Bild zurück und fragte mich, was in aller Welt ich unter diesen Umständen sagen sollte.

»Sie ist sehr schön«, murmelte ich. »Wann ist das aufgenommen worden?«

»Ungefähr vor einem Jahr. Ich mußte sie dazu drängen, sich fotografieren zu lassen. Sie ist meine Jüngste. Gerade fünfundzwanzig geworden. Sie wollte gern Model werden, aber es hat nicht geklappt.«

»Sie müssen noch jung gewesen sein, als Sie sie bekommen haben.«

»Einundzwanzig«, antwortete sie. »Bei Berlyn war ich siebzehn. Wegen ihr habe ich geheiratet. Schon nach fünf Monaten war ich rund wie eine Tonne. Ich bin immer noch mit ihrem Daddy zusammen, was alle erstaunt hat, mich eingeschlossen, glaube ich. Bei meiner mittleren Tochter war ich neunzehn. Sie heißt Trinny und ist ein echter Schatz. Lorna, das arme Ding, ist diejenige, an der ich beinahe gestorben wäre. Bin eines Morgens, kurz vor dem Geburtstermin, aufgestanden und habe zu bluten angefangen. Ich begriff nicht, was los war. Überall Blut. Es war, als würde ein Fluß zwischen meinen Beinen entspringen. So etwas habe ich noch nie gesehen. Der Doktor hat befürchtet, er könnte keine von uns retten, aber wir haben's geschafft. Haben Sie Kinder, Mrs. Millhone?«

»Nennen Sie mich Kinsey«, sagte ich. »Ich bin nicht verheiratet.«

Sie lächelte schwach. »Ganz unter uns, Lorna war, ehrlich gesagt, mein Liebling, wahrscheinlich, weil sie zeit ihres Lebens so problematisch war. Das würde ich natürlich den beiden Älteren nicht verraten.« Sie steckte das Foto weg. »Auf jeden Fall weiß ich, wie es ist, wenn einem das Herz aus dem Leib gerissen wird. Vermutlich sehe ich wie eine ganz normale Frau aus, aber ich bin ein Zombie, eine lebende Tote, vielleicht ein klein wenig übergeschnappt. Wir sind in diese Selbsthilfegruppe gegangen... jemand hat es vorgeschlagen, und ich dachte, es könnte vielleicht helfen. Ich war bereit, alles zu versuchen, um den Schmerz loszuwerden. Mace – das ist mein Mann – kam ein paarmal mit und ist dann ausgestiegen. Er hat die Geschichten nicht ausgehalten, konnte das ganze Leid nicht ertragen, das sich da in einem Raum ballte. Er will es aussperren, es loswerden, abschütteln. Ich glaube nicht, daß das möglich ist, aber es hat keinen Sinn, darüber zu streiten. Jedem das Seine, wie man so sagt.«

»Ich kann mir nicht einmal vorstellen, wie es sein muß«, sagte ich.

»Und ich kann es auch nicht beschreiben. Das ist ja das Höllische daran. Wir sind nicht mehr wie gewöhnliche Menschen. Wenn einem ein Kind umgebracht wird, stammt man von dem Moment an von einem anderen Planeten. Man spricht nicht mehr dieselbe Sprache wie andere Leute. Sogar in dieser Selbsthilfegruppe sprechen wir anscheinend verschiedene Dialekte. Alle klammern sich an ihren Schmerz, als gäbe es eine spezielle Lizenz zum Leiden. Man kann nichts dagegen tun. Wir denken alle, unser Fall sei der schlimmste, von dem wir je gehört haben. Der Mord an Lorna ist nie aufgeklärt worden, also halten wir natürlich unser Leid deshalb für quälender. Bei einer anderen Familie wurde vielleicht der Mörder des Kindes gefaßt und mußte ein paar Jahre sitzen. Jetzt ist er wieder frei, und sie müssen damit leben – mit dem Wissen, daß da so ein Kerl herumläuft, Zigaretten raucht, Biere kippt und jeden Samstagabend einen draufmacht, während ihr Kind tot ist. Oder der Mörder ist nach wie vor im Gefängnis und bleibt auch bis ans Ende seiner Tage dort, aber er hat es warm und sicher. Er bekommt jeden Tag drei Mahlzeiten und die nötige Kleidung. Vielleicht sitzt er ja sogar im Todestrakt, aber er wird nicht tatsächlich *sterben*. Kaum einer stirbt, es sei denn, er *bittet* um seine Hinrichtung. Und warum auch? Die ganzen weichherzigen Anwälte machen sich ans Werk. Das System ist so eingerichtet, daß sie allesamt am Leben bleiben, während unsere Kinder für alle Zeiten tot sind.«

»Quälend«, sagte ich.

»Ja, das ist es. Ich kann Ihnen nicht einmal sagen, wie weh es tut. Ich sitze da unten in diesem Raum, höre mir die ganzen Geschichten an und weiß nicht, was ich tun soll. Es ist nicht so, daß es meinen Schmerz verringern würde, aber zumindest macht es ihn zu einem Teil von *etwas*. Ohne die Selbsthilfegruppe löst sich Lornas Tod einfach in Luft auf. Als wäre es allen egal. Die Leute reden nicht einmal mehr darüber. Wir sind alle tief verletzt, und deshalb fühle ich mich nicht so abgeschnitten. Ich bin nicht von ihnen isoliert. Unsere emotionalen Wunden treten nur in verschiedenen Formen auf.« Ihr Tonfall war die ganze Zeit nüchtern geblieben, und daher wirkte der dunkle Blick, den sie mir zuwarf, um so schmerzlicher. »Ich erzähle Ihnen das alles, damit Sie mich nicht für verrückt halten... jedenfalls nicht für verrückter, als ich wirklich bin. Wenn einem ein Kind ermordet wird, rastet man aus. Manchmal erholt man sich und manchmal nicht. Was ich damit sagen will, ist, daß ich weiß, daß ich besessen bin. Ich denke viel mehr über Lornas Mörder nach, als ich sollte. Wer immer das getan hat, soll dafür *bestraft* werden. Ich will die Sache bereinigt haben. Ich will wissen, warum er es getan hat. Ich will ihm ins Gesicht sagen, was er mit meinem Leben gemacht hat, als er ihres genommen hat. Die Psychologin, die die Gruppe leitet, sagt, ich muß einen Weg finden, um meine Kraft wiederzugewinnen. Sie sagt, es sei besser, wütend zu werden, als sich weiterhin verzweifelt und wehrlos zu fühlen. So. Deshalb bin ich hier. Genau darum geht es.«

»Etwas zu unternehmen«, sagte ich.

»Exakt. Nicht bloß reden. Das Reden habe ich restlos satt. Es führt zu nichts.«

»Sie werden noch ein bißchen mehr reden müssen, wenn Sie meine Hilfe wollen. Möchten Sie Kaffee?«

»Ich weiß. Gern. Am liebsten schwarz.«

Ich schenkte zwei Becher ein, goß Milch in meinen und wartete mit weiteren Fragen, bis ich wieder saß. Ich griff nach dem Notizblock auf meinem Schreibtisch und einem Stift. »Es widerstrebt mir, Sie die ganze Sache noch einmal durchleben zu lassen, aber ich brauche wirklich die Einzelheiten, zumindest soweit Sie sie kennen.«

»Verstehe. Vielleicht hat es deshalb so lange gedauert, bis ich es hierher geschafft habe. Ich habe diese Geschichte vermutlich schon sechshundertmal erzählt, aber es wird nie leichter.« Sie blies auf die Oberfläche ihres Kaffees und nahm einen Schluck. »Guter Kaffee. Stark. Ich hasse zu dünnen Kaffee. Schmeckt nach nichts. Lassen Sie mich überlegen, wie ich es sage. Ich glaube, was Sie an Lorna verstehen müssen, ist, daß sie ein unabhängiges junges Ding war. Sie machte alles auf ihre Art. Es war ihr egal, was andere Leute dachten, und sie war der Meinung, daß das, was sie tat, niemanden sonst etwas anging. Als Kind bekam sie Asthma, und mit der Zeit versäumte sie ziemlich viel in der Schule und war deshalb nie besonders gut. Sie hatte einen messerscharfen Verstand, aber sie hat die Hälfte der Zeit gefehlt. Die Ärmste war fast gegen alles allergisch. Sie hatte nicht viele Freunde. Sie konnte nicht bei jemand anderem übernachten, weil die anderen Mädchen offenbar alle Tiere oder Hausstaub oder Moder oder was weiß ich hatten. Vieles wuchs sich aus, als sie erwachsen wurde, aber sie nahm immer irgendwelche Medikamente gegen dieses und jenes. Ich betone das deshalb, weil es sich massiv auf ihre Entwicklung auswirkte. Sie war abweisend, dickköpfig und starrsinnig. Sie hatte einen Hang zum Trotz, glaube ich, weil sie daran gewöhnt war, allein zu sein und zu tun, was *sie* wollte. Und womöglich habe ich sie ein bißchen verwöhnt. Kinder spüren es, wenn sie die Macht haben, einem Kummer zu bereiten. Es macht sie in gewisser Weise zu Tyrannen. Lorna hatte keine Ahnung davon, wie man sich bei anderen Menschen beliebt macht, vom normalen Geben und Nehmen. Sie war ein anständiger Mensch, und sie konnte großzügig sein, wenn sie wollte, aber sie war nicht das, was man liebevoll oder fürsorglich nennen würde.« Sie hielt inne. »Ich weiß nicht, wie ich darauf gekommen bin. Ich wollte auf etwas ganz anderes hinaus, falls es mir wieder einfällt.«

Sie runzelte die Stirn und blinzelte, und ich sah ihr an, daß sie ein inneres Notizbuch zu Rate zog. Eine Weile herrschte Schweigen, während ich meinen Kaffee trank und sie ihren. Schließlich setzte ihre Erinnerung wieder ein, ihre Miene hellte sich auf, und sie sagte: »Ach ja. Entschuldigen Sie bitte.« Sie verlagerte ihr Gewicht und fuhr in ihrer Schilderung fort. »Von den Asthmamedikamenten bekam sie manchmal Schlafstörungen. Jeder glaubt, daß man von Antihistaminika schläfrig wird, was natürlich auch der Fall sein kann, aber es ist nicht der tiefe Schlaf, den man zur Erholung braucht. Sie schlief nicht gern. Sogar als Erwachsene kam sie mitunter mit nur drei Stunden aus. Ich glaube, sie hatte Angst davor, sich hinzulegen. In flach ausgestreckter Lage schien sich ihre Atemnot noch zu verschlimmern. Und so gewöhnte sie sich an, nachts herumzuziehen, wenn alle Welt schlief.«

»Mit wem hat sie sich getroffen? Hatte sie Freunde oder war sie allein unterwegs?«

»Andere Nachteulen, schätze ich. Da gibt es so einen Radiodiscjockey, diesen Typ von dem Jazzsender, der die ganze Nacht läuft. Mir fällt jetzt sein Name nicht ein, aber vielleicht würden Sie ihn kennen, wenn ich ihn nenne. Dann war da noch eine Krankenschwester von der Nachtschicht im St. Terry's. Serena Bonney. Lorna hat sogar in der Wasseraufbereitungsanlage für Serenas Mann gearbeitet.«

Das notierte ich mir. Ich würde beide befragen müssen, wenn ich beschloß, ihr zu helfen. »Was war das für eine Arbeit?«

»Es war nur ein Teilzeitjob... von eins bis fünf für die Stadt, Büroarbeiten. Sie wissen schon, tippen, Akten ablegen und Anrufe entgegennehmen. Sie war die halbe Nacht auf, und so konnte sie ausschlafen, wenn sie wollte.«

»Zwanzig Stunden in der Woche sind aber nicht viel«, sagte ich. »Wie konnte sie davon leben?«

»Tja, sie hatte ein eigenes, kleines Zuhause. So eine Hütte hinten auf dem Grundstück von jemandem. Es war nichts Besonderes, und die Miete war niedrig. Zwei Zimmer mit Bad. Vielleicht war es früher mal eine Art Gärtnerhäuschen. Ohne Isolierung. Sie hatte keine Zentralheizung und eigentlich keine richtige Küche, bloß einen Mikrowellenherd, zwei Kochplatten und einen Kühlschrank, der nicht größer war als eine kleine Kiste. Sie kennen ja die Dinger. Es gab Strom, fließendes Wasser und ein Telefon, und damit hatte sich's in etwa. Sie hätte es sich richtig hübsch herrichten können, aber sie wollte sich nicht die Mühe machen. Einfach sei es ihr am liebsten, sagte sie, und außerdem sollte es ja nicht für immer sein. Die Miete war symbolisch, und das war offenbar das einzige, was sie interessierte. Sie wollte ihre Ruhe, und die Leute lernten, sie weitestgehend in Frieden zu lassen.«

»Klingt nicht gerade nach einer allergenfreien Umgebung«, bemerkte ich.

»Ja, ich weiß, und das habe ich ihr auch gesagt. Natürlich ging es ihr damals schon besser. Die Allergien und das Asthma waren eher saisonal bedingt als chronisch. Sie mochte hin und wieder nach körperlicher Anstrengung, wenn sie erkältet war oder unter Streß stand, einen Anfall haben. Der Punkt ist, daß sie nicht in der Nähe anderer Menschen leben wollte. Sie mochte das Gefühl, im Wald zu sein. Das Grundstück war gar nicht so groß... ein paar tausend Quadratmeter, und von der Rückseite führte ein schmaler, zweispuriger Kiesweg hin. Ich glaube, es gab ihr ein Gefühl von Abgeschiedenheit und Ruhe. Sie wollte nicht in einem Apartmenthaus leben, von allen Seiten umringt von anderen Mietern, die rumpeln und poltern und laute Musik laufen lassen. Sie war nicht freundlich. Lorna wollte nicht einmal im Vorübergehen grüßen. So war sie einfach. Sie zog in diese Hütte und blieb dort.«

»Sie haben gesagt, sie sei in der Hütte gefunden worden. Nimmt die Polizei an, daß sie dort auch umgekommen ist?«

»Ich glaube schon. Wie gesagt, sie wurde geraume Zeit nicht gefunden. Fast zwei Wochen, vermuten sie, nach dem Zustand zu urteilen, in dem sie sich befand. Ich hatte nichts von ihr gehört, mir aber nichts dabei gedacht. Ich hatte sie an einem Donnerstagabend gesprochen, und sie hatte mir erzählt, daß sie wegführe. Ich nahm an, sie meinte noch am selben Abend, aber direkt gesagt hat sie das nicht, zumindest nicht, soweit ich es noch weiß. Wenn Sie sich erinnern, letztes Jahr kam der Frühling spät, und der Pollenflug war stark, was bedeutete, daß ihre Allergien ausbrachen. Jedenfalls rief sie an und sagte, sie werde die Stadt für zwei Wochen verlassen. Sie hatte sich frei genommen und sagte, sie wolle in die Berge fahren und sehen, ob noch Schnee läge. Die Skigebiete waren ihr einziger Zufluchtsort, wenn sie unter den Allergien litt. Sie sagte, sie würde sich melden, wenn sie wieder da wäre, und das war das letzte Mal, daß ich mit ihr gesprochen habe.«

Ich hatte begonnen, mir Notizen zu machen. »An welchem Tag war das?«

»Am neunzehnten April. Die Leiche wurde am fünften Mai entdeckt.«

»Wohin wollte sie? Hat sie Ihnen den Ort genannt?«

»Sie hat von den Bergen gesprochen, aber sie hat nicht genau gesagt, wo. Glauben Sie, daß das wichtig ist?«

»Ich bin nur neugierig«, antwortete ich. »April ist schon recht spät für Schnee. Es hätte eine Ausflucht dafür sein können, daß sie woandershin wollte. Hatten Sie den Eindruck, daß sie etwas verbarg?«

»Oh, Lorna ist nicht der Typ, der einem Einzelheiten anvertraute. Wenn meine anderen zwei in Urlaub fahren, sitzen wir alle da und brüten über Reisekatalogen und Hotelprospekten. Wie zur Zeit, wo Berlyn sich das Geld für einen Urlaub zusammengespart hat und wir andauernd die eine Reise gegen die andere abwägen und oh und ah sagen. In meinen Augen ist die Vorfreude schon das halbe Vergnügen. Lorna hat immer gesagt, damit würde man nur eine Menge Erwartungen aufbauen, und die Wirklichkeit wäre dann enttäuschend. Sie hat nichts so gesehen wie andere Leute. Jedenfalls, als ich nichts von ihr gehört habe, nahm ich an, daß sie verreist ist. Sie war sowieso nicht der Typ, der oft anruft, und von uns hatte niemand einen Grund, zu ihrer Wohnung zu gehen, wenn sie nicht da war.« Verlegen stockte sie. »Ich weiß genau, daß ich mich schuldig fühle. Hören Sie sich bloß an, wie viele Erklärungen ich hier abgebe. Ich will einfach nicht, daß es so aussieht, als hätte ich mich nicht um sie gekümmert.«

»Es hört sich nicht so an.«

»Das ist gut, denn ich habe dieses Kind mehr geliebt als das Leben.« Fast reflexartig wallten Tränen in ihren Augen auf, und ich sah, wie sie sie durch Blinzeln zurückdrängen wollte. »Jedenfalls war es jemand, für den sie gearbeitet hat, der schließlich dorthin ging.«

»Wer war das?«

»Oh. Serena Bonney.«

Ich blickte auf meine Notizen. »Das ist die Krankenschwester?«

»Genau.«

»Was hat Lorna für sie gearbeitet?«

»Lorna ist zu ihr ins Haus gekommen und hat Mrs. Bonneys alten Vater versorgt. Soweit ich weiß, ging es dem alten Herrn gesundheitlich nicht gut, und Mrs. Bonney wollte ihn nicht allein lassen. Ich glaube, sie wollte Reisevorbereitungen treffen und sich mit Lorna besprechen, bevor sie etwas buchte. Lorna hatte keinen Anrufbeantworter. Mrs. Bonney rief mehrmals an und beschloß dann, an Lornas Haustür einen Zettel zu hinterlassen. Als sie zur Hütte kam, merkte sie, daß etwas nicht stimmte.« Janice unterbrach sich, nicht weil die Gefühle sie übermannt hätten, sondern aufgrund der unangenehmen Bilder, die sich zwangsläufig einstellten. Nachdem sie zwei Wochen lang nicht entdeckt worden war, mußte die Leiche in äußerst schlimmem Zustand gewesen sein.

»Woran ist Lorna gestorben? Konnte man die Todesursache bestimmen?«

»Tja, das ist genau der Punkt. Sie konnten es nicht feststellen. Man fand sie in ihrer Unterwäsche mit dem Gesicht nach unten auf dem Fußboden, gleich daneben lag ihr Jogginganzug. Ich nehme an, daß sie vom Laufen zurückgekommen ist und sich zum Duschen ausgezogen hat, aber es sah nicht danach aus, als wäre sie überfallen worden. Es ist durchaus möglich, daß sie einen Asthmaanfall hatte.«

»Aber das glauben Sie nicht.«

»Nein, das glaube ich nicht, und die Polizei hat es auch nicht geglaubt.«

»Und sie hat Sport getrieben? Nach allem, was Sie mir bisher erzählt haben, überrascht mich das.«

»Oh, sie wollte eben in Form bleiben. Ich weiß, daß es Zeiten gab, in denen sie vom Training Atemnot bekam und zu keuchen begann, aber sie besaß so einen Inhalator, der anscheinend half.

Wenn sie eine schlechte Phase hatte, schränkte sie das Training ein und nahm es wieder auf, wenn sie sich besser fühlte. Die Ärzte wollten auch nicht, daß sie sich wie eine Invalidin verhielt.«
»Was hat die Autopsie ergeben?«
»Der Bericht ist hier drin«, sagte sie und deutete auf die Papiertüte.
»Es gab keine Anzeichen von Gewalt?«
Janice schüttelte den Kopf. »Ich weiß nicht, wie ich es ausdrükken soll. Ich glaube, wegen der Verwesung waren sie anfangs nicht einmal sicher, daß sie es war. Sie wurde erst identifiziert, als man ihre Zähne mit den ärztlichen Unterlagen verglich.«
»Ich nehme an, der Fall wurde als Mord behandelt.«
»Ja, schon. Obwohl die Todesursache nicht feststand, wurde die Sache als verdächtig angesehen. Sie haben Mordermittlungen angestellt, aber es hat sich nichts ergeben. Nun sieht es so aus, als hätten sie die Untersuchung fallenlassen. Sie wissen ja, wie die das handhaben. Ein anderer Fall taucht auf, und sie konzentrieren sich auf den.«
»Manchmal gibt es in solchen Situationen nicht genug Anhaltspunkte, um etwas herauszufinden. Es bedeutet nicht, daß sie sich nicht jede erdenkliche Mühe gegeben haben.«
»Ja, das verstehe ich schon, aber ich kann es immer noch nicht akzeptieren.«
Mir fiel auf, daß sie keinen Blickkontakt mehr hielt, und ich merkte, wie mir das Flüstern der Intuition den Rücken hinaufkroch. Ich betrachtete aufmerksam ihr Gesicht und fragte mich, was ihre offenkundige Unruhe bewirkte. »Janice, gibt es da etwas, was Sie mir nicht erzählt haben?«
Ihre Wangen färbten sich dunkel, als ob eine Hitzewallung sie überkommen hätte. »Darauf wollte ich gerade kommen.«

2

Sie griff erneut in die braune Papiertüte und holte eine Videokassette in einer neutralen Schachtel heraus, die sie auf die Schreibtischkante legte. »Vor etwa einem Monat hat uns jemand dieses Band geschickt«, sagte sie. »Ich weiß immer noch nicht, wer es war, und es ist mir ein Rätsel, warum jemand so etwas tut, außer um uns Kummer zu bereiten. Mace war nicht zu Hause. Es lag in einem ganz normalen braunen Umschlag ohne Absender in unserem Briefkasten. Ich habe es aufgemacht, weil unsere beiden Namen daraufstanden. Ich schob es gleich in den Videorecorder. Keine Ahnung, was ich erwartet hatte. Eine Aufzeichnung irgendeiner Fernsehsendung oder der Hochzeit irgendwelcher Bekannten. Ich wäre beinahe gestorben, als ich es sah. Das Band war eine einzige Schweinerei, und dann war da *Lorna*, lebensgroß. Ich habe vor Entsetzen aufgeschrien. Ich schaltete es aus und warf es sofort in den Müll. Es war, als hätte ich mich verbrannt. Ich hatte das Gefühl, als müßte ich mir die Hände waschen. Aber dann überlegte ich. Dieses Band konnte ja Beweismaterial sein. Es könnte etwas mit dem Grund zu tun haben, aus dem sie umgebracht wurde.«

Ich beugte mich vor. »Eines möchte ich genau wissen, bevor Sie weitersprechen. War es das erste Mal, daß Sie davon erfuhren? Sie hatten keine Ahnung, daß sie mit solchen Dingen zu tun hatte?«

»Absolut keine. Ich war sprachlos. Pornographie? Ausgeschlossen. Nachdem ich es gesehen hatte, fing ich natürlich an, mich zu fragen, ob jemand sie dazu gebracht hat.«

»Wie? Das verstehe ich nicht«, sagte ich.

»Sie könnte ja erpreßt worden sein. Sie könnte gezwungen worden sein. Was wissen wir denn schon – womöglich hat sie ja als verdeckte Ermittlerin für die Polizei gearbeitet, was sie sowieso nie zugeben würden.«

»Wie kommen Sie denn darauf?« Zum ersten Mal hörte sie sich »daneben« an, und ich spürte, wie ich innerlich zurückwich und sie wachsam beäugte.

»Weil wir sie dann nämlich verklagen würden. Wenn sie in

Ausübung ihrer Pflicht umgebracht wurde, würden wir ihnen massiv zusetzen.«

Ich saß da und starrte sie an. »Janice, ich habe selbst zwei Jahre lang bei der Polizei von Santa Teresa gearbeitet. Das sind seriöse Profis. Sie nehmen keine Dienste von Amateuren in Anspruch. Bei Ermittlungen in Sachen Pornographie? Ich finde das kaum glaubhaft.«

»Ich habe ja nicht gesagt, *daß* sie es getan haben. Ich habe niemanden beschuldigt, weil das Verleumdung oder üble Nachrede oder dergleichen wäre. Ich sage Ihnen nur, was alles möglich ist.«

»Zum Beispiel?«

Sie schien zu zögern und darüber nachzudenken. »Na ja. Vielleicht wollte sie denjenigen verpfeifen, der den Film gemacht hat.«

»Zu welchem Zweck? Es ist heutzutage nicht mehr gesetzwidrig, einen Pornofilm zu drehen.«

»Aber könnte es nicht ein Deckmantel für etwas anderes sein? Irgendein anderes Verbrechen?«

»Natürlich, es *könnte* sein, aber lassen Sie uns noch einmal zurückgehen und mich den Advocatus Diaboli spielen. Sie haben gesagt, die Todesursache stünde nicht fest, was bedeutet, daß der amtliche Leichenbeschauer nicht mit Sicherheit sagen konnte, woran sie gestorben ist, stimmt's?«

»Das stimmt«, räumte sie widerwillig ein.

»Woher wollen Sie wissen, daß sie kein Aneurysma hatte oder einen Schlaganfall oder einen Herzinfarkt? Bei den ganzen Allergien, die sie hatte, könnte sie auch an anaphylaktischem Schock gestorben sein. Ich sage gar nicht, daß Sie sich irren, aber Sie machen hier einen großen Sprung ohne den geringsten Beweis.«

»Das ist mir klar. Ich schätze, für Sie hört sich das verrückt an, aber ich weiß, was ich weiß. Sie ist ermordet worden. Da bin ich mir völlig sicher, aber niemand will mir glauben. Was soll ich also tun? Ich erzähle Ihnen noch etwas. Sie hatte ziemlich viel Geld, als sie starb.«

»Wieviel?«

»Fast fünfhunderttausend Dollar in Aktien und Wertpapieren. Einiges hatte sie auch in Festgeld angelegt, aber das meiste in

Papieren. Außerdem besaß sie noch fünf oder sechs Sparbücher. Wo hatte sie das her?«

»Was glauben Sie, wo sie es her hatte?«

»Vielleicht hat ihr jemand Schweigegeld bezahlt. Damit sie etwas für sich behält.«

Ich musterte die Frau und versuchte einzuschätzen, wie klar sie denken konnte. Zuerst behauptete sie, ihre Tochter sei erpreßt oder unter Druck gesetzt worden. Nun mutmaßte sie, sie hätte selbst Bestechungsgelder verlangt. Ich schob die Angelegenheit vorübergehend beiseite und verlegte mich auf einen anderen Aspekt. »Wie hat die Polizei auf das Video reagiert?«

Schweigen.

»Janice?«

Sie sah trotzig aus. »Ich habe es ihnen nicht gezeigt. Ich habe es nicht einmal Mace zeigen wollen, weil es ihm so peinlich wäre, daß er sterben würde. Lorna war sein Engel. Er wäre nicht mehr der alte, wenn er wüßte, was sie getan hat.« Sie nahm das Video und steckte es wieder in die Papiertüte, wobei sie die Hülle sorgfältig zuklappte.

»Aber warum wollen Sie es nicht der Polizei zeigen? Es wäre zumindest eine neue Spur...«

Sie schüttelte bereits den Kopf. »Nein danke. Ausgeschlossen. Nie im Leben gebe ich denen das. Ich bin ja nicht dumm. Dann wäre es nämlich auf Nimmerwiedersehen verschwunden. Ich weiß, das klingt jetzt paranoid, aber ich habe schon von solchen Fällen gehört. Beweise, die ihnen nicht passen, lösen sich in Luft auf. Man zieht vor Gericht, und es ist auf unerklärliche Weise verschwunden. Punkt, Ende, Fall abgeschlossen. Ich traue der Polizei nicht. So ist es eben.«

»Warum trauen Sie mir? Woher wollen Sie wissen, daß ich nicht mit ihnen unter einer Decke stecke?«

»Irgend jemandem muß ich ja vertrauen. Ich will wissen, wie sie in diese... Sexfilmsache... geraten ist, falls das der Grund ist, aus dem sie umgebracht wurde. Aber ich habe keine Erfahrung. Ich kann keine Nachforschungen über die Vergangenheit anstellen und herausfinden, was tatsächlich passiert ist. Ich habe nicht die Möglichkeiten dazu.« Sie holte tief Luft und wechselte die Tonlage. »Jedenfalls habe ich beschlossen, daß ich das Video einem Privatdetektiv gebe, wenn ich einen engagiere. Ich schätze, jetzt muß ich Sie fragen, ob Sie bereit sind, mir zu helfen, denn falls Sie das nicht sind, muß ich mir jemand anderen suchen.«

Ich überlegte kurz. Natürlich war ich interessiert. Ich wußte bloß nicht, wie groß meine Erfolgsaussichten waren. »Solche Ermittlungen werden vermutlich teuer. Sind Sie sich darüber im klaren?«

»Sonst wäre ich nicht hergekommen.«

»Und Ihr Mann ist einverstanden?«

»Er ist nicht gerade begeistert von der Idee, aber er weiß, daß ich fest dazu entschlossen bin.«

»In Ordnung. Lassen Sie mich erstmal ein bißchen herumschnüffeln, bevor wir irgendwelche Verträge unterzeichnen. Ich möchte sichergehen, daß ich Ihnen weiterhelfen kann. Sonst verschwenden wir nur meine Zeit und Ihr Geld.«

»Werden Sie mit der Polizei sprechen?«

»Das werde ich tun müssen«, sagte ich. »Zuerst vielleicht inoffiziell. Der Punkt ist, daß ich Informationen brauche, und wenn wir ihre Unterstützung bekommen können, spart Ihnen das einige Dollar.«

»Das ist mir klar«, sagte sie, »aber eines sollte auch Ihnen klar sein. Ich weiß, daß Sie die hiesige Polizei für kompetent halten, und das stimmt sicher auch, aber jeder macht mal einen Fehler, und es ist nur menschlich, wenn man ihn zu vertuschen sucht. Ich möchte nicht, daß Sie Ihre Entscheidung, ob Sie mir helfen können oder nicht, von der Polizei abhängig machen. Die halten mich wahrscheinlich für komplett verrückt.«

»Glauben Sie mir, ich bin durchaus in der Lage, mir selbst ein Bild zu machen.« Ich spürte, wie mein Nacken steif wurde und sah auf die Uhr. Zeit, Schluß zu machen, dachte ich. Ich fragte sie nach ihrer Adresse, ihrer Telefonnummer und der Nummer im Coffee Shop und notierte mir alles. »Ich werde sehen, was ich herausfinden kann«, sagte ich. »Können Sie mir die Sachen in der Zwischenzeit hierlassen? Damit ich mich einarbeiten kann. Der Zähler fängt erst zu ticken an, wenn wir einen Vertrag unterzeichnet haben.«

Sie sah auf die Papiertüte neben sich herunter, machte aber keine Anstalten, sie aufzuheben. »Na ja. Ich denke schon. Ich möchte nicht, daß irgend jemand anders das Band in die Finger bekommt. Es würde Mace und die Mädchen umbringen, wenn sie wüßten, was darauf ist.«

Ich schwor es ihr mit erhobener Hand. »Ich werde es unter Einsatz meines Lebens verteidigen«, sagte ich. Es erschien mir unnötig, sie darauf hinzuweisen, daß Pornographie ein alltägliches Geschäft ist. Vermutlich war das Band tausendfach in Umlauf. Ich steckte die Notizen in meine Aktentasche und klappte sie zu. Sie erhob sich zusammen mit mir und preßte die Tüte kurz an die Hüfte, bevor sie sie mir gab.

»Danke«, sagte ich. Ich nahm Jacke und Handtasche, legte beides oben auf die Tüte und jonglierte die Sachen auf dem Arm, während ich die Lichter ausschaltete. Sie folgte mir über den Flur und beobachtete mich unruhig beim Abschließen. Ich warf ihr einen Blick über die Schulter zu. »Sie werden mir vertrauen müssen, wissen Sie. Sonst hat es keinen Sinn, eine geschäftliche Beziehung einzugehen.«

Sie nickte, und einen Moment lang konnte ich die Tränen in ihren Augen blinken sehen. »Hoffentlich vergessen Sie nicht, daß Lorna in Wirklichkeit nicht so war, wie es aussieht.«

»Ich werde es nicht vergessen«, sagte ich. »Ich melde mich bei Ihnen, sobald ich etwas weiß, und dann entwerfen wir einen Schlachtplan.«

»In Ordnung.«

»Eines noch. Sie werden Mace von dem Video erzählen müssen. Er muß es ja nicht sehen, aber er sollte von seiner Existenz wissen. Ich möchte, daß zwischen uns dreien absolute Offenheit herrscht.«

»In Ordnung. Ich konnte sowieso noch nie etwas vor ihm geheimhalten.«

Auf dem kleinen Parkplatz für zwölf Autos hinter dem Gebäude trennten wir uns, und ich fuhr nach Hause.

In meinem Viertel angekommen, mußte ich einmal um den Block kreisen, bevor ich eine halbe Häuserzeile entfernt einen einigermaßen legalen Parkplatz ergatterte. Ich schloß das Auto ab und ging zu meiner Wohnung, wobei ich die Papiertüte wie eine Einkaufstasche voller Lebensmittel schleppte. Die Nacht war samtig und weich. Bäume, deren nackte Zweige sich oben zu einem luftigen Baldachin verflochten, tauchten die Straße in Dunkelheit. Die wenigen Sterne, die zu sehen waren, strahlten wie Eissplitter, die über den Himmel gestreut waren. Eine halbe Häuserzeile entfernt plätscherte das Meer an den winterlichen Strand. In der unbewegten Nachtluft konnte ich das Salz riechen wie den Rauch eines Feuers. Vor mir sah ich im Fenster meines Lofts im ersten Stock einen Lichtschein, und die vom Wind zerzausten Kiefernzweige schlugen gegen die Scheibe. Ein Mann auf einem Fahrrad kam an mir vorbei. Er war dunkel gekleidet, fuhr schnell, und die Hacken seiner Radfahrerschuhe waren mit reflektierendem Klebeband markiert. Er verursachte keinerlei Geräusche, außer dem leisen Summen der Luft, die durch die Speichen zog. Ich merkte, wie ich ihm nachstarrte, als wäre er eine Erscheinung.

Ich drängte mich durch das Tor, das sich mit einem beruhigenden Quietschen wieder schloß. Im Hinterhof blickte ich automatisch zum Küchenfenster meines Vermieters, obwohl ich wußte, daß es dunkel war. Henry war nach Michigan gefahren, um seine Familie zu besuchen und sollte erst in zwei Wochen zurückkommen. Ich paßte auf sein Haus auf, holte die Zeitung herein, sortierte seine Post und schickte ihm alles nach, was wichtig aussah.

Wie üblich stellte ich erstaunt fest, wie sehr er mir fehlte. Ich hatte Henry Pitts vor vier Jahren kennengelernt, als ich nach einem kleinen Apartment suchte. Ich war überwiegend in Wohnwagenparks aufgewachsen, wo ich mit meiner unverheirateten Tante lebte, nachdem meine Eltern umgekommen waren, als ich fünf war. Zwischen zwanzig und dreißig war ich zweimal kurz verheiratet, was meinen Sinn für Beständigkeit nicht gerade gefördert hat. Nach Tante Gins Tod zog ich wieder in die tröstliche Enge ihres gemieteten Wohnwagens. Damals hatte ich bereits bei der Polizei von Santa Teresa aufgehört und arbeitete für den Mann, der mir vieles von dem beibrachte, was ich heute über private Ermittlungen weiß. Als ich die Lizenz und ein eigenes Büro hatte, bewohnte ich nacheinander eine Reihe von Einzel- und Doppelwohnwagen in verschiedenen Wohnwagenparks von Santa Teresa, zuletzt im Mountain View Mobile Home Estates draußen in Colgate. Vermutlich hätte ich noch ewig dort gelebt, wenn ich nicht mitsamt einem Teil meiner Nachbarn vertrieben worden wäre. Mehrere Anlagen in der Gegend, darunter auch Mountain View, hatten auf »Senioren ab 55« umgestellt, und die Gerichte prüften die ganzen Diskriminierungsklagen, die infolgedessen eingereicht worden waren. Ich brachte nicht die Geduld auf, auf ein Ergebnis zu warten, und so begann ich, Einzimmerapartments abzuklappern, die zu vermieten waren.

Mit Zeitungsanzeigen und Stadtplan bewaffnet fuhr ich von einem erbärmlichen Angebot zum nächsten. Die Suche war niederschmetternd. Alles in meiner Preislage (das ganze Spektrum von ganz billig bis äußerst bescheiden) lag entweder miserabel, war vollkommen verdreckt oder hoffnungslos heruntergekommen – von Eigenschaften wie Charme oder Charakter ganz zu schweigen. Ich stieß zufällig auf Henrys Angebot, das im Waschsalon aushing, und sah es mir nur an, weil es in der Nähe war.

Ich erinnere mich genau an den Tag, als ich meinen VW zum ersten Mal dort parkte und mir den Weg durch Henrys quietschendes Tor bahnte. Es war März, und ein leichter Regen hatte die Straßen mit einem matten Glanz überzogen und die Luft roch nach nassem Gras und Narzissen. Die Kirschbäume blühten, und der Gehsteig vor dem Haus war mit rosafarbenen Blütenblättern übersät. Das Apartment war früher eine Einzelgarage gewesen, die zu einer winzigen »Single-Wohnung« umgebaut worden war, und hatte fast genau die doppelte Fläche von dem, was ich gewohnt war. Von außen sah es nach rein gar nichts aus. Die Garage war mit dem Haus durch eine offene Passage verbunden, die Henry verglast hatte und in der er meistens riesige Klumpen Brotteig gehen ließ. Er war früher Bäcker und ist jetzt Rentner, steht aber nach wie vor früh auf und bäckt fast jeden Tag.

Sein Küchenfenster stand offen, und die Düfte von Hefe, Zimt und köchelnder Spaghettisoße wehten übers Sims hinaus in die milde Frühlingsluft. Bevor ich klopfte und mich vorstellte, wölbte ich am Fenster des Apartments die Hände und äugte hinein. Damals war es wirklich nur ein großer Raum von etwa fünfundzwanzig Quadratmetern und einer schmalen Nische mit einem kleinen Bad und einer kombüsenartigen Küche. Inzwischen ist der Raum um eine zweite Etage mit einer Schlafnische und einem zusätzlichen Badezimmer erweitert worden. Bereits damals, in seinem ursprünglichen Zustand, brauchte ich nur einen Blick, um zu wissen, daß ich zu Hause war.

Als Henry die Tür aufmachte, trug er ein weißes T-Shirt, Shorts, Gummischlappen an den Füßen und einen Lappen um den Kopf. Seine Hände waren von Mehl bestäubt, und seine Stirn zierte ein weißer Fleck. Ich nahm den Anblick seines schmalen, gebräunten Gesichts mit den weißen Haaren und den leuchtendblauen Augen in mich auf und fragte mich, ob ich ihn in einem früheren Leben schon einmal gekannt hatte. Er bat mich herein, und während wir sprachen, fütterte er mich mit der ersten von unzähligen hausgemachten Zimtschnecken, die ich seither in seiner Küche verzehrt habe.

Offenbar hatte er ebenso viele Bewerber gesprochen wie ich Hausbesitzer. Er suchte einen Mieter ohne Kinder, abstoßende Angewohnheiten oder einen Hang zu lauter Musik. Ich suchte einen Vermieter, der sich um seine eigenen Angelegenheiten kümmerte. Henry war mir sympathisch, weil ich mir dachte, daß ich bei seinem Alter von über achtzig Jahren vor Nachstellungen sicher sein konnte. Ich gefiel ihm wahrscheinlich, weil ich eine Misanthropin war. Ich war zwei Jahre lang Polizistin gewesen und hatte weitere zwei Jahre damit zugebracht, die viertausend Stunden anzusammeln, die für die Erteilung einer Lizenz als Privatdetektiv erforderlich waren. Ich hatte mir vorschriftsmäßig die Fingerabdrücke abnehmen lassen, war fotografiert, vereidigt und beglaubigt worden. Da die Tätigkeit, mit der ich mir in erster Linie den Lebensunterhalt verdiente, mich mit der Schattenseite der menschlichen Natur in Kontakt brachte, hielt ich schon damals andere Menschen auf Distanz. Mittlerweile habe ich gelernt, höflich zu sein. Ich kann mich sogar freundlich geben, wenn meine Zwecke es erfordern, aber ich bin nicht gerade für meine reizende, mädchenhafte Art bekannt. Als Einzelgängerin bin ich auch eine ideale Nachbarin: ruhig, zurückgezogen, unaufdringlich und oft nicht da.

Ich schloß meine Tür auf und machte das Licht im Erdgeschoß an, zog die Jacke aus, schaltete den Fernseher ein, drückte den Knopf für den Videorecorder und schob Lorna Keplers Band in das Gerät. Ich sehe wenig Sinn darin, nun jedes einzelne gräßliche Detail über den Inhalt wiederzugeben. Sagen wir einfach, daß die Handlung schlicht und eine Entwicklung der Figuren nicht vorhanden war. Darüber hinaus waren die schauspielerischen Darbietungen miserabel, und es kam jede Menge simulierter Sex vor, der allerdings eher lächerlich als lüstern wirkte. Vielleicht war es aber auch nur mein Unbehagen gegenüber dem Thema, das die ganze Sache laienhaft aussehen ließ. Der Abspann erstaunte mich, und ich spulte zurück und las alles noch einmal von Anfang an. Es gab einen Produzenten, einen Regisseur und einen Cutter, deren Namen allesamt real klangen: Joseph Ayers, Morton Kasselbaum und Chester Ellis. Ich hielt das Band an und schrieb sie ab, dann drückte ich erneut auf die Taste und ließ es weiterlaufen. Ich vermutete, daß die Darsteller Pseudonyme benutzten, wie etwa Biff Mandate, Cherry Ravish oder Randi Bottoms, doch Lorna Kepler kam vor, daneben zwei andere – Russell Turpin und Nancy Dobbs, deren recht alltägliche Namen ich nebenbei notierte. Es schien keinen Drehbuchautor zu geben, aber ich vermute, daß pornographische Filme kein großartiges Drehbuch benötigen. Als Geschichte hätte es sowieso eine seltsame Lektüre abgegeben.

Ich fragte mich, wo der Film gedreht worden war. Angesichts der Höhe, die ich für das Budget eines Pornofilms ansetzte, würde wohl niemand besondere Räumlichkeiten anmieten oder sich um Drehgenehmigungen bemühen. Der Film bestand zum größten Teil aus Innenaufnahmen, die überall gedreht worden sein konnten. Der Hauptdarsteller, Russell Turpin, war wohl aufgrund gewisser persönlicher Attribute engagiert worden, die er von allen Seiten präsentierte. Er und Nancy, die offenbar ein Ehepaar darstellten, räkelten sich nackt auf ihrem Wohnzimmersofa, schwangen obszöne Reden und unterwarfen einander verschiedenen sexuellen Demütigungen. Nancy wirkte verlegen, und ihr Blick schweifte immer wieder zu einem Punkt links von der Kamera, wo ihr offensichtlich jemand mit lautlosen Lippenbewegungen signalisierte, was sie sagen sollte. Auf manchen Grundschulaufführungen habe ich schon größere Begabungen gesehen. Jegliche Leidenschaft, die sie mimte, schien sie in anderen Pornofilmen gesehen zu haben, und ihre wichtigste darstellerische Leistung bestand darin, sich lasziv über den Mund zu lecken, was meiner Meinung nach eher aufgesprungene Lippen als Erregung zur Folge hatte. Ich nahm an, daß sie engagiert worden war, weil sie im Zeitalter der Strumpfhose als einzige echte Strapse besaß.

Lorna war die Hauptattraktion, und ihr Erscheinen sollte die größtmögliche Wirkung erzielen. Sie schien gar nicht an die Kamera zu denken. Ihre Bewegungen waren graziös und lässig, und sie verbarg ihre Erfahrenheit nicht. Sie wirkte elegant, und in den ersten Momenten ihres Auftritts war es schwer, sich die Obszönitäten vorzustellen, die bald folgen sollten. Anfangs gab sie sich unbeteiligt und schien sich insgeheim zu amüsieren. Später war sie schamlos, beherrscht und ernsthaft, vollkommen auf sich und ihre Gefühle konzentriert.

Zu Beginn des Films wollte ich eigentlich im Schnellvorlauf sämtliche Szenen übergehen, in denen sie nicht vorkam, aber das wirkte bald komisch – *The Perils of Pauline* mit ständig hin- und herflatternden Geschlechtsteilen. Ich versuchte ebenso unbeteiligt zu sein, wie ich es an Mordschauplätzen bin, doch die Taktik schlug fehl, und ich merkte, wie unangenehm es mir wurde. Ich nehme die Erniedrigung von Menschen nicht auf die leichte Schulter, insbesondere dann nicht, wenn sie nur als Mittel zur Bereicherung anderer dient. Ich habe gehört, daß die Pornoindustrie größer sei als die Platten- und Filmindustrie zusammen und daß im Namen von Sex schwindelnde Beträge den Besitzer wechseln. Wenigstens kam in diesem Video fast keine Gewalt vor, und es gab auch keine Szenen mit Kindern oder Tieren.

Während die Handlung nicht der Rede wert war, hatte der Regisseur zumindest einen Versuch unternommen, Spannung zu schaffen. Lorna spielte eine dämonische, sexuelle Erscheinung, die sowohl Ehemann als auch Ehefrau verfolgte, welche splitternackt durchs Haus rannten. Außerdem fiel sie noch über einen Klempner namens Harry her, der in einer der Szenen auftauchte, die ich beim ersten Mal übersprungen hatte. Lornas Auftritte wurden häufig von Rauchwolken angekündigt, und eine Windmaschine blies ihr durchsichtiges Gewand nach oben. Als es zur Sache ging, kamen viele Nahaufnahmen, liebevoll gestaltet von einem Kameramann mit einer Leidenschaft für sein Zoomobjektiv.

Ich stellte das Band aus und untersuchte die Verpackung. Die Produktionsfirma nannte sich Cyrenaic Cinema und hatte eine Adresse in San Francisco. Cyrenaic? Was hieß denn das? Ich zog mein Lexikon aus dem Regal und sah unter dem Stichwort nach. »Cyrenaic: nach der griechischen Philosophenschule, gegründet von Aristipp von Kyrene, der das sinnliche Vergnügen des Individuums als höchstes Gut ansah.« Gut, *irgend* jemand war also gebildet. Ich rief die Telefonauskunft für das Gebiet mit der Vorwahl 415 an. Eine Telefonnummer war nicht eingetragen, aber vielleicht kam ich mit der Adresse weiter. Auch wenn Janice und ich uns einig wurden, war ich mir nicht sicher, ob sie eine Fahrt nach San Francisco finanzieren wollte.

Ich ging die Papiere durch, die sie mir gegeben hatte und sortierte sie nach Zeitungsausschnitten und Polizeiberichten. Den Autopsiebericht las ich mit besonderer Aufmerksamkeit und übersetzte die technischen Einzelheiten in mein laienhaftes Verständnis. Die grundlegenden Tatsachen waren in etwa so abstoßend wie der Film, den ich gerade gesehen hatte, wurden allerdings nicht durch abgedroschene Dialoge aufgelockert. Als Lornas Leiche entdeckt wurde, war der Verwesungsprozeß praktisch bereits abgeschlossen. Eine erste Untersuchung ergab äußerst wenig Bedeutsames, da sämtliches weiche Gewebe zu einer schmierigen Masse zusammengefallen war. Maden hatten rasch alles weitere erledigt. Die Untersuchung des Körperinneren bestätigte das Fehlen sämtlicher Organe, und es waren nur geringe Gewebereste von Gastrointestinaltrakt, Leber und Blutkreislauf übriggeblieben. Auch die Gehirnmasse hatte sich vollständig verflüssigt oder ganz aufgelöst. Das Knochengerüst zeigte weder Anzeichen stumpfer Gewalteinwirkung noch Stich- oder Schußwunden, Ligaturen oder zerschmetterte oder gebrochene Knochen. Zwei alte Brüche waren vermerkt, aber offensichtlich hatte keiner etwas mit ihrem Tod zu tun. Die

Labortests, die noch machbar waren, konnten weder Drogen noch Gift in ihrem Körper nachweisen. Beide Zahnreihen wurden komplett entnommen und mitsamt den zehn Fingern aufbewahrt. Die zweifelsfreie Identifikation wurde aufgrund zahnärztlicher Unterlagen und einem Rest des rechten Daumenabdrucks vorgenommen. Fotografien lagen nicht bei, aber ich nahm an, daß die bei ihrer Akte im Polizeirevier zu finden wären. Hochglanzabzüge von der Autopsie hätte man wohl kaum an ihre Mutter weitergegeben.

Es war nicht möglich gewesen, Tag oder Zeitpunkt ihres Todes festzulegen, aber anhand mehrerer Umweltfaktoren konnte eine grobe Schätzung vorgenommen werden. Unzählige Personen waren befragt worden und bezeugten ihre Vorliebe fürs Nachtleben. Außerdem gehörte es angeblich zu ihren Gewohnheiten, kurz nach dem Aufstehen zu joggen. Soweit es die Ermittlungsbeamten noch feststellen konnten, hatte sie wie gewöhnlich am Samstag, dem 21. April, ausgeschlafen. Dann hatte sie ihren Jogginganzug angezogen und war laufen gegangen. Die Zeitung vom Samstagmorgen befand sich in der Wohnung, ebenso die Post, die später am Vormittag gekommen war. Sämtliche Post sowie Zeitungen, die nach dem 21. eingetroffen waren, stapelten sich unberührt. Beiläufig fragte ich mich, warum sie nicht wie geplant am Donnerstag abend zu ihrer Reise aufgebrochen war. Vielleicht hatte sie noch die ganze Woche bis einschließlich Freitag gearbeitet und wollte am Samstag vormittag aufbrechen, nachdem sie sich geduscht und angezogen hatte.

Die Fragen waren offenkundig, aber es war nutzlos, ohne konkrete Anhaltspunkte zu spekulieren. Da die Todesursache unbekannt war, hatte die Polizei anhand der Annahme ermittelt, daß sie von einer oder mehreren unbekannten Personen niedergeschlagen worden war. Lorna hatte allein und ungewöhnlich isoliert gelebt. Falls sie um Hilfe gerufen hatte, so war niemand in Hörweite gewesen. Ich lebe selbst allein, und obwohl Henry Pitts direkt neben mir wohnt, fühle ich mich manchmal unsicher. Meine Arbeit bringt gewisse Gefahren mit sich. Ich bin schon mehrmals angeschossen, niedergeschlagen, verprügelt und beschimpft worden, aber meistens habe ich Mittel und Wege gefunden, meine Angreifer auszuschalten. Der Gedanke an Lornas letzte Momente behagte mir nicht.

Der Ermittlungsbeamte, der die ganze Kleinarbeit erledigt hatte, war ein Mann namens Cheney Phillips, der mir ab und zu über den Weg lief. Zuletzt hatte ich von ihm gehört, daß er von der Mordkommission ins Sittendezernat übergewechselt war. Ich weiß nicht genau, wie die Polizeibehörden in anderen Städten arbeiten, aber bei der Polizei von Santa Teresa ist es üblich, daß die Beamten alle zwei oder drei Jahre auf einen anderen Posten versetzt und mit den verschiedensten Aufgaben betraut werden. Das gewährleistet nicht nur eine ausgewogene Polizeitruppe, sondern ermöglicht auch Beförderungen, ohne daß die Beamten auf den Tod oder die Pensionierung von Kollegen warten mußten, die bestimmte Abteilungsposten blockierten.

Wie viele Polizisten unserer Stadt konnte man auch Phillips oft in einer Kneipe namens CC's finden, in der Strafverteidiger und eine Reihe von Kriminalbeamten Stammgäste waren. Sein Vorgesetzter im Fall Lorna war Lieutenant Con Dolan gewesen, den ich sehr gut kannte. Ich zweifelte daran, daß Lornas Mitwirkung in einem drittklassigen Film etwas mit ihrem Tod zu tun hatte. Andererseits war mir aber auch klar, warum Janice Kepler das gern glauben wollte. Was soll man auch sonst denken, wenn sich herausstellt, daß die verstorbene Lieblingstochter ein Pornostar gewesen ist?

Ich war unruhig, ja fast überreizt durch eine Überdosis Koffein. Im Lauf des Tages hatte ich schätzungsweise acht bis zehn Tassen Kaffee getrunken, die letzten beiden davon während meiner Unterredung mit Janice. Nun tanzten mir die aufputschenden Stoffe wie Seifenblasen im Kopf herum. Manchmal haben Unruhe und Koffein die gleiche Wirkung.

Ich sah erneut auf die Uhr. Inzwischen war es nach Mitternacht, und ich sollte eigentlich schon längst im Bett liegen. Ich zog das Telefonbuch heraus und suchte die Nummer von CC's. Der Anruf kostete mich nicht einmal fünfzehn Sekunden. Der Barkeeper sagte mir, daß Cheney Phillips im Lokal sei. Ich nannte ihm meinen Namen und bat ihn, Cheney auszurichten, daß ich unterwegs sei. Beim Auflegen hörte ich noch, wie er Cheney über das Kneipengetöse hinweg meine Nachricht zurief. Ich griff mir Jacke und Schlüssel und verließ das Haus.

3

Ich fuhr in östlicher Richtung den Cabana hinab, einen breiten Boulevard, der am Strand entlang verläuft. Bei Vollmond ähnelt die Szenerie Filmaufnahmen, die, bei Tag gedreht, Nacht simulieren. Die Landschaft ist dann so stark beleuchtet, daß die Bäume richtige Schatten werfen. Heute befand sich der Mond im letzten Viertel und stand noch tief am Himmel. Von der Straße aus konnte ich das Meer nicht sehen, aber ich hörte das endlose Rollen der Wellen, die die Flut herantrugen. Der Wind war gerade stark genug, um die Palmen in leichte Bewegung zu versetzen, und ihre struppigen Häupter neigten sich wie in einer Art geheimem Gespräch einander zu. Ein Auto fuhr in entgegengesetzter Richtung an mir vorüber, jedoch waren keine Fußgänger zu sehen. Zu so später Stunde bin ich selten unterwegs, und ich empfand es als merkwürdig belebend.

Am Tag sieht Santa Teresa aus wie jede andere südkalifornische Kleinstadt. Kirchen und Geschäfte klammern sich – stets von Erdbeben bedroht – an den Boden. Die Dächer sind niedrig, und die Architektur ist in erster Linie spanisch beeinflußt. Die weißen Fassaden und die roten Ziegeldächer haben etwas Solides und Beruhigendes an sich. Die Rasenflächen sind gepflegt und die Sträucher sorgfältig zurechtgeschoren. Nachts wirken all diese Merkmale grell und dramatisch, voller Schwarzweißkontraste, die die Silhouetten intensiv zur Geltung bringen. Der Nachthimmel ist in Wirklichkeit überhaupt nicht schwarz. Er ist von einem weichen Anthrazitgrau, das durch die vielen Lichtquellen beinahe kalkig wirkt, während die Bäume wie Tintenflecken auf einem nachgedunkelten Teppich aussehen. Sogar der Wind fühlt sich anders an, leicht wie eine Daunendecke auf blanker Haut.

Das CC's heißt eigentlich Caliente Café und ist ein billig verpachtetes Lokal in einer ehemaligen Tankstelle nahe der Eisenbahngleise. Die alten Zapfsäulen und Treibstofflager darunter sind schon vor Jahren entfernt und der verseuchte Boden mit einer Asphaltschicht bedeckt worden. Nun beginnt die schwarze Oberfläche an heißen Tagen aufzuweichen, und ein giftiger Sirup sickert heraus, eine teerartige Flüssigkeit, die sich rasch in Rauchschwaden verflüchtigt und den Anschein erweckt, als stünde der Belag kurz davor, in Flammen aufzugehen. Im Winter bekommt der Asphalt von der trockenen Kälte Risse, und ein schwefliger Geruch weht über den Parkplatz. CC's ist nicht der ideale Ort zum Barfußlaufen.

Ich parkte vor dem Lokal unter einem sirrenden roten Neonschild. Draußen roch die Luft nach in Schmalz gebackenen Maistortillas, drinnen nach Salsa und gequirltem Zigarettenrauch. Ich hörte das hohe Jaulen eines Mixers, der schon zu lange lief und Eis und Tequila für die Margaritas rührte. Das Caliente Café nennt sich selbst eine »authentische« mexikanische Cantina, was heißt, daß die »Deko« aus über die Türen genagelten mexikanischen Sombreros besteht. Schlechte Beleuchtung macht jeglichen weiteren Aufwand überflüssig. Alle Gerichte wurden dem amerikanischen Geschmack angeglichen und tragen niedliche Namen wie: Ensanada Ensalada, Pasta Pequeño, Linguini Bambini. Die Musik, ausschließlich aus der Konserve, ist meistens so laut wie eine Mariachi-Gruppe, die angeheuert wurde, damit sie sich um den Tisch schart, während man zu essen versucht.

Cheney Phillips saß an der Bar und blickte in meine Richtung. Meine Bitte um eine Unterredung hatte ihn zweifellos neugierig gemacht. Cheney war vermutlich Anfang Dreißig. Er war weiß und besaß einen zerzausten Wust dunkelbraunen, lockigen Haars, dunkle Augen, ein markantes Kinn und einen stacheligen Zweitagebart. Er hatte die Art von Gesicht, wie man sie in einem Modemagazin für Männer findet oder auf der Klatschseite der Lokalzeitung an der Seite einer wie eine Braut herausgeputzten Debütantin. Er war schlank und mittelgroß und trug ein tabakbraunes, seidenes Sportsakko über einem weißen Hemd, dazu cremefarbene Gabardinehosen mit Bügelfalte. Seine selbstsichere Ausstrahlung ließ auf Geld mit einschüchterndem Hintergrund schließen. Alles an ihm roch nach Wertpapieren, Privatschulen und lässigem Westküstenadel. Das ist natürlich reine Projektion von meiner Seite, und ich habe keine Ahnung, ob es stimmt. Ich habe ihn nie gefragt, wie er eigentlich dazu kam, Polizist zu werden. Nach allem, was ich weiß, könnte er ebenso Kriminalbeamter in der dritten Generation sein, während sämtliche Frauen in der Familie als Gefängniswärterinnen arbeiten.

Ich ließ mich auf den Barhocker neben ihm gleiten. »Hallo, Cheney. Wie geht's? Danke, daß du gewartet hast. Nett von dir.«

Er zuckte die Achseln. »Ich bin sowieso meistens hier, bis sie schließen. Kann ich dich auf einen Drink einladen?«

»Gern. Ich bin von Kaffee dermaßen aufgeputscht, daß ich womöglich nie mehr einschlafe.«

»Was möchtest du?«

»Chardonnay, wenn's recht ist.«

»Kein Problem«, sagte er. Er lächelte und enthüllte dabei erstklassige kieferorthopädische Arbeit. Niemand konnte ohne langwierige, teure Korrekturen derart gerade Zähne besitzen. Cheney gab sich meist als Verführer, und das erst recht in einer Umgebung wie dieser.

Der Barkeeper hatte unseren Wortwechsel mit übertriebener, nächtlicher Geduld beobachtet. In Bars wie CC's war das die Stunde, in der sich die sexuell Ausgehungerten in letzter Minute um Anschluß bemühten. Nun war genug Alkohol geflossen, um potentielle Partner, die früher am Abend als unwürdig abgewiesen worden waren, erneut in Betracht zu ziehen. Vermutlich nahm der Barkeeper an, daß wir über ein einmaliges Abenteuer verhandelten. Cheney bestellte Wein für mich und sich selbst noch einen Wodka Tonic.

Er blickte über die Schulter und taxierte rasch die anderen Barbesucher ab. »Man muß die ganzen Polizisten, die außer Dienst sind, im Auge behalten. Nach dem letzten Drink gehen wir auf den Parkplatz hinaus und lassen ein Alkoholtestgerät kreisen wie einen Joint, um sicherzugehen, daß wir noch nüchtern genug sind, um selbst nach Hause zu fahren.«

»Ich habe gehört, daß du nicht mehr bei der Mordkommission bist.«

»Stimmt. Seit sechs Monaten bin ich bei der Sitte.«

»Na, das paßt ja«, sagte ich. »Gefällt's dir?«

»Klar, großartig. Es ist eine Ein-Mann-Abteilung. Derzeit bin ich der Fachmann für Glücksspiel, Prostitution, Drogen und organisiertes Verbrechen, soweit es das in Santa Teresa gibt. Und du? Was treibst du so? Du hast dich vermutlich nicht hierher bemüht, um mit mir über meine Karriere bei der Kripo zu sprechen.« Er sah auf, als der Barkeeper sich näherte, und wir warteten mit der Fortsetzung des Gesprächs, bis unsere Drinks vor uns standen.

Als er mich wieder ansah, sagte ich: »Janice Kepler möchte mich engagieren, damit ich den Tod ihrer Tochter untersuche.«

»Viel Glück«, sagte er.

»Du hast doch damals die Ermittlungen geleitet, oder?«

»Dolan und ich und hin und wieder noch ein Kollege. Der Fall liegt so«, sagte er und zählte die einzelnen Punkte an den Fingern ab. »Die Todesursache konnte nicht festgestellt werden. Wir sind uns immer noch nicht ganz sicher, an welchem Tag es passiert ist, geschweige denn zu welcher Uhrzeit. Es gab kaum verwertbare Spuren, keine Zeugen, kein Motiv und keine Verdächtigen...«

»Und keine Anklage«, ergänzte ich.

»Du sagst es. Entweder war es überhaupt kein Mord, oder der Täter hatte einen Glücksstern.«

»Aha.«

»Machst du es?«

»Weiß ich noch nicht. Ich dachte, ich rede erst mal mit dir.«

»Hast du ein Bild von ihr gesehen? Sie war eine Schönheit. Völlig kaputt, aber umwerfend. So was von zwiespältig, mein Gott.«

»Inwiefern?«

»Sie hatte einen Teilzeitjob als Bürohilfe und Schreibkraft in der Wasseraufbereitungsanlage. Du weißt schon, sie telefoniert ein bißchen, legt Akten ab, vielleicht vier Stunden am Tag. Allen erzählt sie, daß sie sich ihr Studium am College verdient, was in gewisser Weise auch stimmt. Ab und zu besucht sie einen Kurs, aber das ist nur die halbe Geschichte. In Wirklichkeit verdient sie sich ihr Geld nämlich als Luxushure. Sie hat 1500 Dollar pro Kunde genommen. Als sie starb, besaß sie ein beträchtliches Vermögen.«

»Für wen hat sie gearbeitet?«

»Für niemanden. Sie war unabhängig. Sie hatte angefangen, als Callgirl zu inserieren. Exotischer Tanz und Massage. Typen rufen unter ihrer Nummer an, die bei den Kleinanzeigen steht, und sie geht zu ihnen ins Hotelzimmer und wackelt mit Hüften und Po, während sie sich einen runterholen. Die Sache ist nämlich die, daß man offen nichts mehr vereinbaren darf – verdeckte Ermittler haben immer wieder angerufen und es versucht, bis alle Bescheid wußten –, aber wenn sie erst einmal bei ihrem Kunden ist, kann sie über sämtliche Dienstleistungen verhandeln, die der Kunde wünscht. Dann ist es eine Vereinbarung nur zwischen den beiden.«

»Für die sie wieviel bezahlt bekommt?«

Cheney zuckte die Achseln. »Hängt davon ab, was sie macht. Normaler Sex kostet vermutlich hundertfünfzig Mäuse, die sie dann noch mit dem Management teilen muß. Ziemlich schnell ist ihr klargeworden, daß sie mehr rausholen kann, und so läßt sie die billigen Bumsereien sausen und macht sich ans große Geld heran.«

»Hier in der Stadt?«

»Zum größten Teil. Soweit ich weiß, wurde sie oft in der Bar des Edgewater Hotels gesehen. Außerdem hat sie sich im Bubbles in Montebello herumgetrieben, das vergangenen Juli geschlossen wurde, wie du wahrscheinlich gehört hast. Sie hatte einen Hang zu den Lokalen, wo sich die Geldsäcke herumtrieben.«

»Hat ihre *Mutter* davon gewußt?«

»Aber sicher. Auf jeden Fall. Lorna ist sogar einmal festgenommen worden, weil sie sich im Bubbles einem V-Mann von der Sitte angeboten hat. Wir wollten die Sache ihrer Mutter nicht auf die Nase binden, aber sie wußte mit Sicherheit Bescheid.«

»Vielleicht begreift sie es erst jetzt«, sagte ich. »Jemand hat ihr ein Band von einem Pornofilm zugeschickt, in dem Lorna ganz groß herauskam. Offensichtlich hat ihr das den Anstoß dazu gegeben, mich aufzusuchen. Sie glaubt, Lorna sei entweder durch Erpressung dazu gezwungen worden oder hätte als verdeckte Ermittlerin gearbeitet.«

»Ach ja, natürlich«, sagte er.

»Ich berichte dir nur von ihren Mutmaßungen.«

Cheney schnaubte verächtlich. »Sie macht sich unheimlich was vor. Hast du das Band selbst gesehen?«

»Ich habe es mir erst heute abend angesehen. Es war ziemlich obszön.«

»Tja, nun, ich weiß nicht, ob das noch viel ausmacht. Bei den Geschichten, die sie getrieben hat, wundert mich das wirklich nicht. Aber was hat das mit der ganzen Sache zu tun? Das verstehe ich noch nicht.«

»Janice meint, daß Lorna kurz davor stand, jemanden zu verpfeifen.«

»O Mann, die Lady hat wohl zu viele schlechte Fernsehkrimis gesehen. Wen denn verpfeifen und weswegen? Diese Leute bewegen sich im Rahmen des Gesetzes... gewissermaßen. Wahrscheinlich sind es miese Typen, aber das ist in diesem Staat kein Vergehen. Sieh dir nur die ganzen Politiker an.«

»Das habe ich ihr auch gesagt. Auf jeden Fall versuche ich herauszufinden, ob es genügend Anhaltspunkte gibt, um zu rechtfertigen, daß ich den Auftrag annehme. Wenn ihr schon nichts gefunden habt, wie soll ich dann etwas entdecken?«

»Vielleicht hast du ja Glück. Ich gehöre zu den unerschütterlichen Optimisten. Der Fall ist noch nicht abgeschlossen, aber wir haben seit Monaten keinen Furz mehr aufgetrieben. Wenn du dir die Akten ansehen willst, läßt sich das vermutlich arrangieren.«

»Das wäre gut. Was ich vor allem gerne sehen würde, sind die Fotos vom Tatort.«

»Ich werde versuchen, das mit Lieutenant Dolan abzuklären, aber ich glaube nicht, daß er etwas dagegen hat. Hast du gehört, daß er im Krankenhaus liegt? Er hatte einen Herzinfarkt.«

Ich war so erschrocken, daß ich eine Hand auf mein eigenes Herz preßte und dabei beinahe mein Glas umgeworfen hätte. Ich konnte es gerade noch abfangen, bevor es umkippte, aber ein kleiner Schluck Wein schwappte heraus. »Dolan hatte einen Herzinfarkt? Das ist ja entsetzlich! Wann denn?«

»Gestern hat er direkt nach der Einsatzbesprechung Schmerzen in der Brust bekommen, und mit einem Schlag war er in ganz übler Verfassung. Er sah miserabel aus und kriegte keine Luft mehr. Im nächsten Moment verlor er schon das Bewußtsein. Alle sind herumgesaust und haben sich an Wiederbelebungsmaßnahmen versucht. Die Sanitäter haben ihn dann unter die Lebenden zurückgeholt, aber es war wirklich haarscharf.«

»Wird er wieder gesund?«

»Wir hoffen es. Zuletzt ging es ihm besser. Er liegt drüben im St. Terry's auf der Herzstation und führt sich natürlich auf wie ein Wilder.«

»Klingt ganz nach ihm. Ich werde sehen, daß ich ihn so bald wie möglich besuchen kann.«

»Da wird er sich freuen. Mach das nur. Ich habe heute morgen mit ihm gesprochen, und er ist nahe daran durchzudrehen. Er behauptet, er wolle nicht schlafen, weil er Angst davor hat, nicht mehr aufzuwachen.«

»Das hat er zugegeben? Ich habe Lieutenant Dolan noch nie über etwas Persönliches sprechen hören«, sagte ich.

»Er hat sich verändert. Er ist ein ganz neuer Mensch. Verblüffend«, meinte Cheney. »Du mußt es dir selbst ansehen. Er wäre begeistert von deinem Besuch und würde dir vermutlich die Ohren vollquatschen.«

Ich brachte das Gespräch wieder auf Lorna Kepler. »Und was ist mit dir? Hast du eine Theorie über Lornas Tod?«

Cheney zuckte mit den Schultern. »Ich glaube, daß jemand sie umgebracht hat, falls es das ist, worauf du aus bist. Die rauhe Branche, ein eifersüchtiger Liebhaber. Vielleicht hat irgendeine andere Hure befürchtet, Lorna würde ihr das Territorium streitig machen. Lorna Kepler liebte das Risiko. Sie war der Typ, der gern bis an die äußerste Grenze ging.«

»Hatte sie Feinde?«

»Soweit wir wissen nicht. Seltsamerweise schienen alle sie sehr zu mögen. Ich sage ›seltsamerweise‹, weil sie anders war, deutlich anders als andere Leute. Manche bewunderten sie beinahe, weil sie dermaßen abgehoben war, verstehst du? Sie hat sich nicht an die Regeln gehalten, sondern das Spiel nach ihren Wünschen gespielt.«

»Ich nehme an, ihr habt bei euren Ermittlungen viele Möglichkeiten überprüft.«

»Das stimmt, aber es ist nicht viel dabei herausgekommen. Frustrierend. Jedenfalls ist alles noch vorhanden, falls du einen Blick darauf werfen willst. Ich kann Emerald bitten, die Akten anzufordern, wenn Dolan grünes Licht gegeben hat.«

»Dafür wäre ich dir dankbar. Lornas Mutter hat mir ein paar Unterlagen gegeben, aber sie hatte nicht alles. Sag mir einfach Bescheid, und ich komme kurz im Revier vorbei und sehe mir die Akten durch.«

»Klare Sache. Wir können uns danach wieder unterhalten.«

»Danke, Cheney. Du bist ein Schatz.«

»Ich weiß«, sagte er. »Vergiß bloß nicht, uns auf dem laufenden zu halten. Und keine krummen Dinger. Wenn du auf etwas stößt, wollen wir nicht, daß es vor Gericht abgelehnt wird, weil du Beweismaterial verfälscht hast.«

»Du unterschätzt mich«, sagte ich. »Seit ich in Lonnie Kingmans Büroräumen arbeite, bin ich ein Engel unter den Frauen. Ein Ausbund an Tugend.«

»Das glaube ich dir«, meinte er. Er hörte nicht auf zu lächeln, und in seinen Augen leuchtete ein nachdenkliches Funkeln. Ich dachte, daß ich wahrscheinlich genug gesagt hatte. Dann machte ich einen Schritt nach hinten, drehte mich um und winkte ihm beim Hinausgehen zu.

Draußen sog ich die Ruhe der kalten Nachtluft in mich ein und nahm den schwachen Geruch von Zigarettenrauch wahr, der von irgendwo weiter vorn zu mir herwehte. Ich hob den Kopf und sah gerade noch einen Mann, der um die Straßenkurve verschwand und dessen Schritte langsam verhallten. Es gibt Männer, die nachts umherlaufen und mit hochgezogenen Schultern und gesenkten Köpfen ein einsames Ziel verfolgen. Im allgemeinen halte ich sie für harmlos, aber man kann nie wissen. Ich sah ihm nach, bis ich sicher sein konnte, daß er weg war. In der Ferne war eine tiefliegende Wolkendecke an die andere Seite der Berge gedrückt worden und quoll nun herüber.

Sämtliche Parkplätze waren besetzt. Die Wagen glänzten unter der harten Beleuchtung wie auf einem Markt für Gebrauchtwagen der Luxusklasse. Mein Uralt-VW wirkte ausgesprochen fehl am

Platze, ein gemütlicher, blaßblauer Buckel unter all den flachen, schnittigen Sportmodellen. Ich schloß die Tür auf und ließ mich auf den Fahrersitz gleiten. Dann blieb ich einen Moment lang mit den Händen auf dem Lenkrad sitzen und überlegte, was ich als nächstes tun sollte. Das Glas Weißwein hatte wenig dazu beigetragen, meinen überreizten Zustand zu dämpfen. Ich wußte, wenn ich jetzt nach Hause führe, würde ich bloß auf dem Rücken liegen und auf das Oberlicht über meinem Bett starren. Ich ließ den Wagen an und fuhr am Strand entlang bis zur State Street. Dann bog ich nach rechts in Richtung Norden ab.

Als ich die Eisenbahngleise überquerte, fing das Radio zu plärren an. Ich hatte nicht einmal gewußt, daß ich das verdammte Ding angelassen hatte. Es funktionierte mittlerweile kaum noch, aber hin und wieder konnte ich ihm Geräusche entlocken. Manchmal schlug ich mit der Faust auf das Armaturenbrett und bekam mißtönende Nachrichten oder Werbespots zu hören. Ein andermal schnappte ich einen verblüffenden Ausschnitt aus dem Wetterbericht auf. Es lag wahrscheinlich an einem losen Draht oder einer fehlerhaften Sicherung, aber das sind nur Vermutungen meinerseits. Ich weiß nicht einmal, ob Radios heutzutage noch Sicherungen haben. Momentan war der Empfang jedenfalls vollkommen klar.

Ich drückte einen Knopf und schaltete nahtlos von AM auf FM um. Dann drehte ich vorsichtig den Zeiger und ging einen Sender nach dem anderen durch, bis ich die Klänge eines Tenorsaxophons hörte. Ich hatte keine Ahnung, wer da spielte, aber der leidende Bläsersatz paßte perfekt zu dieser späten Stunde. Das Stück endete, und eine männliche Stimme füllte die Stille. »Das war Gato Barbieri am Saxophon mit einem Stück namens ›Picture in the Rain‹ aus dem Film *Der letzte Tango in Paris*. Komponist war gleichfalls Gato Barbieri, die Aufnahme stammt von 1972. Und ich bin Hector Moreno, hier auf K-SPELL, und bringe Ihnen an diesem ganz frühen Montagmorgen die Magie des Jazz.«

Seine Stimme klang angenehm, sie war volltönend und ausgewogen und vermittelte lässige Selbstsicherheit. Sie gehörte einem Mann, der sich seinen Lebensunterhalt damit verdiente, daß er die ganze Nacht aufblieb, über Interpreten und Plattenfirmen sprach und für Schlaflose CDs abspielte. Ich stellte mir einen Mann Mitte Dreißig vor, dunkel, kräftig gebaut, vielleicht mit Schnurrbart, der das lange Haar nach hinten gekämmt und mit einem Gummiband zusammengehalten trug. Er genoß bestimmt sämtliche Privilegien einer lokalen Berühmtheit und hatte sicher bei zahlreichen Wohltätigkeitsveranstaltungen als Conferencier mitgewirkt. Radiomoderatoren müssen nicht einmal das gewohnt gute Aussehen eines durchschnittlichen Fernsehansagers mitbringen, dennoch besaß sein Name Wiedererkennungswert, und vermutlich hatte er auch einen Haufen Verehrerinnen. Nun nahm er Hörerwünsche entgegen. Ich merkte, wie meine Gedanken sich überstürzten. Janice Kepler hatte erwähnt, daß Lorna sich bei ihren nächtlichen Streifzügen mit irgendeinem DJ getroffen hatte.

In den verlassenen Straßen suchte ich nach einer Telefonzelle. Ich kam an einer nachts geschlossenen Tankstelle vorbei und entdeckte an der Vorderseite des dazugehörigen Parkplatzes eine der letzten echten Telefonzellen, ein richtiges, aufrecht stehendes Modell mit Falttür. Ich ging hinein und ließ den Motor laufen, während ich meine Notizen durchblätterte und die Telefonnummer von Frankie's Coffee Shop suchte. Ich warf einen Vierteldollar in den Schlitz und wartete.

Als sich in Frankie's Coffee Shop eine weibliche Stimme meldete, fragte ich nach Janice Kepler. Der Hörer knallte auf den Tresen, und ich hörte, wie ihr Name dröhnend durch den Raum gerufen wurde. Im Hintergrund vernahm ich leises Gemurmel, vermutlich die Nachtausgabe der Kaffee-und-Kuchen-Typen, die ihrem Laster frönten. Janice meldete sich etwas mißtrauisch, fand ich. Vielleicht befürchtete sie schlechte Nachrichten.

»Hallo, Janice? Kinsey Millhone. Ich hoffe, ich störe nicht. Ich brauche eine Information, und ich hielt es für einfacher anzurufen, als den ganzen Weg dort hinauf zu fahren.«

»Ach, du meine Güte. Was machen Sie denn so spät noch? Sie haben doch schon ganz erschöpft ausgesehen, als wir uns auf dem Parkplatz getrennt haben. Ich hätte gedacht, Sie schliefen schon tief und fest.«

»Das hatte ich auch vor, aber ich kam nicht dazu. Ich war viel zu aufgeputscht vom Kaffee, und da dachte ich, ich könnte ebensogut ein paar Dinge erledigen. Ich habe mit einem der Kriminalbeamten gesprochen, die Lornas Fall bearbeitet haben. Ich bin immer noch unterwegs und würde gern mehr Informationen sammeln, wenn ich schon dabei bin. Haben Sie nicht erwähnt, daß Lorna mit dem DJ eines lokalen Senders befreundet war?«

»Das stimmt.«

»Können Sie irgendwie herausfinden, wer das war?«

»Ich kann es versuchen. Moment mal.« Ohne die Sprechmuschel zuzuhalten, beriet sie sich mit einer anderen Kellnerin. »Perry, wie heißt denn diese Jazzsendung, die die ganze Nacht läuft, oder vielmehr der Sender?«

»K-SPELL, glaube ich.«

Das wußte ich bereits. Um mir Zeit zu sparen, sagte ich: »Janice?«

»Und der Discjockey? Weißt du, wie der heißt?«

Im Hintergrund hörte ich etwas undeutlich, wie Perry sagte: »Welcher? Da gibt es zwei.« Geschirr klirrte, und die Lautsprecher gaben eine Version von »Up, Up and Away« mit Streichern von sich.

»Der, mit dem Lorna befreundet war. Ich hab' dir doch von ihm erzählt.«

Ich unterbrach Janice. »He, Janice?«

»Perry, warte mal. Was denn?«

»Könnte es Hector Moreno sein?«

Sie stieß einen kleinen Schrei des Erkennens aus. »Genau. Der ist es. Ich bin mir fast sicher, daß er es ist. Warum rufen Sie ihn nicht an und fragen, ob er sie gekannt hat?«

»Das werde ich tun«, sagte ich.

»Lassen Sie es mich auf jeden Fall wissen. Und wenn Sie danach immer noch in der Stadt herumflitzen, kommen Sie doch vorbei und trinken Sie eine Tasse Kaffee auf meine Rechnung.«

Beim Gedanken an noch mehr Kaffee machte mein Magen einen Satz. Die Tassen, die ich intus hatte, ließen mein Hirn bereits vibrieren wie eine aus dem Gleichgewicht geratene Waschmaschine. Sowie sie aufgelegt hatte, drückte ich kurz auf die Gabel und ließ das Freizeichen ertönen, während ich das mit einer Kette befestigte Telefonbuch hochwuchtete und darin blätterte. Sämtliche Radiosender waren am Beginn des Buchstabens K aufgeführt. K-SPL war zufälligerweise nur sechs oder acht Häuserblocks weit entfernt. Hinter mir, aus dem Auto, konnte ich die ersten Takte des nächsten Jazz-Titels hören. Unten in meiner Handtasche fand ich noch einen Vierteldollar und rief beim Sender an.

Das Telefon klingelte zweimal. »K-SPELL. Hector Moreno am Apparat.« Sein Tonfall war geschäftsmäßig, aber es war auf jeden Fall der Mann, den ich im Radio gehört hatte.

»Hallo«, sagte ich. »Mein Name ist Kinsey Millhone. Ich würde gerne mit Ihnen über Lorna Kepler sprechen.«

4

Moreno hatte die schwere Tür zum Studio offenstehen lassen. Als ich hineinging, fiel sie hinter mir zu, und das Schloß schnappte ein. Ich stand in einem dämmrig beleuchteten Vorraum. Rechts von mehreren Aufzugtüren wies ein Schild, auf dem K-SPL stand, mit einem Pfeil eine Metalltreppe hinab. Ich ging hinunter, wobei meine Gummisohlen auf den Metallstufen hohl klangen. Die Rezeption war menschenleer, die Wände und der schmale Flur dahinter waren in tristem Blau und seltsamem Algengrün gestrichen, Farben wie auf dem Grund eines Teichs. »Hallo«, rief ich.

Keine Antwort. Von irgendwoher erklang Jazz, offenbar das Programm, das der Sender selbst ausstrahlte.

»Hallo?«

Ich zuckte die Achseln und ging den Korridor entlang. Im Vorübergehen sah ich in jede Kabine hinein. Moreno hatte mir gesagt, er arbeite im dritten Studio auf der rechten Seite, aber als ich dort ankam, fand ich den Raum leer. Ich konnte nach wie vor leisen Jazz aus den Lautsprechern strömen hören, doch offenbar war er kurz hinausgegangen. Das Studio war klein und übersät von leeren Fast-Food-Behältern und Limobüchsen. Auf dem Mischpult stand eine halbvolle Tasse Kaffee, die noch warm war. An der Wand hing eine

Uhr, so groß wie ein Vollmond, deren Sekundenzeiger hektisch zuckte. Klick. Klick. Klick. Klick. Das Vergehen von Zeit war mir noch nie so konkret und unerbittlich vorgekommen. Die Wände waren mit gewelltem, dunkelgrauem Schaumstoff schalldicht gemacht worden.

Zur Linken hingen zahllose Karikaturen und Zeitungsausschnitte an einer Pinnwand aus Kork. Den größten Teil der Wand nahmen allerdings Regalbretter ein, auf denen reihenweise CDs, Platten und Kassetten standen. Ich prägte mir rasch alles ein wie bei einem Konzentrationsspiel. Kaffeebecher. Lautsprecher. Ein Klammerapparat und Tesafilm. Mehrere leere Flaschen Designer-Mineralwasser: Evian, Sweet Mountain und Perrier. Auf dem Mischpult konnte ich den Schalter für das Mikrofon erkennen, daneben Bandmaschinen, Leuchtknöpfe in allen Regenbogenfarben, auf einem stand »Zweispur mono«. Ein Licht leuchtete grün, ein anderes rot. Ein Mikrofon, das von einem Galgen herabhing, sah aus wie ein großer Eiszapfen aus grauem Schaumstoff. Ich stellte mir vor, wie ich mich so weit vorbeugte, daß ich es mit den Lippen berühren konnte, und mit meiner verführerischsten Stimme sagte: »Hallo, ihr Nachteulen. Hier ist Kinsey Millhone und spielt für euch zur übelsten Nachtzeit den besten Jazz...«

Hinter mir hörte ich, wie sich im Flur etwas polternd näherte, und ich blickte neugierig hinaus. Es war Hector Moreno, ein Mann Anfang Fünfzig, der an zwei Krücken ging. Sein schütteres Haar war grau, die braunen Augen so weich wie Karamelbonbons. Sein Oberkörper war massig, während sein Unterleib zu den spindeldürren, kurzen Beinen hin immer schmächtiger wurde. Er trug einen dicken schwarzen Baumwollpullover, Röhren-Jeans und Leinenschuhe. Neben ihm trottete ein großer, rötlich-gelber Hund mit schwerem Kopf, breitem Brustkorb und kräftigen Schultern, der – nach seinem Teddybärgesicht und der buschigen Halskrause zu urteilen – wahrscheinlich zum Teil von einem Chow-Chow abstammte.

»Hi, sind Sie Hector? Ich bin Kinsey Millhone«, sagte ich. Das Fell des Hundes sträubte sich, als ich die Hand ausstreckte.

Hector Moreno stützte sich auf eine Krücke, um mir die Hand zu schütteln. »Erfreut, Sie kennenzulernen«, sagte er. »Das ist Beauty. Sie braucht ein wenig Zeit, um sich zu entscheiden, ob sie Sie mag oder nicht.«

»Verständlich«, meinte ich. Von mir aus konnte sie den Rest ihres Lebens darüber nachdenken.

Der Hund hatte zu knurren begonnen, aber es war weniger ein Grollen als vielmehr ein Brummen, so als sei irgendwo tief in seinem Brustkasten eine Maschine in Betrieb gesetzt worden. Hector schnippte mit den Fingern, und er verstummte. Zwischen Hunden und mir herrschte noch nie besondere Zuneigung. Erst eine Woche zuvor war ich einem männlichen Welpen vorgestellt worden, der allen Ernstes das Bein gehoben und auf meinen Schuh gepinkelt hatte. Seither besaß ich einen Reebok-Schuh, der nach Hundepisse roch, was Beauty nicht verborgen geblieben war und nun ihre Aufmerksamkeit fesselte.

Hector schwang sich an seinen Krücken vorwärts ins Studio. Dabei beantwortete er mir die Frage, die ich aus Höflichkeit nicht zu stellen gewagt hatte. »Mit zwölf hatte ich einen Zusammenstoß mit einigen Felsbrocken. Ich erforschte gerade eine Höhle in Kentucky, als der Tunnel einbrach. Wegen meiner Stimme im Radio erwarten die Leute etwas anderes. »Setzen Sie sich.« Er warf mir ein Lächeln zu, und ich lächelte zurück. Ich folgte ihm, während er seine Krücken beiseite stellte und sich auf den Hocker hievte. Ich holte mir einen zweiten aus der Ecke und stellte ihn dicht neben seinen. Mir fiel auf, daß Beauty sich so postierte, daß sie zwischen uns saß. »Sie vertraut nicht vielen Menschen. Ich habe sie aus dem Tierheim, aber sie muß geschlagen worden sein, als sie noch klein war.«

»Haben Sie sie immer bei sich?« wollte ich wissen.

»Ja. Sie ist eine angenehme Gesellschaft. Ich arbeite spät in der Nacht, und wenn ich aus dem Studio komme, ist die ganze Stadt menschenleer. Abgesehen von den Verrückten. Die sind immer auf Achse. Sie haben nach Lorna gefragt. Was haben Sie mit ihr zu tun?«

»Ich bin Privatdetektivin. Lornas Mutter ist heute am frühen Abend in mein Büro gekommen und hat mich gebeten, ihren Tod zu untersuchen. Sie war mit den polizeilichen Ermittlungen nicht besonders zufrieden.«

»Kunststück«, meinte er. »Haben Sie mit diesem Phillips geredet? Das war vielleicht ein Wichser.«

»Ich habe ihn gerade gesprochen. Er ist nicht mehr bei der Mordkommission, sondern bei der Sitte. Was hat er Ihnen denn getan?«

»*Getan* hat er überhaupt nichts. Es ist seine Art. Ich hasse Typen wie ihn. Kleine, aufgeblasene Gockel, die andere herumkommandieren. Moment mal bitte.« Er schob eine dicke Kassette in einen Schlitz und drückte einen Knopf auf dem Mischpult. Dann lehnte er sich vor und sprach mit einer Stimme, die so weich und samtig war wie Sahnetrüffel: »Gerade haben wir Phineas Newborn mit einem Klaviersolo gehört, einem Stück namens ›The Midnight Sun Will Never Set‹. Und ich bin Hector Moreno und bringe Ihnen hier auf Radio K-SPELL ein wenig Zauber in die Nacht. Vor uns liegen dreißig Minuten ununterbrochener Musik mit der unvergleichlichen Stimme von Johnny Hartman aus einer legendären Session mit dem John Coltrane Quartet. Die Zeitschrift *Esquire* nannte dies einmal die großartigste Platte, die je veröffentlicht wurde. Die Aufnahme stammt vom 7. März 1963 und ist auf Impulse erschienen. Es spielen John Coltrane, Tenorsaxophon, McCoy Tyner, Klavier, Jimmy Garrison, Baß, und Elvin Jones, Schlagzeug.« Er drückte einen Knopf, drehte die Lautstärke im Studio herunter und wandte sich wieder mir zu. »Was auch immer er über Lorna gesagt hat, Sie sollten nicht alles für bare Münze nehmen.«

»Er hat gesagt, sie hätte eine dunkle Seite gehabt, aber das war mir nicht neu. Ich habe mir noch nicht den richtigen Überblick verschafft, aber ich arbeite daran. Wie lang haben Sie sie gekannt, bevor sie starb?«

»Etwas über zwei Jahre. Direkt nachdem ich angefangen habe, diese Sendung zu moderieren. Zuvor habe ich in Seattle gewohnt, aber ich vertrug die Feuchtigkeit nicht. Über den Freund eines Freundes habe ich von diesem Job erfahren.«

»Arbeiten Sie schon immer beim Radio?«

»Medien allgemein«, antwortete er. »Rundfunk- und Fernsehproduktion; in gewissem Rahmen Video, obwohl mich das nie besonders interessiert hat. Ich stamme ursprünglich aus Cincinnati und habe dort einen Universitätsabschluß gemacht, aber ich habe schon überall gearbeitet. Auf jeden Fall habe ich Lorna gleich kennengelernt, als ich hierher kam. Sie war die geborene Nachteule und rief immer wieder mit Musikwünschen an. Zwischen den Titeln und den Werbespots haben wir manchmal eine Stunde miteinander geplaudert. Sie fing an, im Studio vorbeizukommen. Anfangs vielleicht einmal die Woche. Gegen Ende war sie fast jede Nacht hier. Um halb drei, drei Uhr brachte sie Doughnuts und Kaffee und Knochen für Beauty, wenn sie zuvor essen war. Mitunter glaube ich, daß es eigentlich der Hund war, den sie gern hatte. Sie hatten eine Art psychischer Affinität. Lorna hat immer behauptet, sie seien in einem früheren Leben ein Liebespaar gewesen. Beauty wartet immer noch darauf, daß sie wiederkommt. Um drei Uhr geht sie zur Treppe hinaus, bleibt einfach da stehen und schaut nach oben. Dann macht sie so ein leises Geräusch in der Kehle, das einem beinahe das Herz bricht.« Er schüttelte den Kopf und verdrängte das Bild mit merkwürdiger Ungeduld.

»Wie war Lorna?«

»Kompliziert. Für mich war sie eine schöne, gequälte Seele. Ruhelos, zerrissen, vermutlich depressiv. Aber das war nur die eine Seite. Sie war gespalten, widersprüchlich. Es war nicht alles düster.«

»Hat sie Drogen genommen oder getrunken?«

»Meines Wissens nicht. Sie war launisch. Manchmal war sie beinahe überdreht. Wenn Sie analytisch werden wollen, wäre ich versucht, sie als manisch-depressiv zu bezeichnen, aber das trifft es nicht ganz. Es war, als fechte sie einen Kampf aus, in dem die dunkle Seite schließlich die Oberhand gewann.«

»Die haben wir wohl alle in uns.«

»Ich auf jeden Fall.«

»Haben Sie gewußt, daß sie in einem Pornofilm mitgespielt hat?«

»Ich habe davon gehört. Ich habe ihn nie selbst gesehen, aber ich vermute, es hat sich herumgesprochen.«

»Wann ist er gedreht worden? Erst kurz vor ihrem Tod?«

»Darüber weiß ich nicht viel. Sie hat die Wochenenden oft woanders verbracht, in Los Angeles oder San Francisco. Es hätte bei einer dieser Kurzreisen gewesen sein können. Ich kann es wirklich nicht mit Gewißheit sagen.«

»Das gehörte also nicht zu den Dingen, über die Sie sprachen?«

Er schüttelte den Kopf. »Sie gab sich gern verschlossen. Ich glaube, das gab ihr ein Gefühl von Macht. Ich lernte, mich nicht in ihre Privatangelegenheiten einzumischen.«

»Haben Sie eine Ahnung, warum sie den Film gemacht hat? Ging es um Geld?«

»Das bezweifle ich. Der Produzent kassiert vermutlich groß ab, aber die Schauspieler werden pauschal bezahlt. So habe ich es zumindest gehört«, sagte er. »Vielleicht hat sie es aus demselben Grund gemacht, aus dem sie alles andere tat. Lorna flirtete an jedem Tag ihres Lebens mit dem Untergang. Wenn Sie meine Theorie hören wollen, so war Angst das einzig echte Gefühl, das sie empfinden konnte. Gefahr war wie eine Droge für sie. Sie mußte die Dosis steigern. Sie konnte nichts dagegen tun. Es schien ihr gleichgültig zu sein, was irgend jemand sagte. Ich habe mir den Mund fußlig geredet, aber soweit ich weiß, hat es nie irgend etwas genützt. Das ist nur eine Beobachtung von mir, und ich kann mich auch furchtbar täuschen, aber Sie haben gefragt, und ich antworte. Sie tat, als hörte sie zu. Sie tat so, als wäre sie Wort für Wort ganz deiner Meinung, aber dann überkam es sie. Sie zog einfach los und tat es, egal, was es war. Sie war wie eine Süchtige, wie ein Junkie. Sie wußte, daß es kein gutes Leben war, aber sie konnte keinen Schlußstrich ziehen.«

»Hat sie Ihnen vertraut?«

»Das würde ich nicht sagen. Nicht richtig. Lorna hat überhaupt niemandem vertraut. In der Hinsicht war sie wie Beauty. Eventuell hat sie mir mehr vertraut als den meisten.«

»Warum das?«

»Ich habe sie nie angemacht, infolgedessen war ich keine Bedrohung. Keine sexuellen Investitionen, also konnte sie bei mir nichts verlieren. Sie konnte auch nichts gewinnen, aber das war uns beiden recht. Bei Lorna mußte man auf Distanz bleiben. Sie war die Art von Frau, bei der es in dem Moment, wo man sich engagierte, vorbei war. Es war das Ende. Man konnte nur mit ihr in Verbindung bleiben, indem man sie sich auf Armeslänge vom Leib hielt. Ich kannte die Regel, aber ich schaffte es nicht immer. Ich hing selbst an der Angel. Ich wollte sie retten, doch es war unmöglich.«

»Hat sie Ihnen erzählt, was in ihrem Leben vor sich ging?«

»Manches. Meist Nebensächlichkeiten, Alltagsgeschichten. Sie hat mir nie etwas Wichtiges anvertraut. Ereignisse ja, aber keine Gefühle. Wissen Sie, was ich meine? Jedenfalls bezweifele ich, ob sie jemals wirklich offen zu mir war. Ich wußte so manches, aber nicht unbedingt, weil sie es mir erzählt hatte.«

»Woher bekamen Sie Ihre Informationen?«

»Ich habe einige Kumpels in der Stadt. Ihr Verhalten frustrierte mich mit der Zeit. Sie schwor mir, sie sei aufrichtig, aber ich schätze, sie konnte es einfach nicht lassen. Hatte gleich wieder irgendwelche Typen aufgegabelt. Zu zweit, zu dritt, alles, was Sie wollen. Bekannte haben sie gesehen und mir absichtlich davon erzählt, weil sie befürchteten, ich könnte den Überblick verlieren.«

»Und taten Sie das?«

Sein Lächeln war bitter. »Damals war ich nicht der Meinung.«

»Hat das Gerede Sie gestört?«

»Verflucht, ja. Was sie gemacht hat, war gefährlich, und ich habe mir furchtbare Sorgen gemacht. Es gefiel mir nicht, was sie tat, und es gefiel mir nicht, wenn die Leute hier hereingerannt kamen und hinter ihrem Rücken über sie redeten. Klatschmäuler. Widerlich. Ich wollte sie zum Schweigen bringen. Bei ihr habe ich versucht, den Mund zu halten. Es ging mich nichts an, aber ich wurde immer wieder hineingezogen. Andauernd sagte ich: ›Warum, Baby? Wozu?‹ Und sie schüttelte den Kopf. ›Sei froh, wenn du's nicht weißt, Heck. Ich schwöre, es hat nichts mit dir zu tun.‹ In Wirklichkeit glaube ich, daß *sie* es nicht wußte. Es war ein Zwang – wie niesen. Es war ein gutes Gefühl, es zu tun. Wenn sie es unterdrückte, kitzelte es sie, bis sie fast verrückt wurde.«

»Wissen Sie, wer außer Ihnen in ihrem Leben eine Rolle spielte?«

»Ich habe keine Rolle *in* ihrem Leben gespielt. Ich war eine Randfigur. Außer hier. Sie hatte einen Tagesjob, Teilzeit in der

Wasseraufbereitungsanlage. Sie könnten mit denen reden, vielleicht können die Ihnen etwas sagen. Meistens habe ich sie vor drei Uhr morgens überhaupt nicht zu Gesicht bekommen. Womöglich hat sie ein völlig anderes Leben geführt, während die Sonne schien.«

»Ah ja. Stoff zum Nachdenken«, sagte ich. »Noch etwas, das ich wissen sollte?«

»Nichts, was mir spontan einfiele. Wenn ich auf etwas komme, kann ich mich ja bei Ihnen melden. Haben Sie eine Karte?«

Ich fischte eine heraus und legte sie auf das Mischpult. Er betrachtete sie kurz und ließ sie liegen, wo sie war.

»Danke für Ihre Zeit«, sagte ich.

»Hoffentlich habe ich Ihnen weiterhelfen können. Ich finde die Vorstellung entsetzlich, daß jemand ungestraft mit Mord davonkommt.«

»Es ist zumindest ein Anfang. Vielleicht komme ich irgendwann noch einmal.« Ich zögerte und sah die Hündin an, die immer noch zwischen uns lag. Sowie sie meinen Blick auf sich spürte, erhob sie sich, womit sich ihr Kopf auf gleicher Höhe mit dem Hocker befand, auf dem ich saß. Sie hielt den Blick unverwandt geradeaus gerichtet und starrte konzentriert auf das Fleisch auf meinen Hüften, womöglich in der Hoffnung auf einen kleinen Mitternachtsimbiß.

»Beauty«, murmelte er in fast unverändertem Tonfall.

Sie ließ sich auf den Boden sinken, aber ich wußte genau, daß ihr der Sinn immer noch nach einem Happen Glutaeus maximus stand.

»Nächstes Mal bringe ich ihr einen Knochen mit«, sagte ich. Vorzugsweise keinen von mir.

Ich fuhr durchs Geschäftsviertel nach Hause, an einer Reihe von Ampeln vorbei, die gerade von rot auf grün umschalteten und passierte einen schwarzgekleideten Fahrradfahrer. Inzwischen war es fast halb zwei Uhr morgens, Verkehr war kaum noch vorhanden, und die Kreuzungen wirkten weit und verlassen. Die meisten Bars in der Stadt hatten noch geöffnet, und in ungefähr einer halben Stunde würden die Betrunkenen herauswanken und sich auf den Weg zu den verschiedenen Parkhäusern der Innenstadt machen.

Viele Gebäude lagen im Dunkeln. Obdachlose, im Schlaf zusammengekrümmt, blockierten die Eingänge wie umgestürzte Statuen. Für sie ist die Nacht wie ein riesiges Hotel, wo immer ein Zimmer frei ist. Der einzige Preis, den sie manchmal dafür bezahlen, ist ihr Leben.

Um Viertel vor zwei schälte ich mich endlich aus meinen Jeans, putzte mir die Zähne und machte das Licht aus. Dann kroch ich ins Bett, ohne mir noch die Mühe zu machen, T-Shirt, Unterhose und Socken auszuziehen. Diese Februarnächte waren zu kalt, um nackt zu schlafen. Als ich langsam in die Bewußtlosigkeit glitt, spielten sich vor meinem geistigen Auge immer wieder bestimmte Ausschnitte aus Lornas Film ab. Ach ja, das Leben einer alleinstehenden Frau in einer Welt, die von Geschlechtskrankheiten beherrscht wird. Ich lag da und versuchte, mich daran zu erinnern, wann ich zum letzten Mal Sex gehabt hatte. Ich wußte es nicht mehr, was Anlaß zu *ernsthafter* Besorgnis gab. Ich schlief ein und fragte mich, ob ein ursächlicher Zusammenhang zwischen Gedächtnisschwund und Enthaltsamkeit bestand. Offensichtlich, denn das war für die nächsten vier Stunden mein letzter bewußter Gedanke.

Als um sechs Uhr der Wecker klingelte, rollte ich mich aus dem Bett, bevor sich Widerstand regen konnte. Ich zog meinen Jogginganzug und die Laufschuhe an und ging ins Badezimmer, wo ich mir die Zähne putzte und es tunlichst vermied, in den Spiegel zu sehen. Ein unbedachter Blick hatte mir ein schlaftrunkenes Gesicht vorgeführt, eingerahmt von Haaren, die so steif und verfilzt waren wie die eines Penners. Ich hatte sie vor einem halben Jahr mit einer zuverlässigen, kleinen Nagelschere gestutzt, aber seither nicht mehr viel damit angestellt. Nun waren die Partien, die nicht nach oben abstanden, entweder platt oder völlig durcheinander. Ich mußte wirklich bald einmal etwas dagegen tun.

Angesichts der vier Stunden Schlaf ähnelte mein Lauftraining eher einer lustlosen Pflichtübung. Oft regt mich der Anblick des Strandes an, und ich lasse mich von Seevögeln und dem Tanggeruch dahintreiben. Joggen wird zu einer Meditation, die die Zeit in eine höhere Ordnung verwandelt. Doch heute war einer der Tage, an denen körperliche Anstrengung mich einfach nicht aufbauen konnte. Statt euphorisch zu werden, mußte ich mich mit dreihundert ausgeschwitzten Kalorien, schmerzenden Schenkeln und brennenden Lungen begnügen. Ich hängte noch fünfhundert Meter als Buße für meine Gleichgültigkeit an und ging dann in schnellem Schritt nach Hause zurück, um mich dabei abzukühlen. Ich duschte und schlüpfte in eine frische Jeans und einen schwarzen Rollkragenpullover, über den ich einen dicken, grauen Baumwollsweater zog.

Ich setzte mich auf einen hölzernen Hocker an den Küchentisch und aß einen Teller Corn-Flakes. Eilig überflog ich die Lokalzeitung. Nichts Außerordentliches passiert. Während der Mittlere Westen von Überschwemmungen bedroht war, lagen die Niederschlagsmengen in Santa Teresa unter dem Durchschnittswert, und man befürchtete schon, daß eine weitere Trockenperiode im Anzug sein könnte. Januar und Februar waren normalerweise regenreiche Monate, aber das Wetter hatte sich launisch gezeigt. Stürme hatten sich der Küste genähert und waren dann über uns geschwebt, als wollten sie flirten, hatten uns jedoch den nassen Kuß ihrer Niederschläge verweigert. Hochdrucksysteme hielten jeglichen Regen fern. Der Himmel bewölkte sich und wurde düster, gab aber letztlich kein Wasser ab. Es war frustrierend.

Ich suchte nach erfreulicheren Artikeln und las, daß eine der großen Ölfirmen plante, irgendwo weiter südlich an der Küste eine neue Raffinerie zu bauen. Das würde eine hübsche Ergänzung des Landschaftsbildes abgeben. Ein Bankraub, ein Streit zwischen Grundstückseignern, die Land erschließen wollten, und der Verwaltungsbehörde. Ich überflog die Cartoons, während ich meinen Kaffee schlürfte, und fuhr anschließend ins Büro, wo ich die nächsten Stunden damit zubrachte, meine Steuerunterlagen zu sortieren. Lästig. Als ich fertig war, zog ich einen Vordruck des Standardvertrags hervor und füllte die Einzelheiten meiner Vereinbarung mit den Keplers aus. Den Rest des Tages arbeitete ich am Bericht über einen Fall, den ich gerade abgeschlossen hatte. Die Rechnung belief sich, inklusive Spesen, nur auf etwas über zweitausend Dollar. Viel war das nicht, aber es reichte für die Miete und meine Versicherung.

Um fünf Uhr rief ich bei Janice an, da ich annahm, daß sie nun aufgestanden sein mußte. Trinny, die jüngere der beiden Töchter, nahm den Hörer ab. Sie war eine richtige Plaudertasche. Als ich meinen Namen nannte, sagte sie, daß der Wecker ihrer Mutter jede Minute läuten müßte. Berlyn sei kurz auf die Bank gegangen, und ihr Vater sei auf dem Heimweg von einem Kunden. Damit waren alle abgehakt. Janice hatte mir die Adresse gegeben, aber Trinny erklärte mir den Weg und gab sich recht freundlich.

Ich holte mein Auto aus dem öffentlichen Parkhaus ein paar Häuserblocks weiter. Ein ständiger Strom Autos mit Menschen, die vom Einkaufen oder vom Büro nach Hause fahren wollten, bewegte sich spiralförmig die Rampe hinunter. Als ich den Capillo Hill hinauffuhr, wirkte die Luft geradezu grau vom Licht der Dämmerung. Die Straßenlampen gingen an wie eine Reihe von Papierlaternen, die man für ein Fest aufgehängt hatte.

Janice und Mace Kepler besaßen ein kleines Haus auf dem Steilufer, in einem Viertel, das Anfang der fünfziger Jahre für Kaufleute und Händler gebaut worden sein mußte. Viele Straßen boten eine Aussicht auf den Pazifik, und theoretisch hätten die Grundstücke in der Gegend teuer sein können, doch dafür war es zu neblig. Der Anstrich der Fassaden blätterte ab, Aluminiumverkleidungen wurden löchrig, und hölzerne Dachschindeln wellten sich in der ständigen Feuchtigkeit. Der Wind blies vom Ozean her und zerzauste die Rasenflächen. Die Siedlung selbst bestand fast ausschließlich aus Einfamilienhäusern, die in einer Zeit aus dem Boden gestampft worden waren, als das Bauen billig war und man Baupläne bei Zeitschriften per Post bestellen konnte.

Die Keplers hatten offensichtlich getan, was sie konnten. Die gelbe Farbe auf der seitlichen Holzverkleidung sah aus, als sei sie erst vor kurzem neu aufgetragen worden. Die Fensterläden waren weiß, und ein ebenso weißer Lattenzaun markierte die Grenzen des Grundstücks. Der Rasen hatte dichtem Efeu Platz gemacht, der überall zu wachsen schien und auch die Stämme der beiden Bäume im Vorgarten bis auf halbe Höhe bedeckte.

In der Einfahrt stand ein blauer Lieferwagen, der im Comic-Stil mit einem großen Wasserhahn bemalt war, von dem ein dicker, tränenförmiger Wassertropfen herabhing. MACE KEPLER INSTAL-

LATIONEN · HEIZUNGEN · KLIMAANLAGEN stand in weißen Großbuchstaben auf der Karosserie. Ein kleines, rechteckiges Emblem wies darauf hin, daß Kepler Mitglied der PHCC war, des nationalen Verbands der Sanitär-, Heizungs- und Klimaanlagenfachleute. Seine staatliche Zulassungsnummer war ebenso aufgeführt wie der Vierundzwanzig-Stunden-Reparaturservice, den er anbot (bei Wasserrohrbrüchen, undichten Abflüssen, ausströmendem Gas und defekten Durchlauferhitzern) sowie die Kreditkarten, die er akzeptierte. Heutzutage offerieren nicht einmal Ärzte derart umfassende Dienstleistungen.

Ich bog in die Kieseinfahrt und parkte mein Auto hinter seinem. Ich ließ den Wagen unverschlossen und blickte kurz hinters Haus, bevor ich die flachen Betonstufen zur vorderen Veranda hinaufging. Irgend jemand in der Familie hatte eine Vorliebe für Obstbäume. Im hinteren Teil des Grundstücks war eine regelrechte Plantage für Zitrusfrüchte angelegt worden. Zu dieser Jahreszeit waren die Äste kahl, doch im Sommer würde sie wieder dichtes, dunkelgrünes Blattwerk bedecken, und dazwischen würden die Früchte hängen wie Christbaumschmuck.

Ich klingelte. Neben dem Fußabstreifer standen lehmbedeckte Arbeitsschuhe. Es dauerte nicht lange, bis Mace Kepler die Tür aufmachte. Vermutlich hatte man ihn dazu abgestellt aufzupassen, wann ich kam. Angesichts meiner unheilbaren Neigung zum Schnüffeln war ich froh, daß ich mich nicht damit aufgehalten hatte, seinen Briefkasten zu durchwühlen.

Wir machten uns bekannt, und er trat beiseite, um mich einzulassen. Sogar in seinen ledernen Pantoffeln maß er vermutlich einen Meter neunzig gegenüber meinen einsfünfundsechzig. Er trug ein kariertes Hemd und Arbeitshosen, war in den Sechzigern, ziemlich kräftig gebaut und hatte ein breites Gesicht mit einem zurückweichenden Haaransatz. Die Zeit hatte eine tiefe Spalte in sein Kinn gegraben, und eine Sorgenfalte stand wie ein Schrägstrich zwischen seinen Augen. Bei Aufträgen in besseren Wohngegenden heuerte er vermutlich jüngere, zierlichere Männer an, die sich in die engen Zwischenräume unter den Häusern zwängen mußten. »Janice steht unter der Dusche, aber sie müßte gleich fertig sein. Darf ich Ihnen ein Bier anbieten? Ich trinke selbst auch eins. Ich habe einen höllischen Tag hinter mir und bin gerade erst nach Hause gekommen.«

»Nein, danke«, sagte ich. »Ich hoffe, ich komme nicht ungelegen.« Ich wartete an der Tür, während er in die Küche trottete, um sich ein Bier zu holen.

»Keine Sorge. Das paßt schon«, sagte er. »Ich bin bloß noch nicht zum Abschalten gekommen. Das ist meine Tochter Trinny.«

Trinny sah mit einem flüchtigen Lächeln auf und setzte dann ihre Beschäftigung fort, nämlich eine kakaobraune Teigmasse in eine Kuchenform aus Aluminium zu gießen. Das Rührgerät, von dessen Knethaken immer noch braune Pampe tropfte, lag neben einer offenen Schachtel Duncan-Hines-Schokoladenkuchenmischung auf der Arbeitsfläche. Trinny schob die Form in den Ofen und stellte eine Küchenuhr, die wie eine Zitrone geformt war. Sie hatte bereits eine Schachtel mit fertiger Mischung für Karamelguß aufgemacht, und ich hätte darauf wetten können, daß sie schon einen Finger voll genascht hatte. Meine Tante hatte mir zwar nie Backen beigebracht, aber sie hatte mich wiederholt vor den schändlichen Fertigbackmischungen gewarnt, die in ihren Augen direkt neben Pulverkaffee und Knoblauchsalz in Gläschen rangierten.

Trinny war barfuß und trug ein übergroßes, weißes T-Shirt und eine ausgefranste, abgeschnittene Jeans. Nach dem Umfang ihres Hinterns zu schließen hatte sie sich bereits eine ganze Menge selbstgebackene Kuchen einverleibt. Mace machte den Kühlschrank auf und nahm ein Bier heraus. Er fand den Öffner in einer Schublade, hebelte die Flasche auf und warf den Kronkorken im Vorbeigehen in eine Mülltüte aus braunem Papier.

Trinny und ich murmelten einander ein »Hi« zu. Berlyn, die ältere Tochter, kam in schwarzen Strümpfen und einem weißen Herrenhemd darüber vom Flur herein. Mace stellte auch uns einander vor, und wir tauschten unverbindliche Floskeln à la »Hallo, wie geht's?« aus. Sie ging quer durch die Küche und war intensiv damit beschäftigt, ihre Ärmel hochzukrempeln. Neben Trinny blieb sie stehen und hielt ihr bittend den Arm hin. Trinny wischte sich die Hände ab und begann, Berlyns Ärmel aufzurollen.

Auf den ersten Blick konnte man sie irrtümlich für Zwillinge halten. Sie schienen nach ihrem Vater zu schlagen, waren groß und vollbusig und hatten schwere Beine und Schenkel. Berlyn hatte blond gefärbte Haare und große, von dunklen Wimpern eingerahmte Augen. Ihr Teint war makellos und blaß, und sie hatte breite, sinnliche Lippen, die sie mit einem glänzenden, leuchtendpinkfarbenen Lippenstift bemalt hatte. Trinny war bei ihrer natürlichen Haarfarbe geblieben, einem satten Karamelbraun – vermutlich derselbe Farbton, mit dem auch Berlyn zur Welt gekommen war. Beide besaßen leuchtendblaue Augen und dunkle Brauen. Berlyns Züge waren grober, aber vielleicht war es auch das gebleichte Haar, das sie ein wenig gewöhnlich wirken ließ. Hätte nicht Lornas fragile Schönheit einen Kontrast innerhalb der Familie gebildet, hätte ich gesagt, daß sie auf etwas vulgäre Art hübsch waren. Obwohl ich von Lornas zahlreichen Männerkontakten wußte, schien sie eine gewisse Klasse besessen zu haben, die den beiden anderen fehlte.

Berlyn ging zum Kühlschrank hinüber und holte sich eine Diätpepsi heraus. Sie riß die Dose auf und spazierte zur Hintertür hinaus auf eine hölzerne Veranda, die an der Rückseite des Hauses verlief. Durchs Fenster sah ich ihr dabei zu, wie sie es sich auf einer Liege aus geflochtenen Plastikstreifen bequem machte. Eigentlich war es zu kalt, um draußen zu sitzen. Ihr Blick streifte kurz meinen, bevor sie wegsah.

Mit dem Bier in der Hand ging Mace durch die Küche ins Fernsehzimmer und bedeutete mir, ihm zu folgen. Als er die Tür hinter uns schloß, stieg mir der chemische Geruch des Schokoladenkuchens aus dem Backofen in die Nase.

5

Das Fernsehzimmer war ans Haus angegliedert worden, indem man die eine Hälfte der Doppelgarage umgebaut hatte. Über den ursprünglichen Beton war Estrich gekommen, und darüber hatte man Nut- und Federbretter aus Eiche verlegt. Trotz eines großen Teppichs roch der Raum nach Motorenöl und alten Autoteilen.

Eine Bettcouch, ein Couchtisch, vier Stühle, ein Sofa und ein Rollwagen für den Fernseher waren im Zimmer verteilt. In einer Ecke standen ein Aktenschrank und ein Schreibtisch, auf dem sich Papiere stapelten. Das gesamte Mobiliar sah aus, als stammte es vom Flohmarkt: Stoffe, die nicht zusammenpaßten, und abgenutzte Polster – was andere wegwarfen, durfte hier sein Leben fristen.

Mace ließ sich auf einen abgewetzten, braunen Fernsehsessel sinken und betätigte den Mechanismus, der die Fußstütze freigab. Er griff nach der Fernbedienung, schaltete den Ton aus und zappte sich dann durch mehrere Kanäle, bis er einen fand, auf dem gerade ein Basketballspiel im Gange war. Lautlos hüpften die Jungs auf dem Spielfeld auf und ab, sprangen hoch, fielen hin und stießen einander in die Seite. Wäre der Ton aufgedreht gewesen, hätte ich mit Sicherheit das schrille Quietschen der Gummisohlen auf dem Hartholzboden gehört. Der Ball flog wie magnetisiert ins Netz und berührte nicht einmal bei jedem zweiten Korb den Rand.

Ohne gebeten worden zu sein, hockte ich mich auf das Sofa neben ihn und drehte mich so, daß ich mich in seinem Blickfeld befand. »Ich nehme an, Janice hat Ihnen von unserem Gespräch gestern abend erzählt.« Ich stellte mich darauf ein, beruhigende Phrasen über Lornas Mitwirken in dem Pornofilm von mir zu geben. Mace reagierte nicht. Eine Werbung für Fast Food unterbrach das Spiel, und ein Hamburger im Format 40 × 50 erschien in voller Farbenpracht auf dem Bildschirm. Die Sesamsamen waren so groß wie Reiskörner, und eine Scheibe leuchtendorangefarbener Käse tropfte einladend von den Seiten des Brötchens herunter. Ich sah, wie Mace gebannt auf das Bild starrte. Ich hatte ja schon immer gewußt, daß ich nicht so anziehend bin wie eine Scheibe auf offenem Feuer gegrilltes Rindersteak, aber es war dennoch ernüchternd zu sehen, wie wenig Aufmerksamkeit er mir widmete. Ich reckte den Kopf nach links und kam damit in sein Blickfeld.

»Sie hat mir gesagt, daß sie Sie engagieren will, damit Sie Lornas Tod untersuchen«, sagte er, als hätte ihm jemand aus den Kulissen ein Stichwort zugerufen.

»Was halten Sie davon?«

Er begann auf die Armlehne seines Sessels zu klopfen. »Ist Sache von Janice«, sagte er. »Ich möchte nicht ungehobelt klingen, aber in dieser Angelegenheit sind wir geteilter Meinung. Sie glaubt, Lorna sei ermordet worden, aber ich bin davon nicht überzeugt. Es hätte auch ausströmendes Gas sein können. Oder Kohlenmonoxidvergiftung von einem schadhaften Ofen.« Er hatte eine wuchtige Stimme und wuchtige Hände.

»Lorna hatte einen Ofen in ihrer Hütte? Ich dachte, ihre Behausung war ziemlich primitiv.«

Ein Anflug von Ungeduld huschte über sein Gesicht. »Das macht Janice auch. Sie nimmt alles wörtlich. Ich gebe ja bloß ein *Beispiel*. Jedes Stück in dieser Hütte war entweder alt oder kaputt. Wenn Sie einen defekten Heizkörper haben, können Sie eine Menge Schwierigkeiten kriegen. Das wollte ich damit sagen. Ich sehe so was andauernd. Mein Gott, schließlich lebe ich davon.«

»Ich nehme an, die Polizei hat die Möglichkeit, daß Gas ausströmte, überprüft.«

Er schüttelte diese Bemerkung ab und zog eine seiner fleischigen Schultern nach vorn, während er seinen steifen Hals nach allen Seiten reckte. »Ich habe mir den Rücken gestoßen, als ich versucht habe, ein Rohr aus einer Betonwand zu reißen«, erklärte er. »Ich weiß nicht, was die Polizei gemacht hat. Offen gestanden finde ich, daß man die ganze Sache ruhen lassen sollte. Es kommt mir so vor, als wäre diese ganze Grübelei von wegen Mord nur eine andere Methode, um die Angelegenheit weiter diskutieren zu können. Ich habe meine Tochter geliebt. Sie war beinahe so makellos, wie man es sich nur wünschen kann. Sie war ein schönes, liebes Mädchen, aber nun ist sie tot, und daran läßt sich nichts mehr ändern. Wir haben noch zwei lebende Töchter, und wir müssen zur Abwechslung mal ihnen unsere Aufmerksamkeit schenken. Wenn man anfängt, Anwälte und Detektive zu engagieren, bringt einem das zusätzlich zu dem Schmerz nur einen Haufen unnötige Kosten ein.«

Ich merkte, wie sich mein inneres Ohr aufstellte. Keine Wut, kein Protest, überhaupt keine Bezugnahme auf das ganze Geschlecke und Gesauge? In meinen Augen war Lornas obszönes Benehmen alles andere als »beinahe makellos«, vielmehr rückte es sie eher in die Nähe von »zügellos«. Daß sie ungebärdig war, machte sie nicht zu einem schlechten Menschen, aber das Wort *lieb* wäre mir nicht gerade in den Sinn gekommen. Ich sagte: »Vielleicht müssen Sie und Janice noch einmal über das Ganze sprechen. Ich habe ihr gestern abend gesagt, daß Sie sich einig sein müßten.«

»Tja, wir sind uns jedenfalls *nicht* einig. Ich finde, daß meine Frau ein bißchen spinnt, aber wenn es das ist, was sie will, bin ich bereit mitzuziehen. Wir müssen alle auf unsere Art damit fertig werden. Wenn es sie froh macht, will ich ihr nicht im Weg stehen, aber das heißt nicht, daß ich mit ihr in dieser Sache *einig* bin.«

O weh. Wenn der Mann erst einmal die Rechnung für meine Dienste sah... *Diese* Auseinandersetzung wollte ich nicht miterleben. »Was ist mit Trinny und Berlyn? Haben Sie mit ihnen darüber gesprochen?«

»Das geht die beiden nichts an. Die Entscheidungen treffen Janice und ich. Die Mädchen wohnen zwar zu Hause, aber wir sind diejenigen, die die Rechnungen bezahlen.«

»Was ich eigentlich gemeint habe, ist, wie sie mit Lornas Tod zurechtkommen.«

»Oh. Darüber reden wir eigentlich kaum. Das müßten Sie sie selbst fragen. Ich versuche, über die Sache hinwegzukommen, anstatt alles immer wieder aufzuwühlen.«

»Manche Menschen finden es hilfreich, über so etwas zu sprechen. So verarbeiten sie das, was sie erlebt haben.«

»Ich hoffe, ich klinge nicht wie ein alter Muffel, was dieses Thema angeht, aber bei mir ist es genau umgekehrt. Ich möchte es lieber fallenlassen und mein Leben weiterleben.«

»Hätten Sie etwas dagegen, wenn ich mit den beiden spreche?«

»Für mich ist das eine Angelegenheit zwischen Ihnen und den beiden. Sie sind erwachsen. Solange es ihnen recht ist, können Sie soviel reden, wie Sie wollen.«

»Vielleicht erwische ich sie noch, bevor ich gehe. Wir müssen ja nicht unbedingt heute sprechen, aber ich würde die beiden gern bald befragen. Es ist ja ohne weiteres möglich, daß Lorna ihnen etwas anvertraut hat, das sich als wichtig erweisen könnte.«

»Das bezweifle ich, aber Sie können ruhig fragen.«

»Wann arbeiten sie?«

»Berl sitzt zwischen acht und fünf Uhr hier am Telefon. Ich habe einen Piepser, und sie verständigt mich von Notfällen. Sie macht mir die Buchführung, begleicht die Rechnungen und verwaltet die Einnahmen. Trinny sucht gerade Arbeit. Sie hat letzten Monat ihre Stelle verloren, und so ist sie die meiste Zeit hier.«

»Was hat sie gearbeitet?«

Der Werbeblock war endlich vorüber, und seine Aufmerksamkeit wandte sich erneut dem Bildschirm zu. Zwei ehemalige Sportler in Anzügen diskutierten das Spiel. Ich ließ es auf sich beruhen, da ich mir dachte, daß ich sie das auch selbst fragen konnte.

Es klopfte an der Zimmertür, und Janice steckte den Kopf herein. »Oh, hallo. Trinny hat mir gesagt, daß Sie hier sind. Ich hoffe, ich störe nicht.« Sie kam herein und schloß die Tür hinter sich. Mit ihr kam ein Duft nach Duschgel, Deodorant und feuchten Haaren. Sie trug eine rot-weiß karierte Bluse und eine rote Stretchhose aus Polyester. »Ich habe eine richtige Uniform für die Arbeit«, sagte sie, während ihr Blick meinem folgte. Sie sah schicker aus als ich, Polyester hin oder her. »Hat Ihnen jemand etwas zu trinken angeboten?« Es wunderte mich, daß sie nicht Block und Bleistift hervorzog.

»Danke, aber ich brauche nichts. Mace hat mir vorhin etwas angeboten.« Ich griff in meine Handtasche, holte den Vertrag heraus und legte ihn auf den Couchtisch. »Ich bin deswegen vorbeigekommen. Hoffentlich störe ich nicht bei den Vorbereitungen fürs Abendessen.«

Sie winkte ab. »Keine Sorge. Trinny kümmert sich darum. Seit sie ihren Job verloren hat, ist es, als hätte man eine Vollzeit-Haushaltshilfe. Wir essen erst um acht, und bis dahin sind es noch Stunden. Wie ist es Ihnen in der Zwischenzeit ergangen? Ich hoffe, Sie haben genug Schlaf bekommen. Sie sehen müde aus.«

»Das bin ich auch, aber ich kann es hoffentlich heute nacht nachholen. Ich weiß nicht, wie Sie diese Nachtschichten durchstehen. Mich würde das umbringen.«

»Man gewöhnt sich daran. Im Grunde ist es mir sogar lieber. Nachts kommen ganz andere Gäste herein. Übrigens steht meine Einladung auf einen Kaffee nach wie vor, falls Sie mal während meiner Schicht in der Gegend sind.« Sie nahm den Vertrag in die Hand, ein schlichtes Dokument, das auf einer Seite die Bedingungen unserer Vereinbarung enthielt. »Ich glaube, ich sollte das erst durchlesen, bevor ich es unterschreibe. Wie ist die Bezahlung geregelt? Bekommen Sie einen Stundensatz oder ein Pauschalhonorar?«

»Fünfzig Dollar die Stunde plus Spesen«, erklärte ich. »Einmal die Woche bekommen Sie einen schriftlichen Bericht. Telefonisch können wir uns absprechen, so oft Sie wollen. Der Vertrag berechtigt mich, meine Dienste und Spesen bis zu einer Summe von fünftausend Dollar in Rechnung zu stellen. Alles, was darüber hinausgeht, müssen wir gegebenenfalls besprechen. Vielleicht beschließen Sie dann, die Untersuchung einzustellen, und wenn ja, ist es damit erledigt.«

»Sie brauchen wahrscheinlich einen Vorschuß. Das ist doch üblich, oder?«

»Meistens«, antwortete ich. Wir sprachen noch ein Weilchen über Einzelheiten, während Mace das Spiel weiterverfolgte.

»Kommt mir alles ganz korrekt vor. Schatz, was meinst du?«

Sie hielt ihm den Vertrag hin, aber er ignorierte sie. Sie drehte sich wieder zu mir. »Ich bin gleich wieder da. Mein Scheckheft ist im anderen Zimmer. Sind Sie mit tausend Dollar einverstanden?«

»Selbstverständlich«, sagte ich. Sie verließ den Raum, und ich wandte mich wieder an ihn. »Es würde mir Zeit sparen, wenn Sie mir Namen und Adressen von Lornas Freunden nennen könnten.«

»Sie hatte keine Freunde. Sie hatte auch keine Feinde, zumindest nicht, soweit wir wissen.«

»Was ist mit ihrem Vermieter? Ich brauche wenigstens seine Adresse.«

»Mission Run Road sechsundzwanzig. Heißt J. D. Burke. Ihre Behausung war hinten auf seinem Grundstück. Er zeigt Ihnen bestimmt alles, wenn Sie ihn nett fragen.«

»Haben Sie irgendeine Vermutung, warum sie umgebracht worden sein könnte?«

»Meine Meinung kennen Sie bereits«, sagte er.

Janice kam wieder herein und hörte meine letzte Frage und seine

Antwort. »Ignorieren Sie ihn einfach. Er ist ein Ekel«, meinte sie. Dann versetzte sie ihm einen Klaps auf den Kopf. »Benimm dich.«

Sie setzte sich mit dem Scheckbuch in der Hand aufs Sofa. Als ich einen Blick auf das Scheckverzeichnis warf, kam es mir so vor, als hätte sie seit geraumer Zeit nicht mehr abgerechnet. Sie schien am liebsten alles auf glatte Dollarbeträge zu runden, wodurch sämtliche Summen auf Null endeten. Sie schrieb den Scheck aus, nahm ihn heraus und gab ihn mir, bevor sie sich Schecknummer und Summe notierte. Dann kritzelte sie ihren Namen unten auf den Vertrag und reichte ihn Mace. Er nahm den Stift und setzte seine Unterschrift dazu, ohne sich die Bedingungen durchzulesen. Allein die Geste strahlte eine Einstellung aus, die an Gleichgültigkeit grenzte. Ich bin schon lange genug im Geschäft, um Schwierigkeiten vorauszuahnen, und beschloß, mich von Janice immer wieder zwischendurch bezahlen zu lassen. Wenn ich eine Gesamtrechnung stellte, würde Mace vermutlich seine Kröten zusammenhalten und die Bezahlung verweigern.

Ich sah auf die Uhr. »Ich muß jetzt gehen«, sagte ich. »Ich habe in einer Viertelstunde einen Termin am anderen Ende der Stadt.« Das war natürlich gelogen, aber diese Leute schlugen mir langsam auf den Magen. »Könnten Sie mich hinausbegleiten?« fragte ich.

Janice erhob sich mit mir. »Aber gern«, sagte sie.

»Nett, Sie kennengelernt zu haben«, murmelte ich beim Gehen Mace zu.

»Ja, ganz meinerseits.«

Weder Berlyn noch Trinny waren zu sehen, als wir auf unserem Weg zur Haustür durchs Wohnzimmer gingen. An der vorderen Veranda angekommen, fragte ich: »Janice, was geht hier vor? Haben Sie ihm von dem Videoband erzählt? Er verhält sich nicht gerade so, als ob er davon wüßte, und Sie haben doch versprochen, es ihm zu sagen.«

»Ja, ich weiß, aber ich bin noch nicht dazu gekommen. Er war schon zur Arbeit gefahren, als ich heute morgen nach Hause gekommen bin. Ich habe erst jetzt Gelegenheit dazu. Ich wollte es nicht vor Berlyn oder Trinny erwähnen...«

»Warum nicht? Sie haben ein Recht darauf zu erfahren, was sie getrieben hat. Stellen Sie sich nur vor, die beiden wissen etwas Wichtiges. Vielleicht verschweigen sie etwas, weil sie Sie und Ihren Mann schützen wollen.«

»Oh, daran hatte ich gar nicht gedacht. Glauben Sie wirklich?«

»Möglich wäre es«, sagte ich.

»Ich könnte es ihnen schon sagen, aber ich möchte ihr Andenken nicht beschmutzen, wo es doch alles ist, was wir haben.«

»Meine Ermittlungen könnten noch Schlimmeres zutage fördern.«

»O Gott, das will ich nicht hoffen. Wie kommen Sie darauf?«

»Moment mal. Lassen wir das. Ich kann nicht effektiv arbeiten, wenn Sie Spielchen spielen.«

»Ich spiele keine Spielchen«, erwiderte sie indigniert.

»Doch, das tun Sie. Vor allem könnten Sie endlich aufhören, Märchen über Lorna zu erzählen. Der Polizist, mit dem ich gesprochen habe, sagt, Sie hätten gewußt, was sie getrieben hat, weil er es Ihnen selbst erzählt hat.«

»Das hat er nicht!«

»Ich lasse mich nicht auf dieses ›er hat, er hat nicht‹ ein. Ich erzähle Ihnen nur, was er gesagt hat.«

»Tja, er ist ein gemeiner Lügner, und Sie können ihm ruhig erzählen, daß *ich* das gesagt habe.«

»Ich werde Ihre Stellungnahme weiterleiten. Der *Punkt* ist allerdings, daß Sie versprochen haben, Mace von dem Video zu erzählen. Sie können von Glück sagen, daß ich den Mund gehalten habe und nicht ins Fettnäpfchen getreten bin. Ich war kurz davor, es zu erwähnen.«

»Das würde mir nichts ausmachen«, sagte sie vorsichtig und verwechselte meine Äußerung offenbar mit einem Angebot.

»Ich kann mir durchaus vorstellen, daß *Ihnen* das nichts ausmachen würde. Sie denken sich, da er ja ohnehin bereits eine Abneigung gegen mich hat, wäre es auch schon egal. Ich kann mir seine Reaktion lebhaft vorstellen. Nein, danke. Das ist Ihre Aufgabe, und Sie sollten sie lieber schnell erledigen.«

»Ich werde das Thema beim Abendessen anschneiden.«

»Je früher, desto besser. Aber lassen Sie mich bitte nicht weiterhin in der Position, daß ich mehr weiß als er. Er meint sowieso schon, man würde ihn lächerlich machen.«

»Ich habe doch gesagt, daß ich mich darum kümmern werde«, sagte sie. Sie gab sich eisig, aber das scherte mich nicht.

In leicht gereizter Stimmung verabschiedeten wir uns voneinander.

Auf dem Weg durch die Stadt hielt ich bei der Bank und reichte den Scheck ein. Ich war nicht restlos davon überzeugt, daß er gedeckt war, und es wäre im Grunde vernünftig gewesen, abzuwarten, bis das geklärt war, bevor ich den Fall weiterbearbeitete. Eigentlich wollte ich nach Hause fahren. Im Dämmerlicht des Februars sammelte sich der Schatten unter den Bäumen. Ich freute mich auf ein frühes Abendessen und ausreichenden Schlaf. Weil ich gerade in der Gegend war, machte ich einen Umweg über die Mission Run Road. Wenn Lornas ehemaliger Vermieter da war, wollte ich kurz mit ihm sprechen. Wenn nicht, würde ich meine Karte mit der Bitte hinterlassen, sich bei mir zu melden.

Das Haus war ein zweistöckiges viktorianisches Gebäude: weißes Mauerwerk mit grünen Fensterläden und einer Veranda ringsum. Wie viele solcher Wohnhäuser in Santa Teresa war es vermutlich früher das Haupthaus eines landwirtschaftlichen Anwesens von beträchtlichen Ausmaßen gewesen. Es gab einmal eine Zeit, da es am Stadtrand gelegen hatte und nicht nahe am Zentrum. Ich malte mir aus, wie die Obstplantagen und Felder aufgeteilt wurden und andere Häuser immer näher rückten, während ein Eigner nach dem anderen Geld auf die Bank trug. Was heute noch übrig war, belief sich vermutlich auf weniger als fünfundzwanzigtausend Quadratmeter Grund mit altem Baumbestand und Nebengebäuden.

Als ich auf das Haus zuging, hörte ich eine männliche und eine weibliche Stimme erbost streiten, verstand jedoch nicht, worüber. Eine Tür knallte. Der Mann schrie noch etwas hinterher, aber ich verstand nicht, was. Ich stieg hölzerne Stufen hinauf, die von abblätternder, grauer Farbe ganz rauh waren. Die Vordertür stand offen, nur die Fliegentür war eingeklinkt. Ich klingelte. Im Flur war Linoleum verlegt, und zur Rechten konnte ich eine Treppe sehen, die zum Obergeschoß führte. Ein Teil des Flurs war mit zwei Scherengittern abgetrennt, eines in der Nähe der Treppe und ein zweites auf halbem Weg zur Küche. Burke mußte entweder einen jungen Hund oder ein Kleinkind haben. Hinten im Haus brannte Licht. Ich klingelte erneut. Ein Mann rief etwas aus der Küche, trat schließlich hervor und kam mit einem Geschirrtuch im Gürtel auf mich zu. Er schaltete das Licht auf der Veranda an und musterte mich.

»Sind Sie J. D. Burke?« fragte ich.

»Genau.« Er lächelte zögerlich. Er war Mitte bis Ende Vierzig, hatte ein schmales Gesicht und gute Zähne, obwohl an einem vorn ein Stück abgebrochen war. Auf beiden Seiten seines Mundes zogen sich tiefe Furchen nach unten, und in den Augenwinkeln hatte er einen ganzen Fächer von Falten.

»Mein Name ist Kinsey Millhone. Ich bin Privatdetektivin. Lorna Keplers Mutter hat mich engagiert, um ihren Tod zu untersuchen. Haben Sie ein paar Minuten Zeit?«

Er warf einen Blick über die Schulter und zuckte dann mit den Achseln. »Klar, wenn es Ihnen nichts ausmacht, mir beim Kochen zuzusehen.« Er öffnete die Fliegentür und hielt sie mir auf. »Die Küche ist dort hinten. Passen Sie auf, wo Sie hintreten«, sagte er. Er wich einer Ansammlung von Plastikklötzen aus und ging den Flur entlang. »Meine Frau findet, Laufställe seien zu einengend für Kinder, und deshalb läßt sie Jack hier spielen, wo er alles beobachten kann, was vor sich geht.« Ich sah, daß Jack Erdnußbutter auf sämtliche Sprossen des Treppengeländers geschmiert hatte, die in seiner Reichweite waren.

Ich folgte J. D. einen zugigen Flur entlang, der durch die Mahagonitäfelung und die vom Alter dunkel gewordene Tapete noch düsterer wirkte. Ich fragte mich, ob Restaurateure die Oberfläche wieder aufhellen könnten, wenn sie den ganzen Ruß entfernten, und ob sie all die Farben wie bei einem alten Meister wieder wie früher zum Leuchten bringen könnten. Andererseits – wie farbenprächtig konnten blaßbraune Rosenranken schon werden?

Die Küche entpuppte sich als der deprimierende Versuch, einen Raum zu »modernisieren«, der ursprünglich wohl ein Abstellraum gewesen war. Die Arbeitsflächen waren mit Linoleum bedeckt und mit einem Metallband eingefaßt, vor dem sich ein dunkelbrauner Schmutzstreifen gebildet hatte. Die hölzernen Wandschränke waren dick mit limonengrüner Farbe gestrichen. Herd und Kühlschrank schienen neu zu sein, überdimensionierte, weiße Geräte, die in den Raum ragten. Einen Eichentisch mit zwei Stühlen hatte man in eine Nische gezwängt, in der unter den Erkerfenstern, die auf einen unordentlichen Hof hinausgingen, in die Wand eingelassene Bänke verliefen. Wenigstens war es hier wärmer als im Flur.

»Setzen Sie sich.«

»Danke, nicht nötig. Ich kann sowieso nicht lange bleiben«, sagte ich. Ehrlich gesagt widerstrebte es mir, mich auf einen Stuhl zu setzen, der mit klebrigen Fingerabdrücken übersät war. Ein kleiner Mensch, aller Wahrscheinlichkeit nach Jack, hatte in der Küche eine Runde gedreht und bis zur Hintertür, die auf eine kleine verglaste Veranda hinausging, auf Sitzhöhe eine Traubengeleeverzierung hinterlassen.

J. D. beugte sich über den Herd und entzündete die Flamme unter seiner Kasserolle. Sein Haar war hellbraun, wurde oben etwas schütter und sah um die Ohren ein wenig struppig aus. Er trug ein Arbeitshemd aus blauem Drillich, ausgebleichte Blue Jeans und staubige Stiefel. Auf der Arbeitsfläche lag ein weißes Päckchen, auf dem der Metzger etwas vermerkt hatte, und daneben ein Häufchen gewürfelte Zwiebeln und Knoblauch. Er goß Olivenöl in die Pfanne. Ich liebe es, Männern beim Kochen zuzusehen.

»J. D.?« Aus dem vorderen Teil des Hauses drang eine Frauenstimme zu uns herein.

»Ja?«

»Wer war das?«

Er blickte in den Flur hinter mir, und ich drehte mich um, während sie näher kam. »Die Dame ist Privatdetektivin und untersucht Lornas Tod. Das ist meine Frau Leda. Es tut mir leid, aber ich habe Ihren Namen wieder vergessen.« Als das Öl heiß war, gab er die Zwiebeln und den zerdrückten Knoblauch in die Pfanne.

Ich streckte ihr die Hand entgegen. »Kinsey Millhone. Erfreut, Sie kennenzulernen.«

Wir schüttelten uns die Hände. Leda war eine außergewöhnliche Erscheinung, eine Kindfrau, die nicht einmal halb so groß und wahrscheinlich halb so alt war wie Burke. Sie konnte kaum älter sein als zweiundzwanzig oder dreiundzwanzig und wirkte mit ihrer dunklen Koboldfrisur zart und zerbrechlich. Die Finger, die sie mir reichte, waren kalt und ihr Händedruck teilnahmslos.

Burke sagte: »Vielleicht kennen Sie ja Ledas Vater. Er ist auch Privatdetektiv.«

»Wirklich? Wie heißt er denn?«

»Kurt Selkirk. Er ist schon halb im Ruhestand, aber er war jahrelang aktiv. Leda ist seine Jüngste. Er hat noch fünf von ihrer Sorte, einen ganzen Stall voller Mädchen.«

»Natürlich kenne ich Kurt«, sagte ich. »Wenn Sie ihn das nächste Mal sprechen, grüßen Sie ihn schön von mir.« Kurt Selkirk hatte jahrelang von elektronischen Abhöraktionen gelebt und genoß einen ziemlich schlechten Ruf. Seit der Verabschiedung von Gesetz 90-351 im Juni 1968 wurde »jeder, der absichtlich irgendeine elektronische, mechanische oder anders geartete Apparatur zum Abhören von Gesprächen verwendet, zu verwenden plant oder einen anderen zur Verwendung oder geplanten Verwendung einer solchen verleitet«, mit einer Geldstrafe von nicht mehr als 10 000 Dollar oder Haft nicht über fünf Jahren bestraft. Ich wußte genau, daß Selkirk mit schöner Regelmäßigkeit beide Strafen riskiert hatte. Die meisten Privatdetektive seiner Generation hatten sich in grauer Vorzeit ihren Lebensunterhalt damit verdient, untreuen Ehegatten nachzuspionieren. Nun hatten die neuen Scheidungsgesetze ohne Schuldzuweisung andere Grundlagen geschaffen. Wahrscheinlich war die Entscheidung, in den Ruhestand zu gehen, in seinem Fall die Folge von Prozessen und Drohungen von seiten der Bundesregierung gewesen. Ich war froh, daß er der Branche nicht mehr angehörte, behielt das aber für mich. »Was sind Sie von Beruf?« fragte ich J. D.

»Elektriker«, sagte er.

Unterdessen schwebte Leda mit einem zarten Lächeln in einer Wolke von Moschusparfüm an mir vorüber. Jedes Rind in nächster Umgebung wäre für sie entbrannt. Ihr Augen-Make-up war äußerst gekonnt: rauchgrauer Lidschatten, schwarzer Eyeliner und zu anmutigen Bögen zurechtgezupfte Brauen. Ihre Haut war auffallend blaß und ihre Knochen so zart wie die eines Vogels. Sie trug einen langen, weißen Kasack ohne Ärmel mit weitem Ausschnitt, der viel von ihrem knochigen Brustkorb zeigte, und durchscheinende weiße Pumphosen, durch die man ihre dünnen Beine deutlich sehen konnte. Ich konnte mir nicht vorstellen, daß sie nicht fror. Ihre Sandalen gehörten zu der Sorte, die mich mit ihren dünnen Lederriemchen zwischen den Zehen regelmäßig zum Wahnsinn trieb.

Sie ging auf die verglaste Veranda hinaus, wo sie sich an einem Säugling zu schaffen machte, den sie aus einer Korbwiege nahm. Sie brachte das Kind zum Küchentisch und setzte sich auf die Fensterbank. Dort entblößte sie ihre winzige Brust und legte das Kind so geschickt an wie an eine Art Melkmaschine. Soweit ich mitbekommen hatte, hatte das Kind keinen Laut von sich gegeben, aber vielleicht hatte es ja ein Zeichen gemacht, das nur seine Mutter wahrnehmen konnte. Jack, das Kleinkind, war vermutlich irgendwo auf Achse und benutzte den Inhalt seiner Windeln als Fingerfarben.

»Ich wollte eigentlich gern Lornas Hütte sehen, aber ich wußte nicht, ob Sie sie momentan vermietet haben.« Mir fiel auf, daß Leda mich aufmerksam musterte, während ich mit ihm sprach.

»Die Hütte steht leer. Sie können ruhig reingehen, wenn Sie wollen. Es war unmöglich, sie wieder zu vermieten, seit die Leiche gefunden wurde. Es spricht sich herum, und kein Mensch will auch nur einen Fuß hineinsetzen, von dem Zustand, in dem sie war, ganz zu schweigen.« Burke hielt sich mit übertriebenem Ekel die Nase zu.

Peinlich berührt rief Leda: »J. D.!«, als wäre ihm ein obszönes Geräusch entfahren.

»Stimmt doch«, sagte er. Er machte das Fleischpäckchen auf und entnahm ihm ein Kissen rohes Rinderhack, das er auf die angebratenen Zwiebeln in der Kasserolle legte. Dann begann er, die kompakte Masse mit dem Pfannenheber zu zerteilen. Nach wie vor konnte ich die dicht gepackten Stränge erkennen, so wie sie aus dem Fleischwolf hervorgequollen waren. Für mich sahen sie aus wie

Würmer. Die heiße Kasserolle ließ das Fleisch an der Unterseite von Rot zu Grau übergehen. Ich werde kein Fleisch mehr essen, ich schwöre es bei Gott.

»Können Sie die Hütte nicht renovieren?«

»Im Moment fehlt mir das Geld dazu, und vermutlich würde es auch nichts nützen. Es ist ja doch bloß ein Schuppen.«

»Wieviel hat sie gezahlt?«

»Dreihundert im Monat. Das kommt Ihnen vielleicht viel vor, wenn Sie es nicht mit den anderen Mietpreisen hier in der Gegend vergleichen. Im Grunde ist es eine Zweizimmerwohnung mit einem Holzofen, den ich inzwischen herausgeholt habe. Wenn die Leute wissen, daß ein Haus leersteht, klauen sie alles, was nicht niet- und nagelfest ist. Die nehmen noch die Glühbirnen, wenn sonst nichts zu holen ist.«

Ich registrierte, daß der »Schuppen« in typischer Vermietermanier zu einer »Zweizimmerwohnung« aufgewertet worden war.

»Hat vor ihr schon einmal jemand dort gewohnt?«

»Nein. Das Anwesen hat früher meinen Eltern gehört, und ich habe es nach Mutters Tod zusammen mit einigen anderen Mietshäusern am anderen Ende der Stadt geerbt. Lorna habe ich über ein paar Leute aus der Anlage, wo sie gearbeitet hat, kennengelernt. Eines Nachmittags sind wir miteinander ins Gespräch gekommen, und sie hat mir erzählt, daß sie eine Wohnung suche, in der sie ganz ungestört wäre. Sie hatte von der Hütte gehört und fragte mich, ob sie sie sehen dürfe. Dann hat sie sich in den Schuppen verliebt. Ich habe zu ihr gesagt: ›Sieh mal, es sieht verheerend aus, aber wenn du es dir herrichten willst, soll es mir recht sein.‹ Zwei Wochen später ist sie eingezogen, ohne eigentlich viel daran gemacht zu haben.«

»Gab sie gern Partys?«

»Nicht, daß ich wüßte.«

»Wie steht's mit Freunden? Hatte sie eine Menge Besuch?«

»Das weiß ich wirklich nicht. Es liegt ganz schön weit hinten. Es gibt auch eine Art privaten Zufahrtsweg, der von der Seitenstraße abgeht. Wenn Sie die Hütte sehen wollen, müssen Sie wahrscheinlich mit Ihrem Wagen um das Grundstück herumfahren und von dort aus hineingehen. Früher gab es einmal einen Weg zwischen den beiden Häusern, aber den benutzen wir nicht mehr, und mittlerweile ist er zugewachsen. Meistens habe ich gar nicht gesehen, ob sie Besuch hatte oder nicht, weil das Blattwerk so dicht ist. Im Winter habe ich hin und wieder Licht gesehen, aber ich habe im Grunde nie darauf geachtet.«

»Haben Sie gewußt, daß sie anschaffen ging?«

Er sah mich verständnislos an.

»Auf den Strich«, erklärte Leda.

J. D. blickte von ihr zu mir. »Was sie gemacht hat, war ihre Angelegenheit. Ich habe mich nie darum gekümmert.« Falls ihn die Enthüllung verblüfft hatte, so zeigte er das zumindest nicht. Seine Mundwinkel zogen sich skeptisch nach unten, während er in dem köchelnden Rindfleisch herumstocherte. »Wo haben Sie denn das gehört?«

»Von einem Detective der Sittenpolizei. Offenbar arbeiten eine Menge Huren in den Nobelhotels, wo sich die dicken Brieftaschen herumtreiben. Lorna hat zuerst als Callgirl gearbeitet, aber sie hat es geschafft, sich unabhängig zu machen.«

»Das muß ich Ihnen wohl glauben.«

»Soweit Sie wissen, brachte sie also keine Kunden hierher?«

»Warum sollte sie das denn tun? Wenn man einen Kerl beeindrucken will, schleppt man ihn wohl kaum in einen kleinen Schuppen im Wald. Da bleibt man besser im Hotel. Da muß er auch für die Drinks und alles aufkommen.«

»Klingt logisch«, meinte ich. »Erzählen Sie mir von dem Tag, als Sie sie gefunden haben.«

»Das war nicht ich. Das war jemand anders«, sagte er. »Ich war verreist gewesen, zwei Wochen oben am Lake Nacimiento. Die genauen Daten weiß ich nicht mehr auswendig. Ich kam nach Hause und ging die Rechnungen durch, die während meiner Abwesenheit eingetroffen waren, als mir auffiel, daß der Scheck für ihre Miete fehlte. Ich habe ein paarmal anzurufen versucht, aber es hat nie jemand abgenommen. Jedenfalls kam ein paar Tage später diese Frau vorbei. Sie hatte ihrerseits versucht, Lorna zu erreichen, und ging hinüber, um ihr eine Nachricht zu hinterlassen. Als sie sich der Hütte näherte, nahm sie den Gestank wahr. Sie kam, klopfte und bat uns, die Polizei zu rufen. Sie sagte, sie sei sich ziemlich sicher, daß da eine Leiche sei, aber ich dachte, ich müsse erst nachsehen.«

»Zuvor haben Sie nichts gemerkt?«

»Mir war aufgefallen, daß irgend etwas stank, aber ich habe mir keine weiteren Gedanken gemacht. Ich weiß noch, daß sich der Typ von gegenüber beschwert hat, aber eigentlich hat niemand von uns gedacht, daß es sich um einen toten *Menschen* handelte. Eine Beutelratte vielleicht. Hätte auch ein Hund oder ein Reh sein können. Hier in der Gegend leben erstaunlich viele Tiere.«

»Haben Sie die Leiche gesehen?«

»Nein, Madam. Ich nicht. Ich bin bis zur Veranda gekommen und habe mich stehenden Fußes umgedreht und bin zurückgegangen. Ich habe nicht einmal geklopft. Mann, ich wußte, daß etwas nicht *stimmte*, aber ich wollte nicht derjenige sein, der feststellte, was es war. Ich rief 911, und dann kam die Polizei. Sogar für den Polizeibeamten war es hart. Er mußte sich ein Taschentuch über den Mund halten.« J. D. ging quer durch die Küche zur Speisekammer und holte zwei Dosen Tomatensoße heraus. Dann nahm er einen verbogenen Dosenöffner aus einer Schublade und fing an, den Deckel der ersten Dose zu entfernen.

»Glauben Sie, daß sie ermordet wurde?«

»Sie war zu jung, um zu sterben, ohne daß jemand nachgeholfen hat«, meinte er. Er goß den Inhalt der ersten Dose in die Kasserolle und machte die zweite auf. Der warme, knoblauchgeschwängerte Duft der Tomatensoße stieg vom Herd auf, und ich fing an, darüber nachzudenken, daß Fleisch vielleicht doch nicht so übel war. Wenn andere Leute kochen, falle ich vor Hunger regelmäßig fast in Ohnmacht. Muß etwas mit dem Verlust der Mutter zu tun haben.

»Irgendwelche Theorien?«

»Keine einzige.«

Ich wandte mich an Leda. »Und Sie?«

»Ich kannte sie nicht besonders gut. Wir haben den Gemüsegarten in den hinteren Teil des Grundstücks zurückverlegt, dadurch habe ich sie manchmal gesehen, wenn ich Bohnen gepflückt habe.«

»Keine gemeinsamen Freunde?«

»Eigentlich nicht. J. D. kannte Lornas Chef in der Wasseraufbereitungsanlage. So hat sie ja überhaupt erst erfahren, daß wir die Hütte haben. Darüber hinaus hatten wir nichts miteinander zu tun. J. D. möchte mit den Mietern nicht zu vertraulich werden.«

»Genau. Ehe man sich's versieht, kommen sie einem mit Ausflüchten statt mit dem Scheck für die Miete«, sagte er.

»Und Lorna? Hat sie immer pünktlich bezahlt?«

»Da war sie ganz zuverlässig. Zumindest bis zur letzten Monatsmiete. Sonst hätte ich es auch nicht so lange schleifen lassen«, meinte er. »Ich habe immer gedacht, sie bringt den Scheck schon noch.«

»Haben Sie je irgend jemanden von ihren Freunden kennengelernt?«

»Nicht, daß ich wüßte.« Er drehte sich um und sah Leda an, die verneinend den Kopf schüttelte.

»Fällt Ihnen sonst irgend etwas ein, das mir weiterhelfen könnte?«

Von beiden kam ein gemurmeltes Nein.

Ich holte eine Visitenkarte heraus und schrieb meine Privatnummer auf die Rückseite. »Wenn Ihnen irgend etwas einfällt, würden Sie mich dann verständigen? Sie können unter beiden Nummern anrufen. Ich habe an beiden Apparaten einen Anrufbeantworter. Ich werfe noch einen Blick in die Hütte und melde mich wieder bei Ihnen, wenn weitere Fragen auftauchen.«

»Passen Sie auf die Mücken auf«, sagte er. »Da draußen gibt's ganz schön dicke Brummer.«

6

Vorsichtig bog ich mit dem VW in die schmale, ungeteerte Straße am rückwärtigen Teil des Grundstücks ein. Früher war sie einmal asphaltiert gewesen, aber nun war ihre Oberfläche grau und rissig und mit Grasbüscheln überwachsen. Meine Scheinwerfer glitten über zwei Reihen immergrüner Eichen, die den holprigen Weg säumten. Die in den Wipfeln ineinander verschlungenen Zweige bildeten einen dunklen Tunnel. Büsche, die früher vielleicht einmal ordentlich gestutzt und zurechtgeschnitten waren, wucherten nun wild in alle Richtungen und erschwerten die Durchfahrt. Sicher hat mein Auto schon bessere Tage gesehen, aber es behagte mir trotzdem nicht, daß die Äste gegen den blaßblauen Lack schnellten. Die Schlaglöcher traktierten meine Stoßdämpfer bereits wie im Härtetest.

Ich gelangte auf eine Lichtung, wo in der Finsternis schemenhaft eine primitive Hütte zu erkennen war. Ich wendete den Wagen und parkte ihn so, daß ich vorwärts wieder hinausfahren konnte. Dann machte ich die Scheinwerfer aus. Schlagartig stellte sich ein Gefühl völliger Abgeschiedenheit ein. In den Sträuchern hörte ich Grillen zirpen. Sonst herrschte Stille. Es war kaum zu glauben, daß man sich hier mitten in der Stadt befand. Der schwache Lichtschein der Straßenlaternen reichte nicht bis hierhin, und der Verkehrslärm war nur noch das leise Rauschen einer entfernten Brandung. Die Umgebung wirkte wie eine Wildnis, obwohl mein Büro in der Innenstadt nur zehn Minuten entfernt lag.

Als ich in Richtung des Haupthauses blickte, sah ich weiter nichts als dicht wucherndes Gebüsch, uralte immergrüne Eichen und vereinzelte struppige Nadelgewächse. Obwohl die Zweige der wenigen Laubbäume kahl waren, konnte ich in der Ferne keine Lichter sehen. Ich klappte das Handschuhfach auf und holte meine Taschenlampe heraus und vergewisserte mich, daß die Batterien funktionierten. Dann stellte ich meine Handtasche auf den Rücksitz, stieg aus und schloß das Auto ab. In ungefähr fünfzehn Meter Entfernung konnte ich in dem nun verlassenen Garten zwischen mir und dem Haupthaus die Gerippe der zeltartigen Konstruktionen für die Stangenbohnen sehen. Die Luft roch intensiv nach feuchtem Moos und Eukalyptus.

Ich stieg die Stufen zur hölzernen Veranda an der Vorderseite der Hütte hinauf. Die Eingangstür war aus den Angeln gehoben worden und lehnte nun neben der Türöffnung an der Wand. Ich betätigte den Lichtschalter und stellte erleichtert fest, daß der Strom noch angeschlossen war. An der Decke hing lediglich eine Vierzigwattbirne, die die Räume in fahles Licht tauchte. Die Hütte war nur notdürftig – wenn überhaupt – isoliert, und es war eiskalt. Obwohl sämtliche Fensterscheiben unversehrt waren, hatte sich in jedem Winkel feiner Ruß abgelagert. Auf den Fensterbrettern lagen tote Insekten. In einer Ecke des Fensterrahmens hatte eine Spinne eine Fliege in einen weißen, seidigen Schlafsack eingewoben. Es roch nach Moder, verrostetem Metall und brackigem Wasser, das sich in den Rohren staute. Ein Teil des Holzfußbodens im großen Zimmer war von der Spurensicherung herausgesägt worden, dann hatte man die klaffende Öffnung mit einer verzogenen Sperrholzplatte abgedeckt. Ich bewegte mich vorsichtig darum herum. Direkt über mir trippelte und huschte irgend etwas über den Dachboden. Vor meinem geistigen Auge sah ich Eichhörnchen, die sich durch Ritzen im Dach zwängten und Nester für ihre Jungen bauten. Im Strahl meiner Taschenlampe konnte ich sehen, was sich in zehn Monaten Verwahrlosung angesammelt hatte: Kot von Nagetieren, verwelkte Blätter und von Termiten hinterlassene, pyramidenförmige Schutthäufchen.

Die Wohnfläche war L-förmig, mit einem engen Badezimmer im Innenwinkel. Die Installationen für Bad und Kochnische hingen zusammen, und es gab eine Eßecke, die ins »Wohnzimmer« hineinragte. Ich sah die Metallplatte auf dem Fußboden, auf der der Holzofen gestanden hatte. An den weißgestrichenen Wänden tummelten sich Weberknechte, und ich ertappte mich dabei, wie ich sie während meines Rundgangs nervös im Auge behielt. Auf der einen Seite der Haustür befand sich der Klingelkasten für die Türglocke, der etwa so groß war wie eine Zigarettenschachtel. Jemand hatte das Gehäuse von der Wand gerissen, und ich sah, daß der Mechanismus fehlte. Ein mit grünem Kunststoff verkleidetes Elektrokabel war durchtrennt worden und hing nun zur Seite wie ein welker Blumenstengel, dessen Blüte abgefallen war.

Lornas Schlafnische hatte sich vermutlich im kürzeren Arm des Ls befunden. Die Küchenschränke waren leer und mit Linoleum ausgelegt, das noch von Maismehl und alten Corn-flakes-Bröseln bedeckt war. Sirup oder Melasse war ausgelaufen, und ich konnte die kreisrunden Abdrücke von Konservendosen erkennen. Dann sah ich mir das fensterlose Badezimmer an. Die Toilette war alt, der Spülkasten hoch und schmal. Die Toilettenschüssel selbst ragte in den Raum wie ein Adamsapfel aus Porzellan. Der braune Holzsitz war rissig und machte ganz den Eindruck, als würde er einen an Stellen zwicken, die einem lieb und teuer waren. Das Waschbecken war so groß wie eine Spüle und stand auf zwei Metallfüßen. Ich drehte am Kaltwasserhahn und sprang mit einem Schreckensschrei zurück, als ein Strahl braunes Wasser hervorsprudelte. Die Wasserrohre stimmten ein tiefes, summendes Geräusch an, unterirdische Sirenen, die vor unerlaubten Übergriffen warnten. Die Badewanne ruhte auf zwei kugelförmigen Füßen. Welke Blätter hatten sich in einem wirbelnden Muster um ihren Abfluß herum angesammelt, während schwarze Schwäne über einen undurchsichtigen grünen Duschvorhang aus Plastik glitten, der von einem ovalen Metallrahmen herabhing.

Trotz der fehlenden Möbel im großen Zimmer konnte ich mir vorstellen, wie der Raum aufgeteilt gewesen war. Nahe bei der Eingangstür ließen Kerben in den Kiefernbrettern erahnen, daß dort ein Sofa und zwei Sessel gestanden hatten. Am anderen Ende des Wohnzimmers, an der Ecke zur Küche, konnte ich mir eine kleine Eßecke vorstellen. Neben der Spüle hatte wohl ein kleines Wandschränkchen gestanden. Über der Fußleiste war die Telefonbuchse angebracht. Lorna hatte vermutlich ein schnurloses Telefon oder eins mit langem Kabel besessen und konnte es tagsüber in der Küche stehenlassen und nachts neben das Bett stellen. Ich drehte mich um und betrachtete den Raum. Die Schatten um mich herum verdüsterten sich, und die durch mein Eindringen aufgestörten Weberknechte begannen, die Wände hinunterzukrabbeln. Ich schlich mich aus der Hütte und behielt sie dabei genau im Auge.

Ich saß allein in meiner Lieblingsnische in Rosie's Restaurant, einen halben Häuserblock von meiner Wohnung entfernt, und stocherte in meinem Abendessen herum. Wie üblich hatte Rosie mich dazu gebracht, das zu bestellen, was sie anordnete. Es ist ein Phänomen, über das ich mich nicht ernsthaft beschweren will. Über den Viertelpfünder mit Käse von McDonald's hinaus habe ich in puncto Essen keine besonderen Vorlieben, und insofern ist es mir ganz recht, wenn mich jemand durch die Speisekarte führt. Heute abend empfahl sie die Kümmelsuppe mit Knödeln, danach geschmortes Schweinefleisch, ein weiteres ungarisches Gericht mit Fleischstükken, die von saurer Sahne und Paprika erdrückt wurden. Rosie's ist weniger ein Restaurant als vielmehr eine stickige Kneipe, in der Rosie ganz nach Lust und Laune ausgefallene Gerichte zaubert. In ihrem Lokal hat man ständig das Gefühl, als stünde eine Razzia der Lebensmittelpolizei unmittelbar bevor, so knapp bewegt es sich neben den meisten gesetzlichen Hygienevorschriften. Die Luft ist geschwängert von ungarischen Gewürzen, Bier und Zigarettenrauch. Die Plätze in der Mitte des Raumes bestehen aus diesen Chrom-Resopal-Eßecken, die noch aus den vierziger Jahren übriggeblieben sind. Die Wände sind von Nischen gesäumt: steife Bänke mit hohen Lehnen, die aus Sperrholz gezimmert waren, das sich als Baumaterial geeignet hätte und dunkelbraun gebeizt war, damit man die ganzen Astlöcher und Splitter nicht sah.

Es war noch vor sieben Uhr, und bisher war keiner der üblichen Sportfans aufgetaucht. An den meisten Abenden, vor allem in den Sommermonaten, ist das Lokal voll von lärmenden Kegelclubs und Softballmannschaften in Firmentrikots. Im Winter müssen sie improvisieren. Erst diese Woche hatte eine Gruppe Nachtschwärmer ein Spiel namens »Wirf den Männertanga« erfunden, und ein glückloses Exemplar dieses nützlichen Kleidungsstücks baumelte nun vom Stachel eines staubigen Rochens über der Bar. Rosie, die sonst herrisch und humorlos ist, schien das witzig zu finden und ließ es, wo es war. Offenbar hatte ihre bevorstehende Eheschließung ihren IQ um einige ausschlaggebende Punkte gesenkt. Momentan kauerte sie auf einem Barhocker und überflog die Lokalzeitung, während sie eine Zigarette rauchte. Am einen Ende der Bar plärrte ein kleiner Farbfernseher, aber keine von uns schenkte der Sendung große Beachtung. Rosies geliebter William, Henrys älterer Bruder, war mit diesem nach Michigan geflogen. Rosie und William wollten in einem Monat heiraten, obwohl das Datum immer noch zu schwanken schien.

Das Telefon, das an unserem Ende der Bar stand, klingelte. Rosie warf ihm einen verärgerten Blick zu, und zuerst dachte ich schon, sie würde gar nicht abnehmen. Sie ließ sich jedenfalls Zeit und faltete die Zeitung ordentlich zusammen, bevor sie sie beiseite legte. Beim sechsten Klingeln nahm sie schließlich den Hörer ab, und nachdem sie ein paar kurze Sätze mit dem Anrufer gewechselt hatte, fiel ihr Blick auf mich. Sie hielt den Hörer in meine Richtung und knallte ihn dann derart auf die Theke, daß sie wahrscheinlich jemandem das Trommelfell zerstörte.

Ich schob meinen Teller zur Seite und wand mich aus der Nische heraus, wobei ich aufpaßte, daß ich mir keinen Spreißel in den Oberschenkel bohrte. Eines Tages leihe ich mir eine Schleifmaschine und schmirgle sämtliche hölzernen Sitzflächen säuberlich ab. Ich habe es satt, ständig fürchten zu müssen, von Spießen aus billigem Sperrholz gepfählt zu werden. Rosie war ans andere Ende der Bar gegangen und stellte den Fernseher leiser. Ich ging zum Tresen und nahm den Hörer. »Hallo?«

»Hallo, Kinsey. Cheney Phillips. Wie geht's?«

»Woher hast du gewußt, wo ich bin?«

»Ich habe mit Jonah Robb gesprochen, und er hat mir verraten, daß du dich öfter bei Rosie's herumtreibst. Zuerst habe ich es bei dir zu Hause versucht und den Anrufbeantworter erwischt, also habe ich mir gedacht, daß du vielleicht beim Abendessen bist.«

»Gute Detektivarbeit«, sagte ich. Ich wollte gar nicht wissen, wie er auf die Idee verfallen war, mit Jonah Robb über mich zu sprechen. Jonah hatte im Vermißtendezernat der Polizei von Santa Teresa gearbeitet, als ich ihn vor drei Jahren kennenlernte. Ich hatte während einer der bei seiner Frau periodisch auftretenden Anfälle von Ehemüdigkeit eine kurze Affäre mit ihm gehabt. Jonah und seine Frau Camilla waren seit der siebten Klasse zusammen. Sie verließ ihn immer wieder, aber er nahm sie jedesmal wieder auf. Es war eine Art Schülerliebe, die für Außenstehende mit der Zeit ausgesprochen ermüdend wurde. Mir war nicht klar gewesen, was gespielt wurde, und ich begriff nicht, welche Rolle mir zugedacht war. Als ich es kapierte, beschloß ich auszusteigen, aber ich fühlte mich dennoch niedergeschlagen. Als Single macht man mitunter solche Fehler. Auf jeden Fall finde ich es beunruhigend, wenn mein Name ins Gerede kommt. Mir mißfiel die Vorstellung, daß ich im Umkleideraum der hiesigen Polizei Gesprächsthema war.

»Was gibt's?« fragte ich Cheney.

»Nichts Großartiges. Ich fahre heute am späteren Abend in die untere State Street, weil ich einen Burschen suche, der mir gewisse Informationen geben kann. Ich habe mir gedacht, daß du vielleicht mitkommen möchtest. Eine alte Freundin von Lorna verkauft ihren Hintern meistens auch in dieser Gegend. Wenn sie uns über den Weg läuft, kann ich euch bekannt machen... das heißt, falls du interessiert bist.«

Meine Stimmung sank, da ich den Traum vom frühen Schlafengehen dahinschwinden sah. »Klingt gut. Danke für das Angebot. Wie sollen wir es machen? Soll ich dort unten auf dich warten?«

»Das könntest du machen, aber wahrscheinlich ist es besser, wenn ich vorbeikomme und dich abhole. Ich grase ein großes Gebiet ab und kann schlecht sagen, wo genau ich zu finden bin.«

»Weißt du, wo ich wohne?«

»Klar«, meinte er und rasselte meine Adresse herunter. »Ich komme gegen elf Uhr vorbei.«

»So spät?« krächzte ich.

»So richtig geht der Rummel dort erst nach Mitternacht los«, sagte er. »Irgendwelche Probleme?«

»Nein, alles bestens.«

»Also, bis dann«, sagte er und legte auf.

Ich sah auf meine Uhr und stellte verzweifelt fest, daß ich noch vier Stunden totschlagen mußte. Das einzige, was ich mir wirklich wünschte, war, mich in die Falle zu hauen, aber nicht, wenn ich dann wieder aufstehen mußte. Wenn ich einmal liege, ziehe ich es vor liegenzubleiben. Nach einem Nickerchen fühle ich mich wie verkatert, und das ohne die paar sorglosen Momente des dazugehörigen Saufgelages. Wenn ich bis in alle Herrgottsfrühe mit Cheney Phillips herumkutschieren mußte, sollte ich wohl besser auf den Beinen bleiben. Ich beschloß, die Zwischenzeit mit etwas Arbeit zu überbrücken. Ich trank zwei Tassen Kaffee, bezahlte Rosie mein Abendessen, griff mir Jacke und Handtasche und ging hinaus in die Nacht.

Die Sonne war um Viertel vor sechs untergegangen, und der Mond würde vermutlich nicht vor zwei Uhr morgens aufgehen. Zu dieser Stunde war die ganze Gegend noch hellwach. In fast jedem Haus, an dem ich vorbeifuhr, strahlten die Fenster so hell, als stünden die Zimmer hinter ihnen in Flammen. Motten schwirrten wie weiche Vögel sinnlos gegen Außenleuchten. Der Februar hatte sämtliche Sommerinsekten zum Schweigen gebracht, aber ich konnte immer noch ein paar tapfere Grillen im vertrockneten Gras zirpen und den einen oder anderen Nachtvogel krächzen hören. Abgesehen davon herrschte tiefste Stille. Es schien wärmer zu sein als letzte Nacht, und aus der Abendzeitung wußte ich, daß die Wolkendecke dichter wurde. Der Wind wehte aus Norden und blies durch die trockenen Palmwedel vor mir. Ich marschierte den halben Häuserblock zu meinem Apartment zu Fuß und ging kurz hinein, um zu sehen, ob Nachrichten eingegangen waren.

Auf dem Anrufbeantworter war nichts. Ich verließ die Wohnung wieder, bevor ich der Versuchung unterlag, Cheney anzurufen und das große Abenteuer von heute abend abzusagen. Das Quietschen des Tors klang melancholisch, so als ob das kalte Metall gegen mein Verschwinden protestierte. Ich stieg ins Auto, drehte den Zündschlüssel und schob den Hebel für die Heizung ganz nach oben, sowie der Motor ansprang. Es war völlig ausgeschlossen, daß das System so schnell heiße Luft abgeben konnte, aber ich brauchte die Illusion von Wärme und Gemütlichkeit.

Ich fuhr einen halben Kilometer auf der 101 stadtauswärts und bog an der Ausfahrt Puerta Street ab. Von hier aus waren es nur zwei Blocks zum St. Terry's Hospital. In einer Seitenstraße fand ich einen Parkplatz, sperrte das Auto ab und ging den restlichen halben Block zum Haupteingang zu Fuß. Im Prinzip fing die Besuchszeit erst um acht Uhr an, aber ich hoffte, daß die Oberschwester auf der Herzstation ein Auge zudrücken würde.

Die Glastüren öffneten sich beim Näherkommen von selbst. Ich ging am Krankenhauscafé links von der Eingangshalle vorbei, wo Sofas zu verschiedenen Gruppierungen zusammengestellt waren. Mehrere nicht ans Bett gefesselte Patienten waren in Bademantel und Pantoffeln heruntergekommen, um sich hier mit Freunden und Verwandten zu treffen. Der Raum wirkte mitsamt der Musik aus Lautsprechern und den Bildern von hiesigen Künstlern fast wie ein großes, gemütlich möbliertes Wohnzimmer. Der Geruch in der Halle war ganz und gar nicht unangenehm, erinnerte mich aber trotzdem an schwere Zeiten. Meine Tante Gin war in einer Februarnacht vor über zehn Jahren hier gestorben. Ich verdrängte diesen Gedanken und sämtliche Erinnerungen, die er mit heraufbeschwor.

Der Geschenkeladen hatte geöffnet, und ich machte einen kleinen Abstecher hinein. Ich wollte Lieutenant Dolan etwas kaufen, obwohl mir nicht klar war, was. Weder die Teddybären noch die Négligés schienen das Passende zu sein. Schließlich entschied ich mich für einen überdimensionalen Schokoriegel und die neueste Ausgabe von *People*. Es ist immer einfacher, ein Krankenzimmer mit etwas in der Hand zu betreten – irgend etwas, was das Eindringen in die Intimität einer Krankheit abmildert. Normalerweise käme ich nicht im Traum auf die Idee, mit einem Mann im Schlafanzug etwas zu besprechen.

Ich ging zur Information, um seine Zimmernummer zu erfahren und mir den Weg zur Herzstation erklären zu lassen, und marschierte anschließend endlose Korridore entlang, bis ich zu den Aufzügen im Westflügel kam. Ich drückte den Knopf für den zweiten Stock und gelangte in ein helles, lichtes Foyer mit einem glänzenden, schneeweißen Fußboden. Dann ging ich links um die Ecke in einen kurzen Durchgang. Direkt zur Rechten lag der Warteraum für die Herzstation. Ich spähte durch das Glasfenster in der Tür. Der Raum war menschenleer und spärlich möbliert: ein runder Tisch, drei Stühle, zwei kleine Sofas, ein Fernseher, ein Münztelefon und mehrere Zeitschriften. Ich ging zu der Tür, die in die Herzstation führte. An der Wand hing ein Telefon mit einem Schild daneben, das mich aufforderte, anzurufen und um Einlaß zu bitten. Eine Krankenschwester oder Verwaltungsangestellte nahm das Gespräch entgegen, und ich sagte ihr, daß ich Lieutenant Dolan besuchen wolle.

»Warten Sie einen Moment, ich sehe nach.«

Nach einer kurzen Pause bat sie mich herein. Das Seltsame an Krankenhäusern ist, daß vieles genauso aussieht, wie man es erwartet. Wir kennen es alle aus dem Fernsehen: die Geschäftigkeit im Schwesternzimmer, die Diagramme und die Geräte, mit denen die

Leidenden überwacht werden. Hier in der Herzstation trugen die Schwestern normale Straßenkleidung, wodurch die Atmosphäre entspannter und weniger klinisch wirkte. Sie waren zu fünft oder sechst, alle jung und recht freundlich. Das Pflegepersonal konnte sämtliche Lebenszeichen von einer zentralen Überwachungsstelle aus im Blick behalten. Ich stand davor und sah acht verschiedenen Herzen beim Schlagen zu, eine Reihe grüner, eigensinnig hüpfender Punkte auf Bildschirmen, die nebeneinander auf der Theke standen.

Die Station selbst war in den Farben des Südwestens gehalten: matte Rosatöne, zartes Himmelblau, kühles Blaßgrün. In alle Zimmer führten gläserne Schiebetüren, so daß sie für die Schwestern leicht einsehbar waren, jedoch gab es auch Vorhänge, die zugezogen werden konnten, wenn Ungestörtheit erwünscht war. Die ganze Station wirkte so sauber und still wie eine Wüste: keine Blumen, keine künstlichen Pflanzen, ebene, leere Flächen. An den Wänden hingen Wüstenbilder, auf denen sich in der Ferne Berge erhoben.

Ich fragte, wo Lieutenant Dolan läge, und ein Pfleger wies den Korridor hinunter. »Zweite Tür links«, sagte er.

»Danke.«

Ich blieb in der Tür zu Lieutenant Dolans Zimmer stehen, das schick und modern war. Das Bett, in dem er lag, war so schmal wie das eines Mönchs. Ich war daran gewöhnt, ihn bei der Arbeit zu sehen, in einem verknitterten grauen Anzug, griesgrämig, genervt und absolut geschäftsmäßig. Hier sah er kleiner aus. Bekleidet war er mit einem unförmigen, pastellfarbenen Baumwollhemd mit kurzen Ärmeln, das hinten zugebunden wurde. Er trug einen Eintagesbart zur Schau, der sich stachelig-grau auf seinen Wangen abzeichnete. Ich sah das müde, sehnige Fleisch seines Halses, und seine früher so muskulösen Arme wirkten abgezehrt und dünn. An einer Stange neben dem Kopfende seines Bettes befanden sich alle Utensilien, die zur Überwachung seines Zustandes nötig waren. Auf seine Brust geklebte Kabel schlangen sich zu einem Stecker an der Stange hinauf, wo ein Bildschirm die Daten seiner Lebensfunktionen ausspuckte wie ein Fernschreiber. Er las Zeitung, und die Halbbrille saß ihm weit vorne auf der Nase. In einem Arm hatte er eine

Infusion. Als er mich sah, legte er die Zeitung beiseite und nahm die Brille ab. Dann zupfte er an seiner Decke und zog sie sich über die nackten Füße.

Er winkte mich herein. »Sieh mal an, wer da kommt. Was bringt Sie denn hierher?« Er fuhr sich mit der Hand durchs Haar, das bestenfalls noch spärlich zu nennen war und momentan aussah, als sei es mit Schweiß nach hinten gestrichen worden. Dann stützte er sich auf das hochgeklappte Kopfteil. Das Krankenhausarmband aus Plastik ließ sein Handgelenk verletzlich wirken, aber er sah nicht krank aus. Es war, als hätte ich ihn an einem Sonntagmorgen überfallen, während er vor dem Kirchgang noch im Schlafanzug herumsaß.

»Cheney hat mir erzählt, daß Sie hier gelandet sind, und da habe ich mir gedacht, ich schaue mal vorbei. Ich hoffe, ich störe Sie nicht bei der Zeitungslektüre.«

»Ich habe sie schon dreimal gelesen. Ich bin derart verzweifelt, daß ich schon bei den Kleinanzeigen angelangt bin. Jemand namens Erroll möchte, daß Louise ihn anruft, für den Fall, daß Sie einen von beiden kennen.«

Ich lächelte und wünschte, er sähe kräftiger aus, wußte dabei aber, daß ich an seiner Stelle noch schlimmer wirken würde. Ich hielt ihm die Illustrierte hin. »Für Sie«, sagte ich. »Ich nehme an, daß eine Überdosis Klatsch Ihrem Zustand nicht schadet. Wenn Sie sich richtig langweilen, können Sie immer noch das Kreuzworträtsel im hinteren Teil machen. Wie fühlen Sie sich? Sie sehen gut aus.«

»Es geht mir nicht schlecht. Ging mir aber auch schon besser. Der Arzt meint, er könne mich morgen eventuell aus der Station verlegen, und das scheint mir ein gutes Zeichen zu sein.«

Er kratzte sich die Stoppeln am Kinn. »Jetzt kann ich's mir leisten, mich nicht zu rasieren. Wie finden Sie's?«

»Äußerst verwegen«, antwortete ich. »Sie können direkt von hier aus ein Leben auf der Straße beginnen.«

»Holen Sie sich einen Stuhl. Setzen Sie sich. Legen Sie die Sachen einfach weg.«

Auf dem Stuhl in der Ecke lagen der Rest der Zeitung und ein Stapel Zeitschriften. Ich legte den ganzen Haufen zur Seite und zog den Stuhl ans Bett heran, wobei mir bewußt war, daß Dolan und ich Konversation und Aktivität benutzten, um eine grundlegende Nervosität zu verbergen. »Was meinen die Ärzte, wann Sie wieder arbeiten können?«

»Dazu äußern sie sich momentan nicht, aber ich schätze, das wird noch ein Weilchen dauern. Zwei, drei Monate. Ich muß allen einen ganz schönen Schrecken eingejagt haben, nach dem zu urteilen, was sie mir erzählen. Mein Gott, Tom Flowers hat sogar Mund-zu-Mund-Beatmung bei mir gemacht, worüber er nie hinwegkommen wird. Das muß vielleicht ein Anblick gewesen sein.«

»Auf jeden Fall weilen Sie noch unter uns.«

»Allerdings. Na, und wie geht's Ihnen? Cheney hat mir das von Janice Kepler erzählt. Wie läuft es denn bislang?«

Ich zuckte die Achseln. »Ganz gut, denke ich. Ich arbeite noch nicht einmal einen ganzen Tag daran. Später treffe ich mich noch mit Cheney. Er fährt auf der Suche nach einem Informanten die untere State Street ab und hat mir angeboten, mir dabei eine Freundin von Lorna zu zeigen.«

»Wahrscheinlich Danielle«, sagte Dolan. »Wir haben sie damals befragt, aber sie war uns keine große Hilfe. Sie kennen ja diese kleinen Mädchen. Das Leben, das sie führen, ist so verdammt gefährlich. Sich Nacht für Nacht mit Fremden einlassen. Du steigst in ein Auto und mußt dir dessen bewußt sein, daß es die letzte Fahrt sein könnte, die du je unternimmst. Und sie betrachten *uns* als den Feind. Das ist mir unbegreiflich. Sie sind doch nicht dumm.«

»Sie sind verzweifelt.«

»Das ist es vermutlich. Diese Stadt ist nichts im Vergleich mit L. A., aber das ist trotzdem das Letzte. Sehen Sie sich nur jemanden wie Lorna an – es ist so absolut sinnlos.«

»Haben Sie eine Theorie darüber, wer sie umgebracht haben könnte?«

»Ich wünschte, ich hätte eine. Sie blieb auf Distanz. Sie freundete sich nicht mit anderen Leuten an. Ihr Lebensstil war für die meisten viel zu unkonventionell.«

»Oh, allerdings. Hat Ihnen jemand von dem Video erzählt?«

»Cheney hat es erwähnt. Ich nehme an, Sie haben es gesehen. Ich sollte es mir vermutlich selbst daraufhin ansehen, ob ich einen der Beteiligten kenne.«

»Damit warten Sie besser, bis Sie nach Hause kommen. Es wird Ihren Herzschlag auf hundertachtzig hochtreiben. Janice Kepler hat mir ihr Exemplar gegeben. Sie ist ungemein paranoid, und ich mußte ihr versprechen, das verdammte Ding unter Einsatz meines Lebens zu verteidigen. Ich habe die Schmutz-und-Schund-Läden noch nicht abgeklappert, aber es würde mich nicht überraschen, wenn sie ein halbes Dutzend Exemplare auf Lager hätten. Der Verpackung nach sieht es so aus, als wäre es in der Gegend um San Francisco entstanden.«

»Fahren Sie hoch?«

»Ich würde gern. Ich glaube, daß es einen Versuch wert wäre, wenn ich Janice davon überzeugen kann.«

»Cheney sagt, Sie möchten einen Blick auf die Fotos vom Tatort werfen.«

»Falls Sie nichts dagegen haben. Ich habe die Hütte heute nachmittag gesehen, aber sie steht ja seit Monaten leer. Ich wüßte gern, wie es dort aussah, als die Leiche gefunden wurde.«

Lieutenant Dolan zog angewidert die Brauen zusammen. »Sie können sie sich gerne ansehen, aber Sie sollten sich wappnen. Das war der schlimmste Fall von Verwesung, den ich je gesehen habe. Wir mußten die toxikologische Untersuchung anhand von Knochenmark und winzigen Resten Lebergewebe, die wir noch retten konnten, vornehmen.«

»Aber es besteht kein Zweifel daran, daß es Lorna war?«

»Absolut keiner«, antwortete er. Er hob die Augen zum Monitor, und ich folgte seinem Blick. Sein Herzschlag hatte sich beschleunigt, und der grüne Strich sah aus wie ein Streifen zerzaustes Gras. »Erstaunlich, wie die Erinnerung an so etwas noch nach so vielen Monaten eine physiologische Reaktion auslösen kann.«

»Haben Sie sie je lebend gesehen?«

»Nein, und das ist wohl auch ganz gut so. Es ging mir so schon ziemlich an die Nieren. ›Staub zu Staub‹ trifft es nämlich nicht ganz. Auf jeden Fall werde ich in der Aktenabteilung anrufen und alles für Sie heraussuchen lassen. Wann möchten Sie denn hinübergehen?«

»Gleich jetzt, falls möglich. Cheney holt mich erst in drei Stunden ab. Ich war letzte Nacht lange auf und bin todmüde. Meine einzige Chance besteht darin, aktiv zu bleiben.«
»Die Fotos werden Sie aufwecken.«

Die meisten Abteilungen des Polizeireviers machen um sechs Uhr zu. Das kriminaltechnische Labor war geschlossen, und die Ermittlungsbeamten waren schon nach Hause gegangen. Im Inneren des Gebäudes saßen aber nach wie vor die Mitarbeiter der Notrufzentrale an ihren Telefonen und nahmen unter 911 Anrufe entgegen. Der Haupttresen, an dem auch die Falschparker ihre Bußgelder bezahlen mußten, war so blank wie die Rippen eines Rollschranks, und ein Schild besagte, daß der Schalter am nächsten Morgen um acht Uhr wieder geöffnet sein würde. Die Tür zum Archiv war verschlossen, aber ich merkte, daß ein paar Leute noch an der Arbeit sein mußten, vermutlich Fachkräfte für Datenverarbeitung, die die tagsüber angefallenen Haftbefehle in die EDV eingaben. Im Moment war die kleine Empfangstheke nicht besetzt, aber es gelang mir, mich vorzubeugen und nach rechts um die Ecke zu spähen.

Ein uniformierter Beamter entdeckte mich, unterbrach sein Gespräch mit einem Zivilangestellten und ging auf mich zu. »Kann ich Ihnen helfen?«

»Ich habe gerade drüben im St. Terry's mit Lieutenant Dolan gesprochen. Er und Detective Phillips haben mir erlaubt, ein paar Akten einzusehen. Es müßte ein Satz Fotos vorliegen, den ich mitnehmen kann, hat er gesagt.«

»Es geht um den Fall Kepler, stimmt's? Der Lieutenant hat gerade angerufen. Ich habe alles hier hinten. Möchten Sie mitkommen?«

»Ja, danke.«

Der Polizist drückte auf einen Knopf, woraufhin sich die Tür öffnete. Im rückwärtigen Flur wandte ich mich nach rechts. Der Polizist tauchte wieder in der Abteilungstür auf. »Wir haben einen Schreibtisch hier hinten, wenn Sie sich setzen möchten.«

Ich las mir die Akte aufmerksam durch und machte mir dabei immer wieder Notizen. Janice Kepler hatte mir bereits einiges Material gegeben, aber hier fanden sich noch zahlreiche Kommentare und Anmerkungen für den internen Dienstgebrauch, über die sie nicht verfügte. Ich stieß auf die Zeugenbefragungen von Hector Moreno, J. D. Burke und Serena Bonney, deren Privatadresse und Telefonnummer ich mir aufschrieb. Es folgten zusätzliche Befragungen von Lornas Familie, ihrem ehemaligen Chef, Roger Bonney, und eben jener Danielle Rivers, der ich heute abend auf der unteren State Street zu begegnen hoffte. Erneut notierte ich mir Privatadressen und Telefonnummern. Das waren zwar Daten, die ich mir ohne weiteres selbst beschaffen konnte, aber warum sollte ich die Gelegenheit nicht nutzen? Lieutenant Dolan hatte veranlaßt, daß ich alles fotokopieren durfte, was ich brauchte. Ich kopierte zahllose Seiten. Vermutlich würde ich im großen und ganzen dieselben Personen befragen, und der Vergleich zwischen ihren heutigen Meinungen und Beobachtungen und jenen von damals versprach interessant zu werden. Schließlich wandte ich meine Aufmerksamkeit den Fotos vom Tatort zu.

In mancher Hinsicht läßt sich schwer sagen, was schmutziger ist – sexuelle Pornographie oder die Pornographie des Mordes. Beide erzählen von Gewalt, von den Entwurzelten und Erniedrigten und von den Demütigungen, die wir uns im Feuer der Leidenschaft gegenseitig zufügen. Manche Formen der Sexualität sind so kaltblütig wie Mord, und manche Formen von Mord für den Täter so erregend wie eine sexuelle Begegnung.

Die Verwesung hatte Lorna Keplers Körper sämtliche Konturen genommen. Die Enzyme ihrer eigenen Zellen hatten diese Zersetzung herbeigeführt. Ihr Körper war einer Invasion zum Opfer gefallen: Mutter Naturs kleine Putzkolonne hatte sich eifrig ans Werk gemacht – Maden, so leicht wie frisch gefallener Schnee und so weiß wie Zwirn. Es dauerte einige Minuten, bevor ich die Fotos ohne Ekel ansehen konnte. Schließlich fand ich die nötige Distanz. Das hier war schlicht und einfach die Wirklichkeit des Todes.

Was mich interessierte, war, wie die Hütte in möbliertem Zustand ausgesehen hatte. Ich kannte sie nur leer: rußig und verlassen, voll Spinnen und Moder und muffigem Geruch. Hier konnte ich sowohl in Farbe wie auch in Schwarzweiß Stoffe sehen, vollgestellte Arbeitsflächen, zerdrückte Sofakissen, eine Vase mit herabhängenden Blumen, die zwei Finger breit in dunkel gewordenem Wasser standen, Flickenteppiche und spindeldürre, hölzerne Stuhlbeine. Ich sah einen Stapel Post, den sie auf einem Sofakissen hatte liegenlassen. Die ungewohnten Einblicke in ihren Lebensraum hatten etwas Abstoßendes. Wie bei einem Gast, der zu früh eintrifft und die Wohnung sieht, bevor die Gastgeberin zum Aufräumen gekommen ist.

Abgesehen von einigen Fotos, die zur Orientierung des Betrachters gedacht waren, stand Lornas Leiche im Mittelpunkt der meisten Abzüge im Format 18 × 27. Sie lag auf dem Bauch. Ihre Stellung war die einer Schlafenden, und ihre Glieder waren in den klassischen Kreideumrissen angeordnet, die in jedem Fernsehkrimi die Lage bezeichnen. Kein Blut, kein Erbrochenes. Es war schwer, sich vorzustellen, was sie wohl in dem Moment tun wollte, als sie fiel – die Haustür öffnen oder ans Telefon gehen. Sie trug BH und Höschen, und ihr Jogginganzug lag als Häufchen neben ihr auf dem Boden. Ihr langes, dunkles Haar hatte seinen Glanz noch nicht verloren und bildete einen Wirrwarr schimmernder Strähnen. Im Blitzlicht leuchteten kleine weiße Maden wie winzige Perlen. Ich schob die Bilder wieder in den dicken, gelben Umschlag und steckte ihn in meine Handtasche.

7

Ich stand an meinen VW gelehnt, den ich vor meiner Wohnung geparkt hatte, als Cheney in einem VW um die Ecke bog, der noch älter aussah als meiner. Er war beige und verbeult, ein unheimlicher Doppelgänger des 68er Modells, das ich vor fast zwei Jahren in den Graben gesetzt hatte. Cheney kam tuckernd zum Stehen, und ich versuchte, die Beifahrertür zu öffnen. Ohne Erfolg. Schließlich mußte ich einen Fuß gegen das Auto stemmen, um soviel Hebelwirkung zu entfalten, daß ich die Tür aufbekam. Das Kreischen, das sie von sich gab, hörte sich an, als würde ein großes, unmanierliches Tier einen fahren lassen. Ich setzte mich in den Wagen und zerrte bei dem Versuch, sie wieder zuzumachen, erneut vergeblich an der Tür. Cheney griff über mich hinweg und schaffte es, sie heranzuziehen und zu schließen. Er schaltete in den ersten Gang und fuhr rumpelnd los.

»Schöner Wagen. Ich hatte mal genau den gleichen«, sagte ich. Ich riß am Sicherheitsgurt und mühte mich erfolglos ab, ihn auf meinem Schoß einschnappen zu lassen. Das ganze Teil war eingefroren, und so konnte ich schließlich nur darum beten, daß er keinen Unfall baute. Ich finde es sehr unangenehm, wenn ein Abend damit endet, daß ich durch die Windschutzscheibe fliege. Zu meinen Füßen spürte ich, wie durch ein Loch, das der Rost gefressen hatte, der Wind hereinblies. Ich wußte, wenn es Tag gewesen wäre, hätte ich die Straße vorbeirasen sehen, genau wie dieses Stückchen Gleise, das man zu sehen bekommt, wenn man im Zug die Toilettenspülung betätigt. Ich versuchte, meine Füße hochzuhalten, um keinen Druck auf die Stelle auszuüben und nicht ganz durchzubrechen. Sollte das Auto streiken, so könnte ich es – ohne aufzustehen – mit einem Fuß weiterbewegen. Dann wollte ich das Fenster herunterdrehen, mußte jedoch feststellen, daß die Kurbel fehlte. Schließlich öffnete ich das Ausstellfenster und kalte Luft drang herein. Bis jetzt war das Ausstellfenster das einzige, was auf meiner Seite funktionierte.

Cheney meinte: »Ich habe auch noch einen kleinen Sportwagen, aber ich halte es für unsinnig, mit so etwas in diese Gegend zu fahren. Hast du schon mit Dolan gesprochen?«

»Ich habe ihn heute abend im St. Terry's besucht. Er war ganz reizend, muß ich sagen. Ich bin direkt vom Krankenhaus ins Polizeirevier gegangen, um mir die Akten durchzusehen. Er hat mir sogar Abzüge der Fotos vom Tatort beschafft.«

»Wie ging es ihm?«

»Ganz gut, denke ich. Nicht so griesgrämig wie sonst. Warum? Was hast du für einen Eindruck?«

»Als ich mit ihm geredet habe, wirkte er deprimiert, aber vielleicht hat er sich ja dir zuliebe zusammengerissen.«

»Er muß Angst haben.«

»Ich hätte jedenfalls Angst«, meinte Cheney.

Heute abend trug er ein Paar schicke italienische Schuhe, eine dunkle Hose, ein kaffeebraunes Sporthemd und eine Windjacke aus weichem, cremefarbenem Wildleder. Ich muß sagen, in meinen Augen sah er ganz anders aus als die verdeckten Ermittler, die ich sonst kannte. Er blickte zu mir herüber und merkte, daß ich ihn taxierte. »Was?«

»Wo bist du eigentlich her?« fragte ich.

»Perdido«, antwortete er, eine Kleinstadt, die knapp fünfzig Kilometer südlich von uns lag.

»Und du?«

»Ich bin von hier«, sagte ich. »Dein Name kommt mir bekannt vor.«

»Du kennst mich ja auch schon seit Jahren.«

»Ja, aber kenne ich dich nicht auch noch von woanders? Hast du Familie in der Gegend?«

Er gab ein unverbindliches Geräusch von sich, das wohl als »ja« ausgelegt werden durfte.

Ich musterte ihn eingehend. Da ich selbst zum Lügen neige, erkenne ich die Ausweichmanöver anderer Leute auf Anhieb. »Was macht denn deine Familie?«

»Banken.«

»Was mit Banken? Legen sie Geld an? Machen sie Überfälle?«

»Sie, ähmmm, besitzen ein paar.«

Ich starrte ihn an, und die Erkenntnis dämmerte mir wie eine riesige Comicsonne. »Dein Vater ist X. Phillips? Wie in ›Bank of X. Phillips‹?«

Er nickte stumm.

»Was heißt das X? Xavier?«

»Eigentlich nur X.«

»Was für eine Marke ist denn dein Zweitwagen? Ein Jaguar?«

»He, nur weil er die dicke Kohle besitzt, heißt das nicht, daß ich sie auch habe. Ich habe einen Mazda. Nichts Besonderes. Na ja, ein bißchen besonders, aber er ist bezahlt.«

Ich sagte: »Du mußt dich nicht *rechtfertigen*. Wie bist du denn dazu gekommen, Bulle zu werden?«

Cheney lächelte. »Als Kind habe ich viel ferngesehen. Ich wuchs in einer Atmosphäre wohlwollender Vernachlässigung auf. Meine Mutter hat hochwertige Grundstücke verkauft, während mein Vater seine Banken leitete. Die Fernsehkrimis haben mich schwer beeindruckt. Jedenfalls stärker als Finanzangelegenheiten.«

»Ist dein Vater damit einverstanden?«

»Er hat ja keine Wahl. Er weiß, daß ich seine Nachfolge nicht antreten werde. Außerdem bin ich Legastheniker. Bedruckte Seiten sehen für mich wie Nonsens aus. Und was ist mit deinen Eltern? Leben sie noch?«

»Nimm bitte zur Kenntnis: Mir ist bewußt, daß du das Thema wechselst, aber ich bin bereit, deine Frage zu beantworten. Sie sind beide schon lange tot. Es hat sich herausgestellt, daß ich oben in Lompoc noch Verwandte habe, aber ich muß mir noch überlegen, was ich mit ihnen anfangen soll.«

»Was gibt's da zu überlegen? Es ist mir neu, daß wir in diesen Dingen eine Wahl haben.«

»Lange Geschichte. Sie haben meine Existenz neunundzwanzig Jahre lang ignoriert, und jetzt kommen sie mir auf die nette Tour. Das behagt mir nicht. Für so eine Familie habe ich keine Verwendung.«

Cheney lächelte. »Sieh's doch mal so. Mir geht's mit meiner genauso, und ich stehe seit meiner Geburt mit ihr in Kontakt.«

Ich lachte. »Sind wir jetzt zynisch oder was?«

»›Oder was‹ trifft es ganz gut.«

Ich wandte meine Aufmerksamkeit der Gegend zu, die wir abfuhren. Wir waren nicht weit von meiner Wohnung entfernt. Den Cabana Boulevard hinunter, dann links über die Gleise. Die Eigentumswohnanlagen und kleinen Häuser machten allmählich Geschäftsgebäuden Platz: Lagerhäuser, Leichtindustrie, ein Fischgroßhändler, eine Umzugs- und Lagerfirma. Viele der Gebäude waren langgestreckt, flach und fensterlos. In einer Seitenstraße lag verborgen einer der beiden »Nur für Erwachsene«-Läden. Der zweite befand sich am unteren Ende der State Street, einige Blocks weiter. Hier standen in großen Abständen kleine, kahle Bäume. Die Straßenbeleuchtung erschien bläßlich im Kontrast zu den weiten, dunklen Flächen. Immer wieder kamen wir an kleinen Menschengruppen vorbei, fünf oder sechs Personen, die an Autos lehnten, Cliquen von Jugendlichen, deren Geschlecht schwer zu bestimmen war. Ihre Blicke folgten uns aufmerksam, und ihre Gespräche verstummten vorübergehend, wohl in der Hoffnung, daß mit uns das eine oder andere Geschäft zu machen sei. Sex oder Drogen. Das war vermutlich egal, solange nur Geld den Besitzer wechselte. Ich konnte durchs Autofenster das Haschisch riechen, während draußen die Joints kursierten.

Das dumpfe Brummen von Bässen kündigte die Nähe des Etablissements an, das wir suchten.

Neptune's Palace war eine Mischung aus Bar und Billardsalon mit einem offenen Innenhof auf der einen Seite und einem weitläufigen, asphaltierten Parkplatz davor. Gäste standen sowohl im Hof als auch auf dem Parkplatz herum. Der gelbe Schein von Quecksilberdampflampen ergoß sich über die glänzenden Autodächer. Aus der Bar drang laute Musik. In der Nähe der Vorderseite des Lokals standen Mädchen an eine niedrige Mauer gelehnt und verfolgten mit Blicken die endlose Prozession vorüberfahrender Fahrzeuge, deren Insassen auf der Suche nach einem nächtlichen Abenteuer waren. Die Doppeltüren standen offen wie der Eingang zu einer Höhle, und das Rechteck aus gelbbraunem Licht verschwamm durch den Nebel aus Zigarettenrauch. Wir fuhren zweimal um den Block, und Cheney hielt Ausschau nach Danielle.

»Keine Spur von ihr?« fragte ich.

»Sie muß hier irgendwo sein. Für sie ist das hier wie das Arbeitsamt.«

Um die Ecke, wo es ruhiger war, fanden wir einen Parkplatz. Wir stiegen aus, sperrten den Wagen ab und gingen an zahlreichen gleichgeschlechtlichen Pärchen vorüber, die uns amüsiert zu beäugen schienen. Heterosexuelle sind ja so was von out.

Cheney und ich drängten uns bis zur Bar durch und mengten uns unter die angetrunkenen Gäste. Von der Tanzfläche dröhnte laute Musik herüber. Durch die feuchten, erhitzten Leiber war es hier drinnen fast tropisch. Zudem roch die Luft vom billigen Faßbier ganz salzig. Und überall Meeresmotive. Riesige Fischernetze hingen an Balken quer über die Decke, an der verspiegelte Glühbirnen wie

Sonnenlicht auf dem Wasser glitzerten und eine Lightshow die Dämmerung auf dem Meer simulierte: der Tag ging in den Abend und schließlich in pechschwarze Nacht über. Manchmal wurden Sternbilder projiziert, dann wieder signalisierten grell leuchtende Blitze das Nahen eines Sturms auf hoher See. Die Wände waren in einer Vielzahl von Blautönen gestrichen, deren Schattierungen vom ruhigen Blau einer sommerlichen Dünung bis hin zum Mitternachtsblau der Tiefsee reichten. Sägespäne auf dem Betonfußboden schufen die Illusion von sandigem Meeresgrund. Die Tanzfläche selbst wurde von etwas begrenzt, das wie der Bug eines gesunkenen Schiffs aussah. Der Eindruck, daß man sich unter der Meeresoberfläche befand, war so stark, daß ich für jeden Atemzug dankbar war.

In Nischen, die wie Korallenriffe gestaltet waren, hatte man Tische gestellt. Die Beleuchtung war gedämpft und kam zum größten Teil aus mächtigen Salzwasser-Aquarien, in denen große Barsche mit schmollenden Mündern auf der Suche nach Beute unermüdlich ihre Kreise zogen. Reproduktionen von antiken Seekarten zierten in Acryl gegossen die Tischplatten. Sie zeigten eine Welt weiter, menschenleerer Ozeane, an deren Rändern heimtückische Kreaturen lauerten. Den Gästen gar nicht so unähnlich.

In den Pausen zwischen zwei Musikstücken nahm ich wahr, daß leise Klangeffekte aus den Lautsprechern drangen: Schiffsglocken, das Knarren von Holz, flatternde Segel, das Kreischen von Möwen und die blechernen Signale von Bojen. Am unheimlichsten waren allerdings die kaum hörbaren Jammerlaute ertrinkender Seeleute, als wären wir allesamt in einer Art maritimem Fegefeuer gefangen, in dem Alkohol, Zigaretten, Gelächter und ohrenbetäubende Musik dazu dienten, diese leisen Schreie zu übertönen und verstummen zu lassen. Sämtliche Kellnerinnen waren in hautenge, paillettenbesetzte Bodystockings gehüllt, die wie Fischhäute schillerten. Ich nahm an, daß die meisten von ihnen wohl aufgrund ihres androgynen Aussehens eingestellt worden waren: kurzgeschorenes Haar, schmale Hüften und keine nennenswerten Brüste. Sogar die Jungen waren geschminkt.

Cheney hielt sich dicht hinter mir und hatte mir beruhigend die Hand auf den Rücken gelegt. Einmal beugte er sich vor und sagte etwas, aber der Lärm schluckte seine Stimme. Zwischendurch verschwand er kurz und kam mit einer Flasche Bier in jeder Hand zurück. Wir fanden einen freien Platz an der Wand, von dem aus wir den Laden relativ ungehindert überblicken konnten. Wir lehnten uns an und ließen uns von den anderen begaffen. Die Musik war dermaßen laut, daß hinterher ein Hörtest fällig war. Ich sah förmlich vor mir, wie meine Gehörknöchelchen zusammenzuckten. Ich habe einmal aus den Tiefen eines Müllcontainers eine Pistole abgefeuert und bin seither von einem periodisch auftretenden Zischen im Kopf geplagt. Diese Kids würden im Alter von fünfundzwanzig Hörrohre benötigen.

Cheney berührte mich am Arm und deutete auf die andere Seite des Raumes. Mit dem Mund formte er das Wort »Danielle«, und ich folgte seinem Blick. Sie stand in der Nähe der Tür, offenbar allein, obwohl ich annahm, daß sie das nicht mehr lange bleiben würde. Sie war vermutlich noch nicht zwanzig und daran gewöhnt, über ihr Alter falsche Angaben zu machen, denn wie hätte sie sonst hier hereinkommen sollen. Sie hatte dunkles Haar, das so lang war, daß sie darauf sitzen konnte, und lange Beine, die gar nicht aufzuhören schienen. Sogar über die Entfernung hinweg sah ich schmale Hüften, einen flachen Bauch und jugendliche Brüste, ein Körpertyp, den Männer jenseits der Wechseljahre glühend bewundern. Sie trug limonengrüne Hot pants aus Satin und ein schulterfreies Top mit einer limonengrünen Bomberjacke darüber.

Wir durchquerten den Raum. Während wir uns näherten, bemerkte sie Cheney. Er zeigte auf den Hof. Sie drehte sich auf dem Absatz um und ging vor uns hinaus. Der Temperaturunterschied zu drinnen war drastisch, und das plötzliche Fehlen von Zigarettenrauch ließ die Luft nach frischem Heu duften. Die Kälte ergoß sich wie eine Flüssigkeit über meine Haut. Danielle hatte sich mit den Händen in den Jackentaschen zu uns umgedreht. Aus der Nähe erkannte ich, wie gekonnt sie verschiedene Kosmetika im Kampf gegen ihr jugendliches Aussehen eingesetzt hatte. Sie hätte für zwölf durchgehen können. Ihre Augen besaßen das leuchtende Grün bestimmter Tropenfische, und ihr Gesichtsausdruck war herausfordernd.

»Wir haben um die Ecke einen Wagen stehen«, sagte Cheney unvermittelt.

»Und?«

»Und dort können wir uns ein bißchen unterhalten. Nur wir drei.«

»Worüber?«

»Über das Leben im allgemeinen und Lorna Kepler im besonderen.«

Danielle hielt den Blick auf mich geheftet. »Wer ist das?«

»Das ist Kinsey. Lornas Mutter hat sie engagiert.«

»Das ist doch wohl keine Falle«, sagte sie argwöhnisch.

»Ach, komm schon, Danielle. Es ist keine Falle. Sie ist Privatdetektivin und untersucht Lornas Tod.«

»Ich sag's dir nämlich, Cheney, wenn du mich reinlegst, könntest du mich in echte Schwierigkeiten bringen.«

»Es ist kein krummes Ding. Nur eine Unterhaltung. Sie bezahlt dir den üblichen Satz.«

Ich warf Cheney einen Blick zu. Ich sollte diese halbe Portion bezahlen?

Danielles Augen suchten den Parkplatz ab und wanderten dann in meine Richtung. »Ich mach's nicht mit Frauen«, sagte sie mürrisch.

Ich beugte mich vor und sagte: »He, ich auch nicht. Falls das irgend jemand schert.«

Cheney ignorierte mich und wandte sich wieder an sie. »Wovor hast du Angst?«

»Wovor ich *Angst* habe?« fragte sie und wies sich mit dem Finger auf die eigene Brust. Ihre Nägel waren bis aufs Fleisch heruntergebissen. »Zuerst einmal vor Lester. Dann, daß mir die Zähne ausfallen. Ich habe Angst, daß mir Mr. Dickhead noch einmal die Nase plattschlägt. Der Kerl ist ein Schwein, ein richtiges Arschloch...«

»Du hättest ihn anzeigen sollen. Das habe ich dir schon letztes Mal gesagt«, sagte Cheney.

»Oh, natürlich. Ich hätte mir gleich einen Platz im Leichenschauhaus sichern sollen, dann hätte ich mir die unangenehme Zwischenzeit erspart«, fauchte sie.

»Komm schon. Hilf uns weiter«, bettelte Cheney.

Sie dachte darüber nach und ließ den Blick in die Dunkelheit schweifen. Schließlich sagte sie widerwillig: »Ich rede mit ihr, aber nicht mit dir.«

»Weiter habe ich ja um gar nichts gebeten.«

»Ich mache es auch nicht, weil du darum *gebeten* hast. Ich tue es für Lorna. Und nur dieses eine Mal. Das ist mein Ernst. Ich will nicht, daß du mich noch einmal so in die Enge treibst.«

Cheney lächelte verführerisch. »Du bist einfach perfekt.«

Danielle verzog das Gesicht und äffte seine Tour nach, die sie ihm nicht eine Minute lang abgekauft hatte. Dann ging sie auf die Straße zu und sagte über die Schulter nach hinten: »Bringen wir's hinter uns, bevor Lester auftaucht.«

Cheney begleitete uns zum Auto, wo wir die erforderliche Türzerrarie absolvierten. Das Kreischen war diesmal so laut, daß ein Pärchen einen halben Häuserblock weiter seine Knutscherei unterbrach, um zu sehen, was für ein Tier wir quälten. Ich setzte mich auf den Beifahrersitz und überließ Danielle die Fahrerseite, für den Fall, daß sie eilig die Flucht antreten mußte. Wer immer auch Lester sein mochte, ich wurde selbst schon leicht nervös.

Cheney lehnte sich gegen das Ausstellfenster. »Bin gleich wieder da.«

»Wenn du Lester siehst, sag ihm bloß nicht, wo ich bin«, warnte sie ihn.

»Vertrau mir«, meinte Cheney.

»Ihm vertrauen. Was für ein Witz«, sagte sie vor sich hin.

Wir sahen ihm durch die Windschutzscheibe nach, als er in der Dunkelheit verschwand. Ich saß da und hoffte, daß ihr Satz für Montagnacht nicht allzu hoch wäre. Ich wußte nicht, wieviel Bargeld ich bei mir hatte, und ich nahm nicht an, daß sie meine Visa-Karte akzeptieren würde, die aber sowieso schon über den Höchstbetrag hinaus belastet war.

»Sie können gern rauchen, wenn Sie möchten«, sagte ich im Glauben, mich so einschmeicheln zu können.

»Ich *rauche* nicht«, wehrte sie beleidigt ab. »Rauchen ruiniert einem die Gesundheit. Wissen Sie, wieviel wir in diesem Land für

Krankheiten ausgeben, die mit dem Rauchen zusammenhängen? Fünfzehn Milliarden im Jahr. Mein Vater ist an einem Emphysem gestorben. Jeden Tag seines Lebens wirkte er wie der wandelnde Erstickungstod. Die Augen traten ihm hervor. Wenn er atmete... dann klang es so...« Sie unterbrach sich, um es mit der Hand auf dem Brustkasten vorzumachen. Die Geräusche, die sie von sich gab, klangen wie eine Mischung aus Rasseln und Würgen. »Und dann hat er keine Luft mehr gekriegt. Es ist eine entsetzliche Art zu sterben. Mußte andauernd diesen Sauerstoffbehälter mit sich herumschleppen. Geben Sie's lieber auf, solange noch Zeit ist.«

»Ich rauche nicht. Ich dachte nur, Sie vielleicht, und wollte höflich sein.«

»Wegen mir brauchen Sie nicht höflich zu sein«, meinte sie. »Ich hasse Rauchen. Erstens ist es schädlich, und zweitens stinkt es.« Danielle sah sich um und beäugte angewidert das Innere des VWs. »So ein Schweinestall. Womöglich holt man sich eine Krankheit, wenn man in diesem Ding sitzt.«

»Wenigstens wissen Sie dann, daß er nicht bestechlich ist«, sagte ich.

»Die Bullen hier in der Stadt nehmen kein Geld«, sagte sie. »Es macht ihnen viel zuviel Spaß, Leute in den Knast zu stecken. Er hat noch ein wesentlich schöneres Auto, aber er ist zu paranoid, um es hierher mitzunehmen. So. Schluß mit dem Geplapper und dem Kennenlern-Quatsch. Was möchten Sie über Lorna wissen?«

»Alles, was Sie mir sagen können. Wie lange haben Sie sie gekannt?«

Danielle verzog den Mund zu einer Art mimischem Achselzukken. »Etwa zwei Jahre. Wir haben uns bei der Arbeit für diesen Hostessenservice kennengelernt. Sie war ein guter Mensch. Sie war wie eine Mutter zu mir. Sie war meine – wie nennt man das... Mentorin... ich hätte mehr auf sie hören sollen.«

»Weshalb?«

»Lorna war der Hammer für mich. Sie war toll. Sie hat mich echt umgehauen. Ich war praktisch total voller Ehrfurcht. Sie wußte, was sie wollte, und sie hat es sich geholt, und wenn einem nicht gepaßt hat, wie sie drauf war, so war das sein Pech.«

»Was wollte sie denn?«

»Zunächst einmal eine Million Dollar. Sie wollte mit dreißig in den Ruhestand gehen. Das hätte sie auch geschafft, wenn sie lange genug gelebt hätte.«

»Wie wollte sie das schaffen?«

»Was glauben Sie wohl?«

»Das ist aber ein hartes Stück Arbeit«, meinte ich.

»Nicht bei den Preisen, die sie verlangte. Nachdem sie beim Hostessenservice aufgehört hat. Sie hat zweihunderttausend Dollar im Jahr verdient. Zweihundert*tausend*. Ich konnte es nicht fassen. Sie war schlau. Sie hat investiert. Sie hat das Geld nicht derart hinausgeworfen, wie ich es an ihrer Stelle getan hätte. Ich habe keinen Kopf für Finanzen. Was ich in der Tasche habe, gebe ich aus, und wenn es weg ist, fange ich von vorn an. Zumindest war ich so, bevor sie mir den Kopf gewaschen hat.«

»Was wollte sie denn tun, wenn sie im Ruhestand war?«

»Reisen. Relaxen. Vielleicht irgendeinen Typen heiraten, der ihr Leben lang für sie sorgen würde. Die Sache ist die... damit hat sie mich immer wieder traktiert... wenn du Geld hast, bist du unabhängig. Du kannst tun und lassen, was du willst. Wenn dich ein Kerl mißhandelt, machst du eben die Mücke. Du hast ja zwei Beine. Wissen Sie, wovon ich rede?«

»Genau meine Philosophie«, sagte ich.

»Ja, meine auch – mittlerweile. Nach ihrem Tod habe ich ein kleines Sparkonto eröffnet und zahle immer wieder ein bißchen ein. Es ist nicht viel, aber es reicht, und ich werde es liegen lassen. Das hat Lorna immer gesagt. Man bringt es auf die Bank und läßt es wachsen. Sie hat viel von ihrem Geld in Standardwerte, Kommunalobligationen und dergleichen gesteckt, aber sie hat das alles allein gemacht. Sie hatte nichts mit Anlageberatern und solchen Leuten am Hut, weil das, so hat sie gesagt, die perfekte Methode für irgendein Arschloch ist, einen auszunehmen. Wissen Sie, was Börsenmakler sind? Sie nannte sie Wertpapierzuhälter.« Sie lachte über den Ausdruck, offenbar amüsiert angesichts der Vorstellung von Zuhältern an der Wall Street. »Was ist mit Ihnen? Haben Sie Ersparnisse?«

»Ja, schon.«

»Und wo haben Sie die? Wie haben Sie die angelegt?«

»Ich habe sie als Festgeld angelegt«, sagte ich und wurde bei dem Thema etwas hellhörig. Es kam mir merkwürdig vor, meine finanzielle Strategie gegenüber einem Mädchen zu rechtfertigen, das auf den Strich ging.

»Das ist gut. Das hat Lorna zum Teil auch gemacht. Sie hatte ein Faible für steuerfreie Kommunalobligationen, und sie hat auch Geld in Staatsanleihen gesteckt, was immer das ist. Wenn man Geld hat, hat man Macht, und kein Kerl kann daherkommen und einen fertigmachen, stimmt's?«

»Sie haben gesagt, daß sie zweihunderttausend verdient hat. Hat sie die versteuert?«

»Aber klar! Leg dich nicht mit dem Finanzamt an, das war ihre erste Regel. Das war auch das erste, was sie mir beigebracht hat. Alles, was du einnimmst, gibst du an. Wissen Sie, wie sie Al Capone und seine Kumpels gekriegt haben? Steuerhinterziehung. Wenn du das Finanzamt übers Ohr haust, landest du im Knast, wie ein Schwerverbrecher, ohne Witz.«

»Was ist mit —«

»Einen Moment mal«, unterbrach sie mich. »Lassen Sie mich noch etwas anderes fragen. Wieviel verdienen Sie?«

Ich starrte sie an. »Wieviel *ich* verdiene?«

»Ja, zum Beispiel letztes Jahr. Wie hoch war Ihr Jahreseinkommen? Wieviel haben Sie versteuert?«

»Das wird langsam ziemlich persönlich, oder nicht?«

»Sie brauchen sich nicht so zu haben. Es bleibt strikt unter uns. Erst sagen Sie es und dann ich. Eine Hand wäscht sozusagen die andere.«

»Fünfundzwanzigtausend.«

Jetzt riß sie die Augen auf. »Das ist *alles*? Ich habe doppelt soviel verdient. Ohne Witz. Zweiundfünfzigtausendfünfhundert und ein paar Zerquetschte.«

»Dafür haben Sie sich aber Ihre Nase gebrochen«, wandte ich ein.

»Ja, gut, und Sie haben sich *Ihre* Nase gebrochen. Das sehe ich doch. Soll keine Kritik sein. Ich will Sie nicht beleidigen«, sagte sie. »Sie sehen nicht schlecht aus, aber für fünfundzwanzigtausend kriegen Sie genauso Ihre Abreibung, hab' ich recht?«

»So würde ich das nicht sehen.«

»Verarschen Sie sich doch nicht selbst. Das habe ich auch von Lorna gelernt. Sie können's mir glauben. Ihr Job ist genauso gefährlich wie meiner, und das bei halber Bezahlung. Meiner Meinung nach sollten Sie sich was anderes suchen. Nicht, daß ich meine Branche anpreisen möchte. Ich sage Ihnen nur, was ich denke.«

»Danke für die Anteilnahme. Wenn ich mich zum Umsatteln entschließe, komme ich bei Ihnen zur Berufsberatung vorbei.«

Sie lächelte, fand meinen Sarkasmus oder was sie dafür hielt, wohl amüsant. »Ich sage Ihnen noch etwas, was sie mir beigebracht hat. Halt deinen dummen Mund. Wenn du's mit einem Kerl treibst, erzähl es hinterher nicht herum. Und erst recht nicht den Leuten, mit denen du andauernd zu tun hast. Sie hat einmal dagegen verstoßen und sich geschworen, es nie wieder zu tun. Manche von diesen Typen... puuuh! Da ist es besser, wenn man vergißt, daß man sie je kennengelernt hat.«

»Verkehren Sie auch in diesen Kreisen? In der High Society?«

»Na ja, nicht andauernd. Zur Zeit nicht. Als sie noch gelebt hat, schon ab und zu. Manchmal hat sie mich sagenhaft ausstaffiert und zu einem dicken Fisch mitgenommen. Mich und diese andere, Rita heißt sie. So was Irres! Manche Typen stehen auf ganz Junge. Man rasiert sich die Schamhaare und tut so, als wäre man nicht älter als zehn. Wie an diesem einen Abend. Ich habe über fünfzehnhundert Dollar verdient. Fragen Sie mich nicht, was ich dafür tun mußte. Das ist auch etwas, worüber man nicht spricht. Lester hätte mich umgebracht, wenn er es herausgekriegt hätte.«

»Was ist mit ihrem ganzen Geld passiert, als sie gestorben ist?« wollte ich wissen.

»Keine Ahnung. Das müßten Sie ihre Familie fragen. Ich wette, daß sie kein Testament hatte. Ich meine, wozu hätte sie ein Testament brauchen sollen? Sie war jung. Na ja, fünfundzwanzig, aber das ist noch nicht *so* alt. Ich wette, sie war sich sicher, daß sie noch

Jahre vor sich hatte, und dann stellt sich heraus, daß es damit nichts war.«

»Wie alt sind Sie?«

»Dreiundzwanzig.«

»Sind Sie nicht.«

»Bin ich *schon*.«

»Danielle, das stimmt nicht.«

Sie lächelte schwach. »Okay, ich bin neunzehn, aber reif für mein Alter.«

»Siebzehn trifft es wahrscheinlich eher, aber belassen wir es dabei.«

»Fragen Sie mich lieber noch etwas über Lorna. Sie verschwenden Ihr Geld, wenn Sie nach mir fragen.«

»Was hat Lorna in der Wasseraufbereitungsanlage gemacht? Es klingt nicht danach, als sei dieser Job auch nur den Halbtagsverdienst wert gewesen.«

»Sie mußte ja irgend etwas arbeiten. Sie konnte doch ihren Eltern nicht erzählen, womit sie ihr Geld verdiente. Sie waren ziemlich konservativ; zumindest ihr Dad. Ich habe ihre Mutter bei der Beerdigung kennengelernt und fand sie recht nett. Ihr Alter war ein Arsch, war ihr die ganze Zeit auf den Fersen und hat ihr nachspioniert. Lorna war wild und ungestüm, sie wollte nicht kontrolliert werden.«

»Ich habe heute schon mit ihrem Vater gesprochen, und er hat gesagt, daß Lorna nicht viele Freunde hatte.«

Danielle wehrte das mit einem Kopfschütteln ab. »Was weiß der schon? Bloß weil er nie welche kennengelernt hat. Lorna mochte Nachtmenschen. Alle, die sie kannte, kamen nach Sonnenuntergang aus ihren Verstecken. Wie Spinnen und diese ganzen – wie heißt das doch gleich – nachtaktiven Lebewesen. Eulen und Fledermäuse. Wenn Sie ihre Freunde kennenlernen möchten, gewöhnen Sie sich besser daran, die ganze Nacht auf Achse zu sein. Was noch? Das macht Spaß. Ich wußte gar nicht, daß ich so schlau bin.«

»Was war mit dem Pornofilm? Warum hat sie den gedreht?«

»Ach, die alten Gründe, die alten Gründe. Sie wissen doch, wie es ist. Da kam irgendein Typ aus San Francisco. Sie hat ihn eines

Abends im Edgewater kennengelernt und mit ihm über solches Zeug geredet. Er hielt sie für phänomenal, und ich schätze, das war sie auch. Zuerst wollte sie es nicht machen, aber dann dachte sie sich, he, warum denn nicht? Sie hat nicht viel Geld dafür bekommen, aber es hat ihr Spaß gemacht. Was haben Sie denn davon gehört?«

»Ich habe nicht davon gehört. Ich habe den Film gesehen.«

»Das gibt's nicht. Sie haben ihn gesehen?«

»Klar, ich habe ihn auf Band.«

»Tja, das ist aber seltsam. Das Video ist nie veröffentlicht worden.«

Nun war es an mir, skeptisch zu werden. »Wirklich? Es ist nie in den Verleih gekommen? Das kann ich nicht glauben.« Wir hörten uns an wie ein Papageienpaar.

»Das hat sie aber gesagt. Ihr hat es auch gestunken. Sie dachte, es könnte ihr großer Durchbruch werden, aber sie konnte ja nichts machen.«

»Die Kassette, die ich gesehen habe, war mit einem Nachspann versehen, sie war verpackt und alles. Sie müssen einen Haufen Geld investiert haben. Was steckt denn dahinter?«

»Ich weiß nur das, was sie mir erzählt hat. Vielleicht ist der Filmfirma das Geld ausgegangen oder so. Wie sind Sie an das Band gekommen?«

»Jemand hat es ihrer Mutter geschickt.«

Danielle stieß ein heiseres Lachen aus. »Das ist nicht Ihr Ernst. Das ist ja brutal. Was für ein Perverser macht denn so was?«

»Das weiß ich noch nicht, aber ich hoffe, ich werde es herausfinden. Was können Sie mir sonst noch sagen?«

»Nein, nein. Sie fragen und ich antworte. So ganz von allein fällt mir nichts ein.«

»Wer ist Lester?«

»Lester hatte nichts mit Lorna zu tun.«

»Aber wer ist er?«

Sie warf mir einen Blick zu. »Was geht Sie das an?«

»Sie haben Angst vor ihm, und ich möchte wissen, warum.«

»Geben Sie's auf. Sie werfen Ihr Geld zum Fenster raus.«

»Vielleicht kann ich mir das leisten.«

»Oh, sicher. Bei dem, was Sie verdienen? Das ist ja Schwachsinn.«

»Offen gestanden weiß ich nicht einmal, wieviel Sie verlangen.«

»Den Satz für eine Nummer. Fünfzig Mäuse.«

»Für die Stunde?« japste ich.

»Nicht für die Stunde. Was haben Sie denn für Vorstellungen? Fünfzig Mäuse für eine Nummer. Nichts beim Sex dauert eine *Stunde*«, sagte sie verächtlich. »Jeder, der sagt, es dauert eine Stunde, verarscht Sie.«

»Ich nehme an, Lester ist Ihr Zuhälter.«

»Hör sie dir an. ›Zuhälter‹. Wer hat Ihnen denn beigebracht, so zu reden? Lester Dudley – für Sie Mr. Dickhead – ist mein persönlicher Manager. Er ist so etwas wie mein geschäftlicher Repräsentant.«

»Hat er Lorna auch repräsentiert?«

»Natürlich nicht. Ich habe Ihnen doch schon gesagt, daß sie schlau war. Sie hat seine Dienste abgelehnt.«

»Glauben Sie, daß er Informationen über Lorna hat?«

»Niemals. Vergessen Sie's. Der Typ ist ein richtiger Dreckskerl.«

Ich überlegte kurz, aber ich hatte die Fragen, die mir aus dem Stegreif einfielen, bereits alle gestellt. »Gut. Das müßte fürs erste genügen. Wenn Ihnen noch etwas einfällt, melden Sie sich dann bei mir?«

»Klar«, sagte sie. »Solange Sie Geld haben, habe ich einen Mund... sozusagen.«

Ich griff nach meiner Tasche und nahm die Brieftasche heraus. Dann gab ich ihr eine Visitenkarte und schrieb meine Privatadresse mit Telefonnummer auf die Rückseite. Normalerweise gebe ich diese Daten nicht gerne weiter, aber ich wollte es ihr so leicht wie möglich machen. Ich musterte meine Geldvorräte. Ich dachte, sie würde sich vielleicht großherzig zeigen und auf ihre Gebühren verzichten, doch sie hielt die Hand auf und sah mir aufmerksam dabei zu, wie ich ihr die Scheine auf die Hand zählte. Den letzten Dollar mußte ich mit Kleingeld bestreiten, das auf dem Grund meiner Tasche herumflog. Natürlich reichte es nicht.

»Machen Sie sich keine Sorgen. Sie können mir die zehn Cents schuldig bleiben.«

»Ich schreibe Ihnen einen Schuldschein aus«, bot ich an.

Sie winkte ab. »Ich vertraue Ihnen.« Dann steckte sie das Geld in ihre Jackentasche. »Männer sind komisch, wissen Sie. Männerphantasien über Huren? Die kann man in all diesen Büchern lesen, die Männer geschrieben haben. Typ lernt Hure kennen, sie ist umwerfend: hat Riesentitten, eine kultivierte Art, und sie fährt komplett auf ihn ab. Schließlich bumsen sie miteinander, und als er fertig ist, will sie sein Geld nicht annehmen. Er ist ja so traumhaft, daß sie bei ihm nicht abkassieren will wie bei allen anderen. Das ist völliger Schwachsinn. Ich habe noch keine Hure kennengelernt, die es gratis mit einem Typ treiben würde. Und überhaupt, Hurensex ist doch für den Arsch. Wenn er sich einbildet, das sei ein Geschenk, dann ist er der Dumme.«

8

Es war schon fast halb zwei Uhr morgens, als ich meinen VW auf dem kleinen Parkplatz vor der Notaufnahme des St. Terry's Hospital abstellte. Nach meiner Unterhaltung mit Danielle hatte mich Cheney wieder bei mir zu Hause abgesetzt. Ich war durch das quietschende Tor nach hinten gegangen. Ich hörte Cheney kurz hupen, dann fuhr er weg. Der Nachthimmel war immer noch klar und sternenhell, aber ich sah, daß sich im Westen wie vorhergesagt vereinzelte Wolken sammelten. Ein Flugzeug kreuzte mein Blickfeld, ein ferner, roter Punkt, der zwischen den weißen Nadelspitzen blinkte und dessen Motorenlärm ihm nachwehte wie ein Transparent, das fürs Fliegen warb. Das letzte Viertel des Mondes war so schmal geworden wie die Sichel eines Hirtenstabs, und innerhalb der Rundung hing eine Wolke wie ein Wattebausch. Ich hätte schwören können, daß ich immer noch die hämmernde Musik hörte, unter der Neptune's Palace erzitterte. Der Club lag schließlich nicht einmal anderthalb Kilometer von meiner Wohnung entfernt, und ich halte es für möglich, daß das Geräusch so weit trug.

Wahrscheinlicher war aber, daß es aus einer Stereoanlage oder einem Autoradio in der Nähe drang. Im Vergleich zum Rauschen der Flut des Ozeans, der nur einen halben Häuserblock entfernt lag, war das schwach hörbare Stampfen der Bässe ein gedämpfter Kontrast, dumpf, einschmeichelnd und verschwommen.

Mit den Schlüsseln in der Hand blieb ich stehen und lehnte den Kopf kurz gegen meine Wohnungstür. Ich war müde, aber seltsamerweise nicht an Schlaf interessiert. Ich bin seit jeher ein Tagmensch gewesen, eine unerschütterliche Frühaufsteherin, süchtig nach Morgensonne in einer Welt, die sich zwischen neun und siebzehn Uhr abspielt. Gelegentlich arbeite ich durchaus noch spät, aber meistens komme ich am frühen Abend nach Hause, und um elf Uhr schlafe ich fest. Heute abend wurde ich schon wieder von Ruhelosigkeit getrieben. Ein lang unterdrückter Teil meiner Persönlichkeit war zum Vorschein gekommen, und ich spürte, wie ich auf ihn reagierte. Ich wollte mit Serena Bonney sprechen, der Krankenschwester, die Lornas Leiche entdeckt hatte. Irgendwo in all den Worten, aus denen sich langsam Lorna Keplers Portrait ergab, lag der Schlüssel zu ihrem Tod. Ich ging durch das Tor zurück und schloß es lautlos hinter mir.

Die Notaufnahme wirkte verlassen. Die Glasschiebetüren öffneten sich mit leisem Rauschen, und ich trat in die Stille des blau und grau gehaltenen Raums ein. Am Empfang brannte Licht, aber die Schalter, an denen Patienten registriert wurden, waren schon seit Stunden geschlossen. Der Warteraum zur Linken, hinter einer Trennwand mit Münztelefonen, war leer und das Fernsehgerät, das dort stand, zeigte nur eine glatte, graue Fläche. Ich spähte nach rechts, wo die Untersuchungsräume lagen. Die meisten von ihnen lagen im Dunkeln, und die Rundumvorhänge waren zurückgezogen und an ihren Schienen befestigt worden. Aus einer kleinen Teeküche im rückwärtigen Teil der Station konnte ich das Aroma frisch gebrühten Kaffees riechen. Eine junge Schwarze in einem weißen Laborkittel kam aus einer Tür, über der »Bettwäsche« stand. Sie war klein und hübsch. Als sie mich sah, blieb sie stehen und lächelte mir zu. »Oh, tut mir leid. Ich wußte nicht, daß jemand hier ist. Kann ich Ihnen helfen?«

»Ich suche Serena Bonney. Arbeitet sie in dieser Schicht?«

Sie sah auf ihre Uhr. »Sie müßte gleich wieder da sein. Im Moment hat sie Pause. Möchten Sie sich setzen? Der Fernseher funktioniert nicht, aber es gibt jede Menge Zeitschriften.«

»Danke.«

Die nächste Viertelstunde las ich alte Ausgaben der Zeitschrift *Family Circle:* Artikel über Kinder, Gesundheit und Fitneß, Ernährung, Inneneinrichtung und preisgünstige Heimwerkerprodukte, die Dad in seiner Freizeit anfertigen konnte – eine Holzbank, ein Baumhaus und ein rustikales Wandbord für Moms pittoresken Kräutergarten in Blumentöpfen. Auf mich wirkte es, als läse ich über das Leben auf einem fremden Planeten. Die ganzen Anzeigen bildeten so ungemein perfekte Frauen ab. Die meisten waren dreißig Jahre alt, weiß und besaßen einen makellosen Teint und schneeweiße, kerzengerade Zähne. Keine von ihnen hatte breite Hüften oder einen känguruhartigen Bauch, der ihre Hosen ausbeulte. Nirgends waren Anzeichen von Zellulitis, Krähenfüßen oder bis in die Taille hängenden Brüsten zu sehen. Diese perfekten Frauen lebten in ordentlich aufgeräumten Häusern mit glänzenden Fußböden, einer unüberschaubaren Phalanx von Haushaltsgeräten, überdimensionalen, wuschligen Hunden und unsichtbaren Männern. Vermutlich war Dad zwischen seinen Holzarbeiten ins Büro abkommandiert worden. Verstandesmäßig war mir klar, daß es sich ausnahmslos um gutbezahlte Models handelte, die lediglich als Hausfrauen *posierten*, um Binden, Bodenbeläge und Hundefutter zu verkaufen. Ihr Leben hatte mit einem Hausfrauendasein wahrscheinlich genausowenig zu tun wie meines. Aber was sollte man machen, wenn man tatsächlich Hausfrau war und von all diesen Bildern der Vollkommenheit überrollt wurde? Aus meiner Sicht gab es keinerlei Verbindung zwischen meinem Lebensstil (Huren, Tod, Single-Dasein, Faustfeuerwaffen und Fast food) und dem, der in der Zeitschrift dargestellt wurde, und vermutlich war das auch ganz gut so. Was würde ich schon mit einem wuschligen Hund und Töpfchen voller Dill und Majoran anfangen?

»Ich bin Serena Bonney. Sie wollten mich sprechen?«

Ich blickte auf. Die Krankenschwester, die in der Tür stand, war Anfang Vierzig und relativ groß, vielleicht 1,77. Sie war nicht direkt dick zu nennen, aber sie trug eine Menge Gewicht mit sich herum. Die Frauen in ihrer Familie beschrieben sich selbst vermutlich als »von kräftigem, bäuerlichem Schlag«.

Ich legte die Illustrierte beiseite, stand auf und streckte die Hand aus. »Kinsey Millhone«, sagte ich. »Lornas Mutter hat mich engagiert, um ihren Tod zu untersuchen.«

»Noch einmal?« fragte sie, während sie mir die Hand schüttelte.

»Der Fall ist ja im Grunde nie abgeschlossen worden. Haben Sie ein paar Minuten Zeit?«

»Eine merkwürdige Uhrzeit für Ermittlungen.«

»Dafür muß ich mich entschuldigen. Normalerweise würde ich Sie nicht in der Arbeit belästigen, aber ich leide seit zwei Nächten unter Schlaflosigkeit und dachte, ich könnte ebensogut die Tatsache ausnutzen, daß Sie nachts arbeiten.«

»Ich weiß eigentlich nicht viel, aber ich werde tun, was ich kann. Kommen Sie doch mit nach hinten. Im Moment ist es ruhig, aber das kann sich rasch ändern.«

Wir passierten zwei Untersuchungsräume und betraten ein kleines, spärlich möbliertes Büro. Wie die Schwestern oben trug sie normale Straßenkleidung: eine weiße Baumwollbluse, beige Gabardinehosen und eine dazu passende Weste. Die Schuhe mit den Kreppsohlen erinnerten daran, daß sie stundenlang auf den Beinen war. Serena blieb am Türrahmen stehen und beugte sich in den Flur hinaus. »Ich bin hier, wenn du mich brauchst, Joan.«

»Kein Problem«, lautete die Antwort.

Serena ließ die Tür angelehnt und stellte ihren Stuhl so, daß sie den Korridor im Auge behalten konnte. »Tut mir leid, daß Sie warten mußten. Ich war oben auf Station. Mein Vater liegt seit ein paar Tagen wieder hier, und ich versuche, so oft es geht bei ihm reinzuschauen.« Sie hatte ein breites, faltenloses Gesicht mit hohen Wangenknochen. Ihre Zähne waren gerade und viereckig, aber leicht verfärbt, vielleicht die Folge von Krankheit oder schlechter Ernährung in der Jugend. Ihre Augen waren blaßgrün, die Brauen hell.

»Ist er ernstlich krank?« Ich setzte mich auf einen Chromsessel mit einer Sitzfläche aus blauem Tweed.

»Vor einem Jahr hatte er einen schweren Herzinfarkt und bekam einen Schrittmacher. Er hat ständig Probleme damit, und man wollte das überprüfen. Er neigt ein bißchen zur Aufsässigkeit. Mit seinen fünfundsiebzig Jahren ist er nämlich noch *äußerst* aktiv. Er leitet praktisch das Wasseramt von Colgate, und es ist ihm ein Greuel, eine Sitzung zu verpassen. Adrenalin läßt ihn aufblühen.«

»Ihr Vater ist nicht zufällig Clark Esselmann?«

»Sie kennen ihn?«

»Ich kenne seinen Ruf. Ich hatte ja keine Ahnung. Er schlägt doch andauernd Krach bei den Bauunternehmern.« Seit fünfzehn Jahren, nachdem er seine Grundstücksfirma verkauft und sich ins Privatleben zurückgezogen hatte, war er in der Lokalpolitik tätig. Soweit ich gehört hatte, war er von aufbrausendem Gemüt und hatte eine gefürchtete Zunge, die – je nachdem, worum es ging – von Bissigkeit bis zu Eloquenz alles bot. Er war dickköpfig und direkt und saß als respektables Mitglied im Vorstand von einem halben Dutzend Wohltätigkeitsorganisationen.

Sie lächelte. »Das ist er«, sagte sie und fuhr sich mit der Hand durchs Haar, das kupferfarben war, eine Mischung aus rot und dunkelgold. Es sah aus, als hätte sie eine Art Dauerwelle, da die Locken zu ausgeprägt waren, um ganz natürlich zu sein. Es war kurz und unkompliziert geschnitten. Ich stellte sie mir vor, wie sie sich nach ihrer morgendlichen Dusche die Haare bürstete. Sie hatte große Hände und kurz geschnittene, aber adrett manikürte Nägel. Sie gab Geld für sich aus, allerdings nicht in auffälliger Form. Hätte ich unter einer Krankheit oder den Folgen eines Unfalls gelitten, ich hätte ihr auf den ersten Blick vertraut.

Ich murmelte etwas Belangloses und wechselte das Thema. »Was können Sie mir über Lorna sagen?«

»Ich kannte sie nicht gut. Das sollte ich wohl vorausschicken.«

»Janice hat erwähnt, daß Sie mit dem Mann verheiratet sind, für den Lorna in der Wasseraufbereitungsanlage gearbeitet hat.«

»Mehr oder weniger«, sagte sie. »Roger und ich leben seit ungefähr anderthalb Jahren getrennt. Ich sage Ihnen, die letzten paar Jahre waren absolut entsetzlich. Meine Ehe ist zerbrochen, mein Vater hatte einen Herzinfarkt, und dann ist auch noch meine Mut-

ter gestorben. Danach sind Daddys gesundheitliche Probleme noch schlimmer geworden. Lorna hat ihn betreut, wenn ich weg mußte.«
»Sie haben sie über Ihren Mann kennengelernt?«
»Ja. Sie hat etwas über drei Jahre für Roger gearbeitet, und so bin ich ihr regelmäßig begegnet, wenn ich in der Anlage vorbeikam. Außerdem habe ich sie im Sommer auf Firmenpicknicks und bei der alljährlichen Weihnachtsfeier getroffen. Ich fand sie faszinierend. Zweifellos wesentlich klüger, als es für den Job erforderlich war.«
»Sind Sie miteinander ausgekommen?«
»Einwandfrei.«
Ich hielt inne und überlegte, wie ich die Frage formulieren sollte, die mir in den Sinn gekommen war. »Falls es nicht zu persönlich ist, könnten Sie mir dann etwas über Ihre Scheidung erzählen?«
»Meine Scheidung?« sagte sie.
»Wer hat sie eingereicht? Sie oder Ihr Mann?«
Sie legte den Kopf schief. »Das ist eine merkwürdige Frage. Warum wollen Sie das wissen?«
»Ich habe mich gefragt, ob Ihre Trennung von Roger irgend etwas mit Lorna zu tun hatte.«
Serenas Lachen kam rasch und klang erstaunt. »Ach, du liebe Zeit. Ganz und gar nicht«, sagte sie. »Wir waren seit zehn Jahren verheiratet und fingen beide an, uns zu langweilen. Er war derjenige, der das Thema anschnitt, aber ich habe ihm mit Sicherheit keine Schwierigkeiten gemacht. Ich verstand, wie er darauf kam. Er hat das Gefühl, sein Job ist eine Sackgasse. Seine Arbeit gefällt ihm zwar, aber reich wird er dabei nie werden. Er gehörte zu den Männern, deren Leben ihren eigenen Erwartungen nicht entspricht. Früher hat er sich vorgestellt, daß er mit fünfzig im Ruhestand sein würde. Nun ist er schon darüber hinaus und hat immer noch keinen roten Heller. Dagegen habe ich nicht nur einen Beruf, den ich mit Leidenschaft ausübe, sondern werde auch eines Tages das Familienvermögen erben. Damit zu leben war zuviel für ihn. Wir stehen nach wie vor auf freundschaftlichem Fuß miteinander, nur daß wir nicht mehr eng miteinander vertraut sind, was Sie sich gern von ihm bestätigen lassen können.«
»Ich glaube Ihnen«, sagte ich, obwohl ich es natürlich überprü-

fen würde. »Wie war das mit der Betreuung? Wie ist Lorna dazu gekommen?«

»Das weiß ich nicht mehr genau. Vermutlich habe ich beiläufig erwähnt, daß ich jemanden brauche. Ihre Behausung war klein und erstaunlich primitiv. Ich dachte, es würde ihr gefallen, sich ab und zu in einer gepflegteren Umgebung aufzuhalten.«

»Wie oft hat sie ihn betreut?«

»Insgesamt vielleicht fünf- oder sechsmal. Sie war eine Weile nicht mehr dagewesen, aber Roger meinte, sie sei nach wie vor dazu bereit. Ich könnte zu Hause in meinem Terminkalender nachsehen, falls es von Belang ist.«

»Momentan weiß ich noch nicht, was von Belang ist und was nicht. Waren Sie mit ihr zufrieden?«

»Sicher. Sie war verantwortungsbewußt, fütterte den Hund und ging mit ihm spazieren, goß die Pflanzen und holte die Zeitung und die Post herein. Sie ersparte mir die Kosten für die Hundepension, und ich war froh, jemanden im Haus zu haben, solange ich weg war. Nachdem Roger und ich uns getrennt hatten, zog ich zu meinen Eltern zurück. Mir war nach einem Tapetenwechsel zumute, und Dad mußte wegen seines Gesundheitszustands unauffällig überwacht werden. Mutters Krebs war bereits diagnostiziert worden, und sie bekam Chemotherapie. Es war so eingerichtet, daß es uns allen paßte.«

»Sie haben also zum Zeitpunkt von Lornas Tod bei Ihrem Vater gewohnt?«

»Genau. Er befindet sich in ärztlicher Behandlung, aber er ist ein reichlich widerspenstiger Patient. Ich wollte verreisen, ihn aber nicht allein zu Hause lassen. Dad war unerbittlich. Er schwor, daß er keine Hilfe bräuchte, aber ich bestand darauf. Was habe ich schon von einem Wochenendausflug, wenn ich mir die ganze Zeit Sorgen um ihn machen muß? Genau das wollte ich mit ihr absprechen, als ich zu ihrer Hütte gegangen bin und sie gefunden habe. Ich hatte seit Tagen versucht, sie anzurufen und sie nie erreicht. Roger erzählte mir, daß sie zwei Wochen Resturlaub genommen hätte, aber jeden Tag zurückkommen sollte. Ich wußte nicht genau wann, und deshalb dachte ich, ich schaue kurz vorbei und hinterlasse ihr einen Zettel. Ich habe neben der Hütte geparkt, und schon als ich aus dem Wagen stieg, bemerkte ich den Gestank – von den Fliegen ganz zu schweigen.«

»Wußten Sie, was es war?«

»Tja, ich wußte nicht, daß sie es war, aber ich wußte, daß es etwas Totes sein mußte. Der Geruch ist ziemlich eindeutig.«

Ich ging zu einem anderen Thema über. »Jeder, den ich bisher befragt habe, hat mir erzählt, wie schön sie war. Ich frage mich, ob andere Frauen sie nicht als Drohung empfunden haben.«

»*Ich* bestimmt nicht. Aber natürlich kann ich nicht für andere Frauen sprechen«, sagte sie. »Männer schienen sie anziehender zu finden als Frauen, aber ich habe sie nie flirten sehen. Allerdings spreche ich hier wiederum nur von Gelegenheiten, bei denen ich sie gesehen habe.«

»Nach allem, was ich gehört habe, lebte sie gern gefährlich«, sagte ich. Ich schnitt das Thema an, ohne es als Frage zu formulieren, da mich interessierte, wie ihre Reaktion ausfiel. Serena hielt meinem Blick stand, sagte jedoch nichts. Bislang hatte sie zu allen meinen Fragen einen Kommentar abgegeben. Ich versuchte es noch einmal anders. »War Ihnen bekannt, daß sie in andere Aktivitäten verwickelt war?«

»Ich verstehe die Frage nicht. Von was für Aktivitäten sprechen Sie?«

»Sexueller Natur.«

»Ah. Das. Ja. Ich nehme an, Sie meinen das Geld, das sie mit diesen Hotelgeschäften verdiente. Bumsen gegen Bezahlung«, sagte sie scherzhaft. »Ich fand nicht, daß es meine Sache wäre, davon anzufangen.«

»War es allgemein bekannt?«

»Ich glaube nicht, daß Roger davon wußte, aber ich schon.«

»Woher wußten Sie es?«

»Ich weiß es nicht genau. Ich kann mich wirklich nicht erinnern. Indirekt, glaube ich. Eines Abends bin ich ihr im Edgewater begegnet. Nein, warten Sie mal. Ich weiß, was passiert ist. Sie ist eines Nachts mit einer gebrochenen Nase in die Notaufnahme gekommen. Sie hatte zwar eine Erklärung dafür, aber die war nicht stichhaltig. Ich habe die Folgen von tätlichen Übergriffen und Gewaltanwendung schon zu oft gesehen, um mich täuschen zu lassen. Zu ihr habe ich nichts gesagt, aber ich wußte, daß irgend etwas los war.«

»Könnte es ein fester Freund gewesen sein? Jemand, mit dem sie zusammenlebte?«

Ich hörte Stimmen im Flur.

Sie sah zur Tür hinüber. »Das wäre wohl möglich gewesen, aber soweit ich weiß, hatte sie nie eine feste Beziehung. Auf jeden Fall kam mir die Geschichte, die sie erzählte, verdächtig vor. Ich habe sie mittlerweile vergessen, aber sie klang komplett erlogen. Und es war auch nicht nur die gebrochene Nase. Es kamen noch andere Dinge hinzu.«

»Wie zum Beispiel?«

»Ihre Garderobe und ihr Schmuck. Sie wollte, daß es nicht auffiel, aber es entging mir trotzdem nicht.«

»Wann ist die Sache passiert, die sie in die Notaufnahme brachte?«

»Das weiß ich nicht mehr genau. Vielleicht vor zwei Jahren. Schlagen Sie es in den Krankenakten nach. Dort steht das Datum.«

»Da kennen Sie die Krankenhäuser aber schlecht. Leichter bekäme ich Zugang zu Staatsgeheimnissen«, sagte ich.

Im Warteraum begann ein Baby herzzerreißend zu schluchzen.

»Spielt es denn eine Rolle?«

»Möglicherweise. Stellen Sie sich nur vor, der Kerl, der ihr die Nase zertrümmert hat, hätte beschlossen, es endgültig zu machen.«

»Oh. Ich verstehe, was Sie meinen.« Serenas Augen wanderten erneut zu der offenen Tür, als Joan vorüberging.

»Aber sie hat sich Ihnen nicht anvertraut, als sie hierher kam?«

»Überhaupt nicht. Nachdem ich sie im Edgewater gesehen hatte, zählte ich eben zwei und zwei zusammen.«

»Kommt mir wie ein großer Sprung vor.«

»Nicht, wenn Sie sie an dem Abend gesehen hätten, als ich ihr begegnet bin. Teilweise lag es an dem Typ, mit dem sie zusammen war. Älter und überaus elegant. Goldschmuck, schicker Anzug. Zweifellos ein Mann, der mit Geld um sich werfen konnte. Ich sah sie in der Bar, und später in der Boutique, wo sie Kleider anprobierte. Es muß ihn an diesem Abend ein hübsches Sümmchen gekostet haben. Vier Escada-Kostüme, und ein fünftes führte sie gerade vor.«

»Ich nehme an, Escada ist teuer.«

»Mein Gott.« Sie lachte und schlug sich gegen die Brust.

In der Untersuchungszelle gegenüber gingen die Lichter an. Ich konnte das Stimmengewirr hören: ein überreiztes Baby und eine Mutter, die mit schriller Stimme eine Tirade auf spanisch abfeuerte.

Serena sprach weiter. »Im selben Monat ist sie mir dort noch einmal begegnet, wenn ich mich recht erinnere. Die gleiche Situation, ein anderer Kerl, der gleiche Blick. Man mußte nicht besonders schlau sein, um es zu begreifen.«

»Glauben Sie, daß einer von diesen Männern sie zusammengeschlagen hat?«

»Ich halte das auf jeden Fall für eine bessere Erklärung als die, die sie mir gegeben hat. Ich will nicht behaupten, daß es immer zutrifft, aber eine Reihe von Männern in diesem Alter kämpft mit zunehmender Impotenz. Sie kaufen sich teure Callgirls und werfen mit Geld um sich. Champagner und Geschenke, eine umwerfende junge Frau im Schlepptau. Oberflächlich gesehen macht sich das gut, und alle denken, was für ein toller Hengst er doch ist. Was diese Männer suchen, ist eine Beziehung, in der sie überlegen sind, weil sie anders keinen mehr hochkriegen. Er zahlt für ihre Dienste, und wenn sein Ding nicht funktioniert, ist es ihre Schuld und nicht seine, und er kann seiner Enttäuschung in jeder ihm genehmen Form Ausdruck verleihen.«

»Mit der Faust.«

»Wenn Sie es unter diesem Aspekt sehen wollen, warum nicht? Er hat sie bezahlt. Sie gehört ihm. Wenn er es nicht bringt, kann er sie dafür verantwortlich machen und ihr eine Abreibung verpassen.«

»Tolles Geschäft. Sie behält das Geld und die Kleider im Austausch für die Bestrafung.«

»Sie wird ja nicht immer bestraft. Manche von diesen Typen werden selbst gern bestraft. Geschlagen und erniedrigt. Sie lassen sich gern ihre kleinen Hintern versohlen, weil sie ganz, ganz böse waren.«

»Hat Lorna Ihnen das erzählt?«

»Nein, aber ich habe es von zwei anderen Huren gehört, die hier im Ort ihre Runden drehen. Außerdem habe ich einiges über dieses Thema gelesen, als ich mein Examen gemacht habe. Immer wieder habe ich sie hier hereinkommen sehen und mich darüber aufgeregt, wie sie behandelt worden sind, wütend, weil ich nicht wirklich begriff, was sich da abspielte. Ich wollte sie retten, sie vor den ›bösen‹ Kerlen beschützen. Als ob das etwas genutzt hätte. Seltsamerweise bin ich eine bessere Krankenschwester, wenn ich distanziert bleiben kann.«

»Und das haben Sie bei ihr getan?«

»Genau. Ich habe Mitleid empfunden, aber nicht versucht, sie ›umzukrempeln‹. Das war nicht meine Aufgabe. Und sie hat es auch nicht als Problem betrachtet, zumindest nicht, soweit ich weiß.«

»Sie scheinen sich oft im Edgewater aufzuhalten. Treffen sich dort heutzutage die Singles?«

»Die Singles in unserer Altersgruppe schon. Ich bin sicher, Jüngere würden es maßlos verstaubt und die Preise astronomisch finden. Ehrlich gesagt macht sich das Eheleben dagegen ziemlich gut.«

»Können Sie sich zufällig noch daran erinnern, wann genau Sie sie dort gesehen haben? Wenn ich im Hotel nachfrage, läßt es sich leichter überprüfen.«

Sie überlegte kurz. »Einmal war ich mit einer Gruppe Freundinnen dort. Wir treffen uns immer, um Geburtstage zu feiern. Damals war es meiner, also muß es Anfang März gewesen sein. Wir schaffen es nicht immer, uns genau am richtigen Tag zu treffen, aber es muß ein Freitag oder Samstag gewesen sein, weil wir immer an diesen Tagen ausgehen.«

»Und das war im vergangenen März?«

»Muß wohl.«

»War das vor der gebrochenen Nase oder danach?«

»Keine Ahnung.«

»Wußte Lorna, daß Sie Bescheid wußten?«

»Tja, sie hat mich an diesem einen Abend gesehen und davor

vielleicht noch zweimal. Da Roger und ich bereits getrennt lebten, war ich fast jedes Wochenende mit Freunden aus. Lorna und ich haben nicht gerade offen über ihren ›Beruf‹ diskutiert, aber es gab versteckte Anspielungen.« Serena hatte mit den Zeigefingern beider Hände die Anführungszeichen um das Wort *Beruf* angedeutet.

»Ich bin einfach neugierig. Wie kommt es, daß Sie sich so genau erinnern? Die meisten Leute wissen nicht einmal mehr, was gestern passiert ist.«

»Die Polizei hat mich das meiste davon schon einmal gefragt, und ich habe es im Gedächtnis behalten. Außerdem habe ich viel darüber nachgedacht. Ich habe keine Ahnung, warum sie ermordet wurde, und es belastet mich.«

»Sie glauben, sie ist ermordet worden?«

»Ich halte es für wahrscheinlich, ja.«

»Wußten Sie, daß sie mit Pornographie zu tun hatte?«

Serena runzelte leicht die Stirn. »Inwiefern?«

»Sie hat in einem Video mitgespielt. Jemand hat die Kassette vor einem Monat ihren Eltern geschickt.«

»Was war es denn? Ein Film, in dem jemand umgebracht wird? Sado-Maso?«

»Nein. Was die Geschichte und das Thema anging, war er ziemlich hausbacken, aber Mrs. Kepler hat den Verdacht, er könnte etwas mit Lornas Tod zu tun haben.«

»Sie auch?«

»Ich werde nicht dafür bezahlt, daß ich mir jetzt schon eine Meinung bilde. Ich möchte mir alles offenhalten.«

»Das verstehe ich«, sagte sie. »Es ist, wie wenn man eine Diagnose stellt. Man sollte das Offensichtliche nie ausschließen.«

Es klopfte an der Tür, und Joan äugte herein. »Tut mir leid, wenn ich störe, aber wir haben hier drüben ein Baby, das du dir mal ansehen solltest. Ich habe schon den Assistenzarzt gerufen, aber ich finde, du solltest auch einen Blick auf den Kleinen werfen.«

Serena stand auf. »Melden Sie sich, wenn es noch etwas gibt«, sagte sie zu mir, während sie auf die Tür zuging.

»Das werde ich tun. Und vielen Dank.«

Durch die verlassenen Straßen fuhr ich zu meiner Wohnung

zurück. Langsam begann ich mich in der nächtlichen Welt heimisch zu fühlen. Das Wesen der Dunkelheit wechselt von Stunde zu Stunde. Wenn erst einmal die Bars schließen und der Verkehr spärlich wird, tritt um drei Uhr morgens die absolute Stille ein. Die Kreuzungen liegen verlassen da. Die Ampeln bilden mit ihren leuchtenden Os in Rot und Seegrün glitzernde Ketten, die man Hunderte von Metern weit sehen kann.

Die Wolken zogen sich enger zusammen. An den Bergen hing der Nebel dicht wie Watte, und die mit Straßenlampen besetzten grauen Hügel hoben sich vor dem Hintergrund des wabernden Dunstes ab. Die Fenster der meisten Wohnhäuser, die ich sah, waren dunkel. Wo noch vereinzelt Licht brannte, stellte ich mir Studenten vor, die sich in letzter Minute eine Seminararbeit abrangen, der Alptraum junger Menschen. Vielleicht brannten die Lichter aber auch für erst neuerdings schlaflos Gewordene wie mich.

Ein Polizeiauto fuhr langsam den Cabana Boulevard hinunter, und der uniformierte Beamte drehte sich um und starrte mir nach, als ich vorbeifuhr. Ich bog nach links in meine Straße ein und fand gleich einen Parkplatz. Ich stieg aus und sperrte den Wagen ab. Inzwischen war der Himmel samtig von Wolken, und man konnte keinen einzigen Stern mehr sehen. Dunkelheit umfing die Erde, während der Himmel von gespenstischem Licht gefärbt war wie dunkelgraues Transparentpapier mit weißen Kreideflecken. Hinter mir hörte ich das leise Zischen von Luft, die rasch durch Fahrradspeichen gleitet. Ich drehte mich noch rechtzeitig genug um, um einen Mann auf einem Fahrrad vorüberfahren zu sehen. Sein Rücklicht und die Streifen reflektierenden Klebebands auf seinen Fersen ließen ihn von hinten aussehen wie jemand, der mit drei kleinen Lichtpunkten jongliert. Die Wirkung war seltsam beunruhigend, eine Zirkusnummer der Geister, einzig und allein für mich vorgeführt.

Ich schritt durch das Tor, ging in meine Wohnung und machte das Licht an. Alles war aufgeräumt, genauso wie ich es verlassen hatte. Die Stille durchdrang alles. Ich spürte einen leisen Anflug von Unruhe, ausgelöst durch Erschöpfung, die späte Stunde und die leeren Räume um mich herum. So würde ich nie einschlafen können. Es war wie beim Hunger: Wenn der Heißhunger vorüber war, nahm der Appetit ab und man kam einfach ohne Essen aus. Essen, schlafen – worin lag denn schon der Unterschied? Der Stoffwechsel schaltet auf Sparflamme und holt sich die Energie aus irgendeiner anderen Quelle. Wäre ich um neun oder auch zehn Uhr zu Bett gegangen, hätte ich die Nacht durchschlafen können. Doch nun war meine Schlaferlaubnis abgelaufen. Nachdem ich nun schon so lange aufgeblieben war, war ich zu weiterem Wachbleiben verurteilt.

Mein Körper war müde und angeheizt zugleich. Ich warf Tasche und Jacke auf den Stuhl neben der Tür und sah auf den Anrufbeantworter: keine Nachrichten. Hatte ich Wein im Haus? Nein, hatte ich nicht. Ich untersuchte den Inhalt meines Kühlschranks und konnte nichts von kulinarischem Interesse entdecken. Meine Speisekammer war ebenso karg bestückt: ein paar Konservendosen und trockene Hülsenfrüchte, die weder einzeln noch in irgendeiner Kombination auch nur etwas entfernt Eßbares ergeben würden, es sei denn, man schwärmte für rohe Linsen mit Ahornsirup. Im Erdnußbutterglas hatten sich am Boden spiralige Formen abgesetzt, als sei der Rest ausgelaufen. Ich schnappte mir ein Küchenmesser, schabte die Seiten des Glases ab und leckte die Erdnußbutter beim Herauslaufen von der Messerschneide. »Das ist ja wirklich erbärmlich«, sagte ich lachend, aber eigentlich kümmerte es mich nicht im geringsten.

Beiläufig schaltete ich den Fernseher an. Lornas Band steckte noch im Videorecorder. Ich drückte auf die Fernbedienung, und das Band begann erneut zu laufen. Ich hatte nicht die leiseste Absicht, mir spätnachts noch einen Sexfilm anzusehen, aber ich ging zweimal den Abspann durch. Am Vorabend hatte ich bei der Telefonauskunft von San Francisco angerufen und auf die Nummer der Produktionsfirma Cyrenaic Cinema gehofft. Im Abspann waren sowohl der Produzent als auch der Regisseur und der Cutter namentlich aufgeführt: Joseph Ayers, Morton Kasselbaum und Chester Ellis. Zum Teufel auch, die Leute von der Telefonauskunft sind ohnehin die ganze Nacht wach.

Ich versuchte es in umgekehrter Reihenfolge mit den Namen und zog mit den ersten beiden Nieten. Aber der Produzent war ein

Volltreffer. Die Telefondame säuselte: »Danke, daß Sie AT & T benutzen«, und eine Bandaufzeichnung setzte ein. Eine mechanische Stimme meldete sich und nannte mir zweimal die Telefonnummer von Joseph Ayers.

Ich schrieb sie auf und rief erneut bei der Telefonauskunft von San Francisco an, diesmal, um nach einem Eintrag unter den Namen der anderen beiden Darsteller zu fragen, Russell Turpin und Nancy Dobbs. Sie war nicht eingetragen, aber es gab zwei Turpins mit dem Vornameninitial R, einer in Haight und einer in Greenwich. Ich notierte mir beide Nummern. Auf die Gefahr hin, meine Zeit und Janice Keplers Geld zu vergeuden, mochte eine Fahrt in den Norden eventuell die Mühe wert sein. Wenn die Kontakte zu nichts führten, bestand zumindest Hoffnung, die Pornogeschichte als Ursache für den Tod ihrer Tochter ausschließen zu können.

Ich rief in Frankie's Coffee Shop an, und Janice nahm beim zweiten Klingeln ab. »Janice, hier ist Kinsey. Ich habe eine Frage.«

»Schießen Sie los. Hier ist überhaupt kein Betrieb.«

Ich erzählte ihr die wichtigsten Einzelheiten aus meinen Gesprächen mit Lieutenant Dolan und Serena Bonney und informierte sie dann über meine Mini-Erfassung des Pornofilmteams. »Ich glaube, es könnte sich lohnen, mit dem Produzenten und dem anderen Schauspieler zu sprechen.«

»Ich kann mich an ihn erinnern«, unterbrach sie mich.

»Ja, gut, und ich hoffe, daß ich mit diesem Turpin und dem Produzenten ein paar Dinge klären kann. Ich werde versuchen, sie beide zuvor telefonisch zu erreichen, aber ich finde, es wäre sinnvoll, eine kleine Reise zu unternehmen. Wenn ich mit den beiden einen Termin ausmachen kann, werde ich wohl hochfahren.«

»Sie wollen fahren?«

»Das hatte ich vor.«

»Haben Sie nicht einen winzigen, kleinen VW? Warum fliegen Sie nicht? Ich an Ihrer Stelle würde das tun.«

»Das könnte ich wohl«, sagte ich zweifelnd. »Allerdings wird bei einem so kurzfristigen Flug das Ticket Unsummen kosten. Außerdem müßte ich mir dort einen Wagen mieten. Motel, Mahlzeiten...«

»Das macht mir nichts aus. Heben Sie einfach Ihre Quittungen auf, und wir werden Ihnen alles erstatten, wenn Sie wieder zurück sind.«

»Was ist mit Mace? Haben Sie ihm von dem Film erzählt?«

»Tja, ich habe Ihnen doch gesagt, daß ich es tun würde. Zuerst war er natürlich schockiert, und dann wurde er fürchterlich wütend. Nicht auf sie, sondern auf denjenigen, der sie dazu angestiftet hat.«

»Was hält er von den Ermittlungen an sich? Gestern kam er mir nicht gerade begeistert vor.«

»Er hat mir dasselbe gesagt wie Ihnen«, sagte sie. »Wenn es mich glücklich macht, ist er damit einverstanden.«

»Bestens. Ich werde vermutlich morgen irgendwann am Nachmittag hochfliegen und mich wieder bei Ihnen melden, wenn ich zurück bin.«

»Guten Flug«, wünschte sie mir.

9

Am nächsten Morgen raffte ich mich um neun Uhr dazu auf, Ida Ruth anzurufen und ihr zu sagen, daß ich in Bälde käme, für den Fall, daß jemand nach mir fragte. Als ich die Decke wieder hochzog, warf ich einen Blick durch das Plexiglas-Oberlicht über meinem Bett. Klarer, wolkenloser Himmel und vermutlich achtzehn Grad Außentemperatur. Zum Teufel mit dem Joggen. Ich gönnte mir noch zehn Minuten Ruhe. Als ich das nächste Mal aufwachte, war es 12 Uhr 37 und ich fühlte mich so verkatert, als hätte ich mich in der Nacht zuvor besinnungslos betrunken. Der Trick beim Schlafen besteht darin, daß der Körper einen – abgesehen von der *Anzahl* der Stunden, die man ihm bewilligt – dafür zur Rechenschaft zieht, wann man schläft. Wenn man von vier Uhr morgens bis elf Uhr morgens schläft, kommt das nicht unbedingt derselben Anzahl von Stunden gleich, die man zwischen elf Uhr abends und sechs Uhr morgens an der Matratze horcht. Ich hatte mir volle sieben Stunden gegönnt, aber mein gewohnter Stoffwechselrhythmus war nun eindeutig aus dem Trott geraten und brauchte zusätzliche Ruhezeiten, um sich zu regulieren.

Ich rief Ida Ruth erneut an und war beruhigt zu erfahren, daß sie beim Mittagessen war. Ich hinterließ eine Nachricht des Inhalts, daß ich bei einem Termin mit einem Kunden aufgehalten worden sei. Fragen Sie mich nicht, warum ich eine Frau anschwindele, die meinen Gehaltsscheck nicht einmal zu sehen bekommt. Manchmal lüge ich einfach, um es nicht zu verlernen. Ich stolperte aus dem Bett und ins Badezimmer, wo ich mir die Zähne putzte. Ich fühlte mich wie nach einer Vollnarkose und war überzeugt davon, daß keines meiner Glieder funktionieren würde. Ich lehnte mich unter der Dusche an die Wand und hoffte, die Hydrotherapie würde mich wieder ins Gleichgewicht bringen. Endlich angezogen, ertappte ich mich um ein Uhr nachmittags beim Frühstücken und fragte mich, ob ich jemals wieder in den normalen Rhythmus käme. Dann machte ich mir eine Kanne Kaffee und schüttete mich mit Koffein voll, während ich ein paar Anrufe nach San Francisco erledigte.

Ich kam nicht besonders weit. Anstelle von Joseph Ayers erreichte ich einen Anrufbeantworter, der seiner gewesen sein könnte oder auch nicht. Er spulte eine dieser geschickt formulierten Mitteilungen ab, die keinerlei Bestätigung dafür geben, wen oder welche Nummer man erreicht hat. Eine mechanische Männerstimme sagte: »Leider war ich nicht hier, um Ihren Anruf entgegenzunehmen, aber wenn Sie mir Namen, Telefonnummer und eine kurze Mitteilung hinterlassen, rufe ich Sie zurück.«

Ich nannte meinen Namen und meine Büronummer und hinterließ anschließend Nachrichten auf den Anrufbeantwortern beider R. Turpins. Die eine Stimme war weiblich, die andere männlich. Beiden Turpins zwitscherte ich fröhlich aufs Band: »Ich weiß nicht, ob ich jetzt den richtigen Turpin habe oder nicht. Ich suche Russell. Ich bin eine Freundin von Lorna Kepler. Sie hat gesagt, ich soll mich melden, wenn ich mal in San Francisco bin, und da ich in den nächsten paar Tagen oben sein werde, dachte ich, ich sage mal hallo. Rufen Sie mich bitte zurück, wenn Sie diese Nachricht bekommen. Ich würde Sie gern kennenlernen. Sie hat so nett von Ihnen gesprochen. – Danke.« Bei der Auskunft in San Francisco fragte ich die Namen der anderen Mitglieder des Filmteams ab, bis ich die ganze Liste durch hatte. Die meisten von ihnen hatten keinen Eintrag.

Bevor ich das Haus verließ, holte ich ein frisches Päckchen Karteikarten aus meinem Schreibtisch und trug auf ihnen die Informationen ein, die ich bislang zu dem Fall gesammelt hatte – etwa vier Karten voll. Im Laufe der vergangenen Jahre hatte ich die Gewohnheit entwickelt, mit Hilfe von Karteikarten die Tatsachen zu notieren, die während einer Ermittlung zutage treten. Ich hänge die Karten an die Pinnwand über meinem Schreibtisch, und in ruhigen Momenten ordne ich die Daten ohne erkennbares Muster immer wieder anders an. Irgendwann wurde mir klar, wie anders sich ein Detail ausnehmen kann, wenn man es außerhalb seines Kontextes betrachtet. Wie bei den Teilen in einem Puzzle scheint die Form der Wirklichkeit der Umgebung entsprechend zu schwanken. Was merkwürdig oder ungewöhnlich erscheint, kann vollkommen stimmig sein, wenn es an die richtige Stelle kommt. In ganz ähnlicher Weise kann etwas ganz Unscheinbares plötzlich wertvolle Geheimnisse aufdecken, wenn man es vor einem anderen Hintergrund sieht. Ich gebe zu, daß dieses System meistens zu rein gar nichts führt, aber es lohnt sich doch oft genug, um es beizubehalten. Außerdem ist es geruhsam, hält mich zur Ordnung an und liefert eine visuelle Gedankenstütze für den jeweils aktuellen Fall.

Ich hängte Lornas Foto neben die Karten an die Wand. Sie sah mich mit ihren ruhigen, haselnußbraunen Augen und diesem rätselhaften Lächeln gelassen an. Ihr dunkles Haar war glatt aus dem Gesicht gestrichen. Schlank und elegant lehnte sie mit den Händen in den Taschen an der Wand. Ich studierte sie, als könne sie von sich geben, was sie in den letzten Minuten ihres Lebens erfahren hatte. Unergründlich wie eine Katze erwiderte sie meinen Blick. Zeit, mich mit Lornas Tagespersönlichkeit vertraut zu machen.

Ich fuhr die zweispurige Asphaltstraße entlang, an den flachen, wogenden Feldern mit trockenem Gras vorbei, mattes Grün, mit Gold überzogen. Da und dort standen immergrüne Eichen in Grüppchen beisammen. Es war bedeckt, und der Himmel bot eine fremdartige Mischung aus anthrazitfarbenen und schwefelgelben

Wolken. Die ferne Bergkette lag in blauem Dunst, und auf ihrer Stirnseite waren die steilen Sandsteinwände zu sehen. Dieser Teil von Santa Teresa County besteht im Grunde aus Wüste, und der Boden eignet sich eher für Sträucher und Beifuß als für produktiven Ackerbau. Sämtliche Bäume wurden von den ersten Siedlern in dieser Gegend gepflanzt. Das einst so verdorrte Land ist inzwischen sanft und kultiviert, aber über den frisch bestellten Äckern schwebt immer noch die Aura der unerbittlichen Sonne. Nähme man die Bewässerungsanlagen, die Wasserschläuche und Sprenganlagen weg, würde die Vegetation in ihren Urzustand zurückkehren: Kreuzdorn- und Wermutsträucher, Bärentraube und Präriegras, die in trockenen Jahren ein Raub der Flammen werden. Träfen die derzeitigen Vorhersagen zu, und vor uns läge tatsächlich eine weitere Dürre, würde das ganze Buschwerk zum Pulverfaß, und das ganze Land fiele einer Feuerwalze zum Opfer.

Vor mir, zur Linken, stand die Wasseraufbereitungsanlage von Santa Teresa, die in den sechziger Jahren gebaut worden war: rotes Ziegeldach, drei weiße Stuckbögen und ein paar kleine Bäume. Hinter den flachen Umrissen des Gebäudes entdeckte ich den Irrgarten der Einfassungen von Betonbecken. Zu meiner Rechten wies ein Schild auf die Existenz des Largo-Reservoirs hin, obwohl das Gewässer selbst von der Straße her nicht sichtbar war.

Ich parkte vor dem Gebäude und ging die Steinstufen hinauf und durch die doppelte Glastür. Der Empfang befand sich links vom Eingang, hinter dem sich ein weiter Raum öffnete, der offensichtlich auch als Vortragssaal genutzt wurde. Die Angestellte hinter der Empfangstheke mußte Lornas Nachfolgerin sein. Sie wirkte jung und kompetent, besaß aber nicht einmal einen Anflug von Lornas Schönheit. Das kupferne Schildchen vor ihr besagte, daß sie Melinda Ortiz hieß.

Anstatt mich vorzustellen, gab ich ihr eine meiner Visitenkarten. »Könnte ich ein paar Minuten mit dem Werksleiter sprechen?«

»Der Lieferwagen hinter Ihrem Auto ist seiner. Er ist gerade gekommen.«

Ich drehte mich noch rechtzeitig um, um einen Lieferwagen, der dem County gehörte, in die Einfahrt biegen zu sehen. Roger Bonney stieg aus und ging mit besorgter Miene auf uns zu, als sei er auf dem Weg zu einer Besprechung und mit seinen Gedanken bereits bei der bevorstehenden Konferenz.

»Kann ich ihm sagen, worum es sich handelt?«

Ich sah wieder zu ihr hin. »Lorna Kepler.«

»Oh, die. Das war ja schrecklich.«

»Haben Sie sie gekannt?«

Sie schüttelte den Kopf. »Ich habe andere über sie reden hören, bin ihr aber nie selbst begegnet. Ich bin erst seit zwei Monaten hier. Sie hatte diesen Job vor dem Mädchen, nach dem ich kam. Vielleicht gab es auch noch eine dazwischen. Mr. Bonney mußte nach ihr mehrere durchmachen.«

»Arbeiten Sie Teilzeit?«

»Nachmittags. Ich habe kleine Kinder, deshalb ist das für mich ideal. Mein Mann arbeitet nachts, und da kann er sie versorgen, solange ich nicht da bin.«

Bonney betrat mit einem braunen Umschlag in der Hand die Empfangshalle. Er hatte ein stark gebräuntes, breites Gesicht und zerzaustes, lockiges Haar, das vermutlich bereits zu ergrauen begonnen hatte, als er fünfundzwanzig war. Die Kombination von Furchen und Falten in seinem Gesicht wirkte attraktiv. Womöglich war er in seiner Jugend allzu gutaussehend gewesen, die Art Mann, dessen Äußeres mich störrisch und unzugänglich macht. Mein zweiter Mann war schön gewesen, und unsere Beziehung hatte äußerst niederschmetternd geendet... zumindest aus meiner Sicht. Daniel schien der Meinung gewesen zu sein, alles sei ganz wunderbar, herzlichen Dank. Mittlerweile neige ich dazu, mich von bestimmten Männertypen fernzuhalten. Mir gefallen Gesichter, die der Reifeprozeß weicher gemacht hat. Irgendwie finde ich ein paar schlaffe Stellen und Tränensäcke ganz beruhigend. Bonney sah mich und blieb höflich an Melindas Tisch stehen, um unser Gespräch nicht zu unterbrechen.

Sie zeigte ihm meine Karte. »Sie möchte Sie gern sprechen. Es geht um Lorna Kepler.«

Rasch sah er zu mir her. Mit den braunen Augen hatte ich nicht gerechnet. Bei seinem silbergrauen Haar hätte ich auf blau getippt.

»Ich kann gerne einen Termin für später ausmachen, wenn es Ihnen jetzt ungelegen kommt.«

Er sah auf die Uhr. »Ich erwarte in fünfzehn Minuten die Jahresinspektion der Gesundheitsbehörde, aber Sie können gerne mitkommen, während ich die Anlage abgehe. Es sollte nicht lange dauern. Ich möchte mich gern davon überzeugen, daß alles in Ordnung ist, bevor sie kommen.«

»Das wäre wunderbar.«

Ich folgte ihm nach links einen kurzen Korridor entlang und wartete, während er in sein Büro ging und den Umschlag auf den Schreibtisch warf. Er trug ein hellblaues Sporthemd mit offenem Kragen und schiefsitzender Krawatte, stonewashed Blue Jeans und schwere Arbeitsstiefel. Mit Helm und Klemmbrett versehen, hätte man ihn auf eine Baustelle plaziert und mit dem Ingenieur verwechseln können. Er war knapp 1,80 groß und hatte sich das stattliche Aussehen eines Mannes Mitte Fünfzig angeeignet. Er war ganz und gar nicht dick, hatte aber breite Schultern und einen massigen Brustkorb. Ich vermutete, daß er inzwischen sein Gewicht durch regelmäßiges Training kontrollierte, vermutlich Tennis und Golf und dazwischen gelegentlich ein schnelles Squash-Match. Er besaß nicht die drahtigen Muskeln eines Langstreckenläufers, und irgendwie schätzte ich ihn so ein, daß er gern seine Kräfte mit anderen maß, während er sich in Form hielt. Ich stellte ihn mir vor, wie er Football spielte, was in zehn Jahren seinen Gelenken zu schaffen machen würde.

Beim Weitergehen folgte ich ihm dichtauf. »Danke, daß Sie so kurzfristig bereit sind, mit mir zu sprechen.«

»Das ist kein Problem«, sagte er. »Haben Sie schon einmal eine Führung durch die Wasseraufbereitungsanlage mitgemacht?«

»Ich wußte nicht einmal, daß es sie gibt.«

»Wir klären die Öffentlichkeit gerne auf.«

»Wohl für den Fall, daß die Preise wieder steigen.«

Er lächelte gutmütig, und wir drängten uns durch eine schwere Tür. »Wollen Sie den Sermon hören oder nicht?«

»Unbedingt.«

»Das dachte ich mir«, sagte er. »Das Wasser aus dem Staubecken auf der anderen Straßenseite fließt durch das Einlaufwerk, das unterhalb der Empfangshalle verläuft. Vielleicht wäre es Ihnen aufgefallen, wenn Sie gewußt hätten, auf was Sie horchen müssen. Fischzäune und Müllrechen verringern das Eindringen von Fremdkörpern bis auf ein Minimum. Das Wasser kommt hier durch. Der große Kanal verläuft unter diesem Teil des Gebäudes. Wir werden in den nächsten Tagen wegen einer Wartungsinspektion vorübergehend schließen.«

Dort, wo wir entlanggingen, vollzog eine Reihe von Pegeln und Meßuhren den Weg des Wassers nach, das mit leisem Rauschen durch die Anlage floß. Die Fußböden waren aus Beton, und die in einem verwirrenden Netz über die Wand verlaufenden Rohre waren rosa, dunkelgrün, braun und blau gestrichen, und auf ihnen zeigten Pfeile in vier Richtungen. Ein Fußbodenelement war entfernt worden, und Bonney wies wortlos nach unten. Ich spähte in das Loch. Gut einen Meter weiter unten konnte ich schwarzes Wasser sehen, das sich blind durch den Kanal bewegte wie ein Maulwurf. Die Haare auf meinen Armen schienen sich als Reaktion darauf zu sträuben. Es ließ sich unmöglich sagen, wie tief es war oder was wohl in seinem Innersten wallte. Ich trat einen Schritt von dem Loch zurück und malte mir ein langes, mit Saugnäpfen bewehrtes Tentakel vor, das ausholte, um meinen Fuß zu umschlingen und mich hinabzureißen. Ich bin schrecklich leicht beeinflußbar. Hinter uns fiel mit metallischem Klirren eine Tür ins Schloß, und ich mußte mit aller Kraft einen Schrei unterdrücken. Bonney schien nichts zu bemerken.

»Wann haben Sie das letzte Mal mit Lorna gesprochen?« fragte ich.

»Am Freitag morgen, dem zwanzigsten April«, antwortete er. »Ich weiß es noch, weil ich an diesem Wochenende ein Golfturnier hatte und hoffte, früh aus der Arbeit zu kommen und noch aufs Drivingrange zu gehen. Sie hätte um ein Uhr da sein sollen, rief aber an und sagte, sie hätte einen ganz schlimmen Allergieanfall. Sie wollte ohnehin verreisen, wissen Sie, um den Pollen zu entkommen, und so habe ich gesagt, sie soll sich ruhig den Tag freinehmen. Es wäre sinnlos gewesen, sie herkommen zu lassen, wenn sie sich miserabel fühlte. Der Polizei zufolge ist sie am Tag darauf gestorben.«

»Und sie sollte am siebten Mai wieder zu arbeiten beginnen?«

»Das müßte ich nachsehen. Es müßte zwei Wochen nach dem drauffolgenden Montag gewesen sein, aber da hatten sie sie ja schon gefunden.« Er schaltete wieder auf den Reiseführertonfall um und sprach über Baukosten, als wir den nächsten Teil der Anlage betraten. Das leise Rauschen des plätschernden Wassers und der Chlorgeruch schufen ein geändertes Bewußtsein. Die allgemeine Stimmung gemahnte an Stauwasserventile und unter Druck stehende Tanks, die kurz vorm Explodieren sind. Es hatte den Anschein, als bedürfe es nur eines heftigen Rucks des San-Andreas-Grabens, und die ganze Anlage würde zusammenbrechen und Milliarden von Litern Wasser und Schutt ausspeien, die uns beide binnen Sekunden töten würden. Ich drängte mich näher an ihn heran und heuchelte ein Interesse, das ich im Grunde nicht hatte.

Als ich wieder zuhörte, sagte er gerade: »Das Wasser wird vorchloriert, um Krankheitserreger auszuschalten. Dann setzen wir Gerinnungsmittel zu, durch die sich die feinen Partikel zusammenklumpen. Dabei werden meist Polymere zugegeben, um die Bildung unlöslicher Flocken zu fördern, die dann ausgefiltert werden können. Wir haben hinten ein Labor, damit wir die Wasserqualität überwachen können.«

Oh, toll. Nun konnte ich mir Sorgen über Krankheitserreger machen, die frei im Labor herumliefen. Dabei hatte ich Trinkwasser immer für etwas so Einfaches gehalten. Man holt sich ein Glas, dreht den Hahn auf, füllt es bis zum Rand und schüttet es hinunter, bis man rülpsen muß. Ich hatte noch nie über unlösliche Flocken oder Gerinnungsmittel nachgedacht. Igitt.

Während er die Funktionsweise der Anlage erklärte, was er in der Vergangenheit bereits hundertmal durchexerziert haben mußte, merkte ich, wie er jeden Zentimeter des Gebäudes peinlich genau musterte, um für die bevorstehende Inspektion gerüstet zu sein. Polternd stiegen wir eine kurze Eisentreppe hinunter und gingen durch eine Tür nach draußen. Nach dem ganzen Kunstlicht drinnen schien der Tag seltsam hell zu sein, und die feuchte Luft roch nach

Chemikalien. Lange Arbeitsstege verliefen zwischen Gruppen offener, von Metallgeländern umgebener Becken, in denen stilles Wasser bewegungslos wie Glas ruhte und den grauen Himmel und die Unterseite der Gitter widerspiegelte.

»Das sind die Ausflockungs- und Gerinnungsbecken. Das Wasser wird immer wieder umgewälzt, um Flocken von gewisser Größe und Dichte zu erzeugen, die später in den Klärbecken entfernt werden.«

Ich sagte so etwas wie »Hmm« und »Mhm«.

Er redete weiter, da für ihn die ganzen Vorgänge selbstverständlich waren. Was ich vor mir sah (wobei ich mich darum bemühte, meinen heftigen Ekel zu unterdrücken), waren Tröge, in denen das Wasser mit einer zähflüssigen Masse an der Oberfläche stand, von Blasen bedeckt und trüb. Der Schlamm war so schwarz wie Lakritze und sah aus, als bestünde er aus geschmolzenen Autoreifen und befände sich kurz vor dem Siedepunkt. Perverserweise malte ich mir einen Sprung in die teerigen Tiefen aus und fragte mich, ob mir, wenn ich mich wieder an die Oberfläche gekämpft hätte, aufgrund der ganzen Chemikalien das Fleisch in Fetzen vom Körper hinge. Steven Spielberg könnte sich mit diesem Zeug sicher köstlich amüsieren.

»Sie sind aber nicht von der Polizei?« fragte er. Er war nicht ein einziges Mal stehengeblieben.

»Nein, nicht mehr. Vom Gemüt her eigne ich mich besser für den privaten Sektor.«

Ich trottete hinter ihm drein wie ein Kind am Wandertag, das unrettbar vom Rest der Klasse isoliert ist. Vor dem Hintereingang der Anlage stand ein großes, seichtes Staubecken mit rissigen, schwarzen Rückständen, das wie ein auftauender Schmutztümpel aussah. In ein paar tausend Jahren würden Anthropologen das Ganze ausgraben und sich einbilden, es sei eine Art Opferbecken gewesen.

Er fragte: »Dürfen Sie sagen, für wen Sie arbeiten? Oder ist das geheim?«

»Für Lornas Eltern«, sagte ich. »Manchmal ziehe ich es vor, diese Information für mich zu behalten. Aber in diesem Fall liegt es auf der Hand. Kein Riesengeheimnis. In der vergangenen Nacht habe ich schon mit Serena über die Sache gesprochen.«

»Mit meiner Ex-Frau in spe? Also, das ist mal ein interessanter Ausgangspunkt. Warum mit ihr? Weil sie die Leiche gefunden hat?«

»Genau. Ich konnte nicht schlafen. Ich wußte, daß sie in der Nachtschicht im St. Terrys arbeitet, und deshalb habe ich mir gedacht, ich könnte ebensogut zuerst mit ihr sprechen. Wenn ich angenommen hätte, daß Sie wach seien, hätte ich auch bei Ihnen angeklopft.«

»Ganz schön unternehmungslustig«, bemerkte er.

»Ich bekomme fünfzig Dollar die Stunde dafür. Erscheint mir sinnvoll, so oft wie möglich tätig zu werden.«

»Wie geht es bislang voran?«

»Momentan bin ich noch dabei, Informationen zu sammeln und versuche, ein Gefühl dafür zu bekommen, womit ich es eigentlich zu tun habe. Soweit ich weiß, hat Lorna für Sie gearbeitet. Wie lange – drei Jahre?«

»In etwa. Ursprünglich war es ein Vollzeitjob, aber nach den Budgetkürzungen haben wir beschlossen zu versuchen, mit zwanzig Stunden in der Woche hinzukommen. Bislang hat das auch gut geklappt, es war zwar nicht ideal, aber machbar. Lorna hat drüben im City College Kurse besucht, und die Teilzeitarbeit kam ihrem Stundenplan sehr entgegen.«

Mittlerweile waren wir durch eine unterirdische Ebene zum Ausgangspunkt zurückgekommen. Das gesamte Untergeschoß war von wuchtigen Rohren durchzogen. Wir stiegen eine lange Treppe hinauf und standen plötzlich in einem hellerleuchteten Korridor, nicht weit von seinem Büro. Er geleitete mich hinein und wies auf einen Stuhl. »Setzen Sie sich.«

»Sie haben Zeit?«

»Sehen wir einfach, wie weit wir kommen, und was wir nicht schaffen, können wir an einem anderen Tag besprechen.« Er beugte sich vor und drückte auf einen Knopf an seiner Sprechanlage. »Melinda, rufen Sie mich an, wenn die Inspektoren kommen.«

Ich hörte ein dumpfes: »Ja, Sir.«

»Entschuldigen Sie die Unterbrechung. Fragen Sie nur«, sagte er.
»Kein Problem. Hat Lorna ihre Arbeit gut gemacht?«
»Ich hatte nichts auszusetzen. Die Arbeit an sich war nicht so anspruchsvoll. Sie war im Grunde Empfangsdame.«
»Wußten Sie viel über ihr Privatleben?«
»Ja und nein. In einer Anlage wie der unseren, wo man weniger als zwanzig Angestellte in jeder Schicht hat, lernt man einander eigentlich recht gut kennen. Wir sind vierundzwanzig Stunden am Tag in Betrieb, sieben Tage die Woche, und daher ist das hier wie eine Familie für mich. Ich muß sagen, Lorna war ein bißchen unnahbar. Sie war nicht unhöflich oder abweisend, aber reserviert. In den Pausen schien sie regelmäßig die Nase in ein Buch zu stecken. Sie brachte sich ein Lunchpaket mit und setzte sich manchmal zum Essen hinaus in ihr Auto. Freiwillig gab sie einem nicht viele Informationen. Sie antwortete auf Fragen, aber sie war nicht entgegenkommend.«
»Sie wurde mir von manchen als verschlossen beschrieben.«
Bei diesem Begriff verzog er die Miene. »Das würde ich nicht sagen. ›Verschlossen‹ klingt in meinen Ohren irgendwie düster. Sie war freundlich, aber irgendwie distanziert. Der Begriff *zurückhaltend* könnte es treffen.«
»Wie würden Sie Ihr Verhältnis zu ihr beschreiben?«
»*Mein* Verhältnis?«
»Ja, ich wüßte gern, ob Sie sie je außerhalb der Arbeit getroffen haben.«
Sein Lachen wirkte verlegen. »Wenn Sie das meinen, was ich glaube, muß ich sagen, daß ich mich geschmeichelt fühle, aber sie war nichts weiter als eine Angestellte. Sie war ein hübsches Mädchen, aber sie war ... was – vierundzwanzig Jahre alt?«
»Fünfundzwanzig.«
»Und ich bin doppelt so alt. Glauben Sie mir, Lorna war an einem Mann meines Alters nicht interessiert.«
»Warum nicht? Sie sehen gut aus und machen einen sympathischen Eindruck.«
»Ihr Urteil freut mich, aber für ein Mädchen in ihrer Position bedeutet das nicht viel. Sie war vermutlich auf Heiraten und Fami-

liengründung aus, das letzte, was mich interessieren würde. In ihren Augen war ich doch bloß ein leicht übergewichtiger, alter Knallkopf. Außerdem schätze ich es, wenn mich mit den Frauen, mit denen ich ausgehe, gemeinsame Interessen verbinden, aber sie hatte von der Tet-Offensive noch nie gehört, und die einzigen Kennedys, die ihr ein Begriff waren, sind Caroline und John-John.«

»War ja nur eine Möglichkeit«, sagte ich. »Ich habe dasselbe Thema bei Serena angesprochen und mich gefragt, ob Lorna in irgendeiner Form mit Ihrer Scheidung zu tun hatte.«

»Nicht im geringsten. Meiner Ehe mit Serena ging einfach die Luft aus. Manchmal denke ich, Meinungsverschiedenheiten wären noch besser gewesen. Konflikte haben etwas Zündendes an sich. Zwischen uns war alles lahm.«

»Serena sagt, Sie wollten die Scheidung.«

»Tja, das stimmt«, sagte er, »aber ich habe mir ein Bein ausgerissen, um den freundschaftlichen Rahmen zu wahren. Es ist so, wie ich zu meinem Anwalt gesagt habe: Ich fühle mich ohnehin schon schuldig genug, also machen wir es nicht noch schlimmer. Ich habe Serena sehr gern. Sie ist ein wahnsinnig nettes Mädchen, und ich halte große Stücke auf sie. Ich bin nur einfach noch nicht bereit, ohne Leidenschaft zu leben. Ich kann bloß hoffen, daß sie die Situation ähnlich dargestellt hat.«

»Das hat sie durchaus«, sagte ich, »aber im Zusammenhang mit Lornas Tod war es die Sache wert, überprüft zu werden.«

»Aha. Natürlich hat es mir unheimlich leid getan, als ich hörte, was mit ihr passiert ist. Sie war ehrlich und flink, und soweit ich weiß, kam sie mit allen gut aus.« Ich sah, wie er unter dem Vorwand, das Armband zurechtzurücken, unauffällig auf seine Uhr sah.

Ich richtete mich auf. »Ich sollte Sie jetzt besser gehen lassen«, sagte ich. »Sie sind mit den Gedanken schon ganz woanders.«

»Das muß ich wohl zugeben, jetzt wo Sie es sagen. Ich hoffe, Sie halten mich nicht für unhöflich.«

»Überhaupt nicht. Danke, daß Sie mir soviel Zeit gewidmet haben. Die nächsten zwei Tage bin ich verreist, aber ich melde mich vielleicht wieder bei Ihnen, wenn es Ihnen recht ist.«

»Aber sicher. Manchmal bin ich schwer zu erreichen, aber Sie können jederzeit bei Melinda nachfragen. Am Samstag machen wir wegen Wartungs- und Reparaturarbeiten zu, deshalb werde ich hier sein, falls Sie mich brauchen.«

»Ich werd's mir merken. Wenn Ihnen in der Zwischenzeit etwas einfällt, würden Sie mich dann anrufen?«

»Sicher«, sagte er.

Ich hinterließ eine weitere Visitenkarte. Wir schüttelten uns über dem Schreibtisch die Hände, dann brachte er mich hinaus. Neben Melindas Tisch warteten zwei Inspektoren. Der männliche Teil trug ein Sporthemd, Jeans und Tennisschuhe. Mir fiel auf, daß seine Kollegin wesentlich besser gekleidet war. Roger begrüßte sie freundlich und winkte mir noch rasch zu, als er sie den Flur entlang geleitete.

Ich fuhr zu meinem Büro. Es war mitten am Nachmittag, und die schwachen Strahlen der Wintersonne drängten durch die Wolkendecke. Der Himmel war weiß und das Gras lebhaft limonengrün gefärbt. Der Februar bringt Santa Teresa einen Dschungel von Geranien in leuchtendem Pink, magentafarbenen Bougainvilleen und orangeroter Kapuzinerkresse. Mittlerweile war ich daran gewöhnt, in der Dunkelheit zu agieren, und das Licht erschien mir hart und die Farben zu grell. Die Nacht wirkte weicher, wie eine Flüssigkeit, die alles einhüllte, kühl und besänftigend.

Ich ging zum Seiteneingang hinein und setzte mich an meinen Schreibtisch, wo ich verschiedene Papiere hin- und herschob und versuchte, so zu tun, als verfolgte ich ein Ziel. Für Gesellschaft war ich viel zu müde, und der Mangel an Schlaf erzeugte erneut das Gefühl, bekifft zu sein. Mir war, als hätte ich zwei Tage lang ununterbrochen Haschisch geraucht. Zugleich verursachte der Kaffeekonsum ein knisterndes Geräusch mitten im Gehirn, ähnlich einer Antenne, die Signale aus dem Weltraum empfängt. Gleich würden Funksprüche der Venusbewohner die bevorstehende Invasion ankündigen, aber ich wäre viel zu daneben, um die Polizei zu alarmieren. Ich legte den Kopf auf den Schreibtisch und versank in Bewußtlosigkeit.

Nach einer Stunde und fünf Minuten im tiefsten aller Nickerchen klingelte das Telefon. Das Geräusch durchfuhr mich wie eine Kettensäge. Ich sprang auf wie angestochen. Dann packte ich den Hörer und meldete mich, wobei ich mich bemühte, hellwach zu klingen.

»Miss Millhone? Hier ist Joe Ayers. Was kann ich für Sie tun?«

Ich kam nicht dahinter, wer zum Teufel er war. »Mr. Ayers, vielen Dank für Ihren Anruf«, sagte ich begeistert. »Einen Moment bitte.« Ich legte die Hand über die Sprechmuschel. Joe Ayers. Joseph Ayers. Ah. Der Pornofilmproduzent. Ich legte den Hörer ans andere Ohr, damit ich mir während des Gesprächs Notizen machen konnte. »Soweit ich weiß, waren Sie der Produzent eines künstlerischen Films, in dem Lorna Kepler mitgespielt hat.«

»Das stimmt.«

»Können Sie mir etwas über ihre Mitwirkung an diesem Projekt sagen?«

»Mir ist nicht ganz klar, was Sie wissen möchten.«

»Ich fürchte, mir auch nicht. Jemand hat ihrer Mutter ein Band geschickt, und sie hat mich gebeten, Nachforschungen anzustellen. Sie waren als Produzent genannt –«

Ayers unterbrach mich barsch. »Miss Millhone, da müssen Sie mir schon auf die Sprünge helfen. Wir haben nichts zu besprechen. Lorna Kepler wurde vor sechs Monaten ermordet.«

»Vor zehn Monaten. Das ist mir bekannt. Ihre Eltern hoffen, mehr über den Vorfall in Erfahrung bringen zu können.« Ich fand mich ziemlich schwülstig, aber seine Gereiztheit machte mich ebenfalls gereizt.

»Tja, bei mir werden Sie nichts in Erfahrung bringen«, sagte er. »Ich wünschte, ich könnte Ihnen helfen, aber mein Kontakt mit Lorna war äußerst begrenzt. Tut mir leid, daß ich Ihnen nicht mehr sagen kann.«

Eilig überflog ich meine Notizen und versuchte, schnell genug zu sprechen, um sein Interesse zu wecken. »Was ist mit den beiden anderen Schauspielern, die mit ihr in dem Film aufgetreten sind, Nancy Dobbs und Russell Turpin?«

Ich konnte hören, wie er vor Verärgerung hin- und herrutschte. »Was ist mit den beiden?«

»Ich würde gern mit ihnen sprechen.«

Schweigen. »Ich kann Ihnen vermutlich sagen, wie Sie ihn erreichen können«, sagte er schließlich.

»Haben Sie seine derzeitige Adresse und Telefonnummer?«

»Sie muß hier irgendwo sein.« Ich hörte, wie er ruckartig umblätterte, vermutlich in seinem Adreßbuch. Ich klemmte mir den Hörer zwischen Ohr und Schulter und zog die Kappe von meinem Füller.

»Da haben wir's«, sagte er.

Er ratterte die Daten herunter, und ich notierte sie. Die Adresse in der Haight Street entsprach der, die ich von der Auskunft bekommen hatte. Ich sagte: »Das ist ja wunderbar. Herzlichen Dank. Und was ist mit Miss Dobbs?«

»Da kann ich Ihnen nicht weiterhelfen.«

»Können Sie mir vielleicht sagen, wie Ihr Terminplan in den nächsten beiden Tagen aussieht?«

»Was hat denn mein Terminplan damit zu tun?«

»Ich hatte gehofft, wir könnten uns treffen.«

Ich konnte durchs Telefon seine Gehirnzellen surren hören, als er dieses Ansinnen verarbeitete. »Ich weiß wirklich nicht, wozu. Ich kannte Lorna kaum. Ich hatte höchstens vier Tage lang mit ihr zu tun.«

»Wissen Sie noch, wann Sie sie zum letzten Mal gesehen haben?«

»Nein. Ich weiß, daß ich sie nach den Dreharbeiten nie wieder gesehen habe, und das war im Dezember vor einem Jahr. Das war das absolut einzige Mal, daß wir miteinander gearbeitet haben. Außerdem wurde der Film nie veröffentlicht, daher hatte ich auch keinerlei Veranlassung, danach Kontakt mit ihr aufzunehmen.«

»Warum wurde er denn nicht veröffentlicht?«

»Ich glaube nicht, daß Sie das etwas angeht.«

»Warum denn, ist es ein Geheimnis?«

»Es ist nicht geheim. Es geht Sie nur einfach nichts an.«

»Das ist aber schade. Ich hatte gehofft, Sie würden uns weiterhelfen.«

»Miss Millhone, ich weiß im Grunde nicht einmal, wer Sie sind. Sie rufen mich an, hinterlassen auf meinem Anrufbeantworter eine Nachricht mit einer Vorwahl, die mir rein gar nichts sagt. Sie könnten sonst jemand sein. Warum zum Teufel soll ich Ihnen helfen?«

»Stimmt. Sie haben recht. Sie haben keine Ahnung, wer ich bin, und ich habe keine Möglichkeit, Sie dazu zu bringen, mir Informationen zu geben. Ich wohne drunten in Santa Teresa, mit dem Flugzeug eine Stunde entfernt. Ich will nichts Besonderes von Ihnen, Mr. Ayers. Ich tue nur mein Möglichstes, um herauszufinden, was Lorna zugestoßen ist, und dazu hätte ich gern einige Hintergrundinformationen. Ich kann Sie nicht zur Kooperation zwingen.«

»Es ist keine Frage der Kooperation. Ich habe nichts beizutragen. Ehrlich.«

»Es würde vermutlich nicht einmal eine Stunde Ihrer Zeit in Anspruch nehmen.«

Ich konnte ihn atmen hören, während er darüber nachdachte. Ich erwartete schon beinahe, er würde auflegen. Statt dessen klang er nun argwöhnisch. »Sie versuchen doch nicht etwa, in die Branche einzubrechen, oder?«

»Die Branche?« Ich dachte, er meinte Privatdetektive.

»Wenn Sie nämlich irgendeine bescheuerte Schauspielerin sind, dann verschwenden Sie bloß Ihre Zeit. Es ist mir egal, wie groß Ihre Titten sind.«

»Ich versichere Ihnen, das bin ich nicht. Es ist alles völlig legitim. Sie können sich meine Befugnis bei der Polizei von Santa Teresa bestätigen lassen.«

»Sie hätten mich nicht zu einem übleren Zeitpunkt erwischen können. Ich bin gerade von einem sechswöchigen Europa-Aufenthalt zurückgekommen. Meine Frau veranstaltet heute abend irgendeinen idiotischen Schwof, bei dem ich mitmachen soll. Sie haut ein Vermögen auf den Kopf, und ich kenne nicht einmal die Hälfte der Leute, die sie eingeladen hat. Außerdem bin ich sowieso schon todmüde.«

»Was ist mit morgen?«

»Da ist es noch schlimmer. Ich habe einiges zu erledigen.«

»Dann heute abend? Ich kann wahrscheinlich in ein paar Stunden da sein.«

Er schwieg, aber seine Verärgerung war greifbar. »Ach, verflucht. In Ordnung. Was soll's«, sagte er. »Wenn Sie tatsächlich herauffliegen, können Sie mich ja anrufen. Wenn mir danach ist, rede ich mit Ihnen. Wenn nicht, Pech gehabt. Mehr kann ich Ihnen nicht versprechen, und ich werde vermutlich bereits das bedauern.«

»Wunderbar. Hervorragend. Kann ich Sie wieder unter derselben Nummer erreichen?«

Er seufzte und zählte vermutlich bis zehn. Ich hatte ihn so maßlos genervt, daß wir schon fast Freunde geworden waren. »Ich gebe Ihnen meine Privatnummer. Bei der Gelegenheit kann ich Ihnen auch gleich die Adresse geben. Sie klingen, als könnten Sie entsetzlich lästig werden, wenn Sie nicht bekommen, was Sie wollen.«

»Ich bin fürchterlich«, sagte ich.

Er nannte mir seine Privatadresse.

»Und jetzt gehe ich ins Bett«, sagte er. Ich hörte, wie der Hörer aufgeknallt wurde.

Ich rief Lupe, meine Kontaktperson im Reisebüro, an und bat sie, mir einen Platz für den nächsten Flug zu reservieren. Dummerweise war bis neun Uhr abends alles ausgebucht. Sie ließ mich auf die Warteliste setzen und sagte mir, ich solle schon zum Flughafen hinausfahren. Ich ging in meine Wohnung und warf ein paar Dinge in einen Seesack. In letzter Minute fiel mir ein, daß ich ja Ida Ruth gar nicht mitgeteilt hatte, wo ich hinfuhr. Ich rief sie zu Hause an.

Sie gab folgenden Kommentar ab, als sie hörte, daß ich nach San Francisco fliegen würde: »Nun, ich hoffe, du hast etwas Besseres an als Jeans und Rollkragenpullover.«

»Ida Ruth, ich fühle mich beleidigt. Es ist rein geschäftlich«, sagte ich.

»Ä-hä. Sieh nach unten und beschreibe, was du anhast. Obwohl – spar's dir. Ich bin sicher, du siehst umwerfend aus. Möchtest du mir eine Nummer geben, unter der du zu erreichen bist?«

»Ich weiß nicht, wo ich übernachten werde. Ich rufe an, wenn ich dort bin und lasse es dich wissen.«

»Sprich es auf den Anrufbeantworter im Büro. Bis du in San Francisco ankommst, liege ich im Bett«, sagte sie. »Paß auf dich auf.«

»Ja, Madam. Ich versprech's.«
»Nimm ein paar Vitamine ein.«
»Mach' ich. Bis dann«, sagte ich.

Ich räumte meine Wohnung auf für den Fall, daß das Flugzeug abstürzte, und brachte als Abschiedsgeste für die Götter den Müll hinaus. Wie wir alle wissen, wird genau an dem Tag, an dem ich dieses wichtige Ritual vergesse, der Flieger abschmieren, und alle werden sich denken, was für eine Schlampe ich war. Außerdem möchte ich, daß in meiner Behausung Ordnung herrscht. Wenn ich von einer Reise nach Hause komme, möchte ich einen erfreulichen Anblick vor mir haben und kein Tohuwabohu.

10

Am Flughafen angekommen, stellte ich den VW auf einem der Plätze für Langzeitparker ab und trottete zum Terminal. Wie die meisten öffentlichen Gebäude in Santa Teresa hat auch der Flughafen einen leicht spanischen Einschlag: anderthalb Stockwerke weißer Stuck mit einem roten Ziegeldach, Bögen und einer geschwungenen Treppe an der Seite. Drinnen gab es lediglich fünf Flugsteige für Abflüge, einen winzigen Zeitschriftenkiosk im Erdgeschoß und einen bescheidenen Coffee Shop im ersten Stock. Am Schalter von United holte ich mein Ticket ab und nannte der Angestellten meinen Namen, für den Fall, daß auf einem früheren Flug ein Platz frei wurde. Daraus wurde leider nichts. Ich suchte mir einen Sitzplatz in der Nähe, stützte den Kopf in die Faust und döste wie eine Pennerin vor mich hin, bis mein Flug aufgerufen wurde. In der Wartezeit hätte ich leicht mit dem Auto nach San Francisco fahren können.

Das Flugzeug war ein kleiner Floh mit fünfzehn Sitzen, von denen zehn besetzt waren. Ich wandte meine Aufmerksamkeit dem Hochglanzmagazin der Airline zu, das in der Tasche am Sitz vor mir steckte. Es war ein speziell für mich bestimmtes Gratisexemplar – so stand es auf der Titelseite –, wobei der Begriff *gratis* bedeutete, daß das Ding viel zu langweilig war, um dafür echtes Geld auszugeben. Während die Motoren mit demselben schrillen Getöse aufheulten, wie es Rennmopeds von sich geben, trug die Stewardeß ihren Sermon vor. Wir verstanden kein Wort von dem, was sie sagte, aber anhand ihrer Lippenbewegungen konnten wir den Sinn in groben Zügen erfassen.

Beim Start bockte und ruckte das Flugzeug, doch wurde der Flug schlagartig ruhig, als wir die richtige Höhe erreicht hatten. Die Stewardeß bewegte sich mit einem Tablett den Gang hinunter und verteilte durchsichtige Plastikbecher mit Orangensaft oder Coca Cola und kindersichere Päckchen, wahlweise Salzbrezeln oder Erdnüsse. Die Airlines, die ja inzwischen äußerst geschickt beim Senken der Kosten sind, haben den Inhalt dieser Tütchen mittlerweile auf Portionen reduziert, die (in etwa) einem Teelöffel pro Person entsprechen. Ich brach jede einzelne Erdnuß in zwei Hälften und aß ein Stück nach dem anderen, um das Erlebnis dauerhafter zu gestalten.

Während wir durch den nachtschwarzen Himmel die Küste hinaufbrummten, tauchten die Ortschaften unter uns auf wie eine Reihe vereinzelter, unzusammenhängender Lichter. Aus dieser Höhe sahen die Städtchen aus wie isolierte Kolonien auf einem fremden Planeten, dazwischen dunkle Streifen, in denen man bei Tag Berge erkannt hätte. Die Landschaft verwirrte mich. Ich versuchte, Santa Maria, Paso Robles und King City ausfindig zu machen, besaß aber kein sicheres Gefühl für Größenverhältnisse und Entfernungen. Ich konnte den Highway 101 sehen, aber auf diese Distanz kam er mir unheimlich und fremd vor.

Nach nicht einmal anderthalb Stunden trafen wir in San Francisco ein. Beim Landeanflug konnte ich sehen, wie sich die Straßenlaternen wellenartig über die Hügel zogen und das Areal wie eine Reliefkarte umrissen. Wir landeten an einem Nebenterminal, der so abgelegen war, daß eine Staffel Bodenpersonal entlang der Rollbahn aufgestellt worden war, um uns den Weg in die Zivilisation zu weisen. Wir betraten das Flughafengebäude über die Hintertreppe wie illegale Einwanderer, die abgeschoben werden sollen, und landeten schließlich in einem mir vertrauten Korridor. An einem Zeitungsstand blieb ich stehen und kaufte mir einen ordentlichen Stadtplan, dann suchte ich den Schalter für Mietwagen und füllte die erforderlichen Papiere aus. Fünf Minuten nach elf war ich auf der 101 und fuhr in Richtung Norden auf die Stadt zu.

Die Nacht war klar und kalt, und zu meiner Rechten, auf der anderen Seite der Bucht, konnte ich die Lichter Oaklands und Alamedas sehen. Knapp einen Kilometer nach der Market Street, bei der Golden Gate Avenue, senkt sich die 101 auf Bodenhöhe. Ich fuhr den halben Block zur Van Ness und bog links ab, danach ein weiteres Mal links in die Lombard. Coffee Shops und Motels in allen Größen säumten beide Seiten der vierspurigen Durchgangsstraße. Da ich nicht unnötige Energie verschwenden wollte, mietete ich mich im Del Rey Motel ein, dem ersten mit einem »Zimmer frei«-Schild. Ich würde ohnehin nur eine Nacht bleiben. Ich brauchte weiter nichts als eine Unterkunft, die so sauber war, daß ich nicht ständig die Schuhe anbehalten mußte. Ich bat um ein ruhiges Zimmer und erhielt Nummer 343, das nach hinten hinausging.

Das Del Rey war eines dieser Motels, deren Geschäftsleitung davon ausgeht, daß die Gäste alles stehlen, was nicht niet- und nagelfest ist. Sämtliche Kleiderbügel waren so geformt, daß man die Haken nicht von der Stange entfernen konnte. Am Fernseher hing ein Warnschild, das darauf hinwies, daß die Entfernung des Kabels sowie jegliches Verschieben des Geräts automatisch einen Alarm auslösen würde, der von den Gästen nicht abgestellt werden konnte. Der Radiowecker war am Nachttisch festgeschraubt. Es handelte sich also um ein Etablissement, das bestens dafür gerüstet war, Diebe und Trickbetrüger zu überlisten. Ich legte ein Ohr an die Wand und fragte mich, wer wohl im Zimmer nebenan lauern mochte. Die Stille wurde von rasselnden Schnarchlauten durchbrochen. Das würde sich nachher als beruhigend erweisen, wenn ich selbst zu schlafen versuchte. Ich setzte mich auf die Bettkante und rief im Büro an, wo ich Ida Ruth meine Telefonnummer hinterließ. Da ich schon dabei war, wählte ich meinen eigenen Anrufbeantworter an und drückte den Code der Fernabfrage, um eventuell eingegangene Nachrichten abzuhören. Nichts. Meine freundliche Botschaft aus der Ferne hatte keine Wirkung erzielt, was hieß, daß ich irgendwann selbst vorbeifahren mußte.

Mittlerweile war es fast Mitternacht, und ich spürte, wie mir die Energie aus allen Poren rann. Nachdem ich mein Leben bei Tage aufgegeben hatte, um meiner Tätigkeit bei Nacht nachzugehen, merkte ich, daß es mir zunehmend schwerer fiel, meinen toten Punkt vorherzusehen. Ich sehnte mich danach, mich rückwärts aufs Bett fallen zu lassen und in meinen Kleidern einzuschlafen. Bevor die Vorstellung zu verführerisch wurde, erhob ich mich. Im Badezimmer machte ein Schild auf die drohende Dürregefahr aufmerksam und hielt die Motelgäste dazu an, so wenig Wasser wie möglich zu verwenden. Ich duschte rasch (und schuldbewußt) und trocknete mich anschließend mit einem Handtuch ab, das so rauh war wie ein asphaltierter Gehweg. Dann stellte ich meinen Seesack aufs Bett und holte frische Unterwäsche und eine Strumpfhose heraus. Anschließend zog ich das Wundergewand hervor, mein schwarzes Allzweckkleid. Vor nicht allzulanger Zeit war dieses Stück von fauligem Wasser durchtränkt gewesen und hatte nach Moder und Sumpfbewohnern aller Art gestunken. In den Monaten seitdem hatte ich es mehrmals in die Reinigung gegeben, und nun war es wieder so gut wie neu... es sei denn, man schnupperte aus nächster Nähe daran. Das Material repräsentierte die Krönung der jüngsten wissenschaftlichen Erkenntnisse: leicht, faltenabweisend, schnelltrocknend und unzerstörbar. Mehrere meiner Bekannten verwünschen diese letztere Qualität und bitten mich, das Kleid wegzuwerfen und meiner Garderobe ein neues einzuverleiben. Ich sehe nicht ein, was das für einen Sinn haben sollte. Mit seinen langen Ärmeln und dem gerafften Oberteil war das Allzweckkleid ideal (na ja, angemessen) für alle Gelegenheiten. Ich hatte es schon auf Hochzeiten, Beerdigungen, Cocktailpartys und bei Gerichtsterminen getragen. Ich schüttelte es kurz, machte den Reißverschluß auf und schaffte es, gleichzeitig in das Kleid und meine flachen, schwarzen Slipper zu steigen. Kein Mensch würde mich mit einem Aushängeschild der Mode verwechseln, aber zumindest ginge ich als Erwachsene durch.

Nach dem Stadtplan und der Adresse, die ich bekommen hatte, zu urteilen, lebte Joseph Ayers in Pacific Heights. Ich legte den Plan auf den Beifahrersitz und ließ die Innenbeleuchtung an, damit ich sehen konnte, wohin ich fuhr. An der Divisadero bog ich links ab und fuhr in Richtung Sacramento Street. In seinem Viertel angekommen, drehte ich erst einmal eine Runde. Sogar zu dieser Stunde war das Anwesen der Ayers nicht zu übersehen. Das Haus erstrahlte von Lichtern, und ein ständiger Strom kommender und gehender Gäste benutzte den draußen eingerichteten »Parkservice«. Ich übergab mein Auto einem der jungen Männer in schwarzen Frackhosen und weißen Smokinghemden. Vor mir war ein Mercedes eingetroffen, und hinter mir wartete ein Jaguar.

Das vordere Tor stand offen, und Spätankömmlinge wurden um das Haus herum zum Garten geleitet. Der Zutritt wurde von einem Mann im Smoking überwacht, der meinen Aufzug mit sichtlicher Besorgnis musterte. »Guten Abend. Darf ich Ihre Einladung sehen?«

»Ich komme nicht wegen der Party. Ich habe einen privaten Termin bei Mr. Ayers.«

Sein Blick sagte mir, daß er dies bezweifelte. Aber er wurde dafür bezahlt, daß er lächelte, und so schenkte er mir das minimale Quantum davon. »Klingeln Sie an der Vordertür. Eines der Mädchen wird Ihnen aufmachen.«

Um das Haus zog sich ein schmaler Grünstreifen, der nach San-Francisco-Maßstäben großzügig zu nennen war, da hier die meisten Häuser direkt aneinander kleben. Eine hohe Buchsbaumhecke war gleich hinter den Maschendrahtzaun gepflanzt worden, um größtmögliche Abgeschiedenheit zu gewährleisten. Ich ging den gepflasterten Weg entlang. Das Gras zu beiden Seiten war zartgrün und frisch gemäht. Das dreistöckige Haus aus altem Backstein hatte im Lauf der Jahre die Farbe reifer Wassermelonen angenommen. Sämtliche Bleiglasfenster waren mit blaßgrauem Stein eingefaßt. Das Mansardendach bestand aus grauem Schiefer, und die gesamte Fassade wurde von indirektem Licht übergossen. Von hinten drangen die Stimmen der alkoholisierten Gäste an mein Ohr und übertönten die Akkorde einer Drei-Mann-Combo. Ab und zu schoß ein plötzliches Lachen wie eine Rakete in den Himmel und explodierte matt in der stillen Dunkelheit des Viertels.

Ich klingelte anweisungsgemäß. Ein Dienstmädchen in schwarzer Uniform machte die Tür auf und trat zurück, um mich einzulassen. Ich nannte ihr meinen Namen und sagte ihr, daß Mr. Ayers mich erwarte. Es schien ihr völlig gleichgültig zu sein, und das schwarze Allzweckkleid fand sie offenbar ganz in Ordnung. Sie nickte und verschwand, was mir gestattete, meine Umgebung in Augenschein zu nehmen. Die Diele war rund, und auf der rechten Seite schwang sich eine Treppe aus schwarzem Marmor nach oben. Die Deckenrosette lag ganze zwei Stockwerke höher und umschloß einen üppigen Kronleuchter voller Gold und glitzerndem Kristall. Eines Tages würde ihn ein Erdbeben mit voller Wucht herabschmettern, und das Dienstmädchen würde wie ein Zeichentrick-Kojote plattgewalzt.

Nach geraumer Zeit erschien ein weiterer Mann im Smoking und geleitete mich in den hinteren Teil des Hauses. Der Fußboden bestand aus schwarzen und weißen Marmorquadraten, die schachbrettartig ausgelegt waren. Die Decken in den Räumen, durch die wir kamen, waren an die vier Meter hoch und mit Gipsgirlanden eingefaßt, von denen merkwürdige Kobolde auf uns herunterblickten. Die Wände im Flur waren mit dunkelroter Seide überzogen und zur Geräuschdämpfung gepolstert. Meine eingehende Betrachtung nahm mich derart in Anspruch, daß ich beinahe gegen eine Tür gelaufen wäre. Der Butler butlerte weiter und ignorierte mich diskret, als ich erschrocken aufjaulte.

Er führte mich in die Bibliothek und zog beim Verlassen des Raumes die Doppeltür hinter sich zu. Ein großer orientalischer Teppich breitete sein verschwommenes, malvenfarbiges Muster über dem Parkett aus. Linkerhand wurde der Raum von einem massiven, antiken Schreibtisch aus Mahagoni und Teak mit Messingintarsien beherrscht. Die Polstermöbel – ein überdimensioniertes Sofa und drei wuchtige Sessel – waren mit burgunderrotem Leder bezogen. Der Raum war funktionell und wurde umfassend genutzt; es war kein gewolltes Arrangement, das aufgestellt worden war, um andere zu beeindrucken. Ich konnte Aktenschränke sehen, einen Computer mit Zubehör, ein Faxgerät, einen Kopierer und ein Telefon mit vier Amtsleitungen. An drei Wänden standen Mahagoniregale voller Bücher, von denen eine Abteilung Drehbüchern vorbehalten war, deren Titel mit Filzstift auf den Rücken geschrieben stand.

An der vierten Wand führten hohe Glastüren in das ummauerte Grundstück hinter dem Haus, wo die Party in vollem Gange war. Der Geräuschpegel war gestiegen, doch wurde der Lärm zum größten Teil von den mit Querstreben unterteilten Fensterscheiben gedämpft. Für den besonderen Anlaß hatte man in Teilen des riesigen Gartens Zelte aufgestellt, durch deren rote Planen das Kerzenlicht schimmerte. Hohe Propangasheizkörper waren um das Gelände herum aufgestellt worden, um die kalte Nachtluft zu erwärmen. Durch alle Büsche und Bäume zogen sich winzige Glühbirnen. Jeder Zweig hob sich durch leuchtende Stecknadelköpfe von den anderen ab. Auf den Tischen lagen rote Satindecken. Der Tischschmuck bestand aus Gestecken dunkelroter Rosen und Nelken. Ich sah, wie die Leute vom Partyservice noch einen kalten Mitternachtsimbiß auftischten – bestimmt Blutwurst.

Die Einladungen mußten genaue Kleidervorschriften enthalten haben. Alle Männer waren im schwarzen Smoking, während die Frauen entweder lange Abendkleider oder Cocktailkleider in Rot und Schwarz anhatten. Die Frauen waren schlank und trugen ihr Haar wie einen Schmuck, gefärbt in diesem seltsamen kalifornischen Blond, das Frauen über fünfzig offenbar gefiel. Ihre Gesichter schienen perfekt zu sein, obwohl sie durch chirurgische Unterstützung so wirkten, als seien sie alle ungefähr im gleichen Alter. Meine Vermutung war, daß niemand von diesen Leuten zur Crème de la crème der Gesellschaft von San Francisco gehörte. Sie waren die fette Milch, die so weit in der Flasche nach oben gestiegen war, wie es Geld und Ehrgeiz im Laufe einer Generation erlaubten. Ich unterstellte ihnen, daß sie, noch während sie tranken und das Buffet beäugten, über die Gastgeber lästerten.

»Falls Sie hungrig sind, kann ich Ihnen etwas zu essen bringen lassen.«

Ich wandte mich um. »Nein, danke«, sagte ich automatisch. In Wirklichkeit war ich am Verhungern, aber ich wußte, ich würde mich unterlegen fühlen, wenn ich in Gegenwart dieses Mannes Essen in mich hineinschaufelte. »Kinsey Millhone«, sagte ich und streckte ihm die Hand entgegen. »Danke, daß Sie mich heute abend empfangen.«

»Joseph Ayers«, sagte er. Er war vermutlich Ende Vierzig und besaß den angespannten Gesichtsausdruck eines Gynäkologen, der heikle Neuigkeiten mitzuteilen hat. Er trug eine Brille mit starken Gläsern und einem schweren Schildpattgestell und neigte dazu, den Kopf gesenkt zu halten, während seine dunklen Augen hin und wieder finster dreinblickten. Sein Händedruck war fest, und sein Fleisch fühlte sich so glitschig an, als hätte er gerade Gummihandschuhe übergestülpt. Seine Stirn war von Falten durchzogen, und er hatte ein langes Gesicht, das durch die Kerben neben dem Mund und in den Wangen noch länger wirkte. Oben begann sein dunkles Haar langsam schütter zu werden, aber ich konnte sehen, daß er früher einmal ausgesprochen gutaussehend gewesen war. Auch er trug den vorgeschriebenen Smoking. Falls er von den langen Stunden in der Luft immer noch erschöpft war, so ließ er es sich nicht anmerken. Mit Gesten bedeutete er mir, mich in einen der ledernen Lehnstühle zu setzen, und so nahm ich Platz. Er ließ sich hinter seinem Schreibtisch nieder, legte einen Finger an die Lippen und klopfte nachdenklich dagegen, während er mich musterte. »Vor der Kamera könnten Sie sogar gut herauskommen. Sie haben ein interessantes Gesicht.«

»Nehmen Sie es mir nicht übel, Mr. Ayers, aber ich habe einen Ihrer Filme gesehen. Gesichter spielen da wohl die geringste Rolle.«

Er lächelte leicht. »Sie würden staunen. Es gab einmal eine Zeit, da wollte das Publikum dralle, üppige Frauen – à la Marilyn Monroe – mit schon fast grotesker Oberweite. Heute suchen wir nach etwas Realistischerem. Nicht, daß ich Sie zu irgend etwas überreden wollte.«

»Dann ist es ja gut«, sagte ich.

»Ich war auf der Filmhochschule«, sagte er, als hätte ich eine Erklärung verlangt. »Wie Oliver Stone und George Lucas und diese Leute. Nicht, daß ich mich mit ihnen auf eine Stufe stellen wollte. Im Grunde meines Herzens bin ich Akademiker. Darauf wollte ich hinaus.«

»Wissen Ihre Gäste, was Sie machen?«

Er nickte mit dem Kopf in Richtung Fenster. »Ich habe stets zugegeben, daß ich in der Branche tätig bin, was auch stimmt – oder zumindest gestimmt hat. Vor einem Jahr habe ich meine Firma an einen internationalen Konzern verkauft. Deshalb hatte ich auch in den vergangenen Wochen in Europa zu tun – noch Kleinigkeiten unter Dach und Fach bringen.«

»Sie müssen ziemlich erfolgreich gewesen sein.«

»Erfolgreicher als der durchschnittliche Hollywood-Produzent. Meine laufenden Kosten waren niedrig, und ich mußte mich nie mit Gewerkschaftsbossen oder Studioleitern herumärgern. Wenn ich ein Projekt durchziehen wollte, habe ich es getan, einfach so.« Zur Untermalung schnippte er mit den Fingern. »Jeder Film, den ich gemacht habe, wurde auf der Stelle zum Knüller, und das ist mehr, als die meisten Hollywood-Produzenten von sich behaupten können.«

»Wie war das mit Lorna? Wie haben Sie sie kennengelernt?«

»Ich war über das Memorial-Day-Wochenende unten in Santa Teresa – vor zwei Jahren muß das gewesen sein. Ich entdeckte sie in einer Hotelbar und fragte sie, ob sie an einer Karriere als Schauspielerin interessiert sei. Sie hat mich ausgelacht. Dann habe ich ihr meine Karte und zwei von meinen Videokassetten gegeben. Ein paar Monate später hat sie angerufen und Interesse geäußert. Ich habe die Dreharbeiten arrangiert. Sie kam nach San Francisco heraufgeflogen, hat zweieinhalb Tage gearbeitet und dafür zweitausendfünfhundert Dollar kassiert. Das war in etwa alles.«

»Ich begreife immer noch nicht, warum der Film nie in Umlauf kam.«

»Sagen wir mal, ich war mit dem Endprodukt nicht ganz zufrieden. Der Streifen wirkte billig, und die Kameraarbeit war lausig. Die Firma, die mich ausbezahlt hat, hat meine gesamten Bestände übernommen, aber dieser Film gehörte nicht dazu.«

»Wußten Sie, daß Lorna nebenbei als Prostituierte gearbeitet hat?«

»Nein, aber das überrascht mich nicht. Wissen Sie, wie man solche Frauen nennt? Sex-Arbeiterinnen. Eine Sex-Arbeiterin kann alles mögliche machen: Massage, Striptease, Hausbesuche, Lesbenvideos, Hardcore-Magazine. Sie sind wie umherziehende Wanderarbeiter. Sie gehen dorthin, wo es Arbeit gibt, manchmal von Stadt zu Stadt. Nicht, daß ich behaupten wollte, daß sie das alles getan hat. Ich setze Sie nur über die Situation im allgemeinen ins Bild.«

Ich musterte sein Gesicht und wunderte mich über den sachlichen Ton, den er anschlug. »Und was war mit Ihnen? Was hatten Sie für eine Beziehung zu ihr?«

»Ich war in London, als sie ermordet wurde. Ich bin am zwanzigsten abgereist.«

Ich ignorierte den Bruch, obwohl ich ihn interessant fand. Als wir am Telefon miteinander gesprochen hatten, hatte er mit dem Datum ihres Todes etwas danebengelegen. Vielleicht hatte er sich mit einer innerlichen Revision auf meinen Besuch vorbereitet.

Er zog eine Schublade auf und entnahm ihr ein Blatt Papier. »Ich habe überprüft, wer bei dem Film, in dem sie mitgespielt hat, auf der Gehaltsliste stand. Hier sind Namen und Adressen von ein paar Mitgliedern des Teams, mit denen ich danach noch Kontakt hatte. Ich kann nicht garantieren, daß sie immer noch in San Francisco leben, aber es ist zumindest ein Anfang.«

Ich nahm das Blatt und warf einen Blick darauf. Die Namen kannte ich von der Liste, anhand deren ich vorgegangen war. Die beiden San Franciscoer Telefonnummern waren mittlerweile abgemeldet. »Danke. Das ist sehr nett von Ihnen.« So wertlos es auch ist, dachte ich.

Er erhob sich hinter seinem Schreibtisch. »Wenn Sie mich jetzt bitte entschuldigen wollen, ich muß mich kurz noch einmal zeigen, bevor ich zu Bett gehe. Sind Sie sicher, daß Sie keinen Drink wollen?«

»Danke, lieber nicht. Ich muß noch Verschiedenes erledigen, und ich bin nicht so lange in der Stadt.«

»Ich bringe Sie hinaus«, sagte er höflich.

Ich folgte ihm die breite Marmortreppe hinab, durch die Diele und einen riesigen, leeren Raum mit einer Kuppeldecke und einem hellen, glänzenden Hartholzboden. An seinem anderen Ende befand sich eine kleine Bühne. »Was werden Sie jetzt tun, nachdem Ihre Firma verkauft ist?«

»Das ist der Ballsaal«, sagte er, da ihm die Neugier in meinen Augen nicht entgangen war. »Meine Frau hat ihn renovieren lassen. Sie veranstaltet Wohltätigkeitsbälle für Krankheiten, die nur Reiche bekommen. Um Ihre Frage zu beantworten, ich muß überhaupt nichts tun.«
»Sie Glücklicher.«
»Das hat nichts mit Glück zu tun. Es war von Anfang an meine Absicht. Ich bin ein zielstrebiger Mensch. Das würde ich Ihnen auch empfehlen.«
»Unbedingt.«
In der Diele schüttelten wir uns die Hände. Ich merkte noch, daß er die Haustür bereits geschlossen hatte, bevor ich am Gartenzaun angelangt war. Ich holte mein Auto ab und gab dem Mann vom Parkservice einen Dollar. Nach seinem erstaunten Blick zu schließen, müssen ihm alle anderen fünf gegeben haben.

Ich konsultierte meinen Stadtplan. Russell Turpins Adresse in der Haight Street lag nicht weit entfernt. Ich fuhr auf der Masonic Richtung Süden und durchquerte den schmalen Teil des Golden Gate Parks. Die Haight lag zwei Häuserblocks weiter, und die Adresse, zu der ich wollte, lediglich vier Blocks weiter unten.

Die Gehsteige wimmelten von Fußgängern. Man konnte noch Überbleibsel der vergangenen Herrlichkeit von Haight-Ashbury bewundern: Second-Hand-Kleidergeschäfte und Buchhandlungen, schmierig aussehende Restaurants und eine Gemeinschaftspraxis in einem ehemaligen Laden. Die Straße war gut beleuchtet, und es herrschte noch ziemlich reger Verkehr. Die Leute auf der Straße waren ausstaffiert wie die Blumenkinder von einst und trugen immer noch ausgestellte Hosen, Nasenringe, Rastalocken, zerfetzte Blue Jeans, bemalte Gesichter, mehrere Ohrringe, Rucksäcke und kniehohe Stiefel. Aus den Bars dröhnte Musik. In jedem zweiten Hauseingang hingen bekifft aussehende Jugendliche herum, die aber vielleicht von viel ausgefalleneren Drogen high waren als von Marihuana.

Ich drehte eine Runde um acht Häuserblocks herum – zwei nach unten, zwei zur Seite, zwei nach oben und zwei zurück – und versuchte, einen Platz zu finden, in den ich mein Auto quetschen konnte. San Francisco ist ziemlich schlecht dafür gerüstet, die Anzahl von Fahrzeugen zu beherbergen, die sich innerhalb seiner Stadtgrenzen bewegen. An jeden greifbaren Zentimeter geraden Randsteins drücken sich Autos, schmiegen sich an Anhöhen, drängen sich auf den Gehsteigen und pressen sich an die Häuser. Vordere Stoßstangen kommen Hydranten viel zu nahe, und hintere Stoßstangen ragen ins absolute Halteverbot. Garagenplätze stehen hoch im Kurs, und jede Einfahrt strotzt vor Schildern, die die Wildparker abschrecken sollen.

Als ich endlich einen Parkplatz hatte, war es fast ein Uhr morgens. Ich stellte mein gemietetes Vehikel um die Ecke in der Baker Street ab, indem ich in eine Lücke schoß, als gerade ein anderes Auto herausfuhr. Ich fummelte in den Tiefen meiner Handtasche herum, bis ich meine kleine Taschenlampe fand. Dann verschloß ich den Wagen und ging einen halben Block den Hügel hinauf bis zur Haight Street. Die Gebäude standen dicht an dicht, waren pastellfarben gestrichen und vier bis fünf Stockwerke hoch. Gelegentlich steuerte ein zerbrechliches Bäumchen eine zarte Grünnote bei. Viele der übergroßen Fenster waren noch erleuchtet. Von der Straße aus konnte ich Kaminsimse, kühne, abstrakte Gemälde, weiße Wände, Bücherregale, Hängepflanzen und Stuckornamente sehen.

Die gesuchte Adresse entpuppte sich als ein »modernes« Haus mit vier Wohnungen, das mit schäbigen, braunen Schindeln verkleidet war und sich zwischen zwei viktorianische Fachwerkhäuser quetschte. Die Straßenlaterne davor brannte nicht, und so blieb es mir überlassen, zu vermuten, daß das eine mattrot und das andere indigoblau mit (vielleicht) weißen Zierkanten gestrichen war. In der Dunkelheit nahmen sich beide schmutziggrau aus.

Turpin bewohnte offensichtlich eine Wohnung im ersten Stock, und ich war froh, als ich sah, daß die von Hand beschriftete Karte neben der Klingel tatsächlich ausgeschrieben den Namen »Russell« trug, zusammen mit dem einer Wohnungsgenossin namens Cherie Stanislaus. Ich spähte durch die Glastür in einen geschmackvoll tapezierten Hausflur, in dem sich auf jeder Seite eine Wohnungstür befand. Weiter hinten ging nach links eine Treppe hoch, die aus meinem Blickfeld verschwand und vermutlich mittels einer Kehrtwendung auf einen identischen Flur im oberen Stockwerk führte. Die vorderen Räume auf beiden Seiten des Gebäudes waren erleuchtet, was darauf hinwies, daß ihre Bewohner noch wach waren.

Als ich die Stufen zum Eingang hochstieg, hörte ich, wie sich hinter mir klappernde Pfennigabsätze näherten. Ich blieb stehen und sah mich um. Die Blondine, die die Treppen heraufkam, war so bleich geschminkt, daß es gespenstisch wirkte. Um die Augen trug sie dichte, falsche Wimpern, Lidschatten in zwei verschiedenen Farbtönen und sowohl auf dem Ober- als auch auf dem Unterlid schwarzen Lidstrich. Sie hatte eine hohe Stirn, und ihr Haar war am Wirbel hochtoupiert und wurde von einer auffälligen, straßbesetzten Spange zusammengehalten. Der Rest ihres Haares war lang und glatt und teilte sich auf Schulterhöhe, so daß ihr eine Hälfte davon über den Rücken fiel. Strähnen langer Locken wallten ihr über die Brüste. Ihre langen, baumelnden Ohrringe besaßen die Form langgezogener Fragezeichen. Bekleidet war sie mit einem dunklen Trikot und einem hautengen, schwarzen Rock, der auf einer Seite geschlitzt war. Sie hatte schmale Hüften und einen flachen Bauch. Sie zog einen Schlüsselbund hervor und sah mich lange und kühl an, während sie die Haustür aufsperrte. »Suchen Sie jemanden?«

»Russell Turpin.«

»Tja, da sind Sie hier richtig.« Ihr Lächeln war zurückhaltend, nicht unfreundlich, aber auch nicht herzlich, fand ich. »Er ist nicht zu Hause, aber Sie können mit hinaufkommen und auf ihn warten, wenn Sie wollen. Ich wohne mit ihm zusammen.«

»Danke. Sie sind Cherie?«

»Genau. Und wer sind Sie, wenn ich fragen darf?«

»Kinsey Millhone«, sagte ich. »Ich habe eine Nachricht auf Band hinterlassen...«

»Das weiß ich noch. Sie sind die Freundin von Lorna«, sagte sie. Sie stieß die Tür auf, und ich ging nach ihr ins Haus. Sie blieb kurz stehen, um sich zu vergewissern, daß die Tür ins Schloß gefallen war, bevor sie die Treppen hinaufstieg. Ich folgte ihr. Nachdem ich am Telefon gelogen hatte, mußte ich mir nun überlegen, ob ich mit offenen Karten spielen wollte.

»Offen gestanden bin ich Lorna nie begegnet«, sagte ich. »Ich bin Privatdetektivin und untersuche ihren Tod. Wußten Sie, daß sie ermordet worden ist?«

»Ja, natürlich wußten wir das. Ich bin froh, daß Sie es erwähnen. Russell hat sich nicht gerade darauf gefreut, die schlechte Nachricht von Lornas Tod zu überbringen.« Sie trug schwarze Netzstrümpfe, und die Acht-Zentimeter-Absätze drückten ihre Waden heraus. Am Treppenabsatz im ersten Stock angekommen, schloß sie die Tür zu Apartment C auf. Mit einer kleinen Grimasse der Erleichterung stieg sie aus ihren Schuhen und tappte anschließend auf Strümpfen durchs Wohnzimmer. Ich dachte, sie würde vielleicht eine Tischlampe einschalten, doch offenbar zog sie die Finsternis vor. »Machen Sie sich's gemütlich«, sagte sie.

»Haben Sie eine Ahnung, wann er nach Hause kommt?«

»Jeden Moment, schätze ich. Er geht nicht gern lange aus.« Sie schaltete in der Küche Licht an, was man durch eine zweiteilige Klappe über der Arbeitsfläche sehen konnte. Sie stieß die Läden auf. Durch die Öffnung konnte ich ihr dabei zusehen, wie sie zwei Schalen mit Eiswürfeln aus dem Kühlschrank nahm und sie in einen Eiskübel aus Acryl leerte. »Ich mache mir einen Drink. Wenn Sie auch einen möchten, müssen Sie es sagen. Ich hasse es, die Gastgeberin zu spielen, aber eine Runde gebe ich aus. Ich habe noch eine offene Flasche Chardonnay, falls Sie daran interessiert sind. Sie sehen aus wie eine Weißweinliebhaberin.«

»Ein Glas Weißwein wäre wunderbar. Brauchen Sie Hilfe?«

»Brauchen wir die nicht alle?« bemerkte sie. »Haben Sie ein Büro in der Stadt?«

»Ich komme aus Santa Teresa.«

Sie legte den Kopf schief und sah mich durch die Durchreiche an. »Warum sind Sie den ganzen Weg hierher gefahren? Um Russell zu sprechen? Er wird doch hoffentlich nicht verdächtigt, oder?«

»Sind Sie seine Freundin?« Ich hielt es für höchste Zeit, daß ich die Fragen stellte und nicht sie.

»Das würde ich nicht sagen. Wir mögen uns, aber wir sind nicht direkt ein ›Pärchen‹. Er sieht sich gern als völlig ungebunden. Einer von diesen Typen.«

Sie ließ mehrere Eiswürfel in ein hohes Glas fallen und füllte es zur Hälfte mit Scotch. Dann spritzte sie Sodawasser darüber, und zwar mit einem dieser Dinger, die ich in alten Filmen aus den dreißiger Jahren gesehen hatte. Sie nahm einen Schluck, schüttelte sich leicht und stellte das Glas beiseite, während sie ein Weinglas aus dem Geschirrschrank holte. Sie hielt es gegen das Licht und entschied, daß es nicht sauber genug war. Dann spülte sie es aus und trocknete es ab. Sie holte den Chardonnay aus dem Kühlschrank und füllte mein Glas, stellte die Flasche in einen Weinkühler und ließ sie auf der Arbeitsfläche stehen. Ich ging zur Durchreiche hinüber und nahm das Weinglas, das sie mir entgegenhielt.

»Ich weiß nicht, ob Sie sich darüber im klaren sind, aber Russell ist ganz schön fertig«, sagte sie.

»Tatsächlich. Ich bin ihm nie begegnet.«

»Sie können es mir glauben. Wollen Sie wissen, warum? Weil er einen Apparat hat wie ein Maulesel.«

Ich sagte: »Ah.« Nachdem ich ihn in Aktion gesehen hatte, konnte ich das bestätigen.

Cherie lächelte. »Das ›ah‹ gefällt mir. Es ist diplomatisch. Kommen Sie doch mit in mein Zimmer, da können wir uns unterhalten, während ich mich umziehe. Wenn ich nicht bald aus diesem Hüfthalter herauskomme, bringe ich mich noch um.«

11

Cheries Schlafzimmermobiliar bestand aus einer Fünfziger-Jahre-Garnitur aus hellem Holz mit geschwungenen Linien. Sie setzte sich vor eine Frisierkommode mit einem großen, runden Spiegel in der Mitte und zwei tiefen Schubladen auf jeder Seite. Dann schaltete sie eine Lampe auf der Frisierkommode an, womit sie den Rest des Zimmers in Schatten tauchte. Sie besaß ein Doppelbett mit einem Kopfteil aus hellem Holz, einen hellen Nachttisch, einen alten Plattenspieler für 45er mit einer massigen, schwarzen Kurbel und einen schwarzen Schmetterlingssessel aus Schmiedeeisen und Segeltuch, auf dem sich abgelegte Kleidungsstücke türmten. Die einzige

Sitzgelegenheit für mich wäre das Doppelbett gewesen. Ich beschloß, mich statt dessen an den Türrahmen zu lehnen.

Cherie wand sich aus Hüfthalter und Strumpfhose und warf beides auf den Fußboden. Dann drehte sie sich zum Spiegel und musterte sich eingehend. Sie beugte sich vor und bedachte die Fältchen um ihre Augen mit einem kritischen Blick. Angewidert schüttelte sie den Kopf. »Ist Altern nicht das letzte? Manchmal glaube ich, ich sollte mich einfach erschießen und es hinter mich bringen.«

Vor meinen Augen breitete sie ein sauberes, weißes Handtuch aus und holte Fettcreme, Gesichtswasser, Wattebällchen und Q-Tips hervor, offensichtlich als Vorbereitung darauf, ihr Make-up zu entfernen. Ich habe schon Zahnarzthelferinnen gesehen, die beim Zusammenstellen der Instrumente weniger penibel ans Werk gingen.

»Haben Sie Lorna gekannt?« fragte ich.

»Ich bin ihr mal begegnet. ›Gekannt‹ habe ich sie nicht.«

»Wie fanden Sie sie?«

»Ich war natürlich neidisch. Sie war das, was man eine natürliche Schönheit nennt. Alles so mühelos. Das reicht, um einen krank zu machen.« Ihr Blick begegnete im Spiegel dem meinen. »Sie tragen nicht viel Make-up, deshalb können Sie damit wahrscheinlich nichts anfangen, aber ich verwende *Stunden* auf mein Aussehen, und mit welchem Erfolg, frage ich? Eine Viertelstunde auf der Straße, und alles löst sich in Luft auf. Mein Lippenstift wird aufgefressen. Mein Lidschatten verendet in dieser Falte... sehen Sie sich das an. Mein Eyeliner wandert aufs Oberlid. Jedesmal, wenn ich mich schneuze, geht die Grundierung mit dem Taschentuch dahin wie abblätternde Farbe. Lorna war genau das Gegenteil. Sie mußte überhaupt nichts machen.« Sie zog eine Reihe falsche Wimpern ab und legte sie in ein kleines Schächtelchen, wo sie lag wie ein Zwinkern. Dann zog sie die andere ab und legte sie neben die erste. Nun sahen sie aus wie zwei im Schlaf geschlossene Augen. »Was hätte ich für eine Haut wie ihre nicht alles gegeben«, sagte sie. »Na ja. Was kann ein armes Mädchen schon tun?« Sie fuhr sich mit einer Hand an die Stirn und nahm ihr Haar ab. Darunter trug sie etwas,

was wie eine Gummibadekappe aussah. Sie senkte die Stimme auf ihren natürlichen Bariton und wandte sich an mein Spiegelbild. »Hallo! Hier haben wir Russell. Erfreut, Sie kennenzulernen«, sagte er. Wie in einer Varieténummer verschwand Cherie und hinterließ an ihrer Stelle einen etwas unsicher dreinblickenden Mann. Er drehte sich um und setzte sich in Positur. »Seien Sie ehrlich. Wer ist Ihnen lieber?«

Ich lächelte. »Cherie gefällt mir.«

»Mir auch«, sagte er. Er drehte sich um und betrachtete sich erneut, diesmal noch eingehender. »Ich kann Ihnen gar nicht sagen, wie ätzend es ist, jeden Morgen mit einem Bart aufzuwachen. Und dieser Penis! Mein Gott. Stellen Sie sich *das* in Ihren zarten Spitzenhöschen vor. Wie ein dicker, fetter, häßlicher Wurm. Erschreckt mich zu Tode.« Er trug Fettcreme auf sein Gesicht auf und wischte das Make-up mit raschen Bewegungen weg.

Ich konnte den Blick nicht von ihm wenden. Die Täuschung war perfekt gewesen. »Machen Sie das jeden Tag? Frauenkleider anziehen?«

»Fast jeden Tag. Nach der Arbeit. Von neun bis fünf bin ich Russell: Krawatte, Sakko, schickes Hemd, alles, was dazu gehört. Ich trage zwar keine Halbschuhe mit Lochmuster, aber das moralische und geistige Äquivalent dazu.«

»Was sind Sie denn von Beruf?«

»Ich bin stellvertretender Geschäftsführer in der hiesigen Filiale von Circuit City und verkaufe Stereoanlagen. Abends kann ich abschalten und tun und lassen, was ich will.«

»Können Sie nicht von Ihren Einkünften als Schauspieler leben?«

»Oh. Sie haben den Film gesehen«, sagte er. »Ich habe minimal dabei verdient, und es ist auch nichts weiter dabei herausgekommen, wobei ich sagen muß, daß mir das eine Erleichterung war. Stellen Sie sich bloß die Ironie vor, wenn ich als Russell berühmt geworden wäre, wo ich doch in meinem Herzen Cherie bin.«

»Ich war gerade bei Joe Ayers und habe mit ihm gesprochen. Er sagt, er hätte seine Firma verkauft.«

»Versucht wohl, seriös zu werden, schätze ich.« Er zog die Augenbrauen hoch und lächelte leicht. Seine Miene ließ erahnen, daß die Chancen *darauf* gering standen. Nachdem das Make-up entfernt war, tränkte er einen Wattebausch mit Gesichtswasser. Er begann, die Fettcreme und die restlichen Spuren der Grundierung abzuwischen.

»Wie viele Filme haben Sie für ihn gemacht?«

»Nur den einen.«

»Waren Sie enttäuscht darüber, daß er nie veröffentlicht wurde?«

»Damals schon. Aber seither ist mir klar geworden, daß mir nicht daran gelegen ist, aus meinem ›Apparat‹ Profit zu schlagen. Es ist mir ein Greuel, ein Mann zu sein. Ich hasse dieses ganze Machogehabe und diesen Scheiß und die ganze *Mühe*, die damit verbunden ist. Es macht viel mehr Spaß, eine Frau zu sein. Manchmal bin ich versucht, ›ihn‹ wegzumachen, aber ich könnte es nicht ertragen, mich chirurgisch verändern zu lassen, wo ich nun schon einmal dermaßen ausgestattet bin. Vielleicht wäre ja ein Organspenderprogramm an ihm interessiert«, sagte er. Er fuhr beiläufig mit der Hand durch die Luft. »Aber Schluß mit meinen vertrackten Problemen. Was kann ich Ihnen sonst noch über Lorna sagen?«

»Ich weiß nicht. Ich habe Sie so verstanden, daß Sie sie gar nicht so gut kannten.«

»Das hängt von Ihrem Blickwinkel ab. Wir haben während der Dreharbeiten zwei Tage zusammen verbracht. Wir haben uns auf Anhieb verstanden und uns unsere kleinen Ärsche abgelacht. Sie war ja *so was* von pfiffig. Flippig und furchtlos und mit einem wüsten Humor. Wir waren seelenverwandt. Ganz im Ernst. Ich war untröstlich, als ich hörte, daß sie *tot* ist, ausgerechnet.«

»Und das war das einzige Mal, daß Sie sie gesehen haben? Bei den Dreharbeiten?«

»Nein, ich bin ihr vielleicht zwei Monate später noch einmal über den Weg gelaufen, als sie hier oben beim Einkaufen war, mit dieser schweinchenartigen Schwester.«

»Welche denn? Sie hat zwei.«

»Oh, wirklich. Ich weiß ihren Namen nicht mehr. Irgend etwas Seltsames jedenfalls. Sie sah wie ein Abklatsch von Lorna aus: das gleiche Gesicht, aber total gemästet. Auf jeden Fall sind sie mir auf der Straße in der Nähe des Union Square begegnet, und wir sind stehengeblieben und haben ein bißchen geplaudert. Sie sah so phänomenal aus wie immer. Da habe ich sie zum letzten Mal gesehen.«

»Was ist mit der anderen Schauspielerin, dieser Nancy Dobbs? War sie eine Freundin von Lorna?«

»O Gott. War sie nicht der Untergang? Das reinste Stück Holz.«

»Sie war ziemlich schlecht«, gab ich zu. »Hat sie noch andere Filme für Ayers gedreht?«

»Das bezweifle ich. Nein, ganz bestimmt nicht. Ich glaube, sie hat diesen einen auch nur aus einer Laune heraus gemacht. Jemand anders war engagiert und ist in letzter Minute abgesprungen. Lorna hat sie an die Wand gespielt. Nancy war entsetzlich ehrgeizig, aber ohne das Talent oder den Körper, um es besonders weit zu bringen. Sie gehört zu den Frauen, die sich nach oben zu bumsen versuchen, bloß daß keiner scharf auf sie war; wie weit sollte sie da schon kommen? So eine Kuh.« Russell lachte. »Ehrlich, sie hätte es auch mit einer Kuh getrieben, wenn sie gedacht hätte, daß sie das weiterbringt.«

»Wie ist sie mit Lorna ausgekommen?«

»Soweit ich weiß, hatten sie nie Ärger miteinander, aber insgeheim fühlte sich jede der anderen *unendlich* überlegen. Das weiß ich, weil sich beide zwischen den Einstellungen mir anvertraut haben.«

»Lebt sie noch in der Stadt? Ich hätte gern mit ihr gesprochen.«

Russell sah mich erstaunt an. »Haben Sie sie denn heute abend nicht gesehen? Ich hatte angenommen, daß Sie bei Ayers mit ihr gesprochen hätten.«

»Was sollte sie denn dort zu suchen haben?«

»Sie ist mit ihm verheiratet. Das ist der Knüller, was? Während der ganzen Dreharbeiten hat sie sich ihm praktisch an den Hals geworfen. Und das nächste, was wir hörten... ta-tah. Mit einem Mal war sie Mrs. Joseph Ayers, die bekannte Gesellschaftsdame. Vermutlich hat er deshalb die Pornofilme abgestoßen. Stellen Sie sich nur vor, wenn *das* herauskommt. Er nennt sie übrigens ›Duchess‹. Ist das nicht snobistisch?«

»Gab es je Hinweise darauf, daß Joe Ayers' Verhältnis zu Lorna nicht rein beruflicher Natur war?«

»Er hatte nie eine sexuelle Beziehung zu ihr, falls Sie das meinen. Es ist wirklich eine Art Klischee, daß diese Typen loszögen, um ›die Ware zu testen‹. Glauben Sie mir, er war einzig und allein an einem schnellen Dollar interessiert.«

»Lornas Mutter scheint anzunehmen, daß ihr Tod irgend etwas mit dem Film zu tun hat.«

»Das kann schon möglich sein, aber warum sollte jemand sie deswegen umbringen? Sie hätte ein Star werden können, wenn sie noch länger gelebt hätte. Und was die angeht, die daran mitgearbeitet haben: Wir sind miteinander ausgekommen, das können Sie mir glauben. Wir waren alle so dankbar für die Gelegenheit, daß wir uns ganz besonders bemüht haben«, sagte er. »Wie um alles in der Welt hat ihre Mutter davon erfahren?«

»Jemand hat ihr das Band geschickt.«

Russell starrte mein Spiegelbild an. »Als Beileidsbezeugung ist das ausgesprochen geschmacklos«, meinte er. »Aufrichtige Anteilnahme stellt man sich ein bißchen anders vor.«

»Wie wahr.«

Ich fuhr zurück ins Hotel und fühlte mich hellwach. Um zwei Uhr morgens ist in Santa Teresa alles dicht. In San Francisco hatten zwar die Bars geschlossen, aber zahlreiche Geschäfte waren noch geöffnet. Tankstellen, Buchhandlungen, Fitneßstudios, Videoverleihe, Coffee Shops, ja sogar Bekleidungsgeschäfte. Ich stieg aus meinen flachen Slippern und dem Allzweckkleid und streifte die Strumpfhose mit der gleichen Erleichterung ab, die sich auf Cheries Miene gezeigt hatte. Erst als ich in Jeans und Rollkragenpullover steckte, fühlte ich mich wieder wie in meiner eigenen Haut. Ich entdeckte zwei Häuser neben dem Del Rey ein rund um die Uhr geöffnetes Lokal und verspeiste ein üppiges Frühstück. Dann ging ich wieder in mein Zimmer und legte die Kette vor. Ich zog die Reeboks aus, stopfte mir sämtliche Kissen in den Rücken und ging Lornas Akte noch einmal durch, wobei ich mir sowohl die Zeichnungen vom Tatort als auch die beiliegenden Fotos genauer ansah.

Der Fotograf hatte die Außenseite des Hauses und den Garten davor und dahinter abgelichtet, und zwar in nördlicher, südlicher, östlicher und westlicher Richtung. Es gab Aufnahmen von der vorderen und der hinteren Veranda, den hölzernen Geländern und den Fenstern. Die Vordertür war geschlossen, aber nicht abgesperrt gewesen und wies keine Zeichen gewaltsamen Eindringens auf. In der Hütte selbst waren weder eine Waffe noch Anzeichen irgendeines Kampfes zu sehen. An den Stellen, wo die Experten für Fingerabdrücke mit ihren verschiedenen Pulvern am Werk gewesen waren, konnte ich farbige Flecken erkennen. Dem Bericht zufolge hatte man fraglichen Personen Abdrücke von Fingern und Handflächen abgenommen, und die meisten Abdrücke in der Hütte konnten eindeutig zugeordnet werden. Die meisten stammten von Lorna selbst. Manche stammten von Familienmitgliedern, dem Vermieter, ihrer Freundin Danielle und mehreren Bekannten, die von Kriminalbeamten verhört worden waren. Viele Oberflächen waren außerdem abgewischt worden.

Die Aufnahmen von Lorna fingen mit einer Totalen an und dokumentierten ihre Lage gegenüber der Eingangstür. Dann gab es Fotos aus mittlerer Entfernung und Nahaufnahmen mit einem Lineal im Bild, um den Maßstab anzugeben. Die Dokumentation zeichnete den gesamten Tatort lückenlos nach. Die flachen, zweidimensionalen Bilder frustrierten mich. Ich wäre am liebsten in die Fotos gekrochen, hätte sämtliche Objekte auf den Tischen untersucht, Schubladen aufgezogen und ihren Inhalt durchwühlt. Ich ertappte mich dabei, wie ich die Augen zusammenzog, mir die Bilder näher vors Gesicht hielt und sie wieder weiter weg hielt, als würde ihr Gegenstand dadurch schlagartig schärfer. Ich starrte die Leiche an, musterte den Hintergrund und nahm Dinge am Rand meines Gesichtsfelds wahr.

Als ich die Hütte gesehen hatte, war schon kein Mobiliar mehr da. Nur das Gerippe von Lornas Behausung war intakt geblieben: leere Schränkchen sowie Badezimmer-, Küchen- und Elektroinstallationen. Um meiner Vorstellungskraft auf die Sprünge zu helfen, war es gut, die Bilder zu sehen. In meinen Gedanken hatten sich die Proportionen der Räume und die relativen Entfernungen bereits zu verzerren begonnen. Ich ging die Bilder ein zweites und dann ein drittes Mal durch. In den zehn Monaten seit Lornas Tod war der Tatort auseinandergenommen worden, und das war alles, was übriggeblieben war. Falls ein Mord jemals bewiesen und ein Verdächtiger vor Gericht gestellt wurde, könnte die gesamte Anklage ohne weiteres ausschließlich auf dem Inhalt dieses Umschlags beruhen. Und wie standen die Chancen? Was konnte ich so spät noch zustande bringen? Eigentlich ahmte ich bei meinen Ermittlungen die in Spiralen verlaufende Methode einer Untersuchung des Tatorts nach: Ich begann in der Mitte und bewegte mich in immer weiter werdenden Kreisen nach außen. Das Problem war nur, daß ich keine Richtung und keine eindeutige Spur verfolgen konnte. Ich hatte ja nicht einmal eine Theorie darüber, warum sie gestorben war. Es war ein Gefühl, als würde ich fischen und die Fliege in der Hoffnung auswerfen, irgendwie einen Killer an den Haken zu bekommen. Das einzige, was dieser verschlagene Teufel tun mußte, war, in Deckung zu bleiben und aus den Tiefen der Bucht meinen Köder im Auge zu behalten.

Ich blätterte die Akte durch und ließ meinen Gedanken freien Lauf. Falls er kein Lust- oder Serienmörder ist, muß jemand, der einen Mord begeht, einen *Grund* haben, ein konkretes Motiv dafür, daß er sein Opfer tot sehen will. Was Lorna Kepler betraf, wußte ich noch immer nicht, was der Grund war. Finanzielle Bereicherung war eine Möglichkeit. Sie hatte Vermögen hinterlassen. Ich notierte mir, daß ich Janice zu diesem Punkt befragen wollte. Ging man von der Annahme aus, daß Lorna keine Nachkommen hatte, wären Janice und Mace ihre gesetzlichen Erben, wenn sie ohne Testament gestorben war. Es war schwer, sich einen von beiden als Mörder vorzustellen. Wäre es Janice gewesen, so wäre es idiotisch, sich selbst in den Rücken zu fallen und mich ins Spiel zu bringen. Mace war ein Fragezeichen. Jedenfalls hatte er meiner Vorstellung von einem trauernden Elternteil nicht entsprochen. Eine weitere Möglichkeit waren ihre Schwestern, obwohl mir keine von beiden schlau oder tatkräftig genug vorkam.

Ich griff zum Telefon und rief Frankie's Coffee Shop an. Janice nahm selbst den Hörer ab. Im Hintergrund konnte ich Musik aus der Musikbox hören, aber sonst kaum etwas.

»Hallo, Janice. Hier ist Kinsey, aus San Francisco.«

»Ah, Kinsey. Wie geht's Ihnen? Ich wundere mich immer wieder, wenn ich zu so später Stunde von Ihnen höre. Haben Sie den Kerl gefunden, für den sie gearbeitet hat?«

»Ich habe ihn heute abend gesprochen, und außerdem habe ich einen der anderen Schauspieler aus dem Film ausfindig gemacht. Ich bin mir noch nicht im klaren darüber, was ich von den beiden halten soll. In der Zwischenzeit bin ich auf etwas anderes gestoßen. Könnte ich eventuell einen Blick auf Lornas Finanzunterlagen werfen?«

»Ich denke schon. Können Sie mir sagen, warum, oder ist das Geheimsache?«

»Zwischen uns ist nichts Geheimsache. Sie zahlen ja für meine Dienste. Ich versuche, ein Motiv zu finden. Geld wäre eine offenkundige Möglichkeit.«

»Das stimmt wohl, aber ich kann mir nur schwer vorstellen, daß es in diesem Fall zutreffen könnte. Niemand von uns hat auch nur geahnt, daß sie Geld hatte, bis sie starb und wir ihre Papiere durchgingen. Ich bin immer noch schockiert. Es war unglaublich, von *meinem* Blickwinkel aus. Andauernd habe ich ihr Zwanziger zugesteckt, damit sie auch bestimmt ordentlich aß. Und dann saß sie da auf diesen ganzen Aktien und Wertpapieren und Sparbüchern. Sie muß sechs davon gehabt haben. Man sollte annehmen, daß sie mit so viel Geld ein bißchen besser hätte leben können.«

Ich wollte ihr gerade sagen, daß das Geld ein Teil von Lornas Altersversorgung war, doch irgendwie kam mir das taktlos vor, nachdem sie ja nicht lang genug gelebt hatte, um in diesen Genuß zu kommen. »Gab's ein Testament?«

»Nun, ja. Nur ein Blatt Papier, das sie selbst verfaßt hatte. Sie hinterließ alles Mace und mir.«

»Das würde ich gern sehen, wenn Sie nichts dagegen haben.«

»Sie können alles sehen, was Sie wollen. Wenn ich von der Arbeit nach Hause komme, suche ich die Schachtel mit Lornas Papieren heraus und stelle sie auf Berlyns Schreibtisch. Sie können vorbeikommen, wenn Sie wieder hier sind und sie bei ihr abholen.«

»Das wäre gut. Ich möchte sowieso mit Ihren beiden Töchtern sprechen.«

»Oh, nur zu. Dabei fällt mir ein: Haben Sie mit dieser Frau gesprochen, bei der Lorna das Haus gehütet hat?«

»Einmal.«

»Tja, ich wollte Sie fragen, ob Sie mir einen Gefallen tun würden. Das letzte Mal, als ich Lornas Sachen durchging, bin ich auf einen Schlüsselbund gestoßen, der bestimmt ihr gehört. Ich wollte ihn andauernd zurückgeben, bin aber einfach nicht dazu gekommen.«

»Soll ich ihn bei ihr vorbeibringen?«

»Da wäre ich Ihnen dankbar. Ich habe zwar das Gefühl, als sollte ich es selbst tun, aber ich habe einfach nicht die Zeit. Und bitte garantieren Sie mir, daß ich alles zurückbekomme, wenn Sie damit fertig sind. Es sind ein paar Dividenden- und Zinsabrechnungen dabei, die ich dem Testamentsvollstrecker vorlegen muß, wenn er ihre Einkommensteuererklärung einreicht.«

»Ist der Nachlaß schon geregelt?«

»Er ist noch in Arbeit. Was ich Ihnen gebe, sind Kopien, aber ich möchte sie trotzdem wiederhaben.«

»Kein Problem. Ich kann Ihnen wahrscheinlich alles übermorgen wieder vorbeibringen.«

»Das wäre nett.« Ich konnte hören, wie das Geplauder im Hintergrund lauter wurde. Sie sagte: »Oh, oh. Ich muß Schluß machen.«

»Bis morgen«, sagte ich und legte auf.

Ich sah mich in meinem Zimmer um, das zwar zweckmäßig, aber trostlos war. Die Matratze war so kompakt wie Lehm, während die Kissen aus Schaumgummi waren und gravierende Nakkenschäden versprachen. Ich hatte einen Rückflug um die Mittagszeit gebucht. Nun war es fast drei Uhr morgens, und mir war nicht nach Schlafen zumute. Wenn ich mein Flugticket verfallen ließ, konnte ich den Mietwagen zurückfahren und ihn am Flughafen in Santa Teresa abgeben, wo mein VW auf dem Parkplatz für Langzeitparker stand. Die Fahrt würde etwa sechs Stunden dauern, und wenn ich es schaffte, nicht am Steuer einzuschlafen, wäre ich um neun Uhr morgens dort.

Ich merkte plötzlich, wie mir die Vorstellung, nach Hause zu fahren, einen Energieschub versetzte. Ich schwang die Füße über die Bettkante, angelte nach meinen Reeboks, zog sie an und ließ die Schnürsenkel hängen. Dann ging ich ins Badezimmer, sammelte meine Toilettenartikel auf und stopfte alles in den Seesack. Den Nachtportier aufzuwecken dauerte länger als die gesamte Abreise. Um drei Uhr zweiundzwanzig war ich auf der 101 unterwegs nach Süden.

Nichts ist so hypnotisch wie ein Highway bei Nacht. Die optischen Reize beschränken sich auf die Straßenmarkierungen, und der Asphalt rauscht in endlosen Streifen vorüber. Die Büsche am Straßenrand verschwimmen ineinander. Unzählige Lastzüge waren auf Achse, und Sattelschlepper transportierten Güter von Neuwagen bis zu Möbeln, von brennbaren Flüssigkeiten bis zu zusammengefalteten Pappschachteln. Wenn ich zur Seite blickte, sah ich ein Städtchen nach dem anderen, in Dunkelheit gehüllt und nur von ordentlich aufgereihten Straßenlaternen erleuchtet. Gelegentlich bot eine Reklametafel etwas Abwechslung. In großen Intervallen tauchten wie Inseln aus Licht Raststätten für Fernfahrer auf.

Ich mußte zwei Kaffeepausen einlegen. Zwar hatte ich mich dafür entschlossen, den Heimweg anzutreten, empfand die Fahrt aber inzwischen als einschläfernd und kämpfte dagegen an, daß mir die Augen zufielen. Das Radio im Mietwagen war eine angenehme Gesellschaft. Ich schaltete von einem Sender zum anderen und lauschte einem Talk-Show-Moderator, klassischer Musik, Country-Songs und unzähligen Nachrichtenblocks. Früher habe ich geraucht, und ich weiß noch, wie ich diese Gewohnheit dazu nutzte, bei Autofahrten die Zeit zu unterteilen. Heute würde ich lieber von einer Brücke fahren, als mir eine anzustecken. Eine weitere Stunde verstrich. Es dämmerte schon fast, der Himmel wurde weiß und die Bäume am Straßenrand begannen, ihre Farbe wieder anzunehmen, momentan Anthrazit und dunkles Grün. Undeutlich war mir bewußt, daß die Sonne wie ein Wasserball in meinem Gesichtsfeld aufging und die Färbung des Himmels von Dunkelgrau über Malve und Pfirsich zu Hellgelb wechselte. Ich mußte die Sonnenblende herunterklappen, um meine Augen vor dem grellen Licht zu schützen.

Um neun Uhr vierzehn hatte ich den Mietwagen abgegeben, mich in meinen VW gesetzt und rangierte nun in einen Parkplatz vor meiner Wohnung. Meine Augen brannten, und mein Körper schmerzte von einer Erschöpfung, die so unangenehm war wie Grippe, aber zumindest war ich zu Hause. Ich ging hinein, stellte fest, daß keine Nachrichten eingegangen waren, putzte mir die Zähne, streifte die Schuhe ab und fiel ins Bett. Wenigstens dieses eine Mal senkte sich der Schlaf auf mich herab wie ein Schlag auf den Kopf, und ich ging unter, unter, unter.

Ich erwachte um fünf Uhr nachmittags. Die acht Stunden hätten ausreichen müssen, aber so ausgehungert, wie ich nach Schlaf war, hatte ich das Gefühl, als müßte ich mich eigenhändig aus Treibsand herausziehen. Ich rang immer noch mit den Schwierigkeiten, mich dem umgekehrten Muster anzupassen, das mein Leben mittlerweile angenommen hatte. Im Morgengrauen ins Bett, am Nachmittag aufstehen. Ich frühstückte um die Mittagszeit und aß spät nachts zu Abend, obwohl diese Mahlzeit oft nicht mehr bot als kalte Cornflakes oder Rührei und Toast, was bedeutete, daß ich zweimal frühstückte. Mir war vage bewußt, daß eine psychische Verschiebung, ein Wandel meiner Wahrnehmung eingesetzt hatte, seit ich die Nacht mit dem Tag vertauscht hatte. Wie bei einer Art Jetlag stimmte meine innere Uhr nicht mehr mit dem Tagesablauf des Rests der Welt überein. Mein gewohntes Selbstgefühl löste sich langsam auf, und ich fragte mich, ob plötzlich eine verborgene Persönlichkeit zum Vorschein kommen würde, wie aus einem langen Schlaf erwacht. Mein Tagleben rief mich, aber ich reagierte merkwürdig zögerlich darauf.

Ich rollte mich aus dem Bett, warf meine schmutzigen Kleider in die Wäsche, duschte und zog mich an. Am Supermarkt hielt ich an und holte mir einen Joghurt und einen Apfel und verspeiste auf dem Weg zu Keplers beides im Auto. Ich hätte noch ein paar Stunden Schlaf gebrauchen können, aber ich spekulierte darauf, mit Lornas Schwestern sprechen zu können, bevor ihre Mutter aufwachte. Wie bei mir verliefen auch ihre Tage und Nächte umgekehrt, und ich fühlte eine merkwürdige Verbundenheit zwischen uns.

Diesmal stand Maces Installateurwagen nicht in der Einfahrt. Ich ließ meinen VW auf dem Randstreifen neben dem weißen Lattenzaun stehen und ging zur Veranda, wo ich klopfte. Trinny machte auf, ließ sich allerdings Zeit. »Oh, hallo. Mom hat eine Doppelschicht gearbeitet und ist noch nicht auf.«

»Das habe ich mir gedacht. Sie hat gesagt, sie würde ein paar Papiere in eine Schachtel stecken und sie für mich bei Berlyn hinterlassen.«

»Die ist noch nicht da. Sie macht ein paar Besorgungen. Wollen Sie hereinkommen und warten?«

»Ja, danke.« Ich folgte ihr durch das kleine, mit Möbeln vollgestellte Wohnzimmer zum Eßplatz, der sich in einer Ecke der Küche befand. Ein Bügelbrett stand aufgeklappt da, und der Duft frisch gedämpfter Baumwolle weckte Sehnsüchte nach dem Sommer in mir. »Haben Sie etwas dagegen, wenn ich einen Blick auf Berlyns Schreibtisch werfe? Wenn die Schachtel offen dasteht, kann ich sie doch gleich mitnehmen.«

Trinny griff wieder nach dem Bügeleisen. »Er ist da drinnen.« Sie zeigte auf die Tür, die ins Fernsehzimmer führte.

Eine Ecke des Raumes wurde offenbar als Büro für Kepler-Installationen zweckentfremdet. Ich erinnerte mich, daß ich sowohl den Schreibtisch als auch den Aktenschrank an dem Abend gesehen hatte, als ich mit Mace sprach. Eine Schachtel, auf die mein Name gekritzelt war, stand auf dem Tisch. Ich unterdrückte den Drang, weiter herumzuschnüffeln und nahm den Deckel ab, um den Inhalt zu überprüfen. Ein Duft stieg auf, eine zarte Mischung aus Zitrusfrüchten und Gewürzen. Ich schloß die Augen und fragte mich, ob das Lornas Duft war. Ich hatte schon öfter erlebt, daß die ganze Luft vom charakteristischen Duft einer Person erfüllt ist. Bei Männern ist es Rasierwasser, Leder oder Schweiß, bei Frauen Eau de Cologne. Der Schlüsselbund, den Janice erwähnt hatte, lag auf einer ordentlich eingepackten Ansammlung alphabetisch sortierter Aktenordner: Kontoauszüge, Einkommensteuer vergangener Jahre, Dividenden, Aktien und verschiedene Jahresabrechnungen. Am einen Ende der Schachtel lag ein zusammengefalteter Kaschmirschal. Ich drückte ihn mir ans Gesicht und roch frisch gemähtes Gras, Zimt, Zitrone und Nelken. Dann trug ich die Schachtel in die Küche und stellte sie auf einen Küchenstuhl. Der Schal lag obenauf.

»Gehörte der Lorna? Er war bei ihren Sachen in der Schachtel.«

Trinny zuckte die Achseln. »Ich denke schon.«
Ich faltete ihn zweimal und legte ihn in die Schachtel zurück.
»Darf ich mich setzen? Ich hatte darauf gehofft, mit Ihnen sprechen zu können.«
»In Ordnung«, sagte sie. Sie stellte das Bügeleisen aus.
»Hoffentlich störe ich Sie nicht bei den Vorbereitungen fürs Abendessen.«
»Ich habe einen Auflauf im Ofen. Ich muß ihn nur noch aufwärmen und schnell einen Salat machen.«
Ich setzte mich und überlegte, wie ich ihr Informationen entlokken könnte. Ich war mir ja nicht einmal darüber im klaren, was ich wissen wollte, erachtete es aber als günstig, daß ich mit ihr allein war. Sie trug dieselben abgeschnittenen Jeans, in denen ich sie schon einmal gesehen hatte. Ihre Beine wirkten kräftig, und ihre nackten Füße steckten in Gummilatschen. Das T-Shirt, das sie heute anhatte, mußte Größe XXL sein. Auf der Vorderseite war es mit einem gemalten Muster verziert. Sie kam vom Bügelbrett an den Küchentisch herüber, wo sie sich mir gegenüber hinsetzte und begann, eine Tube Farbe in einem Jackson-Pollock-artigen Muster auf der Vorderseite eines neuen T-Shirts auszuquetschen. Punkte und Schnörkel. Vom Knauf eines der Küchenschränke hing ein fertiges Werk, dessen Farbauftrag sich in drei Dimensionen ausdehnte. Sie fing meinen Blick auf. »Das ist Plusterfarbe«, erklärte sie. »Man trägt sie auf und läßt sie trocknen, und wenn man sie von links bügelt, bläht sie sich so auf.«
»Das ist ja sagenhaft«, sagte ich. Ich stand auf und ging näher an den Küchenschrank heran, um das Endprodukt eine Weile in Augenschein zu nehmen. Ich fand es gräßlich, aber was verstehe ich schon davon? »Verkaufen Sie die?«
»Tja, bis jetzt noch nicht, aber ich hoffe darauf. Ich habe das gemacht, das ich anhabe, und immer, wenn ich ausgehe, sagen alle: ›Oh, wow, cooles T-Shirt.‹ Deshalb habe ich mir gedacht, ich könnte mich selbständig machen, wenn ich schon nicht arbeiten gehe.«
Mann, o Mann. Sie und ihre Schwester Lorna, beide vom Unternehmergeist getrieben. »Seit wann machen Sie das schon?«

»Erst seit heute.«

Ich nahm meinen Platz am Küchentisch wieder ein und sah Trinny bei der Arbeit zu. Ich begann, meine Leine auszuwerfen. Es gab bestimmt etwas, das ich aus ihr herausholen könnte. Zu meiner Rechten lag ein Stapel Reiseprospekte, in denen Alaskakreuzfahrten, Skiferien und Pauschalreisen nach Kanada und in die Karibik angepriesen wurden. Ich nahm mir einen der Prospekte und überflog den Werbetext: »Das letzte unberührte Paradies der Erde... blendend weiße Strände... azurblaue Lagunen...«

Trinny sah mir zu. »Die sind von Berlyn.«

»Wo fährt sie denn hin?«

»Das weiß sie noch nicht. Sie sagt, Alaska könnte ihr gefallen.«

»Fahren Sie auch mit?«

Sie zog ein enttäuschtes Gesicht. »Dazu habe ich kein Geld.«

»Das ist aber schade. Sieht nämlich gut aus«, sagte ich. »Macht es ihr nichts aus, allein zu reisen?«

»Ä-äh. Es macht ihr Spaß. Zumindest, wenn es nicht anders geht, sagt sie. Sie hat ja schon diese eine Reise gemacht, im Herbst.«

»Ehrlich? Wo war sie denn da?«

»Acapulco. Sie war begeistert. Sie hat gesagt, wenn sie wieder hinfährt, nimmt sie mich mit.«

»Das ist ja nett. Ich war letzten Sommer in Viento Negro, aber weiter in den Süden bin ich nie gekommen.«

»Ich bin noch nicht einmal so weit weg gewesen. Berlyn ist schon immer gern gereist. Ich habe kein solches Fernweh. Ich meine, es gefällt mir und so, aber es gibt Dinge, die ich lieber tue.«

»Was zum Beispiel?«

»Ich weiß nicht. Klamotten und Zeug kaufen.«

Ich versuchte es anders. »Lornas Tod muß ein schwerer Schlag gewesen sein. Werden Sie damit fertig?«

»Ich denke schon. Für die beiden ist es hart gewesen. Ich meine, Mom und Dad standen ihr ja viel näher. Seit Lornas Tod ist irgendwie alles anders geworden. Und jetzt ist eigentlich nur noch Mom in die Sache verstrickt. Sie redet bloß noch über Lorna. Berlyn fühlt sich verletzt. Es kotzt sie wirklich an. Ich meine, was ist denn mit uns? Zählen wir gar nicht?«

»Standen Sie Lorna nahe?«

»Eigentlich nicht. Lorna stand niemandem nahe. Sie lebte in ihrer Welt und wir in unserer. Sie hatte diese Hütte, und sie liebte ihre Zurückgezogenheit. Sie haßte es, wenn jemand vorbeikam, ohne vorher zu fragen. Oft war sie überhaupt nicht zu Hause. Vor allem nachts war sie andauernd irgendwo unterwegs. Sie gab einem deutlich zu verstehen, daß man wegbleiben sollte, außer man hatte zuvor angerufen und sich einladen lassen.«

»Wie oft haben Sie sie gesehen?«

»Des öfteren hier, immer wenn sie vorbeikam. Aber in der Hütte vielleicht nur ein- oder zweimal in den drei Jahren, die sie dort gewohnt hat. Berlyn ist gern hinübergegangen. Sie ist von Natur aus ein bißchen neugierig. Lorna war echt geheimnisvoll.«

»Inwiefern?«

»Ich weiß nicht. Na ja, zum Beispiel, warum war sie denn so heikel, wenn man einfach mal vorbeigeschaut hat? Was ist denn groß dabei? Wegen uns brauchte sie sich doch keine Sorgen zu machen. Wir sind ihre *Schwestern*.«

»Haben Sie je herausgefunden, wo sie nachts hingegangen ist?«

»Ä-äh. Wahrscheinlich an keinen besonderen Ort. Nach einiger Zeit habe ich sie mehr oder weniger so akzeptiert, wie sie war. Sie war nicht gesellig wie wir. Berlyn und ich sind echte Kumpel. Wir sind wie Freundinnen, gehen zusammen aus und so. Zur Zeit zum Beispiel hat keine von uns einen festen Freund, also gehen wir am Wochenende ins Kino oder zum Tanzen. Lorna hat nie irgend etwas für uns getan. Na ja, ab und zu schon, aber da mußte man sich praktisch auf den Boden werfen und betteln.«

»Wie haben Sie von ihrem Tod erfahren?«

»Die Polizei ist hier vorbeigekommen und hat nach Daddy gefragt. Er war derjenige, der es Mom erzählt hat. Es war irgendwie schaurig. Ich meine, wir dachten, Lorna sei verreist. Im Urlaub, hat Mom gesagt. Deshalb haben wir uns nichts dabei gedacht, als wir nichts von ihr gehört haben. Wir haben einfach angenommen, daß sie uns schon wieder anrufen wird, wenn sie wieder da ist. Es ist eine schreckliche Vorstellung, daß sie da gelegen hat und vermodert ist.«

»Es muß entsetzlich gewesen sein.«

»O Gott. Ich habe angefangen zu schreien, und Berl wurde weiß wie eine Wand. Daddy hatte fast einen *Schock*. Mutter hat es am schwersten getroffen. Sie ist heute noch nicht darüber weg. Sie ist herumgestolpert und hat gekreischt und geweint und sich die Haare gerauft. So habe ich sie noch nie gesehen. Zum Beispiel als Grandma gestorben ist. Das war schließlich ihre eigene *Mutter*. Da hat sie echt die Ruhe bewahrt, Flüge reserviert und unsere Koffer gepackt, damit wir zur Beerdigung nach Iowa fliegen konnten. Wir waren alle noch klein und haben nichts begriffen und herzzerreißend geheult. Aber sie hat alles organisiert, absolut cool. Als wir das mit Lorna erfahren haben, ist sie einfach zusammengebrochen.«

»Die meisten Eltern rechnen nicht damit, ihre Kinder zu überleben«, sagte ich.

»Das sagen alle. Es hilft auch nicht gerade, daß die Polizei glaubt, sie sei ermordet worden und so.«

»Was glauben Sie denn?«

Trinny verzog ungewiß den Mund. »Ich denke mir, sie ist vielleicht an ihren Allergien gestorben. Ich mag gar nicht darüber nachdenken. Zu ekelhaft für meinen Geschmack.«

Ich wechselte das Thema. »Waren Sie diejenige, die letztes Jahr mit Lorna nach San Francisco gefahren ist?«

»Das war Berlyn«, antwortete sie. »Wer hat Ihnen denn davon erzählt?«

»Ich habe mit dem Typ aus dem Video gesprochen.«

Sie blickte interessiert von ihrer Arbeit auf. »Mit welchem?«

12

Sie besaß den Anstand, zu erröten. Trotz ihres dunkelbraunen Haars hatte sie einen hellen Teint, und die Farbe schoß ihr in die Wangen wie eine Hitzewallung. Sie senkte den Blick auf die vor ihr liegende Arbeit, schlagartig viel geschäftiger als zuvor. Ich wußte genau, daß sie hin und her überlegte, wie sie das Thema wechseln konnte. Sie beugte sich über ihre Arbeit. Vermutlich war es wichtig, die Farbkleckse genau richtig hinzubekommen.

»Trinny?«

»Was?«

»Wieso haben Sie das Video gesehen? Und fragen Sie jetzt bitte nicht ›welches Video?‹, denn Sie wissen ganz genau, von welchem ich spreche.«

»Ich habe das Video nicht gesehen.«

»Ach, hören Sie doch auf. Wenn Sie es nicht gesehen haben, woher wollen Sie dann wissen, daß mehr als ein Mann darin vorkam?«

»Ich weiß nicht einmal, wovon Sie reden«, sagte sie mit gespielter Empörung.

»Ich spreche von dem Pornofilm, in dem Lorna aufgetreten ist. Erinnern Sie sich? Ihre Mutter hat Ihnen davon erzählt.«

»Vielleicht hat Mom uns das auch erzählt. Das mit dem zweiten Typ, daß es nicht nur einer war.«

»Ä-hä«, sagte ich in meinem skeptischsten Tonfall. »Was ist denn passiert, hat Lorna Ihnen ein Exemplar davon gegeben?«

»Neiiin«, sagte sie und verlieh, von der Unterstellung beleidigt, dem Wort zwei langgezogene Silben, erst hoch, dann tief.

»Woher wußten Sie dann, daß mehr als ein Mann vorkam?«

»Ich habe es *geraten*. Was stört Sie das?«

Ich starrte sie an. Die nächstliegende Schlußfolgerung kam mir in den Sinn. »Haben *Sie* es verpackt und in den Briefkasten geworfen?«

»Nein. Und außerdem muß ich Ihnen keine Antwort geben.« Diesmal war ihr Tonfall störrisch, aber die Röte stieg ihr erneut ins Gesicht. Das war noch besser als ein Lügendetektor.

»Wer dann?«

»Ich weiß rein gar nichts über irgend etwas, also können Sie genausogut das Thema wechseln. Wir sind hier nicht vor Gericht, wissen Sie. Ich stehe nicht unter Eid.«

Eine verhinderte Anwältin. Einen Moment dachte ich, sie würde sich die Finger in die Ohren stecken und zu summen anfangen, nur um mich auszusperren. Ich legte den Kopf schief und versuchte, ihren Blick aufzufangen. »Trinny«, säuselte ich. Sie war vollständig in das vor ihr liegende T-Shirt vertieft und malte mit Plusterfarbe eine Spirale in schreiendem Orange hinzu. Ich sagte: »Kommen Sie. Mir ist ganz egal, was Sie getan haben, und ich werde es Ihren Eltern mit keinem Wort verraten. Ich habe mich schon gefragt, wer ihnen das Band geschickt hat, und jetzt weiß ich es. In gewisser Weise haben Sie uns allen einen Gefallen getan. Wenn Ihre Mutter sich nicht darüber aufgeregt hätte, wäre sie nicht zu mir gekommen, und die ganzen Ermittlungen wären zum Stillstand gekommen.« Ich wartete und legte ihr dann direkt etwas in den Mund. »War es Berlyns Idee oder Ihre?«

»Das muß ich nicht beantworten.«

»Wie wär's mit einem Nicken, wenn ich richtig geraten habe?«

Trinny malte ein paar limonengrüne Sterne auf das T-Shirt. Es wurde von Minute zu Minute ekelhafter, aber ich hatte das Gefühl, daß wir weiterkamen.

»Ich wette, es war Berlyn.«

Schweigen.

»Hab' ich recht?«

Trinny zog eine Schulter hoch, ohne Blickkontakt aufzunehmen.

»Ah. Ich nehme an, diese kleine Geste heißt ›ja‹. Berlyn hat also das Video geschickt. Jetzt bleibt nur noch die Frage, woher sie es hatte.«

Weiteres Schweigen.

»Kommen Sie, Trinny. Bitte, bitte, bitte.« Diese Verhörmethode habe ich in der Grundschule gelernt, und sie ist besonders wirkungsvoll, wenn das Thema ein verschworenes Geheimnis nur unter uns Mädels ist. Ich spürte förmlich, wie sie weich wurde. Egal wie geheim etwas ist, meistens *brennen* wir doch darauf, es zu verraten, vor allem wenn das Geständnis die Verurteilung eines Dritten mit sich bringt.

Ihre Zunge fuhr über ihre Zähne, als tastete sie sie nach Flaum ab. Schließlich sagte sie: »Schwören Sie, daß Sie es nicht weitersagen?«

Ich hielt die Hand hoch, als leistete ich einen Eid. »Ich werde keiner Menschenseele auch nur ein Wort verraten. Ich werde nicht einmal erwähnen, daß Sie es *erwähnt* haben.«

»Wir hatten einfach die Nase voll davon, uns anzuhören, wie wunderbar sie war. Weil sie nämlich gar nicht so toll war. Sie war hübsch und hatte eine Superfigur, aber als ob das so umwerfend wäre, verstehen Sie?«

»Klar«, sagte ich.

»Außerdem hat sie Geld für Sex genommen. Ich meine, Berlyn und ich hätten das *nie* getan. Also weshalb wurde Lorna in den Himmel gehoben? Sie war nicht makellos. Sie war nicht einmal *gut.*«

»So ist die menschliche Natur, schätze ich. Ihre Mutter kann Lorna nicht mehr in ihrem Leben haben, aber sie bewahrt sich ein perfektes Bild in ihrem Herzen«, sagte ich. »Es ist schwer, das abzulegen, wenn es das einzige ist, was man besitzt.«

Ihre Stimme wurde schriller. »Aber Lorna war ein Miststück. Sie dachte einzig und allein an sich *selbst*. Sie hat Mom und Dad praktisch ignoriert. Ich bin diejenige, die ihnen hilft, warum auch immer. Ich bin so nett, wie ich nur kann, aber es spielt einfach keine Rolle. Lorna ist diejenige, die Mom liebt. Berlyn und ich sind nichts als Schrott.« Die Gefühle ließen ihre Haut chamäleonartig die Farbe wechseln. Tränen wallten auf wie Blasen in Wasser, das plötzlich zu kochen beginnt. Sie hielt sich eine Hand vors Gesicht, das zuckte, als sie zu schluchzen begann.

Ich berührte ihre Hand. »Trinny, das stimmt einfach nicht. Ihre Mutter liebt Sie sehr. An dem Abend, als sie in mein Büro gekommen ist, hat sie über Berlyn und Sie gesprochen, über den ganzen Spaß, den Sie zusammen haben und welche Hilfe Sie im Haushalt sind. Sie bedeuten ihr viel. Ehrlich.«

Mittlerweile weinte sie, und ihre Stimme klang hoch und gequält. »Warum sagt sie es uns dann nicht? Nie sagt sie ein Wort.«

»Vielleicht traut sie sich nicht. Oder vielleicht weiß sie nicht mehr wie, aber das heißt nicht, daß sie Sie nicht über alles liebt.«

»Ich halte es nicht aus. Ich halt's einfach nicht aus.« Sie schluchzte wie ein Kind und ließ ihrem Kummer freien Lauf. Ich blieb sitzen und ließ sie die Sache allein ausleben. Schließlich versiegten die Tränen, und sie seufzte schwer. Sie wühlte in der Tasche ihrer abgeschnittenen Jeans und zog ein ramponiertes Taschentuch hervor, das sie sich gegen die Augen preßte. »O Gott«, sagte sie. Sie stützte die Ellbogen auf den Tisch und schneuzte sich. Dann sah sie nach unten und merkte, daß sich an ihrem Unterarm die nasse Farbe abgedrückt hatte. »Ach, Mist. Sehen Sie sich das an«, sagte sie. Sprudelndes Lachen stieg in ihr auf, wie ein versehentlich entwichener Rülpser.

»Was ist denn hier los?« Berlyn stand in der Tür und sah argwöhnisch drein.

Wir fuhren beide zusammen, und Trinny schnappte nach Luft. »Berl! Du hast mich fast zu *Tode* erschreckt«, rief sie. »Wo kommst du denn her?« Sie wischte sich hastig die Augen und versuchte die Tatsache zu vertuschen, daß sie geweint hatte.

Berlyn hielt eine Plastiktüte mit Lebensmitteln in der einen Hand und ihren Schlüsselbund in der anderen. Sie sah Trinny durchdringend an. »Tut mir leid, wenn ich hier hereinplatze. Ich wußte nicht, daß ich störe. Ich habe unübersehbar in der Einfahrt geparkt.« Ihr Blick fiel auf mich. »Was ist denn mit Ihnen los?«

»Nichts«, sagte ich. »Wir haben über Lorna gesprochen, und Trinny hat die Fassung verloren.«

»Das hat mir gerade noch gefehlt. Ich habe schon genug über sie gehört. Daddy hat wirklich recht. Lassen wir das Thema doch endlich fallen und reden von etwas anderem. Wo ist Mom? Ist sie schon aufgestanden?«

»Ich glaube, sie steht unter der Dusche«, sagte Trinny.

Verspätet fiel mir auf, daß irgendwo Wasser lief.

Berlyn ließ ihre Handtasche auf einen Stuhl fallen und ging zur Anrichte hinüber, wo sie die Lebensmittel auszupacken begann. Wie Trinny trug auch sie abgeschnittene Jeans, ein T-Shirt und Gummilatschen, die Berufskleidung der Assistentin des vielbeschäftigten Installateurs. Man konnte die dunklen Wurzeln an ihrem blonden Haar sehen. Trotz des Altersunterschieds von vier Jahren sah sie so aus, wie Lorna im mittleren Alter ausgesehen hätte. Vielleicht ist es gar nicht so schlecht, jung zu sterben – die vollkommene Schönheit konserviert im Bernstein der Zeit.

Berlyn wandte sich an Trinny. »Könntest du mir vielleicht helfen?« fragte sie beleidigt. »Wie lange ist sie denn schon da?«

Trinny warf mir einen flehentlichen Blick zu und ging hinüber, um ihrer Schwester zur Hand zu gehen.

»Zehn Minuten«, warf ich ein, obwohl ich gar nicht gefragt worden war. »Ich wollte nur die Sachen abholen, die Ihre Mutter für mich bereitgestellt hat. Trinny hat mir gezeigt, wie man T-Shirts macht, und dann sind wir über Lornas Tod ins Gespräch gekommen.« Ich griff nach der Schachtel, in der Absicht, das Haus zu verlassen, bevor Janice auftauchte.

Berlyn musterte mich interessiert. »Das haben Sie schon gesagt.«

»Ah. Na ja. So nett es hier auch ist, ich muß mich auf die Socken machen.« Ich erhob mich, schlang mir den Riemen meiner Umhängetasche über die Schulter und nahm die Schachtel. »Danke für die Malstunde«, sagte ich zu Trinny. »Das mit Lorna tut mir leid. Ich weiß, daß Sie sie gern hatten.«

Ihr Lächeln wirkte gequält. Sie sagte »Bye« und winkte mir halbherzig zu. Berlyn ging ohne auch nur den Blick zu wenden ins Fernsehzimmer und schloß die Tür mit einem energischen Klicken hinter sich. Ich streckte ihr die Zunge heraus und schielte, was Trinny zum Lachen brachte. Mit lautlosen Lippenbewegungen warf ich ihr ein »Dankeschön« zu und verabschiedete mich.

Es war schon fast halb sechs, als ich die Tür zu meinem Büro aufschloß und die Schachtel mit Lornas Akten auf meinen Schreibtisch stellte. Alle anderen aus der Firma waren bereits nach Hause gegangen. Sogar Lonnie, der meist Überstunden macht, hatte sich bereits getrollt. Meine ganzen Steuerformulare und Rechnungen lagen noch genau da, wo ich sie zurückgelassen hatte. Ich war enttäuscht darüber, daß keine Feen und Elfen gekommen waren und mir die Arbeit abgenommen hatten. Ich packte alle Zettel zusammen und stopfte sie in eine Schublade, um Raum zu schaffen. Ich bezweifelte, daß sich in Lornas Akten irgendwelche Informationen finden würden, aber ich mußte sie trotzdem durchsehen. Ich machte Kaffee und setzte mich. Dann nahm ich den Deckel der Schachtel ab und begann, mich durch die Aktenordner zu arbeiten.

Es hatte den Anschein, als hätte jemand Lornas Papiere aus einer Schreibtischschublade genommen und sie direkt in die Schachtel gelegt. Jeder Ordner war säuberlich beschriftet. Vorne waren Kopien verschiedener Nachlaßformulare hineingeschoben worden, die Janice vermutlich vom Anwalt bekommen hatte. Es sah ganz danach aus, als sei sie es gewesen, die mittels handschriftlicher Anmerkungen alles schon im voraus aussortiert und zusammengesucht hatte. Ich studierte jedes einzelne Blatt und versuchte, mir ein Bild von Lorna Keplers finanzieller Situation zu machen.

Ein Steuerberater wäre mit diesem Zeug sicher schnell fertig geworden. Ich dagegen hatte in der High-School immer nur gerade noch »befriedigend« in Mathe bekommen und mußte nun die Stirn runzeln und am Bleistift kauen. Janice hatte eine Aufstellung von Lornas Vermögenswerten angefertigt, auf der das Bargeld, das sie zum Zeitpunkt ihres Todes besaß, nicht eingelöste, auf sie ausgestellte Schecks, Bankkonten, Aktien, Wertpapiere, Staatsanleihen und Investmentfonds aufgelistet waren. Lorna hatte weder eine Renten- noch eine Lebensversicherung gehabt. Allerdings verfügte sie über eine kleine Versicherungspolice für ihren Schmuck. Sie hatte zwar keinen Besitz im eigentlichen Sinne gehabt, doch ihre Geldanlagen beliefen sich auf knapp fünfhunderttausend Dollar. Nicht schlecht für eine Teilzeit-Bürokraft/Hure. Janice hatte eine Kopie von Lornas Testament beigelegt, das ziemlich eindeutig schien. Sie hatte ihre gesamten Wertsachen einschließlich Schmuck, Bargeld, Aktien, Wertpapiere und andere Geldwerte ihren Eltern hinterlassen. An das Testament angeheftet war eine Kopie des gültigen »Nachweises über ein eigenhändig verfaßtes Testament«, den Janice eingereicht hatte. Darin bezeugte sie, daß sie mit der Toten seit fünfundzwanzig Jahren vertraut war, ihre Handschrift persönlich kannte und »das Testament untersucht und festgestellt hatte, daß die Verstorbene sowohl die handschriftlich niedergelegten Bestimmungen selbst geschrieben als auch die Urkunde eigenhändig unterzeichnet hat«.

Danielle hatte gemutmaßt, daß Lorna kein Testament gehabt hatte, doch das Dokument schien zu Lornas systematischem Charakter zu passen. Sie hatte weder Berlyn noch Trinny Geld hinterlassen, aber das schien nicht außergewöhnlich. Zweitausend Dollar für jede hätten vielleicht Wunder gewirkt, was ihre Einstellung anging, aber womöglich wußte Lorna gar nicht, welche Feindseligkeit sie ihr gegenüber hegten. Oder vielleicht wußte sie es und empfand dasselbe ihnen gegenüber. Auf jeden Fall war der Nachlaß nicht kompliziert. Ich fand nicht, daß die Dienste eines Anwalts notwendig gewesen wären, aber vielleicht hatten sich die Keplers von dem ganzen offiziellen Papierkrieg einschüchtern lassen.

Ich überprüfte die letzten paar Jahre von Lornas Einkommensteuer. Die einzigen Einträge auf den Lohnsteuerkarten stammten von der Wasseraufbereitungsanlage. Unter »Beruf« hatte sie »Sekretärin« und »Beraterin für Psychohygiene« eingetragen. Darüber mußte ich schmunzeln. Sie hatte ihre Einkünfte peinlich genau angegeben und lediglich die üblichen Abzüge vorgenommen. Sie hatte nie auch nur einen Cent für wohltätige Zwecke gespendet, war aber (im großen und ganzen) dem Staat gegenüber ehrlich gewesen. Für den Kunden ließen sich die Dienste einer Prostituierten wohl durchaus unter Psychohygiene abbuchen. Was die Zahlungen selbst anging, so hatte sich offenbar im Finanzamt nie jemand gefragt, warum ihr der größte Teil ihrer »Beratungshonorare« in bar bezahlt wurde.

Janice hatte beim Postamt beantragt, daß Lornas Post an ihre Adresse weitergeleitet würde und einen Stapel noch ungeöffneter Kontoauszüge in die Schachtel geworfen: Fensterumschläge von verschiedenen Absendern, alle mit dem Aufdruck »wichtige Steuerinformationen«. Ich öffnete einige von ihnen, einfach um den Rechnungsabschluß mit meiner Liste zu vergleichen. Darunter war ein Auszug von einer Bank in Simi Valley, die in den letzten beiden Jahren immer wieder in ihren Steuererklärungen aufgetaucht war. Das Konto war aufgelöst worden, aber die Bank hatte ihr ein 1099-INT-Formular geschickt, auf dem die in den ersten vier Monaten des Jahres angefallenen Zinsen vermerkt waren. Das steckte ich zu den anderen Auszügen. Sämtliche Kreditkarten waren gekündigt und alle Gesellschaften verständigt worden. Ich ging einige der von Lorna angelegten Ordner durch: eingelöste Schecks, Stromrechnungen und mehrere Kreditkartenquittungen.

Ich breitete die Scheckabrechnungen vor mir aus wie eine Patience. Unter »Memo« hatte sie pflichtbewußt den Zweck der Zahlung eingetragen: Lebensmittel, Maniküre, Friseur, Bettwäsche, Verschiedenes. Ihre Sorgfalt hatte etwas Rührendes. Sie konnte nicht wissen, daß sie tot sein würde, wenn diese Quittungen zurückkamen. Sie wußte nicht, daß ihre letzte Mahlzeit die letzte war, daß jede Handlung, jedes Vorhaben, Teil eines begrenzten Reservoirs war, das bald erschöpft sein würde. Das schwerste an meinem Beruf ist, daß ich unaufhörlich an die Tatsache erinnert werde, die wir alle so beharrlich zu ignorieren versuchen: Wir sind nur vorübergehend hier... das Leben ist uns nur geliehen.

Ich legte meinen Stift zur Seite, schwang die Füße auf den Schreibtisch und lehnte mich in meinem Drehstuhl zurück. Der Raum kam mir dunkel vor, und so streckte ich den Arm aus und schaltete die Lampe ein, die hinter mir auf dem Bücherregal stand. Unter Lornas Eigentum war weder ein Adreßbuch noch ein Kalender, noch irgendein Terminplaner gewesen. Das hätte meine Neugier wecken können, aber ich fragte mich, ob es nicht eher für Lornas Vorsicht hinsichtlich ihrer Kunden sprach. Danielle hatte mir berichtet, daß sie sehr verschwiegen war, und ich dachte mir, daß diese Diskretion sich vielleicht auch auf schriftliche Notizen erstreckte. Ich nahm den braunen Umschlag mit den Fotos vom Tatort in die Hand und ging sie durch, bis ich die Einstellungen fand, die die Papiere auf ihrem Tisch und der Anrichte zeigten. Ich zog die Lampe näher heran, aber es war nicht zu erkennen, ob irgendwo ein Terminkalender lag. Ich sah auf die Uhr. Ich war hundemüde. Außerdem war ich angeödet und hungrig, merkte aber, wie sich meine Sinne mit der zunehmenden Dunkelheit schärften. Vielleicht wurde ich langsam zu einem Vampir oder Werwolf – vom Sonnenlicht vertrieben, vom Mond verführt.

Ich stand auf und warf mir die Jacke über. Lornas Papiere ließ ich auf dem Tisch liegen. Was störte mich? Ich musterte die Schreibtischplatte. Eine Tatsache... etwas Offensichtliches... war durch meine Hände gegangen. Das Problem mit der Müdigkeit besteht darin, daß das Gehirn nicht gerade auf Hochtouren arbeitet. Wie beiläufig blieb ich stehen, schob einen Stoß Papiere zur Seite und blätterte die Formulare durch. Ich sah das eigenhändig verfaßte Testament und Janices entsprechende Erklärung. Das war es wohl nicht. Theoretisch schien es unsinnig, daß Janice die Gültigkeit eines Testaments bezeugen konnte, von dem sie in erster Linie selbst profitierte. Andererseits lagen die Dinge aber so, daß das Ergebnis genau das gleiche gewesen wäre, wenn Lorna ohne Testament gestorben wäre.

Ich nahm die Kontoauszüge und wühlte sie ebenfalls noch einmal durch. Ich hielt inne, als ich zu dem Formular der Bank in Simi kam. Die Zinsen waren minimal, da sie das Konto im April aufgelöst hatte. Davor hatte der Kontostand ungefähr zwanzigtausend Dollar betragen. Ich sah nach dem Datum der Kontoauflösung. Das ganze Geld war am Freitag, dem 20. April, abgehoben worden. Am Tag vor ihrem Tod.

Ich holte die Akten heraus, die mir Lieutenant Dolan überlassen hatte. Die Aufstellung der gesamten persönlichen Habe nannte alle möglichen Gegenstände in Lornas Behausung, unter anderem ihre Handtasche mit der Brieftasche, in der sämtliche Kreditkarten und hundert Dollar in bar steckten. Nirgends eine Spur von zwanzigtausend Dollar. Ich nahm den Bankauszug mit in den Kopierraum, lichtete ihn ab und steckte ihn in meine Handtasche. Serena Bonney war die erste am Tatort gewesen. Ich suchte in meinen Unterlagen die Adresse ihres Vaters heraus, packte Lornas Papiere und die Fotos vom Tatort zusammen und trug die Schachtel die Treppen hinunter ins Auto.

*

Clark Esselmanns Adresse erwies sich als ein weitläufiges Anwesen von vielleicht zweieinhalb oder drei Hektar, umringt von einer niedrigen Sandsteinmauer, hinter der die Rasenflächen von der Dunkelheit verschluckt wurden. Außenscheinwerfer gossen Licht über die Fassade des Hauses, das dem französischen Landhausstil nachempfunden war und unter einem steilen Dach langgestreckt und niedrig dalag. Sprossenfenster bildeten auf der Fassade ein gelbes Netzwerk, während die hohen Natursteinkamine wie schwarze Türme in den anthrazitfarbenen Himmel ragten. Niedrigvoltlampen beleuchteten Büsche und Gehwege, so daß ich einen brauchbaren Eindruck davon bekam, wie es hier bei Tag aussehen mußte. Das Licht aus einem kleinen Gebäude hinter dem Haupthaus ließ vermuten, daß es noch ein Gästehaus oder vielleicht Personalwohnungen gab.

Am Haupteingang angekommen, sah ich die elektronisch gesteuerten Tore. Eine Tastatur mit Sprechanlage war auf Höhe der Fenster teurer Wagen angebracht. Natürlich brachte mich mein VW hier in Verlegenheit, und um klingeln zu können, mußte ich die Handbremse anziehen, die Autotür öffnen und auf die Gefahr hin, mir heftige Rückenkrämpfe einzuhandeln, meinen ganzen Körper verrenken. Ich drückte auf den Knopf und wünschte, ich könnte einen Big Mac und Pommes frites bestellen.

Eine körperlose Stimme meldete sich. »Ja?«

»Oh, hallo. Mein Name ist Kinsey Millhone. Ich habe einen Schlüsselbund, der Serena Bonney gehört.«

Es kam keine Antwort. Was hatte ich denn erwartet – daß sie verblüfft nach Luft schnappte? Eine halbe Sekunde später schwangen die zwei Hälften des Tors lautlos nach innen. Ich bewegte meinen VW langsam die kreisförmige, von Wacholderbüschen gesäumte Einfahrt hinauf. Der Vorplatz war gepflastert, und von dort führte eine Fahrspur nach links und eine zweite hinters Haus. Ich konnte Garagen sehen, die wie Pferdeställe aneinandergereiht waren. Aus reiner Aufsässigkeit fuhr ich an der Vordertür vorbei und ums Haus herum bis zu einem hellerleuchteten, gekiesten Stellplatz. Die Vierergarage war mit dem Haupthaus durch einen langen, überdachten Gang verbunden, hinter dem ich einen schmalen Streifen Gras sehen konnte, unterbrochen von einem künstlich angelegten Teich, zwischen dessen Steinen Unterwasserscheinwerfer verborgen waren. Auf dem ganzen Anwesen hoben Lichter landschaftliche Besonderheiten hervor: ornamental zurechtgestutzte Büsche und Baumstämme, die aussahen wie mit Ölfarbe auf schwarzem Samt gemalt. Auf der klaren schwarzen Oberfläche des Teichs wuchsen Büschel von Seerosen, die die perfekte Spiegelung des Hauses brachen.

Nachtblütiger Jasmin verströmte seinen Duft. Ich ging zurück zur Vordertür und klingelte, wie es sich gehört. Kurz darauf machte mir Serena in Hosen und weißer Seidenbluse die Tür auf.

»Ich habe Ihnen Ihren Schlüsselbund gebracht«, sagte ich und hielt ihr die Schlüssel hin.

»Das sind meine? Ach ja, stimmt«, sagte sie. »Woher haben Sie die?«

»Lornas Mutter hat sie gefunden. Sie müssen sie Lorna gegeben haben, als sie Ihren Vater betreut hat.«

»Danke. Das hatte ich vergessen. Nett, daß Sie sie mir vorbeibringen.«

»Außerdem habe ich noch eine Frage, falls Sie einen Moment Zeit haben.«

»Sicher. Kommen Sie herein. Dad sitzt draußen auf der Terrasse. Er ist heute erst aus dem Krankenhaus entlassen worden. Kennen Sie ihn eigentlich?«

»Ich glaube nicht, daß wir uns je begegnet sind«, sagte ich.

Ich folgte ihr durchs Haus in eine große, rustikale Küche. Eine Köchin war dabei, das Abendessen zuzubereiten, sah aber kaum von ihrem Küchenbrett auf, als wir den Raum durchquerten. Ein zwanglos gedeckter Eßtisch, groß genug für acht Personen, stand auf der anderen Seite des Raums in einem Erker mit Glastüren. Die Balkendecke erhob sich bis auf anderthalb Stockwerke. An hölzernen Haken hingen Körbe in allen Größen und getrocknete Kräuter. Der Fußboden bestand aus hellem, glänzendem Kiefernholz. Der Schnitt des Raums bot Platz für zwei separate Kochinseln, die etwa drei Meter voneinander entfernt standen. Eine von ihnen besaß eine Oberfläche aus dunklem Granit, in den Schneidflächen aus Hartholz und eine kleine Spüle eingelassen waren. In der anderen befanden sich eine große Spüle, zwei Spülmaschinen und eine Müllpresse. In einem offenen Kamin brannte ein loderndes Feuer.

Serena öffnete die Glastüren, und ich folgte ihr nach draußen. Eine großzügige, mit Platten ausgelegte Terrasse erstreckte sich über die gesamte Länge des Hauses. Die Außenbeleuchtung schuf ein künstliches Tageslicht. Ein schwarzgrundiges Schwimmbecken, etwa fünfundzwanzig mal sechs Meter groß, markierte den äußeren Rand der Terrasse. Das Wasser war klar, doch die schwarzen

Fliesen schienen seine inneren Dimensionen auszulöschen. Unterwasserscheinwerfer beleuchteten ein wogendes, smaragdgrünes Gespinst, das das Becken unendlich tief erscheinen ließ. Dort hineinzutauchen käme einem Sprung ins Loch Ness gleich. Gott weiß, was für Kreaturen im Abgrund lauerten.

Clark Esselmann, mit Bademantel, Pantoffeln und einem Stock in der Hand, versuchte, einen schwarzen Labrador zum Sitzen zu bringen. »Okay, Max. So ist's gut. So ist's gut.«

Der Hund war erwachsen und an Hundejahren wahrscheinlich genauso alt wie der Mann. Max zitterte beinahe, völlig von dem Spielchen in Anspruch genommen. Als wir uns näherten, warf der Alte den Stock ins Schwimmbecken. Der Hund stürzte sich ins Wasser und schwamm auf den Stock zu, der nun am anderen Ende im Wasser auf und ab hüpfte. Ich erkannte Serenas Vater wegen der zahlreichen Fotos, die im Lauf der Jahre von ihm im *Santa Teresa Dispatch* erschienen waren. Weißhaarig und Mitte Siebzig, hielt er sich ganz altmodisch so aufrecht, als hätte er einen Ladestock verschluckt. Falls ihm seine Herzprobleme zu schaffen machten, so sah man es ihm zumindest nicht an.

Serena sah ihnen lächelnd zu. »Das ist das erste Mal, daß er dazu kommt, sich um Max zu kümmern. Normalerweise machen sie das morgens als allererstes. Das ist vielleicht ein Anblick. Dad schwimmt auf der einen Bahn und der Hund auf der anderen.«

Undeutlich nahm ich wahr, daß irgendwo im Haus das Telefon klingelte. Der Hund nahm den Stock zwischen die Zähne, schwamm auf uns zu und erklomm dann die Stufen am vorderen Ende des Beckens.

Das Wasser troff ihm von seinem fettigen Fell. Max ließ den Stock zu Esselmanns Füßen fallen und schüttelte sich heftig. Wasser spritzte in alle Richtungen. Serena und ihr Vater lachten. Esselmann wischte die Tropfen ab, die das Wasser auf seinem Bademantel hinterlassen hatte. Ich hätte schwören können, daß Max grinste, aber ich kann mich auch getäuscht haben.

Ein Dienstmädchen in einer schwarzen Uniform erschien in der Terrassentür. »Mr. Esselmann? Telefon für Sie.«

Der Alte drehte sich um und sah in ihre Richtung, dann ging er aufs Haus zu, während der Hund an seiner Seite tänzelte und bellte, wohl in der Hoffnung auf weiteres Stöckchenwerfen. Serena fing meinen Blick auf und lächelte. Die Entlassung ihres Vaters aus dem Krankenhaus hatte ihre Stimmung sichtlich aufgehellt. »Kann ich Ihnen ein Glas Wein anbieten?«

»Lieber nicht«, sagte ich. »Von Wein werde ich schläfrig, und ich habe noch etwas zu erledigen.«

Wir gingen durch die Terrassentür in die Küche zurück, wo das Kaminfeuer fröhlich knisterte. Esselmann stand an der Wand gegenüber und telefonierte. Er warf einen Blick über die Schulter und hob die Hand, um anzuzeigen, daß er unsere Anwesenheit registriert hatte. Die Tür zum Flur stand offen, und die nassen Pfotenabdrücke des Hundes führten zu einer zweiten Tür, die nun geschlossen war. Ich nahm an, daß man Max in den Keller verbannt hatte, bis er wieder trocken war. Ich hörte ein kratzendes Geräusch, und dann stieß der Hund ein kurzes Bellen aus, mit dem er seinen Wunsch kundtat.

»Mach dich doch nicht lächerlich. Natürlich komme ich... Aber sicher bin ich dagegen. Wir reden hier von einer Zuteilung von 45 Millionen Liter im Jahr. Von diesem Standpunkt weiche ich um keinen Millimeter ab, und es ist mir schnurzegal, wer das erfährt.« Er ging zu einem etwas weniger schroffen Tonfall über. »Mir geht's gut... Danke, sehr freundlich, Ned, und richte bitte Julia aus, daß ich ihre Blumen bekommen habe und sie sehr schön waren... Ja, mach' ich. Ich habe ja kaum eine andere Wahl. Serena hält mich äußerst streng.« Er drehte sich um und rollte mit den Augen, da er ganz genau wußte, daß sie direkt neben ihm stand. »Wir sehen uns dann auf der Versammlung am Freitag abend. Sag einfach Bob und Druscilla, wie ich dazu stehe. Wir können ja dann darüber sprechen, aber ich hoffe, wir sind uns einig... Danke. Das mach' ich... Dir auch.«

Er legte kopfschüttelnd den Hörer auf. »Verdammte Idioten. Kaum wende ich ihnen den Rücken zu, schon lassen sie sich zu etwas überreden. Ich hasse Ölfirmen. Dieser Stockton wird seinen Kopf in dieser Sache nicht durchsetzen.«

»Ich dachte, du wärst auf seiner Seite.«

»Ich habe meine Meinung geändert«, sagte er mit Nachdruck. Dann reichte er mir die Hand. »Bitte sehen Sie mir die schlechten Manieren nach. Ich sollte Sie nicht herumstehen lassen, während ich schimpfe und tobe. Clark Esselmann. Sie haben mich mitten in meiner täglichen Balgerei mit dem Hund erwischt. Ich glaube, wir kennen uns noch nicht.«

Ich stellte mich vor. Sein Händedruck war fest, aber ich spürte ein leichtes Zittern in seinen Fingern. Aus der Nähe konnte ich sehen, daß seine Gesichtsfarbe ungesund war. Er wirkte blutarm, und das Fleisch auf dem Rücken seiner rechten Hand hatte von irgendeinem medizinischen Eingriff einen blauen Fleck zurückbehalten. Dennoch strahlte er eine gewisse robuste Entschlossenheit aus, die trotz seiner ständigen gesundheitlichen Probleme vorzuherrschen schien.

»Dad, du hast doch nicht allen Ernstes vor, zu einer Kommissionssitzung zu gehen.«

»Du kannst du aber Gift darauf nehmen.«

»Du bist gerade erst entlassen worden. Du bist in keiner guten Verfassung. Der Arzt will dich noch nicht einmal Auto fahren lassen.«

»Ich kann ein Taxi nehmen, wenn es sein muß. Oder ich lasse mich von Ned abholen.«

»Ich kann dich auch fahren. Darum geht es überhaupt nicht«, sagte sie. »Ich finde wirklich, du solltest dich ein paar Tage schonen.«

»Unsinn! Ich bin weder so alt noch so krank, daß ich nicht mehr darüber entscheiden kann, was ich wann tue. Wenn die Damen mich jetzt bitte entschuldigen möchten, ich gehe nach oben, um mich vor dem Abendessen etwas hinzulegen. Es war mir ein Vergnügen, Miss Millhone. Ich hoffe, Sie werden mich bei unserer nächsten Begegnung anständig bekleidet antreffen. Es gehört nicht zu meinen Gewohnheiten, der Öffentlichkeit im Bademantel gegenüberzutreten.«

Serena faßte ihn am Arm. »Brauchst du Hilfe beim Treppensteigen?«

»Erfreulicherweise nicht«, erwiderte er. Er verließ den Raum in schleppendem Gang, bewegte sich aber dennoch mit beinahe normaler Geschwindigkeit vorwärts. Als er am Keller vorbeiging, streckte er den Arm aus und öffnete die Tür. Der Hund mußte am oberen Treppenabsatz gelauert haben, da er sofort hervorkam und dem Alten nachtrottete, nicht ohne uns einen zufriedenen Blick zuzuwerfen.

Serena drehte sich zu mir und seufzte verzweifelt. »Dieser Mann ist dermaßen stur, daß es mich zum Wahnsinn treibt. Ich hatte nie Kinder, aber Eltern sind garantiert schlimmer. Doch was soll's. Genug davon. Sie sind bestimmt nicht hergekommen, um sich mein Gemecker anzuhören. Sie sagten, Sie hätten eine Frage.«

»Ich bin auf der Suche nach einer Geldsumme, die Lorna besessen haben könnte, als sie starb. Anscheinend hat sie am Freitag jener Woche ein Bankkonto aufgelöst. Soweit ich es überblicke, sind zwanzigtausend Dollar verschwunden. Ich wollte Sie fragen, ob Sie vielleicht in ihrer Behausung Bargeld haben liegen sehen.«

Serena schlug sich erstaunt die Hand auf die Brust. »Sie hatte *soviel* Geld? Das ist ja unglaublich.«

»Sie hatte sogar noch um einiges mehr, aber dieser Betrag ist der einzige, der zu fehlen scheint.«

»Jetzt weiß ich, daß ich in der falschen Branche bin. Warten Sie nur, bis Roger das hört.«

»Sie haben keine Spur davon gesehen, als Sie die Leiche gefunden haben? Es hätte auch ein Bankscheck sein können.«

»Ich nicht. Fragen Sie ihren Vermieter. Ich bin ja nicht einmal hineingegangen.«

»Ist er denn hineingegangen?«

»Na ja, nur eine Minute lang, aber drinnen war er auf jeden Fall.«

»Zu mir hat er gesagt, daß er, sowie er den Geruch wahrnahm, stehenden Fußes in sein Haus zurückgegangen sei und die Polizei verständigt hätte.«

»Das stimmt auch, aber als wir dann auf die Polizei gewartet haben, hat er die Tür aufgemacht und ist hineingegangen.«

»Zu welchem Zweck?«

Serena schüttelte den Kopf. »Das weiß ich nicht. Vermutlich

wollte er sehen, was es war. Ich hatte das völlig vergessen, bis Sie mich jetzt darauf gebracht haben.«

13

Als ich zu meiner Wohnung zurückkam, stand Danielle in einem blassen Lichtkegel auf meiner Türschwelle. Ihre langen Beine unter dem kürzesten pinkfarbenen Minirock aller Zeiten waren nackt. Dazu trug sie schwarze, hochhackige Schuhe, ein schwarzes Muskelshirt und eine Collegejacke mit einem großen schwarzen *F* auf dem Rücken. Ihr Haar war so lang, daß es hinten bis unterhalb der Jacke reichte. Sie lächelte mich an, als sie mich durch den Garten auf sich zukommen sah. »Oh, hey. Ich dachte, Sie wären weg. Ich bin vorbeigekommen, um mir meine zehn Cents abzuholen. Das Finanzamt behauptet, ich wäre mit meiner Einkommensteuervorauszahlung im Rückstand.«

»Ist Ihnen nicht kalt? Es ist ja eisig hier draußen.«

»Sie haben wohl nie im Osten gelebt. Wir haben vermutlich zehn Grad. Und diese Jacke hält so warm wie ein Toaster.«

»Wofür steht das *F*?«

»Was meinen Sie wohl?« sagte sie scherzhaft.

Ich lächelte, während ich die Tür aufmachte und das Licht einschaltete. Sie folgte mir hinein, blieb aber auf der Schwelle stehen, um die Räumlichkeiten zu betrachten. Ihre Augen wirkten riesig, das Grün wurde durch den dunklen Eyeliner noch hervorgehoben, und ihre Wimpern waren dick getuscht. Unter dem ganzen Makeup hatte sie ein glattes Babygesicht: Stupsnase und Schmollmund. Sie stolzierte durch mein Wohnzimmer, wobei sie auf ihren hohen Absätzen wankte, als sie die ganzen Bücherregale betrachtete. Dann nahm sie das gerahmte Foto von Robert Dietz in die Hand. »Der ist ja süß. Wer ist das?«

»Ein Freund.«

Sie zog die Augenbrauen hoch und warf mir einen Blick zu, der vermuten ließ, daß sie wußte, um welche Art Freund es sich handelte. Sie stellte das Bild wieder hin und schob die Hände in ihre

Jackentaschen. Ich hängte meine Jacke über die Lehne eines Regiestuhls. Sie setzte sich auf mein Sofa und fuhr mit der Hand über den Bezugsstoff, als wollte sie seine Qualität prüfen. Heute abend waren ihre Fingernägel lang und perfekt und in einem lebhaften Feuerwehrrot lackiert. Sie schlug ein langes nacktes Bein über das andere und wippte mit dem Fuß, während sie ihre Besichtigung fortsetzte. »Nicht schlecht. Gibt's hier noch mehr so gute Wohnungen?«

»Das ist die einzige. Mein Vermieter ist fünfundachtzig.«

»Ich diskriminiere niemanden. Ich mag alte Typen«, sagte sie. »Vielleicht könnte ich ihm Rabatt geben.«

»Ich werd's ihm ausrichten, falls er interessiert ist. Was wollen Sie hier?«

Sie stand auf und ging in die Küche hinüber, wo sie meine Schränke öffnete und ihren Inhalt studierte. »Mir war langweilig. Ich gehe erst um elf in die Arbeit. Manchmal weiß ich nicht, was ich vorher tun soll. Mr. Dickhead hat schlechte Laune, also gehe ich ihm aus dem Weg.«

»Was hat er denn für Probleme?«

»Ach, wer weiß. Vermutlich führt er sich zum Spaß so auf«, meinte sie. Sie fuhr mit der Hand durch die Luft und tat so seine schlechte Laune ab. Dann zog sie zwei Teebeutel aus ihrer Jackentasche und ließ sie vor sich baumeln. »Möchten Sie Pfefferminztee? Ich habe ein paar Beutel da, wenn Sie das Wasser kochen. Das ist gut für die Verdauung.«

»Ich habe keine Verdauungsprobleme. Außerdem habe ich noch nicht zu Abend gegessen.«

»Ich auch nicht. Manchmal nehme ich nichts weiter zu mir als Tee, wenn Lester mir mein ganzes Geld abgenommen hat. Er will nicht, daß ich dick werde.«

»Ein wahrer Freund«, meinte ich.

Sie zuckte unbeteiligt die Achseln. »Ich kann für mich selbst sorgen. Ich nehme Megavitamine und Ballaststoffe und so was.«

»Wie lecker«, sagte ich. Ich füllte den Kessel mit Wasser und stellte ihn auf den Herd. Dann schaltete ich die Platte ein.

»Lachen Sie ruhig. Ich wette, ich bin gesünder als Sie.«

»Dazu gehört auch nicht viel – bei meiner Ernährung«, gab ich zu. »Apropos – möchten Sie etwas essen? Ich koche nichts, aber ich kann uns eine Pizza bestellen. Ich muß zwar bald weg, Sie können aber gern mit mir essen.«

»Gegen Pizza hätte ich nichts«, sagte sie. »Wenn Sie die vegetarische nehmen, ohne Wurst und Peperoni, ist Pizza nicht einmal schädlich. Probieren Sie doch mal den Pizzaservice hier um die Ecke. Ich bumse manchmal den Besitzer. Er gibt mir einen Mordsrabatt, weil ich ihm den Schwanz lutsche.«

»Ich werd's erwähnen, wenn ich die Bestellung aufgebe«, sagte ich.

»Lassen Sie mich das machen. Wo ist das Telefon?«

Ich wies auf das Telefon auf dem Tisch neben dem Anrufbeantworter. Uns fiel beiden das blinkende Licht auf.

»Sie haben eine Nachricht bekommen«, sagte sie. Automatisch streckte sie die Hand aus und drückte auf die Wiedergabetaste, noch bevor ich dagegen protestieren konnte. Daß sie lauschte, schien mir genauso ungehörig, wie wenn sie meine Post geöffnet hätte. Eine mechanische Computerstimme teilte mir mit, daß ich eine Nachricht auf Band hatte. Piep.

»Oh, hallo, Kinsey. Hier ist Roger. Ich wollte mich nur mal melden und hören, wie es läuft. Sie brauchen jedenfalls nicht zurückzurufen, aber wenn Sie noch weitere Fragen haben, können Sie mich zu Hause erreichen. Bye. Oh, ich schätze, ich sollte Ihnen noch die Nummer geben.« Er sagte seine Privatnummer auf und hängte mit einem Klicken ein.

»Lornas Chef«, sagte sie. »Kennen Sie ihn?«

»Klar. Sie auch?«

Sie rümpfte die Nase. »Ich bin ihm einmal begegnet.« Sie nahm den Hörer ab und wählte eine Nummer, die sie offenbar auswendig wußte. Dann drehte sie sich um und sah mich an, während am anderen Ende das Telefon klingelte. »Ich werde ihnen sagen, sie sollen den Käse weglassen. Das reduziert den Fettgehalt«, murmelte sie.

Ich überließ sie ihren Verhandlungen und machte uns beiden je eine Tasse Tee. An dem Abend, als ich sie kennengelernt hatte, war sie mir mißtrauisch vorgekommen, aber vielleicht war das nur ihre

Arbeitsmaske. Heute abend schien sie ganz locker zu sein, ja schon fast ausgelassen. Ihre Stimmung war vermutlich auf Drogen zurückzuführen, jedoch hatte ihre Ungezwungenheit einen gewissen Charme. Sie besaß eine natürliche Freundlichkeit, die jede ihrer Gesten belebte. Ich hörte ihr zu, wie sie mit enormer Sicherheit verhandelte, die wohl daher rühren mußte, daß sie Typen aus allen Lebensbereichen »bumste«. Sie legte eine Hand über die Sprechmuschel. »Wie ist die Adresse hier? Ich hab's vergessen.«

Ich sagte sie ihr, und sie gab sie durchs Telefon weiter. Ich hätte auch mit ihr zu Rosie's gehen können, aber ich war mir nicht sicher, daß Rosie sie höflich behandeln würde. Seit William nicht mehr da war, fürchtete ich, daß sie zu ihrer gewohnten Menschenfeindlichkeit zurückkehren würde.

Danielle legte den Hörer auf und zog ihre Jacke aus, die sie anschließend ordentlich zusammenfaltete und ans eine Ende des Sofas legte. Dann kam sie mit ihrer überdimensionalen Schultertasche im Arm zur Arbeitsfläche herüber. Irgendwie wirkte sie so anmutig wie ein Fohlen, nichts als Arme, lange Beine und knochige Schultern.

Ich schob ihr einen Becher Tee hin. »Ich möchte Sie etwas fragen.«

»Moment. Lassen Sie mich erst etwas sagen. Ich hoffe, das ist jetzt nicht zu persönlich. Ich möchte Sie auf keinen Fall beleidigen.«

»Sätze, die so anfangen, sind mir zuwider«, sagte ich.

»Mir auch, aber es ist nur zu Ihrem eigenen Besten.«

»Nur zu. Sie werden es mir sowieso sagen.«

Sie zögerte, und der Gesichtsausdruck, den sie aufsetzte, zeugte von übertriebener Zurückhaltung. »Versprechen Sie, daß Sie nicht sauer werden?«

»Sagen Sie's einfach. Ich halte die Spannung nicht aus. Vermutlich habe ich Mundgeruch.«

»Ihr Haarschnitt ist echt kraß.«

»Oh, vielen Dank.«

»Sie brauchen nicht sarkastisch zu werden. Ich kann Ihnen helfen. Ehrlich. Ich wollte mein Examen als Kosmetikerin machen, bevor ich mich mit Lester eingelassen habe...«

»Mr. Dickhead«, ergänzte ich.
»Ja, genau der. Jedenfalls kann ich sagenhaft schneiden. Ich habe Lorna immer die Haare gemacht. Geben Sie mir eine Schere, und ich mache einen Traum aus Ihnen. Ohne Witz.«
»Ich habe nur eine Nagelschere. Vielleicht nach dem Essen.«
»Kommen Sie. Wir haben noch eine Viertelstunde, bevor die Pizza kommt. Und schauen Sie mal.« Sie machte ihre Umhängetasche auf und ließ mich einen Blick hineinwerfen. »Ta-da.« Darin hatte sie eine Bürste, einen kleinen Fön und eine Schere. Sie legte den Fön auf die Arbeitsfläche und klapperte mit der Schere, als wären es Kastagnetten.
»Sie sind extra mit dieser Ausrüstung hierhergekommen?«
»Das habe ich immer dabei. Im Palace mache ich manchmal auf der Damentoilette Haarschnitte.«
Schließlich saß ich mit einem Handtuch um den Hals und über dem Spülbecken naßgemachten Haaren auf einem Küchenstuhl. Danielle plapperte fröhlich vor sich hin, während sie an mir herumschnippelte. Um mich herum begannen sich Haarsträhnen anzusammeln. »Kriegen Sie jetzt bloß keine Angst. Ich weiß, es sieht nach viel aus, aber das liegt bloß daran, daß alles so ungleichmäßig ist. Sie haben tolles Haar, schön und dick und mit einem Ansatz von Wellen. Na ja, vielleicht sollte ich lieber Volumen sagen statt Wellen, aber das ist ja noch besser.«
»Und warum haben Sie das Examen nicht gemacht?«
»Ich habe das Interesse verloren. Außerdem ist die Kohle nicht so besonders. Mein Vater hat immer gesagt, es wäre eine gute Grundlage für den Fall, daß die Wirtschaft zusammenbricht, aber auf den Strich gehen ist besser – meiner Meinung nach. Auch wenn ein Typ nicht die Knete hat, sich die Haare trockenblasen zu lassen, hat er immer noch einen Zwanziger für Blasmusik übrig.«
Im stillen überlegte ich. Ich brauchte eine halbe Sekunde, bis mir klar war, was sie damit meinte. »Was wollen Sie tun, wenn Sie zum Bumsen zu alt sind?«
»Ich mache Kurse für Finanzverwaltung am City College. Geld ist das einzige andere Thema, das mich interessiert.«
»Sie werden es bestimmt weit bringen.«

»Irgendwo muß man anfangen. Und was ist mit Ihnen? Was wollen Sie machen, wenn Sie zu alt zum Bumsen sind?«

»Ich bumse ja nicht mal jetzt. Ich bin so rein wie frisch gefallener Schnee.«

»Tja, kein Wunder, daß Sie schlecht drauf sind. So was Fades«, meinte sie.

Ich lachte.

Wir schwiegen eine Weile, während sie sich auf ihre Arbeit konzentrierte. »Was wollten Sie denn wissen? Sie haben doch gesagt, Sie wollten mich etwas fragen.«

»Vielleicht sollte ich vorher meine Barschaft überprüfen.«

Sie zog mich an den Haaren. »Jetzt seien Sie doch nicht so. Ich wette, Sie sind eine von der Sorte, die herumalbert, um andere Leute auf Distanz zu halten, stimmt's?«

»Ich glaube nicht, daß ich darauf antworten muß.«

Sie lächelte. »Sehen Sie? Ich kann Sie verblüffen. Ich bin viel klüger, als Sie denken. Und jetzt fragen Sie.«

»Ach ja. Hat Lorna erwähnt, daß sie zwanzig Riesen von einem Bankkonto abgehoben hat, bevor sie verreisen wollte?«

»Warum hätte sie denn das tun sollen? Sie ist immer mit irgendeinem Typen verreist. Sie hat nie ihr eigenes Geld ausgegeben, wenn sie irgendwohin gefahren ist.«

»Was für ein Typ?«

»Jeder, der darum gebeten hat«, antwortete sie, immer noch am Schneiden.

»Wissen Sie, wohin sie wollte?«

»Über so was hat sie nicht geredet.«

»Wissen Sie etwas von einem Tagebuch oder einem Terminkalender?«

Danielle berührte mit der Schere ihre Schläfen. »Sie hat das alles hier oben behalten. Sie hat gesagt, sonst würden sich ihre Kunden nicht sicher fühlen. Was ist, wenn die Bullen deine Bude durchsuchen? Sie haben einen Durchsuchungsbefehl, du bist erledigt und alle anderen auch. Hören Sie auf zu zappeln.«

»Entschuldigung. Wohin ist das Geld dann verschwunden? Es sieht so aus, als hätte sie das ganze Konto aufgelöst.«

»Tja, mir hat sie es jedenfalls nicht gegeben. Ich wünschte, sie hätte. Ich hätte auf der Stelle selbst ein Konto eröffnet.« Sie klapperte neben meinem Ohr mit der Schere, und sieben Haare fielen zu Boden. »Das hatte ich nämlich vor«, fügte sie hinzu. Sie legte die Schere auf die Arbeitsfläche und steckte den Haarfön ein. Mit der Bürste hob sie einzelne Haarsträhnen an. Es ist unglaublich beruhigend, wenn einem jemand auf diese Art an den Haaren herumwerkelt.

Ich hob leicht die Stimme, um den Lärm zu übertönen. »Könnte sie Schulden zurückbezahlt oder eine Kaution für jemanden gestellt haben?«

»Zwanzig Riesen Kaution – das wäre ja ein Wahnsinnsverbrechen.«

»Hatte sie bei irgend jemandem Schulden?«

»Lorna hatte keine Schulden. Sie hat sogar ihre Kreditkartenrechnungen bezahlt, bevor Gebühren fällig wurden«, sagte sie. »Ich wette, das Geld ist geklaut worden.«

»Ja, auf die Idee bin ich auch schon gekommen.«

»Muß aber nach ihrem Tod gewesen sein«, fügte sie hinzu. »Sonst hätte Lorna es mit Klauen und Zähnen verteidigt.« Sie schaltete den Fön ab und legte ihn beiseite. Dann trat sie einen Schritt zurück, um ihr Werk zu begutachten. Sie nahm sich noch einen Moment Zeit, um einzelne Strähnen zu kneten und anders zu legen und nickte anschließend zufrieden.

Es klingelte. Der Pizzamann stand vor der Tür. Ich gab Danielle zwanzig Dollar und ließ sie den Handel abwickeln, während ich ins untere Badezimmer schlich und mich im Spiegel betrachtete. Der Unterschied war gravierend. Sämtliche Unregelmäßigkeiten waren verschwunden. Die ganzen stumpfen, abstehenden Partien, die in alle Richtungen zu wachsen schienen, waren jetzt gebändigt und anschmiegsam. Das Haar bauschte sich in perfekten Stufen um mein Gesicht. Es fiel sogar wieder in dieselbe Form, als ich den Kopf schüttelte. Im Spiegel entdeckte ich, daß Danielle hinter mir stand.

»Gefällt's Ihnen?« fragte sie.

»Es sieht toll aus.«

»Hab' Ihnen doch gesagt, daß ich gut bin«, meinte sie lachend.

Wir aßen direkt aus der Schachtel und teilten uns auf die Art eine vegetarische Pizza ohne Käse, die gut schmeckte, ohne mir die ganzen Arterien zu verstopfen. Einmal sagte sie: »Das macht Spaß, oder? Wie Freundinnen.«

»Fehlt Ihnen Lorna?«

»Ja, schon. Sie hat einen aufgebaut. Nach der Arbeit sind wir gemeinsam durch die Innenstadt gezogen, in einen Coffee Shop gegangen und haben zusammen gefrühstückt. Ich weiß noch, wie wir einmal eine Tüte Orangensaft und eine Flasche Sekt gekauft haben. Wir haben uns bei mir vorm Haus in die Wiese gesetzt und bis zum Morgengrauen Sekt-Orange getrunken.«

»Schade, daß ich sie nie kennengelernt habe. Klingt nach einem netten Menschen.«

Um acht Uhr falteten wir den Karton zusammen und stopften ihn in den Mülleimer. Danielle schlüpfte in ihre Jacke, während ich meine holte. Draußen bat sie mich, sie bei sich zu Hause abzusetzen. Ich bog auf dem Cabana links ab und folgte ihren Anweisungen. Sie dirigierte mich eine enge Gasse hinunter, die nicht allzuweit von Neptune's Palace entfernt lag. Ihr »Schuppen«, wie sie ihn nannte, war ein winziger Bretterverschlag in einem Garten. Vermutlich war das Häuschen früher ein Geräteschuppen gewesen. Sie stieg aus dem Wagen und beugte sich von draußen durchs Fenster. »Möchten Sie hereinkommen und sich meine Behausung ansehen?«

»Vielleicht morgen abend«, sagte ich. »Heute habe ich noch zu tun.«

»Kommen Sie vorbei, wenn Sie können. Ich hab's echt nett hergerichtet. Wenn die Geschäfte flau gehen, bin ich meistens um ein Uhr zu Hause... vorausgesetzt, Lester drängt mich nicht, noch mehr anzuschaffen. Danke für das Essen und die Heimfahrt.«

»Danke für den Haarschnitt.«

Ich sah ihr nach, wie sie in die Nacht davonstöckelte und ihre hohen Absätze auf dem kurzen, gepflasterten Weg zu ihrer Eingangstür klapperten, während ihr das dunkle Haar wie ein Schleier über den Rücken fiel. Dann gab ich Gas und fuhr zu den Keplers.

Ich parkte in der Einfahrt und ging den gepflasterten Weg zur Veranda entlang. Außen brannte kein Licht, und der Garten lag in völliger Finsternis. Vorsichtig tastete ich mich die flache Vordertreppe hinauf, die durch das Licht aus den Wohnzimmerfenstern schwach beleuchtet wurde. Janice hatte mir erzählt, daß sie meist um diese Uhrzeit zu Abend äßen. Ich klopfte an die Vordertür und hörte aus Richtung Küche, wie ein Stuhl geräuschvoll zurückgeschoben wurde.

Mace öffnete mir auf mein Klopfen die Tür, wobei sein Leib das Licht, das durch die Tür drang, fast vollständig abschirmte. Es roch nach Thunfischauflauf. In der einen Hand hielt er eine Papierserviette, mit der er sich nun den Mund abwischte. »Oh, Sie sind's. Wir sind gerade beim Abendessen.«

»Ist Janice da?«

»Sie ist schon weg. Sie arbeitet normalerweise jeden Tag von elf bis sieben, aber eines der Mädchen ist krank geworden, und deshalb ist sie heute früher hingegangen. Versuchen Sie's morgen«, sagte er. Er machte bereits Anstalten, mir die Tür vor der Nase zuzuschlagen.

»Haben Sie etwas dagegen, wenn ich mit Ihnen spreche?«

Seine Miene wurde vorübergehend ausdruckslos, eine kleine Gemütsaufwallung, die jeden anderen Gesichtsausdruck überdeckte. »Wie bitte?«

»Ich wollte wissen, ob Sie etwas gegen eine kurze Unterhaltung hätten«, sagte ich.

»Ja, allerdings. Ich habe einen langen, harten Arbeitstag hinter mir, und ich mag es nicht, wenn mir jemand beim Essen zusieht.«

Mir wurde plötzlich ganz heiß, als hielte mir jemand eine Lötlampe in den Nacken. »Vielleicht später«, sagte ich. Ich drehte mich um und stieg die Stufen wieder hinunter. Als sich die Tür hinter mir schloß, murmelte er etwas Obszönes.

Mit quietschenden Reifen fuhr ich rückwärts aus der Einfahrt und schaltete in den ersten Gang. Was für ein Arschloch. Ich konnte den Mann nicht ausstehen. Er war ein Ekel und ein aufgeblasener Wicht, hoffentlich plagten ihn juckende Hämorrhoiden. Ich fuhr ziellos durch die Gegend und versuchte, mich zu beruhigen. Ich hatte keine Ahnung, was ich nun tun sollte. Ich hätte zu Frankie's fahren und dort mit Janice sprechen können, aber mir war klar, daß ich mir einige gehässige Bemerkungen über ihren Ehemann nicht würde verkneifen können.

Statt dessen ging ich ins Caliente Café und hielt Ausschau nach Cheney Phillips. Für einen Mittwochabend war es noch früh, aber CC's war bereits überfüllt. Die Stereoanlage plärrte, und der Zigarettenrauch stand so dicht, daß das Atmen schwerfiel. Für ein Lokal, das keine Happy Hour hatte, keine Zwei-Gerichte-zum-Preis-von-einem-Aktionen und keine Vorspeisen (es sei denn, man hält Chips und Salsa für eine Abart von Canapés) ist CC's von fünf Uhr nachmittags an, wenn es aufmacht, bis zwei Uhr morgens, wenn es schließt, gut besucht. Cheney saß in Sporthemd, ausgebleichten Jeans und halbhohen Stiefeln an der Bar. Vor ihm stand ein Bier, und er unterhielt sich mit dem Mann neben ihm. Als er mich sah, begann er zu grinsen. Herrgott, ich falle wirklich regelmäßig auf gute Zähne herein. »Kinsey! Wie geht's? Du hast dir die Haare schneiden lassen. Sieht gut aus.«

»Danke. Hast du einen Moment Zeit?«

»Aber sicher.« Er nahm sein Bier und ließ sich vom Barhocker gleiten, während er das Lokal nach einem freien Tisch absuchte, an dem wir uns unterhalten konnten. Der Barkeeper kam auf uns zu. »Wir brauchen ein Glas Chardonnay«, sagte Cheney.

Wir entdeckten einen Tisch an der Seitenwand. Eine Weile kotzte ich meine Abneigung gegen Mace Kepler aus. Cheney mochte den Typ auch nicht besonders, und so genoß er meine Ausführungen.

»Ich weiß nicht, was es ist. Er bringt mich einfach auf die Palme.«

»Er haßt Frauen«, sagte Cheney.

Ich sah ihn erstaunt an. »Ist es das? Vielleicht liegt es daran.«

»Und was hat sich sonst getan?«

Ich verbrachte ein paar Minuten damit, ihn über meine Stippvisite in San Francisco, mein Gespräch mit Trinny, ihr Geständnis hinsichtlich des Pornovideos und schließlich das fehlende Geld von dem Bankkonto zu informieren. Dann zeigte ich ihm den Kontoauszug und beobachtete dabei seine Miene. »Was meinst du?«

Er hatte sich mittlerweile hingelümmelt und die Beine ausgestreckt. Er stützte einen Ellbogen auf den Tisch und hielt den Auszug an einer Ecke hoch. Dann richtete er sich auf. Beeindruckt schien er nicht zu sein. »Sie wollte verreisen. Vermutlich hat sie Geld gebraucht.« Er saß da und studierte den Kontoauszug, während er sein Corona schlürfte.

»Danach habe ich Danielle gefragt. Sie sagt, Lorna hätte nie selbst bezahlt. Sie pflegte nur mit Männern zu verreisen, die sie zu allem einluden.«

»Ja, aber es muß trotzdem nicht unbedingt etwas bedeuten«, sagte er.

»Natürlich muß es nicht *unbedingt* etwas bedeuten, aber es könnte doch sein. Das ist der Punkt. Serena sagt, J. D. sei kurz in die Hütte gegangen, als sie auf die Polizei gewartet haben. Stell dir vor, er hat es eingesteckt.«

»Du glaubst, es hat einfach so dagelegen, dieses Riesenbündel Kohle?«

»Tja, es könnte sein«, sagte ich.

»Ja, von mir aus. Aber du weißt doch nicht, ob Lorna nicht in illegale Wetten verwickelt war, sich einen Pelzmantel geleistet oder eine Ladung Drogen gekauft hat.«

»Mhm«, murmelte ich und unterbrach seine Litanei. »Oder vielleicht hat sich auch der erste Polizist am Tatort die Scheine geschnappt.«

»Tolle Idee«, sagte er. Die Vorstellung von einer korrupten Polizei behagte ihm nicht. »Außerdem weißt du doch gar nicht, ob es sich um Bargeld gehandelt hat. Es hätte auch ein Scheck sein können, der auf jemand anders ausgestellt ist. Sie könnte das Geld auch auf ihr Girokonto überwiesen und damit die Rechnung ihrer Visakarte bezahlt haben. Die meisten Leute laufen nicht mit soviel Geld herum.«

»Ich sehe immer noch ein Bündel Scheine vor mir.«

»Tja, dann versuch dir mal was anderes vorzustellen.«

»Serena könnte es genommen haben. Sie hat zwar versucht, J. D. anzuschwärzen, aber im Grunde ist alles, worauf wir uns stützen können, ihre Behauptung, daß sie nicht in die Hütte gegangen ist. Oder vielleicht haben Lornas Eltern das Bündel gefunden und den

Mund gehalten, weil sie dachten, sie würden es für die Beerdigung brauchen. Ich wollte danach fragen, aber Kepler hat mich vergrault.«

Cheney schien das zu amüsieren. »Du gibst einfach nie auf.«

»Ich finde es interessant, das ist alles. Außerdem suche ich verzweifelt nach einem Anhaltspunkt. Mace Kepler ist nicht vorbestraft, oder? Ich würde ihn nur zu gern für irgend etwas drankriegen.«

»Der ist sauber. Wir haben ihn überprüft.«

»Das heißt nicht, daß er nicht schuldig ist. Es heißt nur, daß er bisher noch nicht erwischt worden ist.«

»Laß dich nicht ablenken.« Er schob den Kontoauszug über den Tisch. »Zumindest weißt du, wer Mrs. K. das Pornovideo geschickt hat«, sagte er.

»Das führt aber zu nichts.«

»Rede nicht so deprimiert.«

»Tja, ich hasse diese kümmerlichen Ermittlungen«, sagte ich. »Manchmal ist die Spur so klar. Man nimmt Witterung auf und verfolgt sie. Es kann seine Zeit dauern, aber zumindest weiß man, daß man weiterkommt. Das hier treibt mich zum Wahnsinn.«

Cheney zuckte die Achseln. »Wir haben monatelang ermittelt und sind nicht weitergekommen.«

»Ja, ich weiß. Ich frage mich, wie ich auf die Idee gekommen bin, daß ich den Durchbruch erzielen könnte.«

»Ganz schön egoistisch«, sagte er. »Du arbeitest drei Tage an einem Fall und glaubst, du könntest ihn auf einen Schlag lösen.«

»Mehr war es nicht? Ich habe das Gefühl, als kämpfte ich seit Wochen mit diesem Mist.«

»Es wird sich schon was tun. Der Mörder sitzt die ganze Zeit herum und glaubt, er sei aus dem Schneider. Es wird ihm nicht gefallen, daß du herumschnüffelst.«

»Oder ihr.«

»Stimmt. Bei Mord wollen wir doch nicht sexistisch werden.«

Cheneys Piepser meldete sich. Bis zu diesem Moment war mir nicht einmal bewußt gewesen, daß er einen bei sich hatte. Er sah die Nummer nach und ging zum Telefonieren an den Münzfernsprecher im hinteren Teil der Bar. Als er wiederkam, sagte er, er müsse gehen. Einer seiner Informanten sei verhaftet worden und verlange ihn zu sprechen.

Nachdem er gegangen war, blieb ich noch so lange sitzen, bis ich meinen Wein ausgetrunken hatte. Das Lokal wurde immer voller, und der Geräuschpegel stieg zusammen mit der Giftstoffkonzentration des Zigarettenrauchs. Ich packte meine Jacke und die Umhängetasche und ging zum Parkplatz hinaus. Es war noch nicht einmal Mitternacht, aber sämtliche Parkplätze waren voll, und nach und nach begannen Autos die Straße vor dem Lokal zu säumen.

Der Himmel war bedeckt. Die Lichter der Stadt ließen die Wolkendecke glühen. Auf der anderen Straßenseite, im Vogelschutzgebiet, stieg Bodennebel aus der Süßwasserlagune. Ein leichter Schwefelgeruch schien die Luft zu durchdringen. Grillen und Frösche übertönten den Verkehr auf der weit entfernten Schnellstraße. Ein herannahender Güterzug ließ sein Signal ertönen wie einen kurzen Orgelakkord. Ich spürte, wie die Erde leicht erbebte, als sein Scheinwerfer um die Kurve glitt. Der Mann auf dem Fahrrad fuhr vorüber. Ich drehte mich um und starrte ihm nach. Das anschwellende Tosen des Zuges ließ seine Fahrt so still erscheinen wie eine Pantomime. Ich nahm nur das Tanzen der Lichter wahr, sein Jonglieren, dessen einziges Publikum ich war.

Auf dem seitlich gelegenen Parkplatz entdeckte ich das runde Dach meines VW, den ich in einem Kunstlichtkegel geparkt hatte. Eine glänzende schwarze Limousine mit Überlänge stand quer zu einer Reihe von Autos und blockierte vier Fahrzeuge, darunter meines. Ich spähte auf die Fahrerseite. Lautlos wurde das Fenster heruntergelassen. Ich blieb stehen und zeigte auf meinen Wagen, um zu verdeutlichen, daß ich eingeklemmt war. Der Fahrer berührte seine Mütze, machte aber keinerlei Anstalten, seinen Motor anzulassen. Immer freundlich und zuvorkommend, wartete ich eine halbe Sekunde und sagte dann: »Entschuldigen Sie, wenn ich Sie belästige, aber wenn Sie nur einen Meter vorfahren, könnte ich mich wohl herausmanövrieren. Ich bin der VW da hinten.« Der Blick des Fahrers wandte sich einem Punkt hinter mir zu, und ich drehte mich um, um zu sehen, wohin er blickte.

Die beiden Männer waren aus der Bar herausgekommen und gingen auf uns zu. Ihre Schritte knirschten im Kies, und sie bewegten sich gemächlich. Ich ging zu meinem Auto, da ich vorhatte, es aufzuschließen und mich hineinzusetzen. Sinnlos, hier in der Kälte herumzustehen, dachte ich. Die Kadenz der Schritte wurde schneller, und ich wandte mich um, damit ich sehen konnte, was los war. Die beiden Männer tauchten plötzlich links und rechts von mir auf und kamen ganz nahe. Jeder von ihnen packte einen meiner Arme. »He!« rief ich.

»Bitte verhalten Sie sich ganz ruhig«, murmelte einer von ihnen.

Sie begannen mich auf die Limousine zuzuschleppen, indem sie mich praktisch hochhoben, so daß meine Füße kaum mehr den Boden berührten, während sie mich vorwärtszerrten. Ich fühlte mich wie ein Kind, das von den Eltern über Randsteine und Pfützen gehoben wird. Wenn man noch klein ist, macht das Spaß. Wenn man schon groß ist, macht es einem angst. Die Hintertür der Limousine ging auf. Ich versuchte, meine Absätze im Boden zu vergraben, hatte aber keine Chance.

Bis ich mich wieder gefaßt hatte und bockte, wobei ich »Hilfe!« kreischte, saß ich bereits hinten in der Limousine, und die Tür wurde zugeschlagen.

Innen war alles schwarzes Leder und Walnuß. Ich sah eine kompakte Bar, ein Telefon und einen matten Fernsehbildschirm. Über meinem Kopf kontrollierte eine Reihe Knöpfe alle Details des Wohlbefindens der Passagiere: Lufttemperatur, Fenster, Leselampen und Schiebedach. Die innere Glastrennscheibe zwischen uns und dem Fahrer war hinaufgedreht worden. Da saß ich nun, auf der Rückbank zwischen zwei Kerlen eingequetscht, einem dritten Mann jenseits einer geräumigen, mit einem schwarzen Plüschteppich ausgelegten Fläche gegenüber. Im Interesse meiner persönlichen Sicherheit bemühte ich mich, starr geradeaus zu blicken. Ich wollte nicht dazu in der Lage sein, die beiden Handlanger zu identifizieren. Mein Gegenüber schien es nicht zu kümmern, ob ich ihn ansah oder nicht. Alle drei Männer verströmten Körperwärme und schienen in der Stille aufzugehen, die alles verschluckte, außer den schweren Atemzügen, die in erster Linie von mir stammten.

Die einzigen Lichter, die in der Limousine brannten, waren kleine Seitenleuchten. Das Flutlicht vom Parkplatz wurde von den dunkelgetönten Scheiben etwas gedämpft, doch war die Beleuchtung noch hell genug. Die Atmosphäre im Wagen war angespannt, als herrsche hier drinnen ein anderes Gravitationsfeld als auf dem Rest der Welt. Vielleicht waren es die Mäntel, die mir den Eindruck vermittelten, daß alle im Wagen sich aneinanderdrängten außer mir. Ich spürte, wie mein Herz im Brustkorb pochte und mir der Schweiß seltsam erregend die Seite hinablief. Oft macht Angst mich frech, aber nicht diesmal. Ich war voll des Respekts. Das waren Männer, die nach Regeln vorgingen, die sich von meinen unterschieden. Wer konnte schon wissen, was sie als unhöflich oder beleidigend empfinden würden?

Die Limousine war so lang, daß der Mann mir gegenüber vermutlich zweieinhalb Meter von mir entfernt saß. Er schien in den Sechzigern zu sein, war klein und stämmig und wurde oben langsam kahl. Sein Gesicht war von zahlreichen Muttermalen übersät, und die Haut war von Furchen durchzogen wie eine Federzeichnung. Seine Wangen buchteten sich seitlich wie ein Herz aus, dessen Spitze sein Kinn bildete. Die Augenbrauen waren ein störrisches weißes Gewirr über dunklen, tiefliegenden Augen. Seine Oberlider hingen herab. Die Unterlider versteckten sich in schweren Tränensäcken. Er hatte schmale Lippen und breite Zähne, die ihm etwas schief im Mund standen. Außerdem hatte er große Hände, dicke Handgelenke und trug schweren Goldschmuck. Er roch nach Zigarren und einem würzigen Rasierwasser. Er hatte etwas intensiv Maskulines: barsch, entschlußfreudig und rechthaberisch. In einer Hand hielt er ein kleines Notizbuch, das er aber nicht zu Rate zu ziehen schien. »Ich hoffe, Sie werden uns die unorthodoxe Methode verzeihen, mit der wir diese Begegnung arrangiert haben. Wir wollten Sie nicht erschrecken.« Kein Akzent. Keine regionale Färbung.

Die Jungs zu meinen Seiten saßen so still da wie Schaufensterpuppen.

»Sind Sie sicher, daß Sie die richtige Person haben?«
»Ja.«
»Ich kenne Sie nicht«, sagte ich.

»Ich bin Anwalt aus Los Angeles. Ich vertrete einen Gentleman, der momentan geschäftlich im Ausland ist. Er hat mich gebeten, mich mit Ihnen in Verbindung zu setzen.«

»In welcher Angelegenheit?« Mein Herzschlag ließ langsam nach. Das waren weder Räuber noch Vergewaltiger. Ich glaubte nicht, daß sie mich erschießen und meine Leiche auf den Parkplatz werfen würden. Das Wort M-A-F-I-A formte sich in meinem Hinterkopf, aber ich ließ es nicht zu einem konkreten Gedanken werden. Ich wollte es nicht bestätigt haben, für den Fall, daß ich später aussagen mußte. Diese Jungs waren Profis. Sie töteten fürs Geschäft, nicht zum Vergnügen. Bislang *hatte* ich allerdings keine Geschäfte mit ihnen, und so nahm ich an, daß ich in Sicherheit war.

Der *angebliche* Anwalt sagte: »Sie betreiben Ermittlungen in einem Mordfall, die meinen Klienten interessieren. Die Tote ist Lorna Kepler. Wir wären Ihnen dankbar, wenn Sie uns an den Erkenntnissen, die Sie gewonnen haben, teilhaben lassen würden.«

»Was hat er für ein Interesse daran? Falls ich das fragen darf.«

»Er war eng mit ihr befreundet. Sie war eine schöne Frau. Er möchte nicht, daß irgend etwas zutage tritt, das ihren Ruf besudeln könnte.«

»Ihr Ruf war bereits vor ihrem Tod besudelt«, erklärte ich.

»Sie waren verlobt.«

»Was?«

»Sie wollten am einundzwanzigsten April in Las Vegas heiraten, aber Lorna ist nicht gekommen.«

14

Ich starrte ihn durch die Finsternis im Wagen an. Die Behauptung schien so grotesk, daß sie schon wieder wahr sein konnte. Ich hatte gehört, daß Lorna im Rahmen ihrer Arbeit ein paar betuchte Herren kennengelernt hatte. Vielleicht hatte sie sich in einen davon verliebt, und er sich in sie. Mr. und Mrs. Halsabschneider. »Hat er denn nicht jemanden hierher geschickt, um nach ihr zu suchen, als sie nicht gekommen ist?«

»Er ist ein stolzer Mann. Er nahm an, sie hätte ihre Meinung geändert. Als er natürlich hörte, was ihr zugestoßen war, war das eine bittersüße Neuigkeit«, sagte er.»Und jetzt fragt er sich natürlich, ob er sie hätte schützen können.«

»Darauf werden wir vermutlich nie eine Antwort wissen.«

»Was haben Sie bislang herausgefunden?«

Ich mußte die Achseln zucken. »Ich arbeite erst seit Montag daran und bin noch nicht sehr weit gekommen.«

Er schwieg einen Moment. »Sie haben mit einem Gentleman in San Francisco gesprochen, mit dem wir in geschäftlicher Beziehung standen. Mr. Ayers.«

»Das stimmt.«

»Was hat er Ihnen erzählt?«

Ich schwieg kurz. Ich konnte nicht einschätzen, ob Joe Ayers' Bereitschaft beziehungsweise Weigerung zu kooperieren, bei diesen Herrschaften Mißfallen erregen würde. Vor meinem geistigen Auge sah ich Ayers am Schwanz von seinem Kronleuchter hängen. Aber vielleicht ging die Mafia ja in Wirklichkeit gar nicht so vor. Vielleicht hing ihr heutzutage einfach ein schlechter Ruf an. Hier in Santa Teresa hatten wir nicht viel Erfahrung mit diesen Dingen. Mein Mund war mittlerweile ganz trocken. Ich sorgte mich um meine Verantwortung den Personen gegenüber, mit denen ich gesprochen hatte. »Er war höflich«, sagte ich. »Er hat mir ein paar Namen und Telefonnummern gegeben, aber die hatte ich bereits selbst ermittelt, daher war die Information nicht besonders nützlich.«

»Mit wem haben Sie sonst noch gesprochen?«

Es ist schwer, sich gelassen anzuhören, wenn einem die Stimme bebt. »Mit Angehörigen. Ihrem Chef. Sie hat für die Frau ihres Chefs ab und zu das Haus gehütet. Mit ihr habe ich auch gesprochen.« Ich räusperte mich.

»Das war Mrs. Bonney? Diejenige, die sie gefunden hat?«

»Genau. Außerdem habe ich mit dem Beamten von der Mordkommission gesprochen, der den Fall behandelt hat.«

Schweigen.

»Das war im großen und ganzen alles«, fügte ich lahm hinzu.

Seine Augen wanderten zu seinem Notizbuch hinab. In ihnen

leuchtete es, als er wieder aufsah. Er wußte eindeutig ganz genau, mit wem ich gesprochen hatte, und wollte nun prüfen, wie aufrichtig ich war. Ich tat so, als stünde ich vor Gericht im Zeugenstand. *Seiner* Behauptung nach war er Anwalt. Wenn er Fragen hatte, sollte er sie stellen, und ich würde sie beantworten. Für den unwahrscheinlichen Fall, daß ich mehr wußte als er, hielt ich es für besser, nicht freiwillig Informationen herauszugeben.

»Mit wem noch?«

Ein weiteres Bächlein Schweiß rann mir die Seite hinab. »Das sind alle, die mir momentan einfallen«, sagte ich. Es kam mir sehr warm vor im Wagen. Ich fragte mich, ob sie die Heizung anhatten.

»Was ist mit Miss Rivers?«

Ich sah ihn ausdruckslos an. »Ich kenne niemanden dieses Namens.«

»Danielle Rivers.«

»Oooh, ja. Natürlich. Ich habe mit ihr gesprochen. Haben Sie etwas mit diesem Mann auf dem Fahrrad zu tun?«

Das überhörte er und sagte dann: »Sie haben zweimal mit ihr gesprochen. Zuletzt heute abend.«

»Ich war ihr noch Geld schuldig. Sie ist vorbeigekommen, um es abzuholen. Bei der Gelegenheit hat sie mir die Haare geschnitten, und wir haben uns eine vegetarische Pizza bestellt. Es war nichts Großartiges. Ehrlich.«

Sein Blick war kalt. »Was hat sie Ihnen erzählt?«

»Nichts. Wissen Sie, sie hat gesagt, daß Lorna ihre Mentorin war und mir von Lornas Finanzstrategien berichtet. Außerdem hat sie ihren persönlichen Manager erwähnt, einen gewissen Lester Dudley. Kennen Sie ihn?«

»Ich glaube nicht, daß Mr. Dudley für unser Gespräch von Belang ist«, sagte er. »Was für eine Theorie haben Sie über den Mord?«

»Ich habe noch keine.«

»Sie wissen nicht, wer sie umgebracht hat?«

Ich schüttelte den Kopf.

»Mein Klient hegt die Hoffnung, daß Sie ihm den Namen nennen werden, wenn Sie ihn in Erfahrung bringen.«

Aber sicher, dachte ich. »Warum?« Ich versuchte, nicht impertinent zu klingen, aber das war schwierig. Vermutlich wäre es klüger, diese Typen nicht auszufragen, aber ich war neugierig.
»Er würde es als Gefälligkeit betrachten.«
»Ah, eine Gefälligkeit. Ich verstehe. Ganz unter uns Fachleuten.«
»Er könnte Sie für Ihre Mühe entschädigen.«
»Das ist sehr freundlich, aber ... mmm, ich möchte nicht unhöflich wirken, aber ich will eigentlich gar nichts von ihm. Jedenfalls nichts, was mir im Moment einfiele. Sagen Sie ihm, ich danke ihm für das Angebot.«
Totenstille.
Er griff in seine innere Brusttasche. Ich zuckte zusammen, aber er holte lediglich einen Kugelschreiber hervor und ließ mit einem Knopfdruck die Mine hervorschnellen. Dann kritzelte er etwas auf eine Visitenkarte und hielt sie mir hin. »Ich bin zu jeder Tages- und Nachtzeit unter dieser Nummer zu erreichen.«
Der Typ zu meiner Rechten beugte sich vor, nahm die Karte entgegen und reichte sie mir. Kein Name. Keine Adresse. Nur die handschriftliche Telefonnummer. Der Anwalt fuhr in freundlichem Tonfall fort. »In der Zwischenzeit würden wir es vorziehen, wenn Sie diese Unterredung vertraulich behandeln würden.«
»Natürlich.«
»Ohne Ausnahmen.«
»Okay.«
»Mr. Phillips eingeschlossen.«
Cheney Phillips, verdeckter Ermittler des Sittendezernats. »Verstanden«, sagte ich.
Ich spürte einen kühlen Luftzug auf dem Gesicht und merkte, daß die Wagentür sich geöffnet hatte. Der Typ zu meiner Rechten stieg aus und streckte mir eine Hand hin. Ich nahm die Hilfestellung an. Es ist schwer, über eine Sitzbank zu rutschen, wenn einen der Schweiß in den Kniekehlen am Polster kleben läßt. Ich hoffte, daß ich nicht in die Hose gemacht hatte. In dieser Situation war ich mir nicht einmal sicher, daß meine Beine funktionieren würden. Ich stieg etwas ungelenk aus, mit dem Po voran, wie eine Steißgeburt. Um mich abzustützen, hielt ich mich am Wagen neben meinem fest.

Der Typ stieg wieder in die Limousine. Die Hintertür schloß sich mit einem Klicken, und der Wagen rauschte davon, nachdem er geräuschlos aus dem Parkplatz geglitten war. Ich sah nach dem Nummernschild, aber die Nummer war mit Lehm unlesbar gemacht worden. Nicht, daß ich ermittelt hätte, auf wen der Wagen zugelassen war. Ich wollte gar nicht wissen, wer diese Männer waren.

Der Rücken meines Rollkragenpullovers fühlte sich unter der Jacke kalt und feucht an. Unwillkürlich wurde ich von einem Krampfanfall geschüttelt. Ich brauchte eine heiße Dusche und einen Schluck Brandy, hatte aber weder für das eine noch für das andere Zeit. Ich schloß mein Auto auf und setzte mich hinein, wobei ich gleich von innen den Knopf herunterdrückte, als würde ich verfolgt. Ich spähte auf den Rücksitz, um mich zu vergewissern, daß ich allein war. Noch bevor ich den Wagen anließ, drehte ich die Heizung auf.

In Frankie's Coffee Shop suchte ich mir eine freie Nische, die möglichst weit vom Fenster entfernt war. Ich musterte die anderen Gäste und fragte mich, ob mich einer von ihnen beschattete. Das Lokal war ziemlich voll: ältere Paare, die vermutlich seit Jahren hier verkehrten, und Jugendliche, die einen Ort brauchten, wo sie herumhängen konnten. Janice hatte mich entdeckt, sowie ich das Lokal betreten hatte und kam mit einer Kaffeekanne an meinen Tisch. Vor mir stand ein Gedeck: Serviette, Besteck und eine umgedrehte, dicke, weiße Keramiktasse auf einem dazu passenden Unterteller. Ich drehte die Tasse um, und Janice füllte sie. Ich ließ sie stehen, damit sie nicht sah, wie stark mir die Hände zitterten.

»Sie sehen aus, als könnten Sie das vertragen«, meinte sie. »Sie sind weiß wie die Wand.«

»Können wir uns unterhalten?«

Sie sah sich um. »Sowie die Leute an Tisch fünf gehen«, sagte sie. »Ich lasse Ihnen das hier.« Sie stellte die Kanne auf den Tisch und ging zu ihrer Arbeit zurück. Unterwegs holte sie an der Durchreiche zur Küche ein Essen ab.

Als sie zurückkam, brachte sie eine überdimensionale Zimtschnecke und zwei Klötzchen Butter in Silberpapier mit. »Ich habe Ihnen einen Happen zu essen mitgebracht. Sie sehen aus, als könnten Sie einen kleinen Schuß Zucker zu Ihrem Koffein gebrauchen.«

»Danke. Sieht gut aus.«

Sie nahm mir gegenüber Platz und paßte dabei auf, ob neue Gäste hereinkamen.

Ich packte beide Klötzchen aus, brach einen Streifen des heißen Gebäcks ab, butterte und verspeiste ihn und hätte dabei beinahe laut gestöhnt. Der Teig war weich und feucht, und zwischen den Schlingen tropfte die Glasur herunter. Nichts weckt den Appetit auf solche Magentröster besser als Angst. »Phantastisch. Ich könnte süchtig werden. Paßt es Ihnen jetzt nicht?«

»Momentan schon, aber vielleicht muß ich zwischendurch weg. Ist mit Ihnen alles in Ordnung? Sie scheinen ganz außer sich zu sein.«

»Mir geht's gut. Ich muß Sie ein paar Dinge fragen.« Ich hielt inne, um mir die Butter von den Fingern zu lecken. Anschließend wischte ich sie an einer Papierserviette ab. »Wußten Sie, daß Lorna an dem Wochenende, als sie starb, in Las Vegas hätte heiraten sollen?«

Janice sah mich an, als hätte ich begonnen, in einer fremden Sprache zu sprechen, und sie wartete nun darauf, daß unten auf der Leinwand die Untertitel erschienen. »Wo in aller Welt haben Sie denn das gehört?«

»Glauben Sie, daß etwas dran ist?«

»Bis zu dieser Sekunde hätte ich gesagt, ausgeschlossen. Jetzt, wo Sie es erwähnen, bin ich mir nicht mehr so sicher. Möglich wäre es schon«, meinte sie. »Es könnte ihr Verhalten erklären, das ich damals überhaupt nicht nachvollziehen konnte. Sie wirkte aufgeregt. Wirklich, als wollte sie mir etwas erzählen, hätte sich aber beherrscht. Sie wissen ja, wie Kinder sind... Na ja, vielleicht wissen Sie es auch nicht. Wenn Kinder ein Geheimnis haben, können sie es kaum für sich behalten. Sie brennen dermaßen darauf, es zu erzählen, daß sie es gar nicht aushalten, und deshalb plaudern sie es meistens von selbst aus. Genauso verhielt sie sich. Damals habe ich mir das nicht bewußt gemacht. Ich habe es gemerkt, weil es mir sofort in den Sinn kam, als Sie das erwähnt haben, aber damals habe ich sie nicht bedrängt. Wen wollte sie denn heiraten? Soweit ich weiß, hatte sie nicht einmal einen festen Freund.«

»Ich weiß nicht, wie der Mann heißt. Ich vermute, er war aus Los Angeles.«

»Aber wer hat es Ihnen gesagt? Woher wissen Sie von ihm?«

»Sein Anwalt hat sich vor kurzem mit mir in Verbindung gesetzt. Im Prinzip hätte es auch der Mann selbst sein können, und er hat mich an der Nase herumgeführt. Schwer zu sagen.«

»Warum haben wir nicht schon früher von ihm gehört? Sie ist seit zehn Monaten tot, und ich höre heute zum ersten Mal davon.«

»Vielleicht haben wir endlich angefangen, im richtigen Sumpf zu fischen«, sagte ich.

»Möchten Sie, daß ich meine Töchter frage, ob sie ihnen irgend etwas erzählt hat?«

»Ich weiß nicht, ob es von Belang ist. Ich habe keinen Grund zu der Annahme, daß die Geschichte fingiert ist. Man müßte nur ein paar Einzelheiten klären.«

»Was noch? Sie sagten, Sie wollten Verschiedenes fragen.«

»Am zwanzigsten April – dem Tag vor ihrem Tod – hat sie ein Sparkonto aufgelöst, das sie unten in Simi Valley besaß. Es hat den Anschein, als hätte sie ungefähr zwanzigtausend Dollar abgehoben, entweder in bar oder als Scheck. Es wäre auch möglich, daß sie das Geld auf ein anderes Konto eingezahlt hat, aber ich kann keine dahingehenden Unterlagen finden. Sagt Ihnen das irgend etwas?«

Sie schüttelte langsam den Kopf. »Nein. Überhaupt nichts. Weder Mace noch ich sind auf irgendwelche nennenswerten Geldbeträge gestoßen. Ich hätte es angegeben, da ich es für ein Beweismittel gehalten hätte. Außerdem – wenn es Lornas Geld war, würde es zu ihrem Nachlaß gehören, und wir müßten es versteuern. Ich betrüge den Staat nicht, nicht um einen Cent. Das habe ich auch ihr beigebracht. Mit dem Finanzamt treibt man keine Faxen.«

»Könnte sie es versteckt haben?« fragte ich.

»Warum sollte sie das tun?«

»Ich habe keine Ahnung. Vielleicht hat sie das Sparkonto aufgelöst und dann das Geld irgendwo verstaut, bis sie es brauchte.«

»Glauben Sie, daß es jemand gestohlen hat?«

»Ich weiß nicht einmal, ob das Geld überhaupt vorhanden war. Es sieht danach aus, aber ich bin nicht sicher. Möglich ist auch, daß es ihr Vermieter genommen hat. Auf jeden Fall ist es eine Angelegenheit, die ich klären muß.«

»Also, ich habe es jedenfalls nicht gesehen.«

»War sie sicherheitsbewußt? Ich habe nicht viele Schlösser und Riegel an ihrer Hütte gesehen.«

»Ach, da war sie furchtbar. Die Hälfte der Zeit ließ sie die Tür halb offen stehen. Ich habe sogar oft gedacht, daß jemand hätte hineingehen können, wenn sie beim Joggen war, und deshalb fanden sich auch keinerlei Anzeichen für ein gewaltsames Eindringen. Die Polizisten waren der gleichen Ansicht, weil sie mich das mehrmals gefragt haben.«

»Hat sie jemals einen Safe im Haus erwähnt?«

Ihre Stimme klang skeptisch. »Oh, ich glaube nicht, daß sie einen Safe hatte. Das sieht ihr überhaupt nicht ähnlich. In dieser windigen, kleinen Hütte? Das wäre doch sinnlos. Sie glaubte an Banken. Überall hatte sie Konten.«

»Was war mit ihrem Schmuck? Wo hat sie den aufbewahrt? Hatte sie einen Banksafe?«

»Nichts dergleichen. Sie hatte eine einfache, alte Schmuckschatulle, die sie in ihrer Kommode aufbewahrte, aber wir haben nichts Teures gefunden. Nur Modeschmuck.«

»Aber sie muß ein paar schöne Stücke besessen haben, wenn sie schon die Mühe und die Kosten auf sich genommen hat, sie zu versichern. Sie hat ihren Schmuck sogar im Testament extra erwähnt.«

»Ich kann Ihnen gerne zeigen, was wir gefunden haben, dann können Sie es selbst sehen«, sagte Janice.

»Wie steht es mit diesen Sicherheitsvorrichtungen für zu Hause, in denen die Leute ihre Wertsachen verwahren – Sie wissen schon, falsche Steine oder Pepsidosen oder falsche Salatköpfe im Gemüsefach? Hatte sie so etwas?«

»Das bezweifle ich. Die Polizei hat meines Wissens im Haus nichts dergleichen gefunden. Ob draußen etwas war, weiß ich nicht. Sie haben jedenfalls den Garten um die Hütte herum abgesucht. Wenn sie so etwas besaß, hätten sie es doch gefunden, oder?«

»Da haben Sie wahrscheinlich recht, aber vielleicht gehe ich morgen noch einmal vorbei und sehe mich um. Sieht zwar nach Zeitverschwendung aus, aber ich mag keine offenen Fragen. Außerdem fällt mir ohnehin nichts Besseres ein.«

Ich ging nach Hause und ins Bett und sank in einen unruhigen Schlaf, da mich das Bewußtsein plagte, daß ich noch etwas zu erledigen hatte. Während mein Körper auf die völlige Erschöpfung zuwankte, feuerten meine Gehirnsynapsen aufs Geratewohl los. Ideen stiegen wie Raketen empor und explodierten mitten in der Luft, ein Feuerwerk an Eindrücken. Durch eine merkwürdige Verwandlung wurde ich in die düsteren Nachtstunden gezogen, die Lorna Keplers Leben bestimmt hatten. Die nächtlichen Gefilde und die Dunkelheit wirkten auf mich exotisch und vertraut zugleich, und ich spürte, wie ich empfänglich für ihre Angebote wurde. In der Zwischenzeit arbeitete mein System jenseits der Belastungsgrenze, und ich schloß mich eher kurz, als daß ich schlief.

Um fünf vor halb sechs abends, als ich endlich die Augen aufschlug, fühlte ich mich derart am Bett festgewachsen, daß ich mich kaum rühren konnte. Ich schloß die Augen erneut und fragte mich, ob ich im Schlaf drei Zentner Übergewicht angesetzt hatte. Ich untersuchte meine Gliedmaßen, konnte aber keine Anzeichen für eine plötzliche massive Gewichtszunahme entdecken. Wimmernd rollte ich mich aus dem Bett, riß mich, nachdem ich nur die allernötigsten Verrichtungen hinter mich gebracht hatte, zusammen und verließ das Haus. Beim ersten Schnellimbiß, an dem ich vorbeikam, holte ich mir einen überdimensionalen Behälter heißen Kaffee und nuckelte daran wie ein Baby, wobei ich mir gründlich die Lippen verbrannte.

Gegen sechs, als die normalen Leute von der Arbeit nach Hause gingen, rumpelte ich die schmale, ungepflasterte Gasse hinunter, die zu Lornas Hütte führte. Ich war mit einem stets wachsamen Auge im Rückspiegel gefahren, da ich es für möglich hielt, daß mir die Typen in der Großraumlimousine folgten. Welche Beschattungsmethoden sie auch anwandten, sie waren jedenfalls Profis. Seit ich diesen Fall angenommen hatte, war mir nie aufgefallen, daß ich überwacht wurde. Sogar jetzt hätte ich noch geschworen, daß mich niemand beobachtete.

Ich parkte mein Auto mit der Schnauze nach vorn und blieb wie beim ersten Mal kurz sitzen, um den moosigen Geruch der Umgebung einzuatmen. Dann stellte ich meinen leeren Becher auf den Boden und holte die Taschenlampe und einen Schraubenzieher aus dem Handschuhfach. Ich stieg aus dem Auto und hielt kurz inne, um das abendliche Wetter zu taxieren. Schwach nahm ich das an- und abschwellende Rauschen der weit entfernten Schnellstraße wahr, eine dumpfe Brandung vorüberfahrender Autos. Die Luft war weich und kalt, und die Schatten bewegten sich in unberechenbarer Weise, als würden sie vom Wind getrieben. Ich ging auf die Hütte zu, während mein Magen vor Beklommenheit in Aufruhr geriet. Es verblüffte mich, wieviel ich über Lorna erfahren hatte, seit ich ihre Hütte zum ersten Mal gesehen hatte. Ich hatte die Fotos von ihrer Leiche so oft betrachtet, daß ich schon fast ein Bild von ihr vor Augen hatte, wie sie da gelegen hatte, als sie gefunden wurde: aufgeweicht, zersetzt, wieder in ihre Grundsubstanzen zerfallend. Wenn es auf dieser Welt Gespenster gab, war sie sicher eines von ihnen.

Die Nacht war diesig, und ich konnte vom Meer her das periodische Klagen eines Nebelhorns hören. Die nächtliche Brise wirkte gesättigt, voll vom Duft der Vegetation. Ich durchbrach die Dunkelheit mit dem Lichtstrahl meiner Taschenlampe. Der Garten, den Leda angelegt hatte, war wirr und überwuchert, und versprengte Tomatenranken bahnten sich ihren Weg zwischen abgestorbenen, papierenen Maisstengeln. Ein paar Zwiebelableger hatten die letzte Ernte überlebt. Wenn erst einmal der Frühling kam, würde sich der Garten, sogar wenn er sich selbst überlassen blieb, wieder erholen.

Ich stand im Vorgarten und studierte die Hütte, indem ich außen um sie herumging. Ich konnte nichts Nennenswertes entdecken: Erde, totes Laub, Flecken vertrockneten Grases. Dann stieg ich die Stufen zur Veranda hoch. Die Tür war immer noch ausgehängt. Ich klopfte sie ab, um festzustellen, ob sie hohl war, aber sie gab nicht nach, sondern erwies sich als kräftig und massiv. Ich schaltete die

Deckenlampe ein. Das düstere Licht der Vierzigwattbirne tauchte die Konturen des Raumes in fahles Gelb. Langsam und gründlich musterte ich alles. Wo würde ich zwanzigtausend Dollar in bar verstecken? Ich fing am Eingang an und arbeitete mich nach rechts vor. Die Hütte war miserabel isoliert, und es schien nicht viele Ecken und Winkel zu geben. Ich klopfte und bohrte und steckte meinen Schraubenzieher in jeden Spalt und jede Ritze. Ich kam mir vor wie ein Zahnarzt auf der Suche nach Löchern.

Die Küche schien die meisten Möglichkeiten für Verstecke zu bieten. Ich zog Schubladen heraus, maß die Tiefe von Schränkchen ab und suchte nach Abweichungen, die auf ein Geheimfach schließen ließen. Ich kroch auf dem Fußboden entlang und machte mich schmutzig. Bestimmt hätten die Polizisten das auch getan... wenn sie gewußt hätten, wonach sie suchen mußten.

Als nächstes versuchte ich mein Glück im Badezimmer, wo ich mit meiner Taschenlampe hinter und in den Spülkasten der Toilette sah und nach losen Fliesen suchte. Ich nahm das Medizinschränkchen von der Wand und äugte in die Verschalung dahinter. Dann durchsuchte ich die Nische, wo ihr Bett gestanden hatte, und prüfte die metallene Bodenplatte im Wohnzimmer, auf der der Holzofen angebracht gewesen war. Nichts. Was auch immer Lorna mit ihrem Geld zu tun pflegte, sie bewahrte es jedenfalls nicht zu Hause auf. Wenn sie Schmuck oder große Geldsummen besessen hatte, so hatte sie diese nicht in einem Versteck untergebracht. Nein, ich muß mich korrigieren. Was auch immer sie mit ihren Wertsachen gemacht hatte, ich wußte jedenfalls nicht, wo sie waren. Vielleicht war mir schon jemand zuvorgekommen, oder vielleicht hatte sie, wie Cheney angedeutet hatte, das Geld anderweitig ausgegeben. Ich beendete meine Suche mit einer zweiten gründlichen Musterung und war unzufrieden.

Zufällig fiel mein Blick auf den Klingelkasten. Das Gehäuse war abgezogen worden, und ich beugte mich vor, um mit meinem Schraubenzieher das Innere zu untersuchen. Einen Moment lang hoffte ich, daß ein Geheimfach aufspringen und ein Bündel Geldscheine hervorquellen würde. Als unverbesserliche Optimistin hoffe ich immer auf solche Glücksfälle. Jedoch passierte natürlich überhaupt nichts, und ich fand lediglich das Ende eines Kabels. Ich hatte den Mechanismus einer Türklingel noch nie richtig gesehen, aber dieses Kabel kam mir merkwürdig vor. Ich stand einen Augenblick lang da und starrte es an, dann beugte ich mich näher heran und blinzelte. Was *war* das?

Ich ging hinaus und die knarrenden Stufen hinunter. Die vordere Veranda stand auf Betonpfeilern in knapp einem Meter Höhe, und der Zwischenraum verringerte sich hinten, wo der Boden anstieg. Die Absicht war vermutlich gewesen, Feuchtigkeit von den Bodenbrettern fernzuhalten. Das Ergebnis war ein mit Schlacke bestreuter, niedriger Zwischenraum, den man mit Holzlatten verkleidet hatte. Ich kniete mich neben die Latten und schob die Finger durch die Löcher. Dann zog ich so heftig daran, daß ein kleiner Teil herausbrach und mir erlaubte, unter die Hütte zu sehen. Es war stockfinster. Ich taxierte die Fläche im Strahl meiner Taschenlampe und kam so in den Genuß zahlreicher Weberknechte, die auf mich zuhüpften, um mich abzuschrecken.

Auf der Erde lag ein flaches Stück Sperrholz, auf dem ein paar Gartengeräte lagen. Ich stand wieder auf und versuchte, die Lage des Klingelkastens zu erfassen. Dann veränderte ich meine Position entsprechend und leuchtete mit der Taschenlampe die Balken entlang. Ich konnte erkennen, wo das grüne Kabel durch den Fußboden kam. Es war in großen Abständen an die Balken geklammert worden und lief auf die Ecke der Veranda zu. Ich würde mich darunterquetschen müssen – kein angenehmer Gedanke angesichts der ganzen Spinnen, die im Dunkeln lauerten.

Zögernd ließ ich mich auf Hände und Fußballen nieder und kroch in den Zwischenraum. Die Spinnenjungen beäugten mich erschrocken, und viele von ihnen flohen in Spinnenpanik. Später würden sie verängstigt über die Unberechenbarkeit von Menschen diskutieren. »Iih. Diese ganzen Finger«, würden sie sagen. »Und diese riesigen, gräßlichen Füße. Sie kommen einem immer so vor, als stünden sie kurz davor, einen zu zerquetschen.« Und die Spinnenmütter würden sie trösten. »Die meisten Menschen sind völlig harmlos, und sie haben genausoviel Angst vor uns wie wir vor ihnen«, würden sie sagen.

Ich reckte den Kopf vor und ließ den Strahl meiner Taschenlampe über die Unterseite der Veranda gleiten. Genau auf Augenhöhe war ein lederbezogener Kasten am Holz befestigt. Mit dem flachen Ende meines Schraubenziehers löste ich die Klammern. Der Kasten war staubig und an den Stellen, wo das Leder zu verwittern begonnen hatte, fleckig. Ich kroch wieder unter der Veranda hervor, klopfte mir die Hände ab, wischte Kies und Erde von meinen Jeans und schaltete die Taschenlampe aus. Dann ging ich in die Hütte zurück, um meinen Fund zu untersuchen. Was ich in der Hand hielt, sah aus wie die Schutzhülle für ein kleines, tragbares Radio oder einen Kassettenrecorder, mit Löchern am einen Ende, in die man Kopfhörer oder ein Mikrophon stecken konnte. Am anderen Ende befand sich eine Aussparung für den Lautstärkeregler. Es mußte eine Abhöranlage sein, die zwar in keiner Weise raffiniert, aber vermutlich funktionstüchtig war. Vor einigen Jahren hatte mir jemand etwas Ähnliches in die Wohnung geschmuggelt, und ich war nur durch Zufall darauf gestoßen. In der Zwischenzeit hatte der durch Stimmen aktivierte Recorder meinen Teil aller Telefongespräche, sämtliche auf meinem Anrufbeantworter eingehenden Nachrichten und alle Gespräche in meiner Wohnung aufgezeichnet.

Irgend jemand hatte Lorna nachspioniert. Freilich war denkbar, daß Lorna die Anlage selbst installiert hatte, aber nur, wenn sie einen Grund dafür hatte, alle ihre Gespräche akustisch zu dokumentieren. Wenn das der Fall gewesen wäre, so hätte sie den Recorder in ihrer Hütte aufgestellt, wo der Empfang gut und die Bänder leichter zu wechseln waren. Etwas wie das hier, das an der Unterseite der Hütte befestigt worden war, würde unweigerlich zahlreiche Nebengeräusche mit aufzeichnen.

Mann o Mann, dachte ich, wen kenne ich denn, der Zugang zu allen Arten von Abhöranlagen hat? Könnte es sich um Miss Leda Selkirk handeln, die Tochter des Privatdetektivs, dem einmal die Lizenz entzogen wurde, weil er bei jemandem eine Wanze installiert hatte? Ich schaltete meine Taschenlampe wieder an und machte in der Hütte das Licht aus. Dann sperrte ich mein Auto auf und fuhr mit dem VW die holprige Gasse entlang und auf die Straße.

Ich parkte vor dem im Halbdunkel liegenden Haus der Burkes.

Als Leda auf mein Klopfen reagierte, stand ich mit dem abgenutzten Lederkästchen da, das vom Ende meines Schraubenziehers baumelte wie die Haut eines seltsamen Tiers. Heute war sie um die Körpermitte nackt. Wir hatten Mitte Februar, und sie trug ein Gewand, das einer Bauchtänzerin Ehre gemacht hätte: sarongartige Wickelhosen mit weiten Beinen aus einem dünnen, geblümten Stoff, die an das Unterteil eines Sommerpyjamas erinnerten. Das Oberteil bestand aus einem ähnlichen Material, nur anders bedruckt, ohne Ärmel und mit einem einzigen Knopf, der direkt zwischen ihren kaum vorhandenen Brüsten schwebte. Ich fragte: »Ist J. D. zu Hause?«

Sie schüttelte den Kopf. »Er ist noch nicht da.«

»Darf ich hereinkommen?« Ich nahm an, daß sie sich dumm stellen und ihre Reaktion irgendwo zwischen Leugnen und Hä? liegen würde.

Sie sah erst mich und dann das lederne Kästchen an und war offenbar unfähig, sich etwas anderes einfallen zu lassen, als »oh« zu sagen.

Sie wich von der Tür zurück, und ich betrat den dunklen Flur und folgte ihr in die nach hinten gelegene Küche. Ein Blick nach rechts brachte Jack zum Vorschein, das Kleinkind mit den klebrigen Fingern, wie er stumpfsinnig auf dem Sofa lag und ein Zeichentrickvideo anschaute. Der Säugling schlief, zur Seite hängend, in einem weich gepolsterten, tragbaren Autokindersitz, während ihm bunte Bilder übers Gesicht huschten.

Die Küche roch immer noch nach den angebratenen Zwiebeln und dem Rinderhack vom Abendessen am Montag, das schon Ewigkeiten zurückzuliegen schien. Einige der Geschirrteile, die sich in der Spüle türmten, waren offenbar auch noch dieselben, obwohl Teller von späteren Mahlzeiten darüber gestapelt worden waren. Sie gehörte vermutlich zu der Sorte, die wartete, bis alles benutzt war, bevor sie sich ans Abspülen machte. »Möchten Sie Kaffee?« fragte sie. Ich konnte eine frische Kanne in der Kaffeemaschine stehen sehen, deren Mechanismus gerade noch die letzten Tropfen ausspuckte.

»Ja, gerne«, sagte ich. Ich setzte mich auf die gepolsterte Bank und suchte den Küchentisch nach klebrigen Stellen ab. Ich fand ein paar saubere Quadratzentimeter und stellte vorsichtig meinen Ellbogen darauf ab.

Sie holte einen Becher heraus und füllte ihn. Dann schenkte sie sich selbst nach, bevor sie die Kanne wieder auf die Wärmeplatte stellte. Im Profil schien ihre Nase zu lang für ihr Gesicht zu sein, aber bei einer bestimmten Beleuchtung war die Wirkung trotzdem attraktiv. Sie hatte einen langen Hals und niedliche Ohren, und das kurzgeschnittene, dunkle Haar schmiegte sich in einzelnen Strähnen um ihr Gesicht. Ihre Augen waren von verschmierter schwarzer Schminke umrandet, und auf den Lippen hatte sie bräunlichen Lip gloss.

Ich stellte das Lederkästchen mitten auf den Tisch.

Sie setzte sich auf die Bank und zog die Füße unter sich. Dann fuhr sie sich mit leicht verlegenem Gesichtsausdruck durchs Haar. »Ich wollte es die ganze Zeit abmontieren, bin aber nie dazu gekommen. So was Bescheuertes.«

»Sie haben eine Abhöranlage installiert?«

»War nichts Großartiges. Bloß ein Mikro und ein Kassettenrecorder.«

»Warum?«

»Ich weiß nicht. Ich hab' mir Sorgen gemacht«, sagte sie. Ihre dunklen Augen wirkten riesig und voller Unschuld.

»Ich höre.«

Die Farbe schoß ihr ins Gesicht. »Ich dachte, J. D. und Lorna hätten vielleicht etwas miteinander, aber ich habe mich getäuscht.« Vor uns auf dem Tisch stand eine Saugflasche mit Babymilch. Leda schraubte den Sauger ab und verwendete den Inhalt als Kaffeesahne. Sie bot mir auch davon an, aber ich verzichtete.

»Wie hat es funktioniert? Wurde es durch Stimmen aktiviert?«

»Ja. Ich weiß, es klingt rückblickend etwas dämlich, aber ich hatte gerade erfahren, daß ich mit dem Baby schwanger war und mußte den ganzen Tag kotzen. Jack war noch nicht einmal aus den Windeln heraus, und ich war gegenüber J. D. am Durchdrehen. Ich wußte ganz genau, daß ich gemein zu ihm war, aber ich konnte es nicht ändern. Ich sah gräßlich aus und fühlte mich noch schlimmer.

Und dann war da Lorna, schlank und elegant. Ich bin ja nicht blöd. Ich bekam heraus, womit sie ihren Lebensunterhalt verdiente, und er auch. J. D. fing an, sich jeden zweiten Tag einen Vorwand dafür auszudenken, nach hinten zu gehen. Ich wußte, wenn ich ihn zur Rede stellte, würde er mir ins Gesicht lachen, und deshalb habe ich mir ein paar Sachen von Daddy geborgt.«

»*Hatten* sie denn eine Affäre?«

Ihr Gesichtsausdruck war voller Selbstironie. »Er hat ihre Toilette repariert. Eine ihrer Fliegentüren hatte sich gelockert, und dann hat er die auch wieder befestigt. Das Äußerste, was er je getan hat, war, über mich zu jammern, und nicht einmal das war schlimm. Sie bekam einen Anfall und hat ihn zur Schnecke gemacht. Sie hat gesagt, er hätte vielleicht Nerven, wo schließlich ich diejenige sei, die die ganzen Qualen und Mühen auf sich nehmen muß. Dann ist sie noch über ihn hergefallen, weil er bei Jack keinen Finger krumm gemacht hat. Danach hat er angefangen zu kochen, was mir eine große Hilfe war. Es belastet mich, daß ich mich nie bei ihr bedankt habe, aber ich sollte ja gar nicht wissen, daß sie sich für mich eingesetzt hatte.«

»Woher haben Sie gewußt, wie man eine Wanze einbaut?«

»Ich habe Daddy dabei zugesehen. Lorna war oft nicht da, daher war es nicht schwer. Die Türklingel hat nicht funktioniert, aber der Klingelkasten war vorhanden. Ich habe einfach ein Loch in den Fußboden gebohrt und bin unter die Hütte gekrochen. Ich mußte lediglich dafür sorgen, daß das Band nahe genug an der Kante der Veranda war, damit ich es ohne Verrenkungen auswechseln konnte. Wir haben die Gartengeräte darunter aufbewahrt. Jedesmal wenn ich Unkraut gejätet habe, habe ich eine Möglichkeit gefunden, das Band abzuhören.«

»Wie viele Bänder haben Sie aufgenommen?«

»Ich habe nur ein Band verwendet, aber das erste Mal war ein Reinfall, weil das Mikro defekt war und nicht einmal die Hälfte aufgenommen hat. Beim zweiten Versuch wurde es schon besser, aber der Klang war verzerrt, und man konnte es nicht gut verstehen. Sie hatte das Radio an. Die ganze Zeit hat sie diesen Jazzsender laufen lassen. Ganz vorne ist dieses kleine Bruchstück mit ihr und

J. D. drauf. Ich mußte es mir dreimal anhören, um sicherzugehen, daß er es war. Dann fönt sie sich die Haare... ungemein spannend. Ich habe ihren Teil von ein paar Anrufen und diese Geschichte, wo sie J. D. anschnauzt. Dann wieder Musik, bloß daß es diesmal Country ist, und dann redet sie mit irgendeinem Mann. Ich glaube, das war noch vom ersten Versuch.«

»Haben Sie das der Polizei erzählt?«

»Es gab nichts zu erzählen. Außerdem war es mir peinlich«, sagte sie. »Ich wollte nicht, daß J. D. erfuhr, daß ich ihm mißtraute, erst recht nicht, als sich herausstellte, daß er unschuldig ist. Ich bin mir wie eine Vollidiotin vorgekommen. Außerdem ist es illegal, warum sollte ich mich da selbst beschuldigen? Ich habe immer noch Angst, daß sie auf die Idee kommen, daß J. D. sie umgebracht hat. Es hat mich zu Tode erschreckt, als Sie bei uns hereingeplatzt sind, aber wenigstens kann ich auf diese Art beweisen, daß die beiden befreundet waren und gut miteinander auskamen.«

Ich starrte sie an. »Wollen Sie damit sagen, daß Sie die Bänder immer noch *haben*?«

»Ja sicher, aber es ist nur eines«, antwortete sie. »Das erste Mal bestand es fast nur aus Rauschen, deshalb habe ich es gelöscht.«

»Darf ich es mir anhören?«

»Sie meinen, jetzt gleich?«

»Wenn es Ihnen nichts ausmacht.«

15

Sie entwirrte ihre Gliedmaßen und erhob sich vom Tisch. Dann ging sie hinaus in den Flur und verschwand aus meinem Blickfeld. Einen Moment später kam sie mit einer leeren Kassettenschachtel und einem kleinen Kassettenrecorder wieder, in dem bereits die Kassette steckte, wie man durch das ovale Fensterchen sehen konnte. »Eigentlich hätte ich das nicht aufzuheben brauchen, aber ich habe mich dadurch sicherer gefühlt. Ehrlich, J. D. kann sie gar nicht umgebracht haben, weil er nicht einmal in der Stadt war. Er ist am Freitag morgen zum Angeln gefahren. Sie ist erst am Samstag ermordet worden, als er meilenweit weg war.«

»Wo waren Sie an diesem Tag?«

»Ich war auch weg. Ich habe beschlossen, ein Stück mit ihm zu fahren. Er hat mich bis Santa Maria mitgenommen und Jack und mich am Freitag bei meiner Schwester abgesetzt. Ich bin eine Woche bei ihr geblieben und dann mit dem Bus nach Hause gefahren.«

»Haben Sie etwas dagegen, mir Namen und Telefonnummer Ihrer Schwester zu geben?«

»Sie glauben mir nicht?«

»Fangen wir nicht damit an, Leda. Sie sind nicht gerade eine Pfadfinderin«, sagte ich.

»Ja, ich weiß, aber das heißt nicht, daß ich jemanden *umbringen* würde.«

»Was ist mit J. D.? Kann er seinen Aufenthaltsort nachweisen?«

»Sie können Nick, den Mann meiner Schwester, fragen. Mit dem ist er nämlich nach Nacimiento gefahren.«

Ich notierte mir Namen und Nummer.

Leda drückte auf die Wiedergabetaste. Nach einem kurzen Rauschen schien der Klang einen geradezu anzuspringen. Die Aufnahme war schlecht und voller Rumpeln und Klappern von den Bewegungen der Personen. Da das Abhörgerät so nahe war, hörte sich das Klopfen an der Tür an wie ein Donnerschlag. Ein Stuhl scharrte, und jemand polterte über den Boden.

»*Oh, hallo. Komm rein. Ich habe den Scheck schon vorbereitet.*«

Die beiden tauschten ein paar unverständliche Bemerkungen aus. Dann schloß sich die Haustür mit dem Geräusch einer gedämpften Explosion.

Polternde Schritte. »*Wie geht's Leda?*«

»*Sie ist irgendwie total fertig mit den Nerven, aber das war sie letztes Mal auch schon. Sie fühlt sich dick und häßlich. Sie ist der festen Überzeugung, daß ich losziehe und sie mit anderen Frauen betrüge, deshalb fängt sie jedesmal zu heulen an, wenn ich aus dem Haus gehe.*«

Ich streckte die Hand aus. »Moment mal. Das ist J. D.s Stimme?«

Sie drückte auf »Pause«, und das Gerät stoppte. »Ja, ich weiß schon. Sie ist schwer zu erkennen. Ich mußte es mir selbst zwei- oder dreimal anhören. Wollen Sie es noch einmal hören?«

»Wenn Sie nichts dagegen haben«, sagte ich. »Ich habe Lornas Stimme nie gehört, aber ich nehme an, Sie können sie ohne weiteres identifizieren.«

»Ja, sicher«, sagte Leda. Sie drückte auf die Rückspultaste. Als das Band stehenblieb, schaltete sie auf Wiedergabe, und wir lauschten erneut dem Anfang. »*Oh, hallo. Komm rein. Ich habe den Scheck schon vorbereitet.*«

Wieder die erstickten Bemerkungen der beiden und das Schließen der Haustür wie ein Überschallknall.

Polternde Schritte. »*Wie geht's Leda?*«

»*Sie ist irgendwie total fertig mit den Nerven, aber das war sie letztes Mal auch schon. Sie fühlt sich dick und häßlich. Sie ist der festen Überzeugung, daß ich losziehe und sie mit anderen Frauen betrüge, deshalb fängt sie jedesmal zu heulen an, wenn ich aus dem Haus gehe.*«

Lorna sagte: »*Was hat sie denn für Probleme? Sie sieht doch süß aus.*«

»*Ja, das finde ich auch, aber sie hat eine Freundin, der das passiert ist.*«

Schritte rumpelten über den Boden, und ein Stuhl scharrte, was sich anhörte wie das Gebrüll eines Löwen im Dschungel.

»*Sie hat bei Jack nur fünfzehn Pfund zugenommen. Wie kann sie sich da dick vorkommen? Man sieht es nicht einmal. Meine Mutter hat bei mir sechsundvierzig Pfund zugelegt. Das ist echt scheußlich. Ich habe Fotos gesehen. Der Bauch hängt bis hier runter. Die Titten haben wie Fußbälle ausgesehen und die Beine wie Stöckchen.*«

Lachen. Gemurmel. Rauschen.

»*Ja, ehrlich, es ist einfach nicht real, und deshalb kann man es ihr auch nicht ausreden. Du weißt ja, wie sie ist . . .* [murmel, murmel]. . .*unsicher.*«

»*Das hast du davon, daß du dich mit jemandem eingelassen hast, der nur halb so alt ist wie du.*«

»*Sie ist einundzwanzig!*«

»*Geschieht dir recht. Sie ist ein Baby. Hör mal, soll ich auf Jack aufpassen, solange ihr beide essen geht?*« Weiteres Gemurmel.

»*xxxxxxx*« Die Antwort fehlte, da sie vom Rauschen verschluckt war.

»*... Problem. Er und ich kommen prima miteinander aus. Dafür kannst du mir auch einen Gefallen tun und die Hütte für mich ausräuchern, wenn ich verreist bin. Die Spinnen nehmen langsam überhand.*«

»*Danke... Quittung in deinen Briefkasten.*« Stühle scharrten. Polternde Schritte durchquerten die Hütte. Erstickte Stimmen. Das Gespräch setzte sich draußen fort und brach dann abrupt ab. Stille. Als die Aufnahme wieder einsetzte, ertönten Countryklänge, über denen das hohe Jaulen eines Haarföns zu hören war. Ein Telefon begann zu klingeln. Der Fön wurde abgestellt. Stampf, stampf, stampf erklangen die Schritte, wie eine Reihe von Schüssen. Das Telefon wurde abgenommen, und Lorna erhob bei der Begrüßung ihre Stimme. Danach beschränkte sich ihr Beitrag zu dem Gespräch weitgehend auf mehrere kurze Antworten... *mhm, klar, sicher, okay, das ist gut*. Das Palace wurde beiläufig erwähnt, was mich überlegen ließ, ob sie mit Danielle sprach. Schwer zu sagen, da andauernd die Countryklänge die Oberhand gewannen. Es folgte ein zweites Gespräch zwischen J.D. und Lorna, das in etwa dem entsprach, was Leda bereits angedeutet hatte. J.D. jammerte, und Lorna machte ihn zur Schnecke, weil er im Haushalt nie mithalf.

Leda drückte ungeduldig auf die Stopptaste. »In dem Stil geht es weiter. Hat mich stocksauer gemacht, wie sie da andauernd hinter meinem Rücken über mich geredet haben. Der Rest ist zum größten Teil Gemurmel, und das meiste kann man überhaupt nicht verstehen.«

»Schade«, sagte ich.

»Na ja, das Gerät war eben ziemlich windig. Ich wollte nichts Großartiges einbauen, weil es zuviel Aufwand gewesen wäre. Die Verstärkung war nur minimal. So bekommt man jede Menge Verzerrungen.«

»Von wann stammen die Aufnahmen? Können Sie das Datum irgendwie festmachen?«

»Eigentlich nicht. Lorna hat mehrmals auf Jack aufgepaßt, aber ich habe es mir nie notiert. Es war kein besonderer Anlaß. Wir sind nur einen Happen essen gegangen. Wenn man ein Kleinkind im Haus hat, ist eine Stunde für sich allein wie das Paradies.«

»Was ist mit dem Monat? Es muß zu Beginn der Schwangerschaft gewesen sein, weil er sagt, daß man Ihnen noch gar nichts ansieht. Und wurde nicht eine Quittung erwähnt? In diesem ersten Gespräch klingt es, als wäre er vorbeigekommen, um die Miete abzuholen.«

»Oh. Vielleicht. Da könnten Sie recht haben. Ich meine, Jeremy kam im September auf die Welt, also muß es ... ich weiß nicht ... irgendwann im April gewesen sein. Sie hat immer am Ersten gezahlt.«

»Wann haben Sie mit dem Aufnehmen angefangen?«

»Ungefähr zu der Zeit, schätze ich. Wie gesagt, das erste Band war ein einziges Rauschen. Das ist das zweite, das ich gemacht habe. Ich glaube, er hat wegen der ganzen Spinnen und Käfer tatsächlich den Kammerjäger kommen lassen. Das hat er sich wahrscheinlich notiert, wenn Sie möchten, daß ich nachsehe.«

»Was ist sonst noch hier drauf?«

»In erster Linie Schrott, wie gesagt. Die Batterien waren mittendrin leer, und danach ist alles, was man hört, noch das Zeug von der ersten Aufnahme, die ich gemacht habe.« Sie nahm die Kassette heraus und steckte sie in die leere Hülle zurück. Dann stand sie vom Tisch auf, als wollte sie den Raum verlassen.

Ich faßte sie wie beiläufig am Arm. »Darf ich das mitnehmen?«

Sie zögerte. »Wozu?«

»Damit ich es mir noch einmal anhören kann.«

Sie verzog das Gesicht. »Nnn, ich weiß nicht. Ich halte das für keine gute Idee. Es ist das einzige, das ich habe.«

»Ich bringe es sobald wie möglich zurück.«

Sie schüttelte den Kopf. »Lieber nicht.«

»Kommen Sie schon, Leda. Was macht Ihnen solches Kopfzerbrechen?«

»Woher soll ich wissen, daß Sie es nicht den Bullen übergeben?«

»Oh, natürlich. Damit sie sich anhören können, wie ein paar

Leute herumstapfen und Konversation treiben? Es enthält kein belastendes Material. Sie reden über das dämliche *Ungeziefer*«, sagte ich. »Außerdem können Sie immer noch behaupten, Sie hätten die Erlaubnis dazu gehabt. Wer könnte Ihnen schon widersprechen?«

Darüber dachte sie eine Weile nach. »Und was haben Sie für ein Interesse daran?«

»Ich bin dafür engagiert worden. Das ist mein Job«, erwiderte ich. »Sehen Sie mal. Nach dem, was Sie gesagt haben, wurde dieses Band in dem Monat aufgezeichnet, in dem Lorna ums Leben kam. Wie können Sie sicher sein, daß es nichts von Belang enthält?«

»Sie bringen es gleich zurück?«

»Ich versprech's.«

Widerstrebend legte sie die Kassette auf den Tisch und schob sie mir herüber. »Aber ich möchte wissen, wo ich anrufen kann, für den Fall, daß ich sie wieder brauche«, sagte sie.

»Sie sind ein Schatz«, sagte ich. Ich zog eine Visitenkarte hervor und notierte meine Privatadresse mit Telefonnummer. »Ich habe Ihnen zwar schon mal eine gegeben, aber hier ist noch mal alles. Ach, und noch etwas.«

In mürrischem Tonfall sagte sie: »Was?«

Immer wenn ich Leute manipuliere, müssen sie anscheinend schrecklich *ungehalten* werden. »Ist J. D. in den letzten Monaten irgendwie zu Geld gekommen?«

»J. D. hat kein Geld. Und wenn, dann hat er es mir nie erzählt. Soll ich ihn fragen, wenn er kommt?«

»Es ist nicht wichtig«, sagte ich. »Aber wenn Sie es ansprechen, müssen Sie ihm womöglich sagen, worüber wir geredet haben, und ich nehme nicht an, daß Sie das möchten.«

Aus ihrem Gesichtsausdruck schloß ich, daß ich mich vielleicht auf ihre Verschwiegenheit verlassen konnte.

Auf dem Weg zurück zu meiner Wohnung hielt ich an einem Supermarkt. Irgendwo hatte ich einen Kassettenrecorder, aber die Batterien waren vermutlich leer. Da ich schon dabei war, kaufte ich mir einen extragroßen Becher Kaffee und ein bösartig aussehendes Fleischsandwich in Zellophan. Dem rosafarbenen Zeug, das an den

Seiten herausragte, war nur schwer anzusehen, von welchem Teil der Kuh die dünnen Fetzen stammen sollten. Ich aß auf der Heimfahrt, da ich zu ausgehungert war, um zu warten. Es war noch nicht ganz acht Uhr, aber vermutlich war es das Mittagessen.

Zu Hause angelangt, machte ich mich ans Werk. Der Kassettenrecorder war genau da, wo ich ihn vermutet hatte, nämlich in der untersten Schreibtischschublade. Ich tauschte die Batterien aus und legte Kopfhörer, Stift und Notizblock bereit. Ich ließ das Band laufen und lauschte mit geschlossenen Augen, während ich mir die Kopfhörer gegen die Ohren preßte. Dann spielte ich es noch einmal ab und machte mir Notizen. Ich schrieb alles nieder, was ich deutlich verstehen konnte und fügte an den Stellen Punkte, Striche und Fragezeichen ein, wo die Worte undeutlich oder gar nicht zu verstehen waren. Es ging langsam voran, aber schließlich gelangte ich an einen Punkt, wo ich soviel zusammengetragen hatte, wie mir möglich war.

Wie Leda erwähnt hatte, hatte am Ende des Bandes, nach sechzig Minuten langweiliger Gespräche, ihr Gerät den Geist aufgegeben und ein Fragment der ersten Aufzeichnung, die sie gemacht hatte, zurückgelassen. Die eine Stimme gehörte Lorna. Die andere war männlich, aber soweit ich es beurteilen konnte, war es nicht J. D. Zwischendurch kam eine Passage mit Countrymusik aus dem Radio. Lorna mußte es abgestellt haben, da die Stille plötzlich entstand und von Rauschen durchsetzt war. Der Mann sprach in schroffem Tonfall und sagte: »He...«

Lorna klang verärgert. »*So was ist mir total zuwider... xxxxxxx. xxxxxxxx...*«

»*Ach, komm schon. Ich mache doch nur Witze. Aber du mußt zugeben, es ist xxxxxxxxxx. Sie geht xxxxx Tag xxxxxxxx rein...*«

»*Verflucht noch mal! Hör bloß auf, davon zu reden. Du bist echt krank...*«

»*Man sollte sich eben nicht xxxxxxx...* [klapper... klirr]...«

Geräusch von Wasser... Quietschen...

»*...xxxxxxx...*«

Bums, bums...

»*Das ist mein Ernst... bis-*«

»xxxxx...«
Lachen... Stühlescharren... Rascheln... Gemurmel...
Der Tonfall hatte etwas Zänkisches an sich; Lornas Stimme klang gereizt. Ich spielte das Band noch zweimal ab und schrieb alles auf, was ich deutlich verstehen konnte, aber das Gesprächsthema erschloß sich mir nicht. Ich nahm die Kopfhörer ab. Dann zwickte ich mich in die Nasenwurzel und rieb mir mit der Hand das Gesicht. Ich fragte mich, ob die Experten im gerichtsmedizinischen Labor eine Methode zur Verfügung hatten, eine solche Bandaufnahme zu verstärken. In meiner Eigenschaft als Privatdetektivin war ich nicht gerade mit High-Tech-Geräten ausgestattet. Eine tragbare Schreibmaschine war das Modernste, was ich vorweisen konnte. Das Problem war nur, daß mir nicht klar war, wie ich die Polizei ohne jegliche Erklärung um Unterstützung bitten konnte. Trotz meiner Versicherungen Leda gegenüber hatte sie sich der Unterschlagung zwar nicht von Beweismaterial, aber doch von Informationen schuldig gemacht, die für die polizeilichen Ermittlungen von Belang hätten sein können. Die Bullen können ziemlich sauer werden, wenn man am wenigsten damit rechnet, und ich wollte nicht, daß sie sich für etwas zu interessieren begannen, das mir überhaupt nicht gehörte.

Wen kannte ich noch? Ich versuchte es mit den gelben Seiten unter »Audio«. Die verzeichneten Firmen warben für Laserheimkinos, Riesen-Fernsehbildschirme, Maßanfertigungen, die Installation von Stereoanlagen und Filmuntertitelung. Danach folgten Anzeigen für Hörgeräte, Hörtests und Sprachtherapeuten. Dann versuchte ich es unter »Ton«, wo ich überwiegend auf Designer drahtloser Großsprechanlagen sowie privat und kommerziell nutzbarer Tonausrüstungen stieß. Oh.

Ich sah auf die Uhr: Viertel nach neun. Ich schlug im Telefonbuch unter K-SPL nach und rief Hector Moreno vom Lokalsender an. Es war vermutlich noch zu früh, um ihn zu erreichen, aber ich konnte wenigstens eine Nachricht hinterlassen. Nach dreimaligem Klingeln nahm jemand ab. »K-SPELL. Hector Moreno am Apparat.«

»Hector? Ich hätte nicht gedacht, daß Sie schon da sind. Hier ist Kinsey Millhone. Sind Sie nicht unheimlich früh dran?«

»Ah, hallo. Wie geht's? Ich tausche ab und zu die Schicht. Hilft gegen Langeweile. Und was ist mit Ihnen? Was treiben Sie?«

»Ich habe eine Bandaufzeichnung von äußerst schlechter Tonqualität. Verfügen Sie über irgendeine Möglichkeit, sie aufzubessern?«

»Das kommt darauf an, was Sie da haben. Ich könnte es versuchen«, meinte er. »Möchten Sie das Band vorbeibringen? Ich kann die Tür offenlassen.«

»Ich bin gleich da.«

Unterwegs hielt ich kurz bei Rosie's, erzählte ihr von Beauty und bat um ein paar Hundeknochen. Sie hatte früher am Abend ein Kilo Kalbshaxe für Fleischbrühe ausgekocht. Ich mußte mich durch den Abfall wühlen, um sie zu finden. Dann wickelte sie mir zwei Knochen mit den üblichen Ermahnungen ein. »Du solltest dir einen Hund anschaffen«, empfahl sie.

»Ich bin doch nie zu Hause«, entgegnete ich. Sie nervt mich andauernd damit. Keine Ahnung warum. In meinen Augen will sie nur Ärger machen.

»Ein Hund ist eine nette Gesellschaft, und außerdem beschützt er einen.«

»Ich werd's mir überlegen«, sagte ich, als die Küchentür zuklappte.

»Und wenn du schon dabei bist, besorg dir gleich noch einen Liebhaber.«

Hector hatte die Tür zum Rundfunkstudio offenstehen und das Licht in der Eingangshalle brennen lassen. Ich stieg mit meinem Päckchen Knochen ins Dämmerlicht der Treppe hinunter. Beauty erwartete mich bereits, als ich unten ankam. Sie war so groß wie ein kleiner Bär, und aus ihren dunklen Augen leuchtete die Intelligenz. Ihr Pelz war rotgolden und das Unterhaar flaumig und weich. Als sie mich sah, schien ihr Fell Wellen zu schlagen, und sie ließ ein leises, summendes Knurren ertönen. Ich sah, wie sie den Kopf hob, als sie meinen Geruch wahrnahm. Ohne Vorwarnung warf sie die Lippen auf und begann zu jaulen, ein hohes, klagendes Geräusch, das Minuten anzuhalten schien. Ich regte mich nicht, spürte aber, wie sich mir als Reaktion auf ihr Winseln ebenfalls die Haare aufstellten. Mit der Hand auf dem Treppengeländer stand ich wie angewurzelt auf der untersten Stufe. Irgend etwas Archaisches in ihrem Gesang jagte mir eisige Schauer über den Rücken. Ich hörte, wie Hector sie rief, und gleich anschließend vernahm ich das schnelle Klopfen seiner Krücken, als er sich den Flur entlang bewegte.

»Beauty!« fauchte er.

Zuerst gehorchte sie nicht. Er rief sie noch einmal. Widerstrebend wandte sie ihm den Blick zu, und ich konnte sehen, wie sie mit sich rang. Sie war eigensinnig und entschlossen. Ihr Wille, sich zu widersetzen, war ebenso stark wie der Drang zu gehorchen. Ihr Klagen klang bekümmert, die Halbsprache der Hunde, in der Gefühle im eindringlichen Idiom von Kaniden vermittelt werden. Sie jaulte erneut auf und ließ mich nicht aus den Augen.

Ich murmelte: »Was hat sie denn?«

»Wenn ich das wüßte.«

»Ich habe ihr ein paar Knochen mitgebracht.«

»Das ist es nicht.« Er beugte sich hinab und berührte sie. Das Jaulen wurde zu einem leisen Heulen, das so voller Schmerz war, daß es mir das Herz brach. Er streckte die Hand aus, und ich reichte ihm das Päckchen Kalbshaxe.

Hector sah mich befremdet an. »Sie riechen wie Lorna. Haben Sie Sachen von ihr in der Hand gehabt?«

»Ich glaube nicht. Nur einige Papiere«, sagte ich. »In der Schachtel mit den Akten war ein Schal von ihr, aber das war gestern.«

»Setzen Sie sich ganz vorsichtig auf die Stufen.«

Ich ließ mich langsam in Sitzposition hinunter. Er begann in tröstlichem Tonfall auf Beauty einzureden. Sie beäugte mich mit einer Mischung aus Hoffnung und Verwirrung, da sie dachte, ich sei Lorna, aber wußte, daß ich es nicht war. Hector hielt ihr die Knochen hin, die sie jedoch nicht interessierten. Statt dessen reckte sie vorsichtig ihre stumpfe Schnauze und schnüffelte an meinen Fingern. Ich sah, wie ihre Nüstern arbeiteten, als sie die Komponenten meines persönlichen Geruchs prüfte und analysierte. Er kratzte sie an den Ohren und massierte ihr die fleischigen Schultern.

Schließlich schien sie einzusehen, daß sie sich irgendwie geirrt hatte. Sie ließ den Kopf hängen und sah mich verdutzt an, als könnte ich mich jeden Moment in die Frau verwandeln, auf die sie wartete.

Hector richtete sich auf. »Jetzt hat sie sich beruhigt. Kommen Sie. Hier entlang. Nehmen Sie sie doch selbst«, sagte er und gab mir die Knochen wieder. »Vielleicht entschließt sie sich ja doch noch dazu, Sie zu mögen.«

Ich folgte ihm in dasselbe kleine Studio wie letztes Mal. Beauty hatte ihre argwöhnische Wachpositur wieder eingenommen und ließ sich zwischen uns nieder. Dann legte sie den Kopf auf die Pfoten. Gelegentlich warf sie mir einen Blick zu, doch sie war eindeutig deprimiert. Hector hatte frischen Kaffee gemacht, den er aus einer Thermoskanne anbot, die neben einer Pappschachtel und einem ledernen Fotoalbum auf dem Arbeitspult stand. Ich ließ mir von ihm eine Tasse einschenken und dachte, daß mir kaum schlimmer zumute sein könnte. Er schwang sich auf seinen Hocker, und ich sah ihm dabei zu, wie er die Jazznummer ausblendete, die gerade lief. Er sprach aus dem Stegreif einen Kommentar und täuschte mit Hilfe des Texts in der CD-Hülle souveräne Kenntnisse vor. Seine Stimme war tief und melodiös. Er legte eine Kassette ein, steuerte sie aus und wandte sich zu mir. »Versuchen wir's mal mit den Knochen«, sagte er. »Beauty kann eine Aufheiterung vertragen, das arme Mädchen.«

»Ich bin ganz bedrückt«, sagte ich. »Ich habe diese Jeans gestern getragen, als ich Lornas Akten durchgegangen bin.«

Ich wickelte das Päckchen auf und kauerte mich neben Beauty. Hector leitete mich an. Endlich lenkte sie ein und erlaubte mir, ihren dicht bepelzten Kopf zu streicheln. Sie legte sich einen der Knochen zwischen die Pfoten und leckte ihn sorgfältig ab, bevor sie sich mit den Zähnen über ihn hermachte. Sie schien keine Einwände dagegen zu haben, daß ich wieder aufstand und mich neben Hector auf den zweiten Hocker setzte. Hector ging unterdessen einen Stapel alter Schwarzweißfotografien mit gezackten, weißen Rändern durch. Er hatte eine Schachtel Fotoecken neben sich stehen und klebte ausgewählte Fotos in ein Album, das bereits von Bildern strotzte.

»Was sind das für Fotos?«

»Mein Dad hat bald Geburtstag, und ich dachte, das könnte ihm gefallen. Die meisten stammen aus dem Zweiten Weltkrieg.«

Er reichte mir einen Schnappschuß von einem Mann in einer Hose mit Bügelfalte und einem weißen Sporthemd, der vor einem Mikrophon stand. »Damals war er zweiundvierzig. Er wollte sich freiwillig melden, aber Uncle Sam hat ihn nicht genommen. Zu alt, schlechte Füße, zerfetztes Trommelfell. Er hat bereits als Ansager beim Radiosender WCPO in Cincinnati gearbeitet, und man hat ihm gesagt, daß sie ihn dort für den Kriegseinsatz viel nötiger brauchten, um die Moral in der Heimat aufrechtzuerhalten. Er hat mich oft mitgenommen. Vermutlich bin ich so auf den Geschmack gekommen.« Er legte das Album beiseite. »Lassen Sie mal sehen, was Sie haben.«

Ich zog die Kassette aus der Tasche und gab sie ihm. »Jemand hat ein bißchen gelauscht. Ich möchte lieber nicht sagen, wer.«

Er wog die Kassette in seiner Hand. »Damit kann ich wahrscheinlich nicht viel anfangen. Ich hatte gehofft, Sie sprächen von einer Acht- oder Mehrspuraufzeichnung. Wissen Sie, wie das funktioniert?«

»Überhaupt nicht.«

»Das ist Mylar-Band. Auf der einen Seite ist es mit einem eisenoxidhaltigen Bindemittel beschichtet. Das Signal passiert eine Spule in einem Tonkopf, und dadurch entsteht zwischen den Magnetpolen ein Magnetfeld. Die Eisenpartikel werden in sogenannten Bereichen magnetisiert. Aber ich will Sie nicht zu Tode langweilen«, sagte er. »Der Punkt ist jedenfalls, daß man mit professionellen Aufzeichnungsgeräten wesentlich höhere Klangtreue erzielt als mit diesen kleinen Kassetten. Was war es denn, irgendein kleines Dings, das mit Batterien betrieben wird?«

»Genau. Man hört jede Menge Nebengeräusche, Gemurmel und Rauschen. Man versteht nicht einmal die Hälfte.«

»Erstaunt mich nicht. Was haben Sie für die Wiedergabe verwendet – das gleiche?«

»Wahrscheinlich eine Entsprechung«, sagte ich. »Dann können Sie mir also nicht helfen.«

»Tja, ich kann es zu Hause auf meinem Gerät abspielen und sehen, ob Ihnen das etwas nutzt. Wenn die Laute von vornherein überhaupt nicht aufgezeichnet worden sind, gibt es auch keine Möglichkeit, sie bei der Wiedergabe herauszuholen, aber ich habe gute Boxen und könnte vermutlich einige der Frequenzen herausfiltern und mit den Bässen und Höhen herumspielen und hoffen, daß es hilft.«

Ich holte die Notizen heraus, die ich mir gemacht hatte. »Hier steht, was ich bisher verstanden habe. Alle Stellen, die ich nicht verstanden habe, habe ich frei gelassen und mit einem Fragezeichen markiert.«

»Können Sie mir das Band dalassen? Ich kann mich gleich daran versuchen, wenn ich nach Hause komme und Sie morgen irgendwann anrufen.«

»Ich weiß nicht recht. Ich habe geschworen, es unter Einsatz meines Lebens zu verteidigen. Es wäre mir peinlich, wenn ich zugeben müßte, daß ich es Ihnen überlassen habe.«

»Dann sagen Sie es eben nicht. Wenn jemand es wiederhaben will, rufen Sie mich einfach an und holen es sich wieder ab.«

»Sie sind ganz schön verschlagen, Hector.«

»Sind wir das nicht alle?«

Er nahm die Seite mit meinen Notizen und ging in den Nebenraum, um sich eine Kopie zu machen, während ich wartete. Dann gab ich ihm eine Visitenkarte, auf deren Rückseite ich meine Privatadresse und die Telefonnummer schrieb. Als ich das Studio verließ, hatte Beauty mich anscheinend als Mitglied ihres Rudels akzeptiert, wenn ich auch wesentlich niedriger in der Hackordnung stand und daher als schutzbedürftig galt. Sie war so freundlich, mich an die Treppe zu bringen, wobei sie ihren Schritt dem meinen anglich und mir nachsah, wie ich die Treppen hinaufstieg und in die Vorhalle hinausging. Ich warf einen Blick zurück und sah sie immer noch dort stehen, wie sie nach oben spähte und mir fest in die Augen sah. Ich sagte: »Gute Nacht, Beauty.«

Als ich aus dem Parkplatz von K-SPL fuhr, erhaschte ich einen kurzen Blick auf einen Mann auf einem Fahrrad, der über die Kreuzung raste. Er fuhr die Kurve weit aus und verschwand außer

Sichtweite, während die Reflektoren an seinen Speichen Lichtkreise zeichneten. Einen Moment lang fühlte ich in meinen Ohren ein Tosen aufsteigen, und an den Rändern meines Gesichtsfeldes sammelte sich die Dunkelheit. Ich kurbelte das Fenster hinunter und pumpte mir frische Luft in die Lungen. Eine feuchtkalte Welle überspülte mich und wich wieder zurück. Ich fuhr auf die leere Kreuzung, bremste ab und äugte nach rechts, aber er war nicht mehr zu sehen. Die Straßenlaternen verliefen in einer Reihe von kleiner werdenden Senkrechten, die zu einem Punkt zusammenschrumpften und verschwanden.

Ich fuhr in Richtung untere State Street und kreuzte durch Danielles Revier. Ich brauchte entweder Gesellschaft oder ausreichend Nachtschlaf, was immer sich zuerst anbot. Wenn ich Danielle fand, würden wir zwei uns vielleicht Sekt und Orangensaft kaufen und die Gläser auf Lorna erheben, einfach im Gedenken an alte Zeiten. Dann würde ich heimfahren. Ich bog in den Parkplatz von Neptune's Palace ein und stieg aus dem Wagen.

Vom hinteren Ende des Parkplatzes her war der Geräuschpegel um einiges lauter, als ich vom vorherigen Mal in Erinnerung hatte. Die Masse tobte. Die Seitentüren zum Parkplatz standen offen, und eine Traube Nachtschwärmer war herausgekommen. Ein Mann fiel zur Seite und riß zwei Frauen mit sich. Lachend lagen die drei auf dem Asphalt. Das war typisch für Donnerstagabend, wenn sich jeder, schon fast manisch vor Energie und wild entschlossen, sich zu amüsieren, für das bevorstehende Wochenende rüstete. Die Musik donnerte gegen die Wände. Zigarettenrauch schwebte in Kringeln und Schwaden durch die kühle Nachtluft. Ich hörte Glas splittern, gefolgt von irrem Lachen, als ob ein Geist freigelassen worden wäre. Dann sah ich auf dem Parkplatz ein Polizeiauto stehen. Die Freunde und Helfer kamen im allgemeinen alle zwei Stunden hier vorbei. Der Beamte vom zuständigen Revier parkt und arbeitet sich auf der Suche nach Verstößen gegen die Alkoholgesetze und Kleinkriminellen durch das Lokal.

Ich wappnete mich und drängte mich durch die Tür. Wie ein Fisch, der gegen den Strom schwimmt, schob ich mich die Bar entlang und suchte unter den zahlreichen Gästen nach Danielle. Sie hatte gesagt, daß sie meist um elf Uhr zu arbeiten anfinge, aber es konnte ja sein, daß sie zuerst an der Bar etwas trank. Sie war nirgends zu sehen, dafür entdeckte ich Berlyn, wie sie gerade zur Tanzfläche ging. Sie trug einen kurzen, schwarzen Rock und ein rotes Satintop mit Spaghettiträgern. Ihr Haar war ein wenig zu kurz für den Haarknoten, den sie sich offenbar einbildete, und so hing mehr nach unten weg, als oben zusammengehalten wurde. An den Ohren trug sie große, straßbesetzte Doppelreifen, die glitzerten und gegen ihren Hals schlugen, wenn sie sich bewegte. Zuerst dachte ich, sie sei allein, doch dann sah ich einen Mann, der sich vor ihr einen Weg durch das Getümmel bahnte. Die anderen auf- und abhüpfenden Tänzer schlossen sie ein, und sie war nicht mehr zu sehen.

Ich ging wieder zur Eingangstür zurück und suchte ohne Erfolg den Parkplatz ab. Dann warf ich den VW an und fuhr durch das Viertel, wobei ich an sämtlichen Straßenecken anhielt, an denen Prostituierte herumstanden. Noch zehn Minuten mehr von diesem Scheiß, und ich würde nach Hause fahren. Schließlich stoppte ich am Randstein, beugte mich hinüber und drehte das Fenster herunter. Eine zaunlattendürre Brünette in T-Shirt, Minirock und Cowboystiefeln löste sich von der Wand, an die sie sich gelehnt hatte. Sie schlenderte herüber und machte die Tür auf der Beifahrerseite auf. Ich konnte die Erhebungen der Gänsehaut auf ihren dünnen, nackten Armen sehen.

»Gesellschaft gefällig?« Sie war high von irgend etwas und strömte diesen seltsamen Körpergeruch der Cracksüchtigen aus. Ihre Augen kippten immer wieder nach oben weg, wie ein Fernsehbild, das ständig durchfällt.

»Ich suche Danielle.«

»Tja, Danielle hat zu tun, und ich springe für sie ein. Sie kriegen bei mir alles, da können Sie sicher sein.«

»Ist sie nach Hause gegangen?«

»Kann sein, daß Danielle sich zu Hause ausruht. Für zehn Dollar mehr mach ich's Ihnen echt gut.«

Ich sagte: »Das reimt sich. Sehr hübsch. Das Versmaß ist ein bißchen daneben, aber ansonsten sind Sie Longfellow.«

»So ein blödes Gerede. Haben Sie nicht etwas Knete?«
»Keinen Cent in den Taschen.«
»Na, dann ist nichts zu machen.« Sie wand sich aus dem Wagen heraus und spazierte zu ihrem Posten zurück. Ich fuhr davon und hoffte, daß ich keinen Anfall jambischer Pentameter ausgelöst hatte. Auf die Idee, daß Danielle sich vor der Arbeit zu Hause aufhalten könnte, wäre ich gar nicht gekommen.

Ich fuhr zwei Blocks hoch, dann nach links und bog in die schmale Gasse ein, wo Danielle ihre Höhle hatte. Ich blieb auf gleicher Höhe mit dem Grundstück stehen, spähte durch eine Lücke im Gebüsch und ließ den Blick den gepflasterten Weg entlangwandern, der zu ihrer Tür führte. Ihre Vorhänge waren zugezogen, aber ich konnte sehen, daß innen Licht brannte. Ich hatte ehrlich keine Ahnung, ob sie Freier in ihre Wohnung mitnahm oder nicht. Sie lag so nahe beim Palace, daß es praktisch war, aber in der Gegend gab es auch ein paar billige Absteigen, und vielleicht wickelte sie ihre Geschäfte lieber dort ab. Ich sah einen Schatten am Fenster vorbeihuschen, was mich vermuten ließ, daß sie auf war. Mein Motor hustete geräuschvoll, während die Scheinwerfer die Dunkelheit durchschnitten wie Rasierklingen. Ich merkte, wie ich unschlüssig wurde. Vielleicht war sie allein und freute sich über Gesellschaft. Sie konnte aber ebensogut beschäftigt sein. Ich wollte sie weiß Gott nicht bei der Arbeit sehen.

Während ich noch mit mir rang, stellte ich den Motor ab und löschte die Scheinwerfer. Die Gasse versank in pechschwarzer Finsternis, und in der lastenden Stille surrten die nächtlichen Insekten. Innerhalb einer Minute hatten sich meine Augen an die Dunkelheit gewöhnt, und die Umgebung begann sich in anthrazitfarbenen Schattierungen neu zusammenzusetzen. Ich stieg aus dem Wagen und verschloß ihn hinter mir. Vielleicht sollte ich einmal klopfen. Wenn sie beschäftigt war, war es damit erledigt. Ich tastete mich von der Gasse auf den Weg vor, wobei ich eine Hand vor mir ausstreckte, damit ich nicht über irgendwelche Mülltonnen stolperte.

An ihrer Türschwelle angekommen, legte ich den Kopf schief, um auf Stimmen oder konserviertes Lachen aus dem Fernseher zu lauschen. Zögerlich klopfte ich. Auf der anderen Seite der Tür war ein leises Stöhnen zu hören, sinnlich und immer wieder. Ah-oh. Ich mußte an den ersten Wohnwagen denken, in den ich nach dem Tod meiner Tante gezogen war. Als ich an einem Sommerabend spät nach Hause kam, hörte ich eine schwangere Nachbarin solche Laute ausstoßen. Als aufrechte Bürgerin ging ich zu ihrem Fenster hinüber, wo ich klopfte und fragte, ob sie Hilfe bräuchte. Ich hatte angenommen, sie läge in den Wehen, und erkannte zu spät, daß der Vorgang, den ich gestört hatte, derjenige war, bei dem Babys *entstanden,* und nicht der, bei dem sie zur Welt kamen.

Hinter mir verschwand jemand aus den Schatten neben der Gasse und schlich sich durch die Büsche davon. Gemächliche Schritte knirschten auf dem Pflaster und verklangen nach und nach. Danielles Stöhnen wurde heftiger, und ich trat einen Schritt zurück. Verdutzt starrte ich auf die Gasse hinaus. War das ein Kunde von ihr, den ich gerade gesehen hatte? Ich lehnte den Kopf an die Tür. »Danielle?« Keine Antwort.

Ich klopfte erneut. Schweigen.

Ich drehte am Türknopf. Die Scharniere gaben nicht das leiseste Geräusch von sich, als die Tür nach innen aufschwang. Zuerst sah ich nur das Blut.

16

Die Notaufnahme im St. Terry's war ein Tollhaus, ein Blick in die Hölle. Auf der Schnellstraße war ein Unfall mit sechs Autos passiert, und sämtliche Untersuchungsräume beherbergten Verletzte und Sterbende. Bei jedem Behandlungszimmer konnte ich auf den zugezogenen Vorhängen ein Schattenspiel medizinischer Vorgänge mit Instrumentenwagen, Sauerstoffgeräten, herabhängenden Beuteln mit Blut oder Glukose und Röntgengeräten beobachten. Hin und wieder wurde das gleichmäßige Geräusch der Aktivitäten von den markerschütternden Schreien des Patienten auf der Liege durchbrochen. Auf einer fahrbaren Trage lag, unversorgt, ein Opfer, das sich wand wie von Flammen umzüngelt und jammerte: »Gnade... habt Gnade.« Ein Sanitäter kam vorbei und fuhr den Mann in einen soeben erst frei gewordenen Untersuchungsraum.

Aus allen Abteilungen des St. Terry's hatte man Ärzte, Schwestern und Pfleger herbeizitiert. Ich sah ihnen zu, wie sie perfekt aufeinander abgestimmt arbeiteten, jeder Eingriff erfolgte rasch und präzise. Was die Ärzteserien im Fernsehen geflissentlich beiseite lassen, sind die Schmerzen und der Schleim, die versagenden Körperfunktionen, Nadeln, die sich durch Fleisch bohren, das Zittern und die leisen Hilferufe. Wer möchte schon dasitzen und sich das wirkliche Leben ansehen? Wir wollen die ganze Dramatik des Krankenhauses, aber ohne die darunterliegende Angst.

Die Gesichter der Angehörigen, die man von dem Unfall verständigt hatte und die nun im Warteraum saßen, waren grau und abgezehrt. Sie sprachen in gedämpftem Ton, und die einzelnen Familien drängten sich in kleinen Grüppchen zusammen, gebeugt vom Schrecken. Zwei Frauen klammerten sich aneinander und weinten hemmungslos. Auf der anderen Seite der Glastüren, am einen Ende des Parkplatzes, hatten sich die Nikotinsüchtigen in einer Wolke Zigarettenrauch versammelt. Ich hatte Serena Bonney kurz nachdem Danielle eingeliefert worden war entdeckt, doch mittlerweile hatte der Tumult sie verschluckt.

Als ich Danielles Haustür aufgestoßen hatte, lag sie nackt auf dem Boden, und ihr Gesicht sah so rosa und matschig aus wie eine Wassermelone ohne Kerne. Blut spritzte aus einer ausgefransten Wunde am Kopf, und sie bewegte ziellos ihre Gliedmaßen, als wollte sie ihren eigenen inneren Verletzungen davonkriechen. Ich verdrängte meine Gefühle und tat, was ich konnte, um die Blutung zu stillen, während ich mir das Telefon von ihrem Nachttisch schnappte. Die Notrufzentrale hatte eine Polizeistreife und einen Rettungswagen alarmiert, die beide binnen Minuten kamen. Zwei Sanitäter hatten sich an die Arbeit gemacht und soviel Erste Hilfe geleistet, wie sie konnten.

Die Prellungen auf ihrem Körper bildeten ein Muster aus dunklen, sich überschneidenden Linien, die vermuten ließen, daß jemand mit einem stumpfen Gegenstand auf sie eingeschlagen hatte. Es stellte sich heraus, daß die Waffe ein in Lumpen gewickeltes Stück Bleirohr war, das ihr Angreifer auf seinem Rückzug in die Büsche geworfen hatte. Ein Polizist hatte es bei seiner Ankunft entdeckt und dagelassen, damit es die Spurensicherung, die kurz danach eintraf, einpacken konnte. Nachdem der Polizist den Tatort abgesperrt hatte, gingen wir auf die kleine Veranda hinaus, wo wir in einem dämmrigen Lichtkegel standen, während er mich verhörte und sich Notizen machte.

Zu diesem Zeitpunkt war die Gasse bereits von Fahrzeugen verstopft. Blaulichter flackerten durch die Dunkelheit, und der Polizeifunk steuerte sein ausdrucksloses Staccatogemurmel bei, nur hin und wieder unterbrochen von rasselnden atmosphärischen Störungen. Ein Grüppchen Nachbarn hatte sich seitlich im Garten versammelt, ein buntgeschecktes Durcheinander von Jogginghosen ohne Socken, Pantoffeln, Mänteln und über Nachthemden gestülpten Skianoraks. Der Polizist begann die Menge zu befragen, um festzustellen, ob es außer mir weitere Zeugen gab.

Ein schnittiger, leuchtendroter Mazda kam mit quietschenden Reifen in die Gasse gefahren. Cheney Phillips stieg aus und schlenderte den Weg hinauf. Er nickte mir zu und wechselte dann ein paar Worte mit dem uniformierten Polizisten, dem er seine Dienstmarke zeigte. Anschließend betrat er Danielles Häuschen. Ich sah, wie er auf der Türschwelle stehenblieb und einen Schritt zurück machte. Von der geöffneten Tür aus musterte er langsam die blutige Szenerie, als machte er ein Foto nach dem anderen. Ich führte mir den Anblick so vor Augen, wie ich ihn gesehen hatte: die zerknüllte Bettwäsche und die verschobenen oder umgekippten Möbel. In der Zwischenzeit hatte man Danielle in Decken gepackt und auf die Trage gelegt. Ich trat zur Seite, als die Sanitäter sie zur Tür heraustrugen. Ich nahm Blickkontakt mit dem älteren der beiden auf. »Darf ich mitfahren?«

»Mir ist's recht, falls der Detective nichts dagegen hat.«

Cheney hatte unseren Wortwechsel mitbekommen und nickte zustimmend. »Wir sehen uns später«, sagte er zu mir.

Dann wurde die Trage hinten in den Rettungswagen geschoben.

Mein Auto ließ ich stehen, wo es war, nämlich in der Gasse hinter Danielles Häuschen. Ich saß hinten im Wagen neben ihrer in Decken gehüllten Silhouette und bemühte mich, dem jungen Sanitäter nicht in die Quere zu kommen, der ständig ihre Lebensfunktionen überprüfte. Ihre Augenlider waren blau angelaufen und geschwollen wie bei einem frisch geschlüpften Vogel. Von Zeit zu Zeit sah ich, wie sie sich bewegte, blind vor Schmerz und Verwirrung. Ich wiederholte andauernd: »Es wird schon. Bald ist alles wieder gut. Jetzt ist es vorüber.« Ich war mir nicht einmal sicher, ob sie mich hörte und konnte nur hoffen, daß die beruhigenden Äußerungen zu ihr durchdrangen. Sie war kaum bei Bewußtsein. Die blinkenden gelben Lichter spiegelten sich im Glas der Schaufenster, als wir die State Street hinaufrasten. Die Sirene wirkte wie von den Ereignissen losgelöst. Zu dieser Nachtstunde waren die Straßen weitgehend leer, und so ging die Fahrt mit erstaunlicher Geschwindigkeit vonstatten. Erst als wir in der Notaufnahme anlangten, hörten wir von dem Unfall auf der 101.

Ich saß eine Stunde lang draußen im Warteraum, während sie sich an ihr zu schaffen machten. Zu diesem Zeitpunkt waren die meisten Unfallopfer versorgt, und der Raum leerte sich. Ich merkte, daß ich dasselbe Exemplar von *Family Circle* durchblätterte, das ich schon einmal gelesen hatte: dieselben perfekten Frauen mit denselben perfekten Zähnen. Die Juli-Ausgabe hatte ein paar Eselsohren. Einige Artikel waren herausgerissen worden, und jemand hatte Anmerkungen zu dem Aufsatz über die Wechseljahre des Mannes verfaßt und ordinäre Sprüche an den Rand geschrieben. Ich las Rezepte für Gartengrillfeste an hektischen Tagen und eine Kolumne, in der Leserinnen Vorschläge zur Lösung verschiedenster elterlicher Schwierigkeiten machten, zum Beispiel wenn die Kinder logen, stahlen oder nicht lesen lernten. Vermittelte mir ungemeines Zutrauen in die nachwachsende Generation.

Cheney Phillips kam herein. Sein dunkles Haar war so lockig wie das eines Pudels, und ich bemerkte, daß er untadelig gekleidet war: Röhrenjeans, ein Sportsakko über einem makellosen weißen Hemd, dunkle Socken und Halbschuhe. Er trat an den Empfangstresen und zeigte seine Dienstmarke der Angestellten, die hektisch Aufnahmeformulare tippte. Dann telefonierte sie kurz. Ich sah ihm nach, als er ihr in den Behandlungsraum folgte, in den sie Danielle vor meinen Augen gebracht hatten. Kurz darauf kam er wieder heraus auf den Flur, diesmal im Gespräch mit einem der

Notärzte. Ihnen folgten zwei Pfleger, die zwischen sich eine fahrbare Trage bugsierten. Danielles Kopf war mit Bandagen umwickelt. Cheneys Gesichtsausdruck war neutral, als sie davongefahren wurde. Der Arzt verschwand in der nächsten Zelle.

Cheney sah auf und entdeckte mich. Er kam in den Warteraum herüber und setzte sich neben mich auf das blaue Tweedsofa. Dann griff er nach meiner Hand und flocht seine Finger durch meine.

»Wie geht's ihr?« fragte ich.

»Sie bringen sie nach oben in die Chirurgie. Der Arzt macht sich Sorgen wegen der inneren Blutungen. Ich schätze, der Kerl hat sie zum Abschied noch bestialisch mit den Füßen traktiert. Sie hat einen gebrochenen Kiefer, gebrochene Rippen, einen Milzriß und Gott weiß was noch alles. Der Arzt sagt, sie ist schrecklich zugerichtet worden.«

»Sie sah auch entsetzlich aus«, sagte ich. Ich spürte, wie mir mit Verspätung das Blut aus dem Gehirn wich. Kalter Schweiß und Übelkeit wallten in mir auf wie aus einer Quelle. Normalerweise bin ich nicht zimperlich, aber Danielle war eine Freundin, und ich hatte die Wunden gesehen. Als ich ihre Verletzungen aufgezählt bekam, wurde die Erinnerung an das Leid, das ich gesehen hatte, allzu lebendig. Ich steckte den Kopf zwischen die Knie, bis das Tosen abflaute. Das war nun das zweite Mal, daß ich fast ohnmächtig geworden wäre, und ich wußte, ich brauchte Hilfe.

Cheney sah mir besorgt zu. »Sollen wir uns ein Cola oder eine Tasse Kaffee besorgen? Es dauert vermutlich eine Stunde, bevor wir irgend etwas hören.«

»Ich kann nicht weg. Ich will hier sein, wenn sie aus dem OP kommt.«

»Die Cafeteria ist hier den Flur entlang. Ich sage der Schwester, wo wir sind, dann kann sie uns holen, falls wir nicht rechtzeitig zurück sind.«

»In Ordnung, aber sorg dafür, daß Serena Bescheid weiß. Ich habe sie vor kurzem dort hinten gesehen.«

Die Cafeteria hatte seit zweiundzwanzig Uhr geschlossen, aber wir entdeckten eine Reihe Automaten, in denen es Sandwiches, Joghurts, frisches Obst, Eis sowie kalte und warme Getränke gab.

Cheney kaufte zwei Dosen Pepsi, zwei Schinken-Käse-Sandwiches mit Roggenbrot und zwei Stück Kirschkuchen auf Styroportellern. Ich setzte mich wie betäubt an einen leeren Tisch in einer kleinen Nische an der Seite. Er kam mit einem Tablett zurück, auf das er neben dem Essen Strohhalme, Servietten, Plastikbesteck, Briefchen mit Salz und Pfeffer und Tütchen mit süßsaurem Relish, Senf, Ketchup und Mayonnaise geladen hatte. »Ich hoffe, du hast Hunger«, sagte er. Er begann den Tisch zu decken und arrangierte die Gewürze vor uns auf zusammenpassenden Papierservietten.

»Es kommt mir zwar so vor, als hätte ich erst gegessen, aber warum nicht?« sagte ich.

»Hierzu kannst du nicht nein sagen.«

»Was für ein Festmahl«, sagte ich lächelnd. Ich war zu müde, um auch nur einen Finger zu rühren. Ich fühlte mich wie ein Kind und sah ihm dabei zu, wie er die Sandwiches auspackte und sie zubereitete.

»Wir müssen sie richtig ekelhaft machen«, meinte er.

»Warum?«

»Weil wir dann nicht merken, wie fade sie sind.« Er zerrte mit den Zähnen an den Plastikverpackungen und quetschte grellrote und gelbe Kleckse über den Schinken. Salz, Pfeffer und Mayonnaisespritzer mit einer Spur Relish überzogen. »Willst du mir davon erzählen?« fragte er beiläufig, während er an der Arbeit war. Er machte eine Dose Pepsi auf und reichte mir ein aufgepepptes Sandwich. »Iß das. Keine Widerrede.«

»Wer könnte da nein sagen?« Ich biß in das Sandwich und mußte beinahe weinen, so gut schmeckte es. Ich stöhnte und schob mir den Bissen in die Backe, damit ich beim Essen reden konnte. »Ich habe Danielle gestern abend gesehen. Wir haben zusammen bei mir gegessen. Bei der Gelegenheit habe ich ihr gesagt, daß ich heute abend eventuell vorbeikäme, aber im Grunde bin ich aus einer Laune heraus zu ihr hingefahren«, sagte ich. Ich legte mir eine Hand vor den Mund, schluckte und trank von meinem Pepsi. »Ich wußte nicht, ob sie Besuch hatte, deshalb bin ich mit laufendem Motor im Auto sitzen geblieben und habe versucht, es zu erkennen. Ich sah, daß Licht bei ihr brannte, und dann habe ich schließlich beschlossen, an die Tür zu klopfen. Im ungünstigsten Fall wäre sie mit einem Mann zusammengewesen, und ich hätte mich weggeschlichen.«

»Er hat vermutlich deine Scheinwerfer gesehen.« Cheney hatte mit ungefähr drei Bissen die Hälfte seines Sandwiches verschlungen. »Unsere Mütter würden uns umbringen, wenn sie uns so schnell essen sähen.«

Ich stopfte mir das Zeug genauso schnell in den Mund wie er. »Ich kann mich nicht beherrschen. Es schmeckt köstlich.«

»Na gut, sprich weiter. Ich wollte dich nicht unterbrechen.«

Ich hielt inne, um mir den Mund an einer Papierserviette abzuwischen. »Er muß mich zumindest gehört haben. Dieses Auto macht meistens ein Getöse wie ein Rasenmäher.«

»Hast du ihn tatsächlich aus ihrem Haus kommen sehen?«

Ich schüttelte den Kopf. »Ich habe ihn nur ganz kurz gesehen, als er wegging. In dem Moment war ich auf der Veranda und hörte sie stöhnen. Anhand der Laute, die sie von sich gab, nahm ich an, daß sie einen ›Gast‹ hatte. Als hätte ich sie in heftiger Leidenschaft ertappt, die sie vielleicht nur vortäuschte. Als ich den Kerl hinten in der Gasse sah, kam mir schon der Gedanke, daß etwas nicht stimmte. Ich weiß nicht, was es war. Oberflächlich betrachtet gab es keinen Grund zu der Annahme, daß er etwas mit ihr zu tun hatte, aber irgendwie kam es mir komisch vor. Und dann habe ich die Tür aufgemacht.«

»Wahrscheinlich hätte er sie umgebracht, wenn du nicht aufgetaucht wärst.«

»O Gott, sag das nicht. Ich war kurz davor zu gehen, als ich ihn sah.«

»Wie steht's mit einer Beschreibung? Ein großer Mann? Oder eher klein?«

»Da kann ich dir nicht weiterhelfen. Ich habe ihn nur eine Sekunde lang gesehen, und das fast ausschließlich im Dunkeln.«

»Bist du dir sicher, daß es ein Mann war?«

»Tja, ich könnte es nicht vor Gericht beschwören, aber wenn du mich fragst, was ich in dem Moment dachte, dann würde ich ja sagen. Frauen schlagen im allgemeinen keine anderen Frauen mit

Bleirohren zusammen«, sagte ich.»Und er war weiß, da bin ich mir sicher.«

»Was noch?«

»Dunkle Kleidung, und er hat garantiert schwere Schuhe getragen, weil ich seine Sohlen auf dem Asphalt knirschen hörte, als er sich entfernte. Außerdem war er völlig gelassen. Er ist nicht gerannt. Ruhiger, gemächlicher Schritt, als ginge er nur spazieren.«

»Woher weißt du, daß das nicht der Fall war?«

Darüber dachte ich kurz nach. »Ich schätze, weil er mich nicht angesehen hat. Menschen nehmen einander auch in der Dunkelheit wahr. Ich habe jedenfalls gemerkt, daß er da ist. Wenn man in so einer Situation angeschaut wird, dreht man sich um und schaut zurück. Das fällt mir am stärksten auf, wenn ich auf der Schnellstraße unterwegs bin. Wenn ich andere Autofahrer anstarre, weckt das deren Aufmerksamkeit, und sie drehen sich um und schauen zurück. Er hielt das Gesicht nach vorn gewandt, aber er wußte mit Sicherheit, daß ich ihn beobachte.«

Cheney beugte sich über seinen Teller und nahm den Kuchen in Angriff. »Wir haben, kurz nachdem der Notruf eingegangen war, ein paar Wagen die Gegend abfahren lassen, aber er war nirgends zu sehen.«

»Vielleicht wohnt er irgendwo dort unten.«

»Oder er hatte seinen Wagen in der Nähe geparkt«, meinte er. »Hat sie eine Verabredung für heute abend erwähnt?«

»Nicht direkt. Es könnte Lester gewesen sein, fällt mir gerade ein. Sie hat gesagt, er hätte schlechte Laune, wie auch immer die sich äußert.« Der Kuchen war von der Sorte, die ich aus der Grundschule kannte: eine perfekte Mischung aus Kirschpapp und pinkfarbenen, verschrumpelten Früchten mit einer papierenen Kruste, die beinahe die Zinken der Gabel ruinierte. Der erste Bissen war der beste, die Kuchenspitze.

»Ich kann mir kaum vorstellen, daß Lester so etwas getan haben soll. Wenn sie halbtot ist, kann sie nicht arbeiten. Mr. Dickhead lebt nur fürs Geschäft. Er würde seine Mädchen nicht so zurichten. Es war eher ein Freier.«

»Glaubst du, sie hat irgendeinen Kunden beleidigt?«

Cheney warf mir einen Blick zu. »Das war keine Kurzschlußhandlung. Dieser Kerl ist vorbereitet gekommen, mit einem Rohr, das er schon eingewickelt hatte, um keine Fingerabdrücke zu hinterlassen.«

Ich aß meinen Kuchen auf und fuhr mit der Gabel über den Styroporteller. Dann sah ich zu, wie das Rot der Kirschkuchenfüllung durch die Zinken der Plastikgabel quoll. Ich mußte an die Gorillas in der Limousine denken und überlegte, ob ich Cheney von ihnen erzählen sollte. Ich war davor gewarnt worden, ihm davon zu berichten, aber mal angenommen, sie waren es gewesen? Ich konnte von ihrem Standpunkt aus allerdings kein Motiv erkennen. Warum sollte ein Anwalt aus Los Angeles eine hiesige Prostituierte umbringen wollen? Wenn er so verrückt nach Lorna war, warum sollte er dann ihre beste Freundin zu Klump schlagen?

Cheney sagte: »Was?«

»Vielleicht hat es mit meinen Ermittlungen zu tun.«

»Möglich, denke ich. Aber wir werden es nie erfahren, wenn wir ihn nicht finden.«

Er begann, zerknüllte Servietten und leere Papierdosen einzusammeln und die leeren Plastikpackungen auf das Tablett zu stapeln. Zerstreut tat ich es ihm nach und machte den Tisch sauber.

Als wir in die Notaufnahme zurückkamen, rief Serena im OP an und sprach mit einer der OP-Schwestern. Obwohl ich lauschte, konnte ich keine Informationen heraushören. »Sie können eigentlich genausogut nach Hause gehen«, sagte sie. »Danielle wird immer noch operiert, und wenn sie herauskommt, bleibt sie noch eine Stunde im Wachraum. Danach kommt sie auf die Intensivstation.«

»Darf ich sie dann sehen?« wollte ich wissen.

»Vielleicht, aber ich bezweifle es. Sie sind nicht mit ihr verwandt.«

»Wie schlecht geht es ihr?«

»Offenbar ist ihr Zustand stabil, aber man kann noch nicht viel sagen, bevor der Chirurg fertig ist. Er kann Ihnen auch Genaueres sagen, aber das wird noch ein Weilchen dauern.«

Cheney beobachtete mich. »Ich kann dich nach Hause bringen, wenn du möchtest.«

»Ich würde lieber hierbleiben, anstatt nach Hause zu fahren«, sagte ich. »Mir ist es recht, wenn du gehen willst. Ehrlich. Du brauchst nicht den Babysitter zu spielen.«

»Es macht mir nichts aus. Um die Uhrzeit habe ich sowieso nichts Besseres zu tun. Vielleicht finden wir irgendwo ein Sofa, auf dem du ein Nickerchen machen kannst.«

Serena empfahl das kleine Wartezimmer vor der Intensivstation, wo wir schließlich auch landeten. Cheney saß da und las eine Illustrierte, während ich mich auf einem Sofa zusammenrollte, das eine Idee kürzer war als ich. Das Geräusch des Papiers, wenn er umblätterte, und sein gelegentliches Räuspern hatten etwas Beruhigendes. Der Schlaf überkam mich wie ein schweres Gewicht, das mich auf das Sofa drückte. Als ich aufwachte, war der Raum leer, aber Cheney hatte mir sein Sakko über den Oberkörper gelegt, also konnte er nicht weit sein. Ich spürte das seidige Futter seines Jakketts, das nach teurem Rasierwasser duftete. Schließlich sah ich auf die Wanduhr: Es war drei Uhr fünfunddreißig. Ich blieb noch einen Moment liegen und fragte mich, ob es irgendwie möglich war, zu bleiben, wo ich war, warm und geborgen. Ich könnte mich daran gewöhnen, auf einem Wartezimmersofa zu leben, mir die Mahlzeiten bringen lassen, und für die Körperpflege gab es ja die Damentoilette hinten im Flur. Es wäre billiger, als Miete zu bezahlen, und wenn mir etwas zustieß, wäre ärztliche Hilfe gleich bei der Hand.

Auf dem Flur erklangen Schritte und das Gemurmel männlicher Stimmen. Cheney erschien in der Türöffnung und lehnte sich an den Rahmen. »Ah. Du bist ja wieder unter uns. Möchtest du Danielle sehen?«

Ich setzte mich auf. »Ist sie wach?«

»Nicht richtig. Sie haben sie gerade aus dem OP gebracht. Sie ist immer noch völlig benommen, aber man hat sie auf die Intensivstation verlegt. Ich habe der Oberschwester gesagt, du seist von der Sitte und müßtest eine Zeugin identifizieren.«

Ich preßte die Finger gegen die Augen und rieb mir das Gesicht. Dann fuhr ich mir mit den Händen durchs Haar und stellte fest, daß dank Danielles Haarschneidekünsten endlich einmal nicht jede Strähne einzeln nach oben abstand. Ich sammelte meine Kräfte, stieß kräftig den Atem aus und zwang mich zurück in den Wachzustand. Ich kam auf die Beine und strich ein paar Falten aus meinem Rollkragenpullover. Ein Vorteil an lässiger Kleidung ist, daß man immer ungefähr gleich aussieht. Vom Flur aus riefen wir per Haustelefon im Schwesternzimmer der Intensivstation an. Cheney erledigte die Formalitäten, und wir wurden eingelassen.

»Müßte ich nicht auch eine Dienstmarke haben?« murmelte ich ihm zu, als wir den Flur entlanggingen.

»Mach dir keine Sorgen. Ich habe ihnen erzählt, daß du als Pennerin getarnt verdeckt ermittelst.«

Ich versetzte ihm einen kleinen Schubs.

Wir warteten vor Danielles Zimmer und sahen durch das Glasfenster, während eine Schwester ihren Blutdruck maß und den Tropf an ihrer Infusion einstellte. Genau wie in der Herzstation waren auch hier die Räume U-förmig um die Überwachungszentrale angeordnet, so daß man die Patienten im Blickfeld hatte. Cheney hatte mit dem Arzt gesprochen, der ihm das Nötigste über ihren momentanen Zustand erklärte. »Er hat ihr die Milz herausgenommen. Das meiste hat allerdings der orthopädische Chirurg gemacht. Er hat ihr den Kiefer und das Schlüsselbein eingerenkt und die Rippen fixiert. Sie hatte zwei gebrochene Finger und zahlreiche Prellungen. Sie müßte wieder gesund werden, aber es wird eine Weile dauern. Die Wunde am Kopf war noch das Mindeste. Eine leichte Gehirnerschütterung und jede Menge Blut. Das habe ich selbst schon erlebt. Wenn man sich den Kopf am Medizinschränkchen anstößt, sieht es aus, als würde man verbluten.«

Die Schwester strich Danielles Bettdecke glatt und verließ den Raum. »Zwei Minuten«, sagte sie und zeigte mit erhobenen Fingern ein V.

Schweigend standen wir nebeneinander und sahen auf sie herab wie Eltern, die den Anblick eines neugeborenen Babys studieren. Schwer zu glauben, daß sie zu uns gehörte. Sie war kaum zu erkennen: schwarze Augen, aufgedunsener Kiefer, verbundene und mit Pflastern verklebte Nase. Eine geschiente Hand lag auf der Decke. Die hellroten Acrylnägel hatten sich gelöst oder waren abgebrochen, und ihre armen, geschwollenen Finger sahen an den

Spitzen blutig aus. Was sonst noch von ihr übrig war, war kaum mehr als ein kindergroßes Häufchen. Sie schwankte zwischen Wachen und Bewußtlosigkeit, wurde aber nie klar genug, um uns wahrzunehmen. Durch die ganzen Gerätschaften wirkte sie wie geschrumpft, aber das ganze Personal und die Apparate hatten etwas Beruhigendes. In ihrem mitgenommenen Zustand war das hier genau der richtige Ort für sie.

Als wir die Intensivstation verließen, legte mir Cheney den Arm um die Schultern. »Alles in Ordnung?«

Ich lehnte kurz den Kopf an ihn. »Mir geht's gut. Und dir?«

»Geht schon«, sagte er. Vor dem Aufzug drückte er den Pfeil nach unten. »Ich habe den Arzt Anweisungen geben lassen. Sie geben keine Informationen über ihren Zustand heraus, und niemand darf zu ihr hinein.«

»Glaubst du, der Typ könnte wiederkommen?«

»Es sieht so aus, als hätte er versucht, sie schon beim ersten Mal umzubringen. Wer weiß, wie wichtig es ihm ist, sie endgültig auszuschalten.«

»Ich fühle mich schuldig. Als hinge das irgendwie mit Lornas Tod zusammen«, sagte ich.

»Möchtest du mich aufklären?«

»Worüber?« Die Aufzugtüren öffneten sich. Wir traten hinein, und Cheney drückte auf »Erdgeschoß«. Der Aufzug bewegte sich nach unten.

»Über den Teil, von dem du mir noch nichts erzählt hast. Du verschweigst doch etwas, oder nicht?« Sein Tonfall war gelassen, aber er sah mich eindringlich an.

»Wohl schon«, gab ich zu. Ich schilderte ihm kurz mein Gespräch mit dem Anwalt aus Los Angeles und seinen Gorillas in der Großraumlimousine. Als wir aus dem Aufzug stiegen, sagte ich: »Hast du irgendeine Ahnung, wer dieser Mann sein könnte? Er hat behauptet, er verträte jemand anders, aber er hätte genausogut von sich selbst sprechen können.«

»Ich kann mich umhören. Ich weiß, daß diese Typen zum Abschalten hier herauf kommen. Gib mir die Telefonnummer, und ich werd's überprüfen.«

»Lieber nicht«, wandte ich ein. »Je weniger ich weiß, desto besser. Haben sie hier oben Prostituierte laufen?«

»Vielleicht in kleinerem Umfang. Jedenfalls nichts Großes. Sie kontrollieren vermutlich die Vorgänge vor Ort, aber das muß nicht wesentlich mehr heißen, als daß sie die Profite abschöpfen. Die Drecksarbeit überlassen sie den Jungs, die sie unter sich haben.«

Cheney hatte in einer Seitenstraße geparkt, die näher beim Vordereingang als bei der Notaufnahme lag. Wir gelangten in die Halle. Sowohl der Geschenkeladen als auch das Café hatten geschlossen, und man konnte durch die Glasfenster die Schatten der Einrichtung erkennen. Am Empfang sprach ein Mann heftig auf eine Angestellte ein. Cheneys ganze Art änderte sich schlagartig, und seine Haltung wurde polizeilich. Er setzte eine unnachgiebige Miene auf, während zugleich sein Gang etwas Großspuriges bekam. Mit einer einzigen schwungvollen Bewegung hielt er der Angestellten seine Dienstmarke unter die Augen, wandte aber den Blick nicht von dem Mann ab, der sie so bedrängte. »Hallo, Lester. Möchten Sie nicht hier herüberkommen? Dann können wir uns ein bißchen unterhalten«, sagte er.

Lester Dudley veränderte sein Verhalten entsprechend. Er legte seine schikanöse Art ab und lächelte gewinnend. »He, Phillips. Schön, Sie zu treffen. Ich glaube, ich habe Sie vorhin schon kurz gesehen, bei Danielles Haus. Haben Sie gehört, was passiert ist?«

»Deshalb bin ich ja hier, sonst würden Sie mich nämlich nicht sehen. Heute ist mein freier Abend. Ich war zu Hause und habe ferngesehen, als die Notrufzentrale mich verständigt hat.«

»Nicht allein, will ich hoffen. Es ist mir ein Greuel, einen Mann wie Sie allein zu sehen. Das Angebot steht nach wie vor, Tag und Nacht, männlich oder weiblich. Alles, wonach Ihnen der Sinn steht, Lester Dudley liefert es...«

»Wollen Sie kuppeln, Lester?«

»Das war doch nur Spaß, Phillips. Herrgott, darf man denn keinen kleinen Witz mehr machen? Ich kenne die Gesetze ebensogut wie Sie, wahrscheinlich sogar besser, wenn's drauf ankommt.«

Lester Dudley entsprach nicht der Vorstellung, die ich mir von einem Zuhälter gemacht hatte. Aus der Entfernung hatte er wie ein mürrischer Jugendlicher ausgesehen, zu jung, um ohne ein Elternteil oder einen Aufpasser in einen Film mit Altersbeschränkung zu kommen. Aus der Nähe stellte ich fest, daß er Anfang Vierzig war, ein Fliegengewicht, vielleicht einen Meter zweiundsechzig groß. Sein Haar, das er aus dem Gesicht gestrichen trug, war dunkel und glatt. Er hatte kleine Augen, eine große Nase und ein leicht fliehendes Kinn. Sein Hals war dünn und ließ seinen Kopf wie eine Rübe aussehen.

Cheney machte sich nicht die Mühe, uns einander vorzustellen, aber Lester schien mich durchaus wahrzunehmen und blinzelte mich schelmisch an, wie ein Höhlentier, das plötzlich ans Tageslicht gezerrt wird. Er trug Kinderkleidung: ein langärmeliges, quergestreiftes T-Shirt, Bluejeans, eine Jeansjacke und Turnschuhe. Er hielt die Arme verschränkt und hatte die Hände in die Achselhöhlen geklemmt. Seine Armbanduhr war eine Breitling – vermutlich eine Fälschung – mit verwirrend vielen Zeigern und viel zu groß für sein Handgelenk. Sie sah mehr danach aus, als hätte er sie erworben, indem er soundso viele Packungsabschnitte gesammelt und eingesandt hatte. »Und wie geht's Danielle? Ich konnte aus der Kuh am Empfang keine vernünftige Antwort herausholen.«

Cheneys Piepser ging los. Er sah die angezeigte Nummer nach. »Mist... bin gleich wieder da«, murmelte er.

Lester, dem wohl unbehaglich zumute war, schien auf den Fersen auf und ab zu federn und starrte Cheney hinterher, der zum Empfang hinüberging.

Ich hielt es für angebracht, das Eis zu brechen. »Sie sind Danielles persönlicher Manager?«

»Stimmt genau. Lester Dudley«, sagte er und streckte die Hand aus.

Ich schüttelte sie trotz meines Widerwillens, Körperkontakt aufzunehmen. »Kinsey Millhone«, sagte ich. »Ich bin mit ihr befreundet.« Wenn man Informationen braucht, darf man sich nicht durch persönliche Animositäten behindern lassen.

Er fuhr fort: »Die Schaltertante hat's mir ganz schön schwergemacht, wollte mir nicht einmal Auskunft geben, nachdem ich ihr gesagt habe, wer ich bin. Wahrscheinlich eine von diesen Emanzen.«

»Bestimmt.«

»Wie geht's ihr? Die Ärmste. Ich habe gehört, daß sie wirklich bestialisch zusammengeschlagen worden ist. War wahrscheinlich irgendein Cracksüchtiger. Das sind fiese Schweine.«

»Der Arzt ist gegangen, bevor ich mit ihm sprechen konnte«, sagte ich. »Vielleicht hatte die Empfangsdame Anweisung, keine Auskünfte zu erteilen.«

»He, die doch nicht. Dazu hat es ihr viel zuviel Spaß gemacht. Hat sich auf meine Kosten amüsiert. Nicht daß es mir etwas ausmachen würde. Ich stehe ja ständig unter Beschuß von diesen Emanzenweibern. Ich dachte, sie hätten es mittlerweile aufgegeben, aber nein, zu früh gefreut. Erst letzte Woche machte so eine Bande von denen Randale. Haben sich auf mich gestürzt wie die Wilden und behauptet, ich würde weiße Sklaverei betreiben. Können Sie sich das vorstellen? So ein Scheiß. Wie können sie von weißer Sklaverei reden, wenn die Hälfte meiner Mädchen schwarz ist?«

»Sie nehmen es zu wörtlich. Ich glaube, Ihnen ist der Kernpunkt entgangen«, sagte ich.

»Ich werde Ihnen sagen, was der Kernpunkt ist«, sagte er. »Diese Mädchen verdienen gutes Geld. Hier geht es um dicke Kohle, Megadollars. Wo können denn diese Mädchen sonst soviel Geld verdienen? Sie haben keine Ausbildung. Die Hälfte von ihnen hat einen zweistelligen IQ. Die *Mädchen* hören Sie nicht jammern. Beklagen sie sich etwa? Überhaupt nicht. Sie leben wie die Königinnen. Und ich sage Ihnen noch etwas. Diese Emanzen bieten ihnen rein gar nichts. Weder Jobs noch Ausbildung noch staatliche Unterstützung. Was mischen die sich also ein? Diese Mädchen müssen sich ihren Lebensunterhalt verdienen. Möchten Sie wissen, was ich ihnen gesagt habe? Ich habe gesagt: ›Meine Damen, das hier ist ein *Geschäft*. Ich schaffe den Markt nicht. Es geht um Angebot und Nachfrage.‹ Die Mädchen bieten Waren und Dienstleistungen an – das ist alles. Glauben Sie, daß ihnen das etwas ausmacht? Wissen Sie, worum es geht? Sexuelle Unterdrückung. Dieser Haufen von männerhassenden Flintenweibern. Sie hassen Männer, und es ist ihnen zuwider, wenn sie sehen, wie sich jemand mit dem anderen Geschlecht vergnügt...«

»Oder«, sagte ich, »vielleicht haben sie etwas dagegen, daß jemand junge Mädchen ausbeutet. Nur eine kühne Vermutung meinerseits.«

»Tja, wenn sie so denken – wo liegt dann das Problem?« fragte er. »Ich denke genauso. Aber sie behandeln mich, als ob ich der Feind wäre, und das begreife ich nicht. Meine Mädchen sind sauber und werden gut beschützt, und daran gibt es nichts zu rütteln.«

»*Danielle* wurde gut beschützt?«

»Natürlich nicht«, sagte er und verzweifelte beinahe an meiner Begriffsstutzigkeit. »Sie hätte auf mich hören sollen. Ich habe zu ihr gesagt: ›Nimm keine Kerle mit nach Hause.‹ Ich habe gepredigt: ›Steig mit keinem ins Bett, wenn ich nicht vor der Tür stehe.‹ Das ist mein Job. So verdiene ich mir meinen Anteil. Ich fahre sie, wenn sie verabredet ist. Kein Verrückter wird sie auch nur anrühren, wenn sie einen Beschützer dabei hat, Herrgott noch mal. Wenn sie nicht anruft, kann ich ihr nicht helfen. So einfach ist das.«

»Vielleicht ist es an der Zeit, daß sie mit dieser Art Leben aufhört«, meinte ich.

»Das findet sie auch, und ich sage: ›He, das bleibt dir überlassen.‹ Niemand zwingt meine Mädchen zum Weitermachen. Wenn sie raus will, ist das ihre Sache. Ich müßte sie allerdings fragen, wie sie sich ihr Geld verdienen will...« Das ließ er im Raum stehen, und seine Stimme triefte vor Skepsis.

»Und was heißt das? Ich kann Ihnen nicht folgen.«

»Ich versuche nur, mir vorzustellen, wie sie im Kaufhaus oder als Kellnerin oder dergleichen arbeitet. Irgendein Job mit Mindestlohn. So zugerichtet wäre es natürlich hart für sie, aber wenn es ihr nichts ausmacht, auf den Hund zu kommen, steht es mir nicht zu, das zu verhindern. Narben im Gesicht könnten ja auch ein Trick sein, um eingestellt zu werden.«

»Niemand hat Narben im Gesicht erwähnt«, sagte ich. »Wie kommen Sie darauf?«

»Oh. Na ja, ich hab's nur vermutet. Es hat sich herumgesprochen, daß sie übel zusammengeschlagen worden ist. Daher habe ich zwangsläufig angenommen, daß das Gesicht unseligerweise mitbetroffen ist, wissen Sie? Es ist ein Jammer, aber eine Menge Typen versuchen es einem armen Mädchen zu erschweren, sich ihren Lebensunterhalt selbst zu verdienen, wollen ihr Selbstbewußtsein untergraben und noch andere Gemeinheiten.«

Cheney kam zurück, und sein Blick wanderte neugierig zwischen Lester und mir hin und her. »Alles in Ordnung?«

»Sicher, bestens«, antwortete ich knapp.

»Wir reden bloß übers Geschäft«, sagte Lester. »Ich weiß immer noch nicht, wie es Danielle geht. Wird sie wieder gesund?«

»Zeit zu gehen«, sagte Cheney zu ihm. »Wir bringen Sie zu Ihrem Wagen.«

»He, klare Sache. Wo haben sie sie denn hingelegt, auf die orthopädische? Ich könnte ihr ein paar Blumen schicken, wenn ich es wüßte. Jemand hat mir erzählt, ihr Kiefer sei gebrochen. Wahrscheinlich war's irgendein Irrer voller Koks.«

»Sparen Sie sich die Blumen. Wir geben Ihnen keine Auskunft. Anweisung des Arztes«, sagte Cheney.

»Ganz schön schlau. Das wollte ich selbst schon vorschlagen. Schützt sie vor den falschen Typen.«

Ich sagte: »Dafür ist es schon zu spät«, doch die Ironie drang nicht zu ihm durch.

Als wir auf der Straße vor dem St. Terry's standen, schüttelten wir uns zum Abschied alle die Hände, als hätten wir gerade eine geschäftliche Besprechung hinter uns gebracht. Sowie Lester uns den Rücken zuwandte, wischte ich mir die Hand an meinen Jeans ab. Cheney und ich blieben auf dem Gehsteig stehen, bis wir ihn wegfahren sahen.

17

Es war schon fast vier Uhr morgens, als Cheneys kleiner roter Mazda durch die dunklen Straßen brummte. Das Verdeck war offen, und der Wind peitschte mir ins Gesicht. In manchen Häusern, an denen wir vorbeifuhren, sah ich Licht brennen, während Leute, die früh zur Arbeit mußten, die Kaffeemaschine einschalteten, bevor sie unter die Dusche stolperten.

»Ist dir kalt?«

»Nein, es ist gut so«, antwortete ich. »Lester schien eine Menge über Danielles Qualen zu wissen. Glaubst du, daß er es war?«

»Nicht wenn er will, daß sie arbeitet«, meinte Cheney.

Zu dieser Stunde ist der Himmel bis hinunter zum Schwarz der Bäume von einer gleichförmigen, grauen Schattierung. Tau durchtränkt das Gras. Manchmal hört man das Spritzen der Rasensprenger, die von Computern darauf programmiert sind, den Rasen zu bewässern, bevor die Sonne ganz aufgegangen ist. Wenn die geringen Niederschläge weiter anhielten wie bisher, würde der Wasserverbrauch beschränkt werden und all das üppige Gras vertrocknen. Während der letzten Dürre sahen viele Hausbesitzer keine andere Möglichkeit, als ihre Gärten mit grüner Farbe zu spritzen.

Auf dem Cabana Boulevard schlängelte sich ein Junge auf einem Skateboard den finsteren Gehsteig entlang. Mir fiel ein, daß ich erwartet hatte, dem Jongleur zu begegnen, dem Mann auf dem Fahrrad mit seinem Rücklicht und den unablässig tretenden Füßen. Für mich stand er mittlerweile für das Eingreifen einer unberechenbaren Macht, feenhaft und dämonisch, ein reines Phantasieprodukt, das vor mir entlangtänzelte wie die Lösung eines Rätsels. Wo immer ich hinging, tauchte er irgendwann auf, immer eilig irgendwohin unterwegs, ohne je an sein Ziel zu kommen.

Cheney wurde langsamer und beugte sich vor, um sich den Skateboardfahrer im Vorbeifahren genauer anzusehen. Er hob grüßend eine Hand, und der Junge winkte zurück.

»Wer ist das?« fragte ich.

»Er arbeitet nachts in einem Sanatorium. Sein Führerschein ist wegen eines Drogenvergehens eingezogen worden. Er ist aber im Grunde ein anständiger Junge«, sagte Cheney. Kurz darauf bog er in Danielles Gasse ein, wo mein Auto noch stand. Er stellte sich hinter den VW und schaltete in den Leerlauf, um das Motorengeräusch so leise wie möglich zu halten. »Wie sieht dein Tag aus? Kommst du zum Schlafen?«

»Ich hoffe es. Ich bin echt erledigt«, sagte ich. »Mußt du arbeiten?«

»Ich gehe jetzt nach Hause und ins Bett. Ein paar Stunden wenigstens. Ich rufe dich später an. Wenn du Lust hast, können wir ja zusammen einen Happen essen gehen.«

»Mal sehen, wie sich mein Tag entwickelt. Wenn ich nicht da bin, hinterlaß mir eine Nachricht. Ich rufe dich zurück.«

»Gehst du ins Büro?«

»Offen gestanden wollte ich zu Danielle hinüberfahren und saubermachen. Ihre Wohnung war voller Blut.«

»Das brauchst du nicht. Der Vermieter hat gesagt, er würde Anfang nächster Woche jemanden zum Putzen hinschicken. Er kann zwar vor Montag niemanden bekommen, aber das ist immer noch besser, als wenn du es tust.«

»Es macht mir nichts aus. Ich möchte gern etwas für sie tun. Vielleicht hole ich auch ihren Bademantel und ihre Pantoffeln und bringe beides ins St. Terry's hinüber.«

»Wie du willst«, sagte er. »Ich passe auf, bis du wegfährst. Sieh zu, daß dein Auto anspringt und dich der schwarze Mann nicht kriegt.«

Ich machte die Beifahrertür auf, packte meine Handtasche und stieg aus. »Danke fürs Mitnehmen und alles andere. Das meine ich ernst.«

»Keine Ursache.«

Ich schlug die Tür zu und ging zu meinem Auto hinüber, während Cheney wie ein Schutzengel über mich wachte. Der VW sprang ohne zu murren an, und ich winkte Cheney, um ihm zu signalisieren, daß alles in Ordnung sei, aber er wollte mich noch nicht aus den Augen lassen. Er folgte mir nach Hause, und so kurvten wir beide die dunklen Straßen hinauf und hinunter. Ausnahmsweise fand ich direkt vor meiner Wohnung einen Parkplatz. Dort angekommen, schien er mich in Sicherheit zu wähnen. Er legte den ersten Gang ein und fuhr davon.

Ich sperrte den Wagen ab, ging durchs Tor und weiter nach hinten, wo ich meine Haustür aufsperrte und hineinging. Ich sammelte die Post auf, die durch den Schlitz geschoben worden war, schaltete eine Lampe an, stellte die Tasche ab und verschloß die Tür hinter mir. Dann begann ich, mich aus den Kleidern zu schälen, während ich die Wendeltreppe hinaufstieg, und verteilte die Kleidungsstücke auf dem Fußboden, bis es aussah wie in einer dieser romantischen Komödien, wo das Liebespaar es kaum noch erwarten kann. Mir ging es so mit dem Schlaf. Nackt stolperte ich herum, schloß die Jalousien, stellte das Telefon ab und machte die Lichter aus. Mit einem Seufzer der Erleichterung kroch ich unter das Federbett. Ich fürchtete, womöglich zu übermüdet zu sein, um einzuschlafen, aber das stellte sich als Irrtum heraus.

Als ich aufwachte, war es schon nach fünf Uhr nachmittags. Einen Moment lang dachte ich, ich hätte rund um die Uhr bis zum nächsten Morgengrauen geschlafen. Ich starrte zur Plexiglaskuppel über meinem Bett hinauf und versuchte, mich in dem Halbdunkel zu orientieren. Ich überprüfte meinen Allgemeinzustand und befand, daß ich vermutlich genug geschlafen hatte. Als ich feststellte, daß ich am Verhungern war, quälte ich mich aus dem Bett. Ich putzte mir die Zähne, duschte und wusch mir die Haare. Dann zog ich ein altes Sweatshirt und abgetragene Jeans an. Unten füllte ich einen Plastikeimer mit Lumpen und verschiedenen Putzmitteln. Nun, da die unmittelbare Krise vorüber war, wallte endlich die Wut auf ihren Angreifer in mir auf. Männer, die Frauen schlagen, stehen fast so tief wie Männer, die Kinder schlagen.

Ich wählte Cheneys Nummer, aber er war offenbar schon aufgestanden und aus dem Haus. Auf dem Anrufbeantworter hinterließ ich ihm eine Nachricht, in der ich die Tageszeit nannte und ihm mitteilte, daß ich zu hungrig sei, um auf ihn zu warten. Als ich meine Haustür öffnete, fiel mir ein gelber Umschlag entgegen, der im Türrahmen gesteckt hatte. Quer darüber hatte Hector geschrieben: »Freitag, 17 Uhr 35. Habe geklopft, aber keine Reaktion. Anbei verbesserte Abschrift und Band. Konnte leider nicht mehr tun. Rufen Sie mich an, wenn Sie wieder da sind.« Darunter hatte er seine Privatnummer und die Nummer im Studio geschrieben. Er mußte vorbeigekommen sein und geklopft haben, als ich unter der Dusche stand. Ich sah auf die Uhr. Offensichtlich war er erst vor einer Viertelstunde dagewesen, und so mußte ich annehmen, daß es noch zu früh war, um ihn unter einer der beiden Nummern zu erreichen. Ich steckte Band und Abschrift in meine Handtasche und ging in einen Coffee Shop, wo es vierundzwanzig Stunden am Tag Frühstück gibt.

Ich studierte Hectors Aufzeichnungen, während ich mich wie ein Schwein mit einem Teller genau jener Lebensmittel vollstopfte, die Ernährungsexperten verbieten. Es war ihm nicht gelungen, wesentlich mehr zu verstehen als ich. Zu meiner Seite mit Notizen hatte er folgendes hinzugefügt:

»*So was ist mir total zuwider... mich nachdenken. Du bist nicht...*«

»*Ach, komm schon. Ich mache doch nur Witze...* [Lachen] *Aber du mußt zugeben, es ist eine tolle Idee. Sie geht jeden Tag zur gleichen Zeit rein... Effet...*«

»*Du bist echt krank...*«

»*Man sollte sich eben nicht in meine...* [klapper... klirr]«

Geräusch von Wasser... Quietschen...

»*Wenn irgend etwas passiert, werde ich...*«

Bums, bums...

»*Das ist mein Ernst... Stubby-*«

»*Keine Verbindung...*«

Lachen... Stühlescharren... Rascheln... Gemurmel...

Unten auf die Seite hatte er drei große Fragezeichen gekritzelt. Ganz meine Meinung.

Bei Danielles Häuschen angekommen, parkte ich wie am Abend zuvor in der Gasse neben der Hecke. Mittlerweile war es dunkel. Wenn das so weiterging, würde ich nie wieder die Sonne hoch am Himmel stehen sehen. Ich holte meine Taschenlampe heraus und überprüfte die Batterien. Ein paar Minuten lang schlenderte ich langsam an den Seiten der Gasse auf und ab und leuchtete links und rechts mit der Lampe ins Gebüsch. Ich erwartete nicht, auf irgend etwas zu stoßen. Ich suchte auch nicht direkt nach »Beweisstücken« im eigentlichen Sinne. Ich wollte ergründen, wohin Danielles Angreifer gegangen sein könnte. Es gab unzählige Stellen, an denen er sich versteckt, Gärten, die er durchquert haben könnte, um auf der einen oder anderen Seite auf die Straße zu gelangen. Mitten in der Nacht kann sogar ein schlanker Baumstamm Deckung bieten. Meiner Meinung nach hatte er in Sichtweite Stellung bezogen und zugesehen, wie der Rettungswagen und die ganzen Polizeistreifen eintrafen.

Ich ging zu Danielles Häuschen zurück und durchquerte den Garten, bis ich zum Haupthaus kam. Dort stieg ich die Hintertreppe hinauf und klopfte an das erleuchtete Küchenfenster. Ich sah, wie Danielles Vermieter Teller vom Abendessen mit klarem Wasser nachspülte, bevor er sie auf den Geschirrständer stellte. Etwa im gleichen Moment entdeckte er mich und kam an die Hintertür, wobei er sich die Hände an einem Geschirrtuch abtrocknete. Er gab mir einen Schlüssel, und wir sprachen kurz über den Überfall. Er war um zehn Uhr zu Bett gegangen. Er sagte, er hätte keinen festen Schlaf, aber sein Schlafzimmer läge im Obergeschoß zur Straße hinaus, und deshalb hätte er überhaupt nichts gehört. Er war ein Mann in den Siebzigern, Soldat im Ruhestand, obwohl er mir nicht verriet, von welcher Waffengattung. Falls er wußte, wie sich Danielle ihren Lebensunterhalt verdiente, so gab er keinen Kommentar dazu ab. Er schien sie ebenso gern zu mögen wie ich, und das war das einzige, was mich interessierte. Ich gab Unkenntnis über ihr derzeitiges Befinden vor und vertraute ihm lediglich an, daß sie überlebt hatte und man damit rechnete, daß sie sich wieder erholte. Er fragte nicht genauer nach.

Ich ging den gepflasterten Weg zu Danielles kleiner Veranda entlang. Das Band zur Absperrung des Tatorts war entfernt worden, aber um den Türknauf herum und am Türrahmen konnte ich immer noch Spuren des Fingerabdruckpuders erkennen. Das lumpenumwickelte, blutige Rohrstück würde vermutlich auf Fingerabdrücke untersucht werden, aber ich bezweifelte, daß dabei viel herauskäme. Ich betrat das Häuschen und schaltete das Deckenlicht an. Die Blutschlieren sahen aus wie ein Rorschachtest, ein dunkelrotes Muster aus Flecken und Ausrufezeichen an den Stellen, wo die Wucht der Schläge das Blut in zwei Streifen über die Wand hatte spritzen lassen. Der blutbefleckte Teppich war entfernt und vermutlich in die Mülltonne hinten auf dem Grundstück geworfen worden. Das Blut auf der Fußleiste sah aus wie Farbtropfen.

Die gesamte Wohnung bestand aus gerade anderthalb Zimmern und war billig gebaut. Ich ging die Räume ab, aber es gab nicht viel zu sehen. Danielles Wohnung war genauso klein wie meine. Es hatte den Anschein, als sei Danielles Kampf mit ihrem Angreifer auf das vordere Zimmer beschränkt gewesen, dessen größten Teil eine Sitzgruppe und ein Doppelbett einnahmen. Laken und Bettbezug bestanden aus einem Laura-Ashley-Stoff, glatte Baumwolle mit einem rosa-weißen Blumenmuster. Die Vorhänge waren aus demselben Material, und die Wände bedeckte eine dazu passende rosa-weiß-gestreifte Tapete. Ihre Küche beschränkte sich auf eine Kochplatte und einen Mikrowellenherd, die auf einer bemalten Kommode standen.

Das Badezimmer war klein und weiß getüncht, während der Fußboden mit winzigen, altmodischen Schwarzweißfliesen ausgelegt war. Um das Waschbecken rankte sich derselbe Laura-Ashley-Stoff, den sie auch im Schlafzimmer verwendet hatte. Sie hatte einen dazu passenden, baumwollenen Duschvorhang gekauft, dessen Stange mit einem Volant verkleidet war. Die Wand gegenüber der Toilette war eine Minigalerie. Ein Dutzend gerahmte Fotografien hingen dicht nebeneinander, viele davon schief. Danielle mußte bei dem Überfall gegen die Trennwand geschleudert worden sein. Mehrere Fotos waren von der Wand gefallen und lagen nun mit der Vorderseite nach unten auf dem Fliesenboden. Vorsichtig hob ich sie auf. Zwei der Rahmen waren beim Aufprall zerbrochen, und in allen vieren war das Glas entweder gesprungen oder ganz zersplittert. Ich legte die vier beschädigten Bilder aufeinander, warf die Glasscherben in den Mülleimer und hängte die restlichen Fotos wieder richtig auf, wobei ich sie mir ansah. Danielle als Baby. Danielle mit Mom und Dad. Danielle mit ungefähr neun, mit hochgestecktem Haar bei einer Tanzaufführung.

Ich ging ins vordere Zimmer zurück und fand ein dickes Bündel brauner Papiertüten, die in dem Spalt zwischen Wand und Kommode steckten. Ich steckte die beschädigten Fotos in eine Tüte und stellte sie neben die Eingangstür. Im Drugstore hatte ich so ähnliche Rahmen für zwei Dollar das Stück gesehen. Vielleicht würde ich dort vorbeifahren und Ersatz beschaffen. Ich zog das Bett ab und legte die Wäsche auf die Veranda. Sogar die Bettverkleidung hatte ein Muster aus blutigen Tupfen abbekommen. Ich würde am nächsten Morgen zur Reinigung fahren. Ich füllte meinen Eimer mit heißem Wasser und stellte eine kräftige Mischung aus Putzmitteln zusammen. Dann wusch ich die Wände ab und schrubbte die Fußleisten und die Böden, bis das Seifenwasser zu einer schaumigen, rosa Flüssigkeit geworden war. Ich schüttete es weg, füllte den Eimer erneut und machte weiter.

Als ich fertig war, zog ich die Abschrift hervor, setzte mich mit Danielles Telefon aufs Bett und versuchte, Hector unter seiner Privatnummer zu erreichen. Er meldete sich gleich.

»Hallo, hier ist Kinsey. Da bin ich aber froh, daß ich Sie zu Hause erreiche. Ich dachte, Sie wären vielleicht schon auf dem Weg ins Studio.«

»So früh nicht und heute überhaupt nicht. Ich arbeite von Samstag bis Mittwoch, daher sind Donnerstag und Freitag abend meistens meine Wochenenden. Gestern abend war eine Ausnahme, aber ich versuche das möglichst auf ein Minimum zu begrenzen. Heute abend habe ich noch etwas Aufregendes vor. Erst bade ich Beauty und dann sie mich. Sie haben die Abschrift bekommen, nehme ich an.«

»Ja, und es tut mir leid, daß ich Sie verpaßt habe. Ich war unter der Dusche, als Sie den Umschlag vorbeigebracht haben.«

Wir brachten ein paar Minuten damit zu, uns gegenseitig unser Leid über die schlechte Qualität der Bandaufzeichnung zu klagen.

»Was sagt Ihnen das Ganze?«

»Nicht viel. Ich habe ein paar Worte verstanden, aber nichts, was einen Sinn ergeben hätte.«

»Haben Sie irgendeine Ahnung, worüber sie reden?«

»Nein. Lorna klingt, als würde sie sich über ihn ärgern, das ist das einzige, was ich heraushöre.«

»Sind Sie sicher, daß es Lorna ist?«

»Ich könnte es nicht beschwören, aber ich bin mir ziemlich sicher, daß sie es ist.«

»Wie steht's mit dem Mann?«

»Ich habe seine Stimme nicht erkannt. Klingt nicht wie irgend jemand, den ich kenne. Sie sollten es sich selbst noch einmal anhören und aufpassen, was Sie verstehen können. Vielleicht können wir uns beim Einfügen der fehlenden Teile abwechseln wie bei einem Puzzle.«

»Wir müssen es nicht zu unserem Lebenswerk machen«, sagte ich. »Ich bin mir nicht einmal sicher, ob es von Belang ist, aber ich werde mich noch einmal damit beschäftigen, wenn ich nach Hause komme.« Ich sah auf die mit Anmerkungen versehene Abschrift hinunter. »Was ist mit diesem Wort *Effet* gemeint? Das ist doch seltsam oder? Was für ein Effet?«

»Dabei war ich mir auch nicht ganz sicher, aber es war das einzige Wort, das mir einfiel. Der Satz, der mir andauernd durch den Kopf geht, ist diese Geschichte mit ›sie geht jeden Tag zur gleichen Zeit rein‹. Ich habe keinen blassen Schimmer, was das bedeuten soll.«

»Und wieso ›Stubby‹? Lorna sagt das, glaube ich.«

»Tja, das klingt jetzt vielleicht seltsam, aber was das angeht, kann ich Ihnen einen Tip geben. Ich glaube nicht, daß sie ›stubby‹ im Sinne von ›knubbelig‹ verwendet. Es gibt hier in der Stadt einen Typen mit dem Spitznamen Stubby. Sie könnte ihn meinen.«

»Das ist eine interessante Möglichkeit. War das jemand, den sie kannte?«

»Vermutlich. Mit richtigem Namen heißt er John Stockton. Man nennt ihn Stubby, weil er klein, gedrungen und dick ist. Er ist Bauträger –«

»Warten Sie mal«, unterbrach ich ihn. »Den Namen habe ich kürzlich erst gehört. Ich bin mir fast sicher, daß Clark Esselmann ihn erwähnt hat... vorausgesetzt, es gibt nur den einen. Ist er Mitglied der Wasseraufsichtsbehörde von Colgate?«

Hector lachte. »Nee, null Chance. Sie würden ihn nie in die Behörde aufnehmen. Das ergäbe einen unerhörten Interessenskonflikt. Er würde sich selbst in ein halbes Dutzend Projekte einschmuggeln, mit denen man schnell reich wird.«

»Oh. Dann hat es vermutlich nichts miteinander zu tun. Hat sie über ihn oder mit ihm gesprochen?«

»Über ihn, nehme ich an. Aber es könnte sogar am Rande ein Zusammenhang bestehen. Stockton müßte sich an die Wasserbehörde wenden, wenn er eine Genehmigung für die Erschließung irgendwelcher Grundstücke haben will. Da Lorna bei Esselmann ›Babysitterin‹ gespielt hat, könnte sie ganz nebenbei von Stubby gehört haben.«

»Schon, aber was macht das? In einer Stadt wie dieser hört man alles mögliche, aber deswegen wird man nicht gleich umgebracht. Wie schwierig ist es denn, eine Genehmigung zu bekommen?«

»Eine *Vorlage* einzubringen, ist nicht schwierig, aber angesichts der momentanen Wasserknappheit müßte er schon mit einem sagenhaften Projekt aufwarten, um es bewilligt zu bekommen.«

»Gut«, sagte ich. Ich ließ die Vorstellung in meinem Hirn ein paar Runden drehen, aber das schien keine Erkenntnisse hervorzurufen. »Ich weiß nicht, wie das alles zusammenpaßt. Wenn sie über Wasser sprechen, könnte es etwas mit ›sie geht jeden Tag zur gleichen Zeit rein‹ zu tun haben. Vielleicht bezieht sich das auf Schwimmen. Ich weiß, daß Lorna gejoggt ist, aber ist sie auch geschwommen?«

»Nicht, daß ich wüßte. Außerdem, wenn der Typ mit Lorna spricht, warum sollte er sie dann mit ›sie‹ bezeichnen? Er muß über jemand anderen sprechen. Und Stockton hat nichts mit Schwimmbädern zu tun. Er baut Einkaufszentren und macht Parzellierungen«, sagte Hector. »So wie es formuliert ist, könnten sie auch über Arbeit sprechen. Sie geht jeden Tag zur gleichen Zeit rein ›in die Arbeit‹. Oder sie geht jeden Tag zur gleichen Zeit rein ›ins Bett‹.«

»Stimmt. Na gut. Vielleicht fällt uns ja etwas ein, wenn wir die Sache ein bißchen ruhen lassen. Ist Ihnen sonst noch etwas aufgefallen?«

»Eigentlich nicht. Nur daß Lorna sauer klang.«

»Den Eindruck hatte ich auch, deshalb habe ich ja so genau hingehört. Was der Typ gesagt hat, hat ihr überhaupt nicht gepaßt.«

»Ach ja. Wie Sie sagen – wenn es je einen Sinn ergeben soll, müssen Sie es wahrscheinlich eine Weile ruhen lassen. Wenn ich einen Geistesblitz habe, rufe ich Sie an.«

»Danke, Hector.«

Als ich das Häuschen abschloß und Danielles Vermieter den Schlüssel zurückgab, war es fast Viertel vor sieben, und die Wohnung sah bedeutend besser aus. Der Geruch von Ammoniak erinnerte zwar an eine Behörde, aber wenigstens müßte Danielle nicht in ein Chaos zurückkehren. Ich ging zu meinem Auto, die Arme mit allem möglichen Kram beladen. Ich stellte den Plastikeimer auf den Beifahrersitz und packte das Bündel Bettwäsche auf den Rücksitz, neben die Papiertüte mit den zerbrochenen Bilderrahmen. Dann rutschte ich hinters Lenkrad, blieb einen Moment sitzen und versuchte zu entscheiden, was ich als nächstes tun sollte. Hectors Vermutung, daß Stubby Stockton Thema von Lornas aufgezeichnetem Gespräch war, erschien mir ziemlich verführerisch. Soweit ich Clark Esselmanns Kommentare am Telefon verstanden hatte, würde Stockton bei der nächsten Versammlung der Wasseraufsichtsbehörde anwesend sein, die nach meinen Berechnungen heute abend stattfinden sollte. Wenn ich Glück hatte, würde mir vielleicht Serena begegnen, und ich könnte sie noch mal zu der fehlenden Geldsumme befragen.

An der nächsten Tankstelle gab es ein öffentliches Telefon, und ich schlug die Nummer der Wasseraufsichtsbehörde von Colgate nach. Die Bürostunden waren schon lange vorüber, aber die Ansage auf dem Anrufbeantworter nannte Einzelheiten über die Versammlung, die für neunzehn Uhr im Konferenzraum in den Büros der Kreisverwaltung angesetzt war. Ich sprang wieder ins Auto, warf den Motor an und fuhr auf der Schnellstraße nach Norden.

Vierzehn Minuten später bog ich in den Parkplatz hinter dem Gebäude ein, wobei ich feststellen mußte, daß der Strom der Fahrzeuge sowohl vor mir als auch hinter mir nicht abriß. Wie bei einer Art Autorennen fuhren wir einer nach dem anderen mit der Schnauze voran in eine Parklücke. Ich stellte den Motor ab, stieg aus und verschloß den Wagen. Es war ganz einfach herauszufinden, wo die Versammlung stattfinden sollte. Ich brauchte nur den anderen Teilnehmern zu folgen. Am hinteren Ende des Gebäudes brannten Lichter, und ich trabte auf sie zu, da ich langsam fürchtete, keinen Sitzplatz mehr zu bekommen.

Der Eingang zum Konferenzraum war in einem kleinen, umschlossenen Innenhof versteckt. Durch das Glasfenster konnte ich sehen, daß die Mitglieder der Aufsichtsbehörde bereits allesamt anwesend waren. Ich ging hinein und hoffte, mir einen Platz sichern zu können, solange es noch welche gab. Der Konferenzraum war funktionell und trist: brauner Teppich, mit dunklem Holzfurnier getäfelte Wände, vorne ein L aus Klapptischen und fünfunddreißig Klappstühle für die Zuhörer. Auf einem Tisch an der Seite stand eine große Kaffeemaschine, daneben ein Stapel Tassen, Zuckertütchen und eine Riesendose Kaffeesahne. Die Beleuchtung bestand aus Leuchtstoffröhren und ließ uns alle gelb aussehen.

Die Wasseraufsichtsbehörde von Colgate setzte sich aus sieben Mitgliedern zusammen. Vor jedem von ihnen stand ein Schild mit eingraviertem Namen und Titel: Berater des Wasserbezirks, Geschäftsführer und leitender Ingenieur, Vorsitzender und vier Direktoren, von denen einer Clark Esselmann war. Der Behördenvertreter namens Ned, mit dem er telefoniert hatte, war offenbar Theodore Ramsey, der zwei Plätze neben ihm saß. Der »Bob« und die »Druscilla«, die er beiläufig erwähnt hatte, waren Robert Ennisbrook beziehungsweise Druscilla Chatham.

Sinnigerweise hatte man den Vertretern der Wasseraufsichtsbehörde große Krüge mit Eiswasser hingestellt, aus denen sie sich genüßlich einschenkten und tranken, während sie über die Wasserknappheit diskutierten. Manche der Mitglieder waren mir dem Namen nach oder vom Hörensagen bekannt, aber von Esselmann abgesehen kannte ich ihre Gesichter nicht. Serena saß in der ersten Reihe, hantierte nervös mit ihren Sachen herum und versuchte, so zu tun, als mache sie sich keine Sorgen um ihren Vater. Esselmann, in Anzug und Krawatte, sah angegriffen, aber entschlossen aus. Er war bereits in ein Gespräch mit Mrs. Chatham vertieft, der Frau zu seiner Linken.

Inzwischen waren zahlreiche Zuhörer eingetroffen, und die meisten der bereitstehenden Klappstühle waren besetzt. Ich entdeckte einen freien Stuhl und schnappte ihn mir, wobei ich mich fragte, was ich hier eigentlich tat. Manche der Zuhörer hatten Aktentaschen und Notizblöcke dabei. Der Mann neben mir hatte einen handschriftlichen Kommentar verfaßt, an dem er noch zu feilen schien, während wir darauf warteten, daß die Versammlung eröffnet würde. Ich wandte mich um und betrachtete die Reihen hinter mir, die allesamt gefüllt waren. Durch das Glasfenster konnte ich sehen, wie sich weitere Personen um den Picknickplatz gruppierten oder sich gegen den dekorativen Zaun lehnten. Lautsprecher im Innenhof gestatteten den Überzähligen mitzuhören, was behandelt wurde.

Vorne wurden Exemplare der Tagesordnung ausgelegt, und ich verließ kurz meinen Platz, um mir eines zu besorgen. Ich erfuhr, daß die Zuhörer das Recht hatten, sich an die Behördenvertreter zu wenden. Zu diesem Zweck wurden Anträge formuliert und schriftlich eingereicht. Überall fanden ausgiebige Beratungen zwischen Personen statt, die einander zu kennen schienen. Manche debattierten in kleinen Gruppen, die einen speziellen Antrag unterstützten. Ich wußte nicht einmal, welche Themen zur Diskussion standen, und auf der Tagesordnung machte sich alles derart öde aus, daß ich mir nicht sicher war, ob es mich interessierte. Ich fragte mich, ob es mir gelingen würde, Stubby Stockton zu erkennen. Viele von uns sehen im Sitzen *stubby* – also klein und dick aus.

Drei Minuten nach sieben wurden die Versammelten um Ruhe gebeten und die Behördenvertreter namentlich aufgerufen. Einzelheiten der letzten Sitzung wurden verlesen und unverändert angenommen. Verschiedene Abstimmungspunkte auf der Tagesordnung wurden ohne Diskussion akzeptiert – alles unter beständigem Rascheln, Husten und Räuspern. Jeder schien im gleichen Tonfall zu sprechen, so daß jedes Thema auf seine langweiligsten Komponenten reduziert wurde. Die Behördenvertreter diskutierten Dienstleistungsstrategien im gleichen, trockenen Stil wie Endlosredner im Kongreß. Falls tatsächlich irgend etwas dabei herauskam, so entging es mir völlig. Was mir allerdings seltsam erschien, war, daß Clark Esselmann bei seinem häuslichen Telefonat mit Ned ziemlich heftig geworden war. Hinter den Kulissen tobten offenbar die Leidenschaften. Hier wurde dagegen alles getan, um im Interesse des Dienstes an der Öffentlichkeit sämtliche Emotionen zu neutralisieren.

Einer nach dem anderen erhielten Personen aus dem Zuschauerraum Gelegenheit, ans Podium zu treten und die Behördenvertreter mit vorbereiteten Erklärungen zu konfrontieren. Diese trugen sie in monotonem Politsingsang vor und schafften es irgendwie, ihre Argumente ohne die geringste Spur von Spontaneität, Humor oder Wärme darzulegen. Wie in der Kirche schraubte die Verbindung von Körperwärme und heißer Luft die Raumtemperatur in schwindelnde Höhen. Für jemanden, der wie ich seit fünf Tagen unter Schlafmangel litt, war es schwer, nicht seitlich vom Stuhl zu kippen.

Zu meiner Schande muß ich gestehen, daß ich tatsächlich einmal kurz einnickte, eine Art Wegtauchen des Bewußtseins, das ich nur mitbekam, weil mir der Kopf herunterfiel. Das mußte noch einmal passiert sein, denn gerade als ich ein bitter benötigtes Nickerchen genießen wollte, wurde ich durch einen erhitzten verbalen Schlagabtausch wieder hochgerissen. Zu spät merkte ich, daß ich die erste Runde verpaßt hatte.

Clark Esselmann war aufgestanden und deutete mit dem Finger auf den Mann auf dem Podium. »Leute wie Sie ruinieren diesen Bezirk.«

Der Mann, den er meinte, *mußte* John »Stubby« Stockton sein. Er war vielleicht einen Meter zweiundfünfzig groß und sehr korpulent, mit einem runden Babygesicht und dunklem, schütterem Haar. Er schwitzte stark und wischte sich während der ganzen Auseinandersetzung immer wieder mit dem Taschentuch übers Gesicht. »Leute wie ich? Aber wirklich, Sir. Lassen wir doch Persönliches beiseite. Hier geht es nicht um mich. Hier geht es auch nicht um Sie. Hier geht es um Arbeitsplätze für diese Gemeinde. Hier geht es um Wachstum und Fortschritt für die Bürger dieses Bezirks, die –«

»Schwachsinn! Hier geht es ums Profitmachen, Sie verdammter Dreckskerl. Was kümmern Sie schon die Bürger dieses Bezirks? Wenn erst einmal diese... diese Scheußlichkeit gebaut ist, haben Sie die Gegend längst verlassen. Sie werden Ihr Geld zählen, während wir anderen alle für die nächsten Jahrhunderte mit diesem Schandfleck hier festsitzen.«

Wie ein Liebespaar schienen Clark Esselmann und John Stockton, nachdem sie sich einmal aufeinander eingelassen hatten, nur noch Augen füreinander zu haben. Der Raum war wie elektrisiert, und eine Welle der Erregung wogte durchs Publikum.

Stocktons Stimme war süßlich vor Abscheu. »Sir, auf die Gefahr hin, Sie zu beleidigen, lassen Sie mich folgendes fragen. Was haben *Sie* denn getan, um Arbeitsplätze, Wohnungen oder finanzielle Sicherheit für die Bürger von Santa Teresa County zu schaffen? Möchten Sie mir darauf eine Antwort geben?«

»Wechseln Sie nicht das Thema –«

»Weil die Antwort ›nichts‹ lautet. Sie haben keinen Balken, keinen Cent und keinen Ziegelstein zur fiskalischen Gesundheit und zum Wohlergehen der Gemeinde, in der Sie leben, beigetragen.«

»Das ist nicht wahr . . . das ist *nicht wahr*!« brüllte Esselmann.

Stockton kämpfte weiter. »Sie haben das Wirtschaftswachstum blockiert, Sie haben sich der Schaffung von Arbeitsplätzen in den Weg gestellt. Sie haben die Erschließung angeprangert und jeglichen Fortschritt verhindert. Und warum auch nicht? Sie haben ja Ihre Schäfchen schon im trockenen. Was kümmert es Sie, was mit uns anderen geschieht? Wenn's nach Ihnen geht, können wir doch alle zum Teufel gehen.«

»Da haben Sie verdammt recht, daß Sie zum Teufel gehen können! Gehen Sie doch!«

»Meine Herren!« Der Vorsitzende war aufgestanden.

»Tja, dann werde ich Ihnen mal etwas sagen. Sie werden schon lange dahingegangen sein und die Gelegenheit für Wachstum wird ebenso dahingegangen sein, und wer wird den Preis für Ihre unterentwickelte Phantasie zu bezahlen haben?«

»Meine Herren! Meine Herren!«

Der Vorsitzende schlug mit seinem Hämmerchen auf den Tisch, wenn auch ohne nennenswerten Erfolg. Serena hatte sich erhoben, doch ihr Vater wehrte sie mit einer herrischen Handbewegung ab, die sie vermutlich von Kindesbeinen an eingeschüchtert hatte. Ich sah sie wieder auf ihren Sitz niedersinken, während er mit zitternder Stimme schrie: »Sparen Sie sich Ihre Sprüche für den Rotary Club, junger Mann. Ich habe es satt, mir diesen eigennützigen Quatsch anzuhören. In Wirklichkeit sind Sie doch nur hinter dem allmächtigen Mammon her, und das wissen Sie auch ganz genau. Wenn Sie so sehr an Wachstum und wirtschaftlichen Möglichkeiten interessiert sind, dann *stiften* Sie doch das Land und sämtliche

Profite, die Sie damit machen wollen. Verstecken Sie sich nicht hinter Rhetorik –«

»Stiften *Sie* doch. Warum schenken Sie nichts her? Sie besitzen mehr als der Rest von uns zusammengenommen. Und erzählen Sie mir bloß nicht, ich würde mich hinter Rhetorik verstecken, Sie aufgeblasener Esel...«

An Stocktons Seite erschien plötzlich ein uniformierter Wachmann, der ihn beim Ellbogen nahm. Stockton schüttelte ihn wütend ab, doch nun tauchte auf seiner anderen Seite einer seiner Geschäftspartner auf, und er wurde von den beiden mit sanfter Gewalt aus dem Raum geleitet. Esselmann war stehengeblieben, und in seinen Augen funkelte der Zorn.

Während rund um mich das Stimmengewirr anschwoll, beugte ich mich zu dem Mann neben mir. »Es ist mir ja so unangenehm, daß ich mich nicht auskenne, aber worum ging es da gerade eigentlich?«

»John Stockton versucht, die Wassernutzungsrechte für eine große Landparzelle zu bekommen, die er erschließen und an Marcus Petroleum verkaufen möchte.«

»Ich dachte, solche Vorhaben müßten bei der Kreisverwaltungsbehörde eingereicht werden«, sagte ich.

»Müssen sie ja auch. Letzten Monat wurde es unter der Bedingung, daß dort wiederaufbereitetes Wasser aus dem Bezirk Colgate verwendet wird, mit fünf zu null Stimmen genehmigt. Es sah ganz danach aus, als würde es widerstandslos akzeptiert, aber jetzt rüstet Esselmann zum Gegenangriff.«

»Und weshalb so erbittert?«

»Stockton besitzt Grundstücke, die die Ölgesellschaften liebend gern haben würden. Aber ohne Wasser sind sie nutzlos. Esselmann hat ihn zuerst unterstützt, aber nun ist er plötzlich dagegen. Stubby fühlt sich verraten.«

Ich dachte an das Telefongespräch, das ich mitangehört hatte. Esselmann hatte erwähnt, daß sich die Behörde zu irgendeiner Vereinbarung hatte überreden lassen, während er im Krankenhaus lag. »Hat Stockton seine Pläne vorangetrieben, während Esselmann krank war?«

»Darauf können Sie wetten. Es wäre ihm ja auch beinahe gelungen. Jetzt, wo Esselmann wieder da ist, nutzt er seinen Einfluß voll aus, damit der Antrag abgelehnt wird.«

Die Frau vor uns drehte sich um und warf uns einen vorwurfsvollen Blick zu. »Hier wird immer noch verhandelt, falls Sie nichts dagegen haben.«

»Entschuldigung.«

Der Vorsitzende der Wasserbehörde bemühte sich verzweifelt darum, die Ordnung wiederherzustellen, während das Publikum daran nicht besonders interessiert zu sein schien.

Ich hielt mir die Hand vor den Mund. »Haben sie darüber schon abgestimmt?« fragte ich leiser.

Er schüttelte den Kopf. »Die Sache kam vor einem Jahr zum ersten Mal zur Sprache, und die Wasserbehörde hat eine Sonderkommission eingesetzt, die alles untersuchen und Empfehlungen aussprechen sollte. Sie ließen Umweltstudien erstellen. Sie wissen ja, wie das läuft. Meistens ist es nur eine Verzögerungstaktik in der Hoffnung, daß die Sache dann vom Tisch ist. Die Angelegenheit kommt erst nächsten Monat zur Abstimmung. Deshalb werden zu diesem Thema immer noch Anhörungen abgehalten.«

Die Frau vor uns hob einen Finger an die Lippen, und unser Gespräch verstummte.

In der Zwischenzeit hatte sich Esselmann mit hochrotem Gesicht abrupt auf seinen Stuhl fallen lassen. Serena ging um den Tisch herum und setzte sich zu seinem Mißfallen an seine Seite. Stubby Stockton war nirgends zu sehen, aber seine immer noch wütende Stimme drang vom Innenhof her an mein Ohr. Irgend jemand versuchte, ihn zu beruhigen, aber ohne großen Erfolg. Die Versammlung verlief in ruhigeren Bahnen weiter, und der Vorsitzende ging geschickt zum nächsten Punkt der Tagesordnung über, einer Vereinbarung über Sprinkleranlagen, die niemanden erhitzte. Als ich mich endlich hinausschlich, war Stockton verschwunden und der Innenhof leer.

18

Ich fuhr zum St. Terry's hinüber und tankte unterwegs. Ich wußte, ich würde erst nach Ende der Besuchszeit im Krankenhaus ankommen, doch die Intensivstation besaß ihre eigenen Regeln und Vorschriften. Angehörige durften jede Stunde fünf Minuten lang hinein. Das Krankenhaus war so hell erleuchtet wie ein Urlaubshotel, und ich mußte auf der Suche nach einem Parkplatz eine Runde um den Block drehen. Ich ging durch die Halle und rechts um die Ecke auf die Aufzüge zu, die zur Intensivstation hinauffuhren. Oben angekommen, rief ich vom Wandtelefon aus drinnen an. Die Nachtschwester, die sich meldete, war höflich, aber mein Name sagte ihr nichts. Sie ließ mich warten, ohne Danielles Anwesenheit auf der Intensivstation ausdrücklich zu bestätigen. Ich studierte die pastellfarbene Seelandschaft an der Wand. Schon bald meldete sie sich zurück, diesmal in freundlicherem Tonfall. Cheney hatte offenbar veranlaßt, daß ich hineindurfte. Wahrscheinlich hielt sie mich für eine Polizistin.

Ich stand im Flur und betrachtete Danielle durch das Fenster zu ihrem Zimmer. Ihr Krankenbett war am Kopfteil in leicht angehobene Stellung gebracht worden. Sie schien zu schlafen. Ihr langes, dunkles Haar lag wie ein Fächer auf dem Kissen und fiel seitlich über die Bettkante. Die Prellung im Gesicht kam mir heute abend ausgeprägter vor, und das weiße Pflaster auf ihrer Nase stand in starkem Kontrast zu den geschwollenen, rußig aussehenden, blauschwarzen Augenhöhlen. Ihr Mund war dunkel und aufgedunsen. Vermutlich hatte man ihr den Kiefer mit Draht fixiert, da er nicht so schlaff herunterhing, wie es bei Schlafenden normalerweise der Fall war. Infusion und Katheter waren noch an ihrem Platz.

»Müssen Sie mit ihr sprechen?«

Ich drehte mich um und stand der Schwester vom Abend zuvor gegenüber. »Ich möchte sie nicht stören«, sagte ich.

»Ich muß sie sowieso aufwecken, um ihre Lebensfunktionen zu kontrollieren. Sie können gerne mitkommen. Aber regen Sie sie nicht auf.«

»Tu' ich nicht. Wie geht's ihr denn?«

»Recht gut. Sie bekommt starke Schmerzmittel, aber sie ist zwischendurch immer wieder aufgewacht. In ein oder zwei Tagen könnten wir sie wahrscheinlich nach unten auf Station verlegen, aber wir glauben, daß sie hier sicherer ist.«

Ich stand schweigend neben dem Bett, während die Schwester Danielles Blutdruck und Puls maß und den Tropf einstellte. Danielle öffnete die Augen mit dem erschöpften, verwirrten Blick von jemandem, der sich nicht genau daran erinnern kann, wo er ist oder warum. Die Schwester machte eine Eintragung auf einer Tabelle und ging hinaus. Danielles grüne Augen leuchteten hell aus der wolkigen Masse von Prellungen, die ihre Lider umgab.

Ich sagte: »Hallo. Wie geht's Ihnen?«

»Ging mir schon besser«, preßte sie durch die Zähne. »Sie haben mir den Kiefer fixiert. Deshalb spreche ich so.«

»Das habe ich mir schon gedacht. Haben Sie Schmerzen?«

»Nee, ich bin high.« Sie lächelte kurz, ohne den Kopf zu bewegen. »Ich habe den Kerl nicht gesehen, falls Sie das wissen wollen. Ich weiß nur noch, daß ich die Tür aufgemacht habe.«

»Kein Wunder«, sagte ich. »Vielleicht kommt die Erinnerung mit der Zeit wieder.«

»Hoffentlich nicht.«

»Ja. Sagen Sie es mir, wenn Sie müde werden. Ich möchte Sie nicht überanstrengen.«

»Kein Problem. Ich habe gern Gesellschaft. Was haben Sie so getrieben?«

»Nicht viel. Ich komme gerade von einer Versammlung der Wasserbehörde. So ein Affentheater. Der alte Mann, den Lorna ab und zu betreut hat, hat ein Riesengebrüll mit einem Bauträger namens Stubby Stockton angezettelt. Der Rest der Versammlung war so sterbenslangweilig, daß ich fast eingeschlafen wäre.«

Danielle gab ein murmelndes Geräusch von sich, um anzuzeigen, daß sie zuhörte. Ihre Lider schienen schwer, und ich dachte, daß sie selbst kurz vorm Einschlafen war. Ich hoffte, daß Stubbys Name in ihr einen Funken der Erinnerung auslösen würde, aber vielleicht hatte Danielle nicht mehr viele Funken übrig. »Hat Lorna Ihnen gegenüber jemals Stubby Stockton erwähnt?« Ich war mir nicht einmal sicher, daß sie mich hörte. Im Raum herrschte Stille. Dann schien sie sich zu sammeln.

»Kunde«, sagte sie.

»Er war ein Kunde?« sagte ich verblüfft. Dann dachte ich einen Moment darüber nach und versuchte, die Information zu verarbeiten. »Das erstaunt mich irgendwie. Er schien mir nicht ihr Typ zu sein. Wann war das?«

»Lange her. Ich glaube, sie hat ihn nur einmal getroffen. Der andere Typ ist derjenige.«

»Welcher andere?«

»Der Alte.«

»Derjenige, der was?«

»Derjenige, den Lorna gebumst hat.«

»Oh, das glaube ich nicht. Sie müssen ihn mit jemandem verwechseln. Clark Esselmann ist Serena Bonneys *Vater*. Er ist der alte Herr, den sie betreut...«

Sie bewegte ihre unversehrte Hand und zog an der Bettdecke.

»Brauchen Sie etwas?«

»Wasser.«

Ich sah hinüber zu dem fahrbaren Nachttisch. Darauf stand ein Styroporkrug mit Wasser, ein Plastikbecher und ein Plastikstrohhalm mit einem Ziehharmonikateil, das in der Mitte ein Gelenk bildete. »Dürfen Sie das trinken? Ich möchte nicht, daß Sie schummeln, bloß weil ich es nicht besser weiß.«

Sie lächelte. »Würde hier nicht... schummeln.«

Ich füllte den Plastikbecher und bog den Strohhalm um. Dann hielt ich den Becher neben ihren Kopf und drehte den Halm so, daß er ihre Lippen berührte. Sie nahm drei kleine Schlucke und schmatzte ganz leicht. »Danke.«

»Sie haben jemanden erwähnt, mit dem Lorna zu tun hatte.«

»Esselmann.«

»Sind Sie sicher, daß wir vom selben Mann reden?«

»Der Schwiegervater von ihrem Chef, oder?«

»Hm, ja, aber warum haben Sie mir das nicht schon vorher gesagt? Es könnte wichtig sein.«

»Ich dachte, ich hätte. Was macht das schon für einen Unterschied?«

»Klären Sie mich auf, und wir werden sehen, was es für einen Unterschied macht.«

»Er war pervers.« Sie krümmte sich und versuchte, sich etwas anders hinzulegen. Krampfartige Schmerzen zeichneten sich auf ihrem Gesicht ab.

»Alles in Ordnung? Sie müssen jetzt nicht darüber sprechen.«

»Alles okay. Die Rippen sind im Eimer, das ist alles. Moment noch.«

Ich wartete und dachte über »pervers« nach. Ich stellte mir Esselmann vor, wie er sich den Hintern auspeitschen ließ und dabei in Strapsen herumhüpfte.

Ich konnte sehen, daß Danielle sich alle Mühe gab, sich zusammenzureißen. »Sie ist nach seinem Herzinfarkt hingegangen, aber er hat sie angemacht. Sie hat gesagt, sie war völlig perplex. Nicht daß er sie irgendwie gekümmert hätte. Kohle ist Kohle, und er hat ihr ein Vermögen bezahlt, aber sie hatte nicht damit gerechnet, nachdem er so... korrekt wirkte.«

»Das kann ich mir denken. Und seine Tochter hat nie davon erfahren?«

»Niemand wußte es. Später dann hat sich Lorna verplappert. Sie sagte, es hätte sich herumgesprochen, und damit hatte sie ihn zum letzten Mal gesehen. Ihr war ganz unwohl dabei. Die Tochter wollte sie wieder anstellen, aber der Alte ließ es nicht zu.«

»Was meinen Sie damit, es hat sich herumgesprochen? Wem hat sie denn davon erzählt?«

»Weiß nicht. Danach hielt sie dicht. Hat gesagt, *diese* Lektion braucht man nur einmal zu lernen.«

Hinter mir sagte jemand: »Verzeihung.«

Danielles Pflegeschwester war zurückgekommen. »Ich möchte nicht unhöflich sein, aber könnten Sie dann zum Schluß kommen? Die Ärzte wollen nicht, daß sie länger als fünf Minuten Besuch hat.«

»Ja, sicher. Schon in Ordnung.« Ich sah wieder zu Danielle. »Wir können ein andermal darüber sprechen. Ruhen Sie sich jetzt aus.«

»Ja.« Danielles Augen schlossen sich wieder. Ich blieb noch eine Minute bei ihr, mehr meinet- als ihretwegen, und schlich mich dann leise aus dem Zimmer. Die Hilfskraft in der Zentrale sah mir beim Hinausgehen nach.

Mit Unbehagen ertappte ich mich dabei, wie ich mir ein Bild von Lorna Kepler mit Clark Esselmann ausmalte. Noch dazu pervers. Was für eine Vorstellung. Es war weniger sein Alter als vielmehr seine förmliche Ausstrahlung. Mir war es unmöglich, seine Respektabilität mit seiner (angeblichen) sexuellen Neigung zu vereinbaren. Er war vermutlich mehr als fünfzig Jahre mit Serenas Mutter verheiratet gewesen. Und all das mußte sich noch zu Mrs. Esselmanns Lebzeiten abgespielt haben.

Ich machte einen Umweg von sechs Häuserblocks zu Short's Drugs, wo ich vier Bilderrahmen im Format 18×27 kaufte, um die zerbrochenen Rahmen zu ersetzen, die ich bei Danielle mitgenommen hatte, Lorna und Clark Esselmann – was für eine ausgefallene Kombination. Der Drugstore schien mit den gleichen widersprüchlichen Bildern angefüllt zu sein: Arthritismittel und Kondome, Bettflaschen und Verhütungsmittel. Da ich schon dabei war, kaufte ich noch zwei Päckchen Karteikarten. Dann fuhr ich nach Hause und versuchte, über etwas anderes nachzudenken.

Ich parkte, klappte den Fahrersitz vor und zerrte die Schachtel mit Lornas Papieren unter Danielles blutbespritzter Bettwäsche heraus. Für jemanden, der so um Ordnung in der Wohnung bemüht ist wie ich, scheine ich für den Zustand meines Autos rein überhaupt kein Interesse aufzubringen. Ich stapelte meine Einkäufe auf der Schachtel und hielt alles mit dem Kinn fest, während ich die Wohnungstür aufsperrte.

Ich setzte mich an meinen Schreibtisch. Seit dem zweiten Tag, den ich an diesem Auftrag arbeitete, hatte ich meine Notizen weder übertragen noch vervollständigt, und die Karteikarten, die ich ausgefüllt hatte, kamen mir unzureichend und stümperhaft vor. Daten sammeln und vermischen sich, Schicht um Schicht, und jede beeinflußt die Wahrnehmung. Mit Hilfe meines Notizbuchs, meines Kalenders, mehrerer Tankquittungen, Rechnungen und des Flugtickets begann ich, die Ereignisse zwischen Dienstag und heute zu rekonstruieren und meine Gespräche mit Lornas Chef Roger Bonney, Joseph Ayers und Russell Turpin in San Francisco, Trinny, Serena, Clark Esselmann und dem (angeblichen) Anwalt in der Limousine zu dokumentieren. Nun mußte ich noch Danielles Behauptung über Lornas Verbindung zu Clark Esselmann hinzufügen. Das mußte ich überprüfen, wußte aber nicht wie. Serena konnte ich kaum fragen.

Offen gestanden heiterte es mich auf zu sehen, wieviel ich bereits herausgefunden hatte. Innerhalb von fünf Tagen hatte ich ein ziemlich umfassendes Bild von Lornas Lebensweise zusammengetragen. Ich merkte, wie ich meinen Erinnerungen nachhing. Sowie ich die Karteikarten vollgeschrieben hatte, würde ich sie an die Pinnwand heften, ein Mischmasch aus den unterschiedlichsten Tatsachen und Eindrücken. Als ich Lornas Finanzen noch einmal durchging und Daten von der Tabelle der Vermögenswerte übertrug, fiel mir etwas auf, das mir bisher entgangen war. In dem Ordner mit ihren Aktienzertifikaten steckte eine Auflistung der Schmuckstücke, die sie versichert hatte. Vier Stücke wurden genannt: eine Granathalskette, ein dazu passendes Granatarmband, ein Paar Ohrringe und eine diamantenbesetzte Uhr. Der Schätzwert sämtlicher Stücke belief sich insgesamt auf achtundzwanzigtausend Dollar. Die Ohrringe wurden als abgestufte Steine beschrieben, Diamanten von einem halben bis zu einem ganzen Karat, gefaßt in doppelten Ringen. Ich hatte sie bereits gesehen, nur daß Berlyn sie getragen und ich sie für unecht gehalten hatte. Ich sah auf die Uhr. Es war fast elf Uhr abends, und ich stellte mit Verblüffung fest, daß ich fast zwei Stunden lang gearbeitet hatte. Ich nahm den Telefonhörer ab und rief in der Hoffnung, daß es noch nicht zu spät war, bei den Keplers an. Mace meldete sich. So ein Mist. Es war mir zuwider, mit ihm zu sprechen. Ich konnte hören, wie im Hintergrund irgendein Sportereignis aus dem Fernseher dröhnte. Nach dem Toben der Masse zu urteilen vermutlich ein Boxkampf. Ich steckte mir einen Finger in die Nase, um meine Stimme zu verstellen. »Hallo, Mr. Kepler, ist Berlyn da, bitte?«

»Wer ist da?«

»Marcy. Ich bin eine Freundin von ihr. Ich war letzte Woche da.«

»Tja, sie ist jedenfalls nicht da. Weder sie noch Trinny.«

»Wissen Sie, wo sie ist? Wir wollten uns eigentlich treffen, aber ich weiß nicht mehr, was wir ausgemacht haben.«

»Wie war noch mal Ihr Name?«

»Marcy. Ist sie drüben im Palace?«

Von ihm kam nur unheilschwangeres Schweigen, während im Hintergrund jemand heftig vermöbelt wurde. »Ich sage Ihnen das eine, Marcy, dort sollte sie sich lieber nicht herumtreiben. Wenn sie im Palace ist, kriegt sie massiven Ärger mit ihrem Dad. Haben Sie das als Treffpunkt ausgemacht?«

»Äh – nein.« Aber ich hätte eine Menge Geld darauf gewettet, daß sie genau dort war. Ich legte auf. Dann schob ich die Papiere beiseite, schwang mich in meine Jacke und packte meine Tasche. Zwischendurch fuhr ich mir noch hastig mit dem Kamm durch die Haare.

Als ich meine Haustür öffnete, stand ein Mann direkt davor.

Ich sprang zurück und stieß einen Schrei aus, bevor ich erkannte, wer es war. »Herrgott, J. D.! Was machen Sie denn hier? Sie haben mich zu Tode erschreckt.«

Auch er war wie ich zusammengezuckt und ließ sich gegen den Türrahmen sinken. »Verflucht noch mal. *Sie* haben *mich* erschreckt. Ich wollte gerade klopfen, als Sie herausgestürmt kamen.« Er hielt sich eine Hand auf die Brust. »Einen Moment bitte. Mir schlägt das Herz bis zum Hals. Tut mir leid, wenn ich Sie erschreckt habe. Ich weiß, ich hätte anrufen sollen. Ich habe einfach darauf gehofft, daß Sie da wären.«

»Woher wissen Sie, wo ich wohne?«

»Sie haben Leda diese Karte gegeben und es hier auf die Rückseite geschrieben. Darf ich hereinkommen?«

»In Ordnung, wenn Sie's kurz machen«, sagte ich. »Ich wollte gerade weggehen. Ich habe etwas zu erledigen.« Ich trat von der Tür zurück und sah ihm dabei zu, wie er sich hereinschob. Eigentlich mag ich es nicht, wenn Hinz und Kunz durch meine Wohnung spazieren. Wenn ich ihm nicht einige Fragen hätte stellen wollen, hätte ich ihn womöglich vor der Tür stehen lassen. Seine Kleidung sah genauso aus wie die, in der ich ihn schon einmal gesehen hatte, aber das traf ja auf meine ebenfalls zu. Wir trugen beide ausgebleichte Jeans und blaue Jeansjacken. Allerdings steckten seine Füße in Cowboystiefeln, während ich Joggingschuhe anhatte. Ich schloß die Tür hinter ihm und ging in der Hoffnung, ihn so von meinem Schreibtisch abzulenken, zur Küchentheke.

Wie die meisten Leute, die meine Wohnung zum ersten Mal sehen, sah er sich interessiert um. »Ganz schön flott«, fand er.

Ich wies auf einen Hocker und warf verstohlen einen Blick auf die Uhr. »Setzen Sie sich.«

»Nicht nötig. Ich kann ohnehin nicht lange bleiben.«

»Ich würde Ihnen ja etwas anbieten, aber das einzige, was ich im Haus habe, ist rohe Pasta. Mögen Sie zufällig Rotelli?«

»Nur keine Umstände. Ich brauche nichts«, sagte er.

Ich setzte mich auf den einen Hocker und überließ ihm den anderen, für den Fall, daß er es sich doch noch anders überlegte. Er schien sich unbehaglich zu fühlen und stand mit den Händen in den Hintertaschen seiner Jeans da. Sein Blick begegnete meinem und wich dann aus. Das Licht in meinem Wohnzimmer ging nicht so gnädig mit seinem Gesicht um wie das in seiner Küche. Womöglich hatte aber auch die ungewohnte Umgebung neue Falten der Anspannung hervorgerufen.

Langsam wurde ich es leid, darauf zu warten, was er zu sagen hatte. »Kann ich Ihnen irgendwie weiterhelfen?«

»Ja, also, Leda hat erzählt, daß Sie vorbeigekommen sind. Ich bin gegen sieben Uhr nach Hause gekommen, und sie war ziemlich außer sich.«

»Tatsächlich«, sagte ich tonlos. »Warum denn?«

»Es ist wegen dieser Geschichte mit dem Band. Sie hätte es gern zurück, wenn Sie nichts dagegen haben.«

»Überhaupt nichts.« Ich ging zum Schreibtisch hinüber und nahm es aus dem dicken, gelben Umschlag, in den Hector es gesteckt hatte. Dann gab ich es J. D., und er schob es in seine Jackentasche, ohne es richtig anzusehen.

»Haben Sie es sich angehört?« fragte er. Er gab sich viel zu gelassen.

»Kurz. Und Sie?«

»Tja, ich weiß mehr oder weniger, was darauf ist. Ich meine, ich wußte, was sie gemacht hat.«

Ich sagte »Ah« und nickte unbeteiligt. In mir meldete sich ein zartes Stimmchen: *Oha, worum geht es nun eigentlich? Das ist ja interessant.* »Warum war sie denn so außer sich?«

»Ich glaube, weil sie nicht möchte, daß die Polizei davon erfährt.«

»Ich habe ihr doch gesagt, daß ich es nicht zur Polizei bringen würde.«

»Sie hat nicht viel Vertrauen. Wissen Sie, sie ist irgendwie unsicher.«

»Das ist mir schon klar, J.D.«, sagte ich. »Ich frage mich nur, was sie so nervös gemacht hat, daß sie Sie den ganzen Weg hier herüber geschickt hat.«

»Sie ist nicht nervös. Sie will nur nicht, daß Sie denken, ich sei es gewesen.« Er trat von einem Fuß auf den anderen, lächelte verlegen und brachte seine gelungenste Ist-mir-doch-schnuppe-Mimik zum Einsatz. »Wollte nicht, daß Sie mich mit Argusaugen verfolgen. Mich überprüfen.« Wenn ein Häufchen Erde auf dem Fußboden gelegen wäre, hätte er mit seiner Stiefelspitze darin herumgebohrt.

»Ich überprüfe jeden. Das ist nicht persönlich gemeint«, sagte ich. »Und wo Sie schon einmal da sind, möchte ich Sie auch gleich etwas fragen.«

»He, nur immer los. Ich hab' nichts zu verbergen.«

»Jemand hat behauptet, Sie seien in die Hütte gegangen, bevor die Polizei gekommen ist.«

Er runzelte die Stirn. »Das hat jemand behauptet? Wer denn?«

»Das ist wohl kein Geheimnis. Serena Bonney«, sagte ich.

Er nickte. »Tja. Das stimmt. Verstehen Sie, ich habe gewußt, daß Leda das Mikro dort installiert hat. Ich wußte von dem Band und wollte nicht, daß die Bullen es finden. Also habe ich die Tür aufgemacht, mich nach unten gebeugt und das Mikro vom Kabel geschnitten. Ich war nicht einmal eine Minute drinnen, deshalb bin ich auch nie auf die Idee gekommen, es zu erwähnen.«

»Hat Lorna gewußt, daß sie abgehört wurde?«

»Ich habe ihr nichts gesagt. Offen gestanden war mir Ledas Verhalten peinlich. Wissen Sie, ihre Einstellung. Sie war Lorna gegenüber ziemlich schroff. Sie ist jung und unreif, und Lorna hat mich sowieso schon ihretwegen angegriffen. Wenn ich ihr erzählt hätte, daß Leda uns nachspionierte, hätte sie sich entweder einen Ast gelacht oder wäre sauer geworden, und ich nahm nicht an, daß das ihr Verhältnis zueinander verbessern würde.«

»Hatten sie ein schlechtes Verhältnis?«

»Hm, nein. Nicht direkt *schlecht,* aber auch nicht gerade gut.«

»Leda war eifersüchtig«, vermutete ich.

»Ja, sie könnte ein bißchen eifersüchtig gewesen sein.«

»Also, was wollten Sie mir nun mitteilen? Daß zwischen Leda und Ihnen eigentlich alles in Ordnung ist, und keiner von Ihnen einen Grund hatte, Lorna aus dem Weg zu räumen, stimmt's?«

»Das stimmt auch. Ich weiß, Sie glauben, daß ich irgend etwas mit Lornas Tod zu tun hatte...«

»Wie sollte ich denn darauf kommen? Sie haben doch gesagt, Sie waren gar nicht in der Stadt.«

»Das stimmt. Und sie war auch nicht da. Ich war mit meinem Schwager zum Fischen verabredet, und in letzter Minute hat sie beschlossen, mit nach Santa Maria zu fahren, als ich ihn abgeholt habe. Meinte, sie hielte sich lieber bei ihrer Schwester auf, als allein hierzubleiben.«

»Warum wiederholen Sie diese ganzen Geschichten? Das begreife ich nicht.«

»Weil man Ihnen anmerkt, daß Sie uns nicht glauben.«

»Mein Gott, J.D., warum sollte ich Ihnen nicht glauben, wenn Sie einander schon so hübsche Alibis liefern?«

»Das ist kein Alibi. Also, verdammt noch mal. Wie kann es ein Alibi sein, wenn ich nichts anderes tue, als Ihnen zu erzählen, wo wir waren?«

»In wessen Fahrzeug sind Sie zum Lake Nacimiento gefahren?«

Er zögerte. »Mein Schwager hat einen Geländewagen. Den haben wir genommen.«

»Santa Maria liegt eine Stunde entfernt. Woher wollen Sie wissen, daß Leda nicht in Ihrem Auto zurückgefahren ist?«

»Das weiß ich nicht sicher, aber Sie können ja ihre Schwester fragen. Die kann es Ihnen sagen.«
»Bestimmt.«
»Nein, ehrlich.«
»Ach, kommen Sie schon. Wenn Sie schon für Leda lügen würden, warum sollte dann ihre Schwester nicht genauso lügen?«
»Es muß sie auch noch jemand anders an diesem Samstag gesehen haben. Ich glaube, sie hat erzählt, daß sie an diesem Morgen eine Make-up-Party veranstaltet haben. Sie wissen schon, wo irgendeine Kosmetikvertreterin vorbeikommt und allen Gesichtsbehandlungen verabreicht, damit sie die Produkte von Mary Jane oder wie das heißt kaufen. Sie brauchen nicht wütend zu werden.«
»Mary Kay. Aber Sie haben recht. Ich sollte nicht wütend werden. Ich habe Leda gesagt, daß ich das alles nachprüfen würde. Bisher bin ich noch nicht dazu gekommen, also ist es meine Schuld und nicht Ihre.«
»Sehen Sie? Ich begreife nicht, wie Sie das anstellen. Sogar wenn Sie sich entschuldigen, klingt es, als würden Sie es gar nicht so meinen. Warum sind Sie denn so unwirsch zu mir?«
»J.D., ich bin unwirsch, weil ich in Eile bin und nicht verstehe, was Sie im Schilde führen.«
»Überhaupt nichts. Ich bin nur vorbeigekommen, um das Band zu holen. Ich dachte, wo ich schon da bin, könnte ich ... Sie wissen schon, mit Ihnen darüber reden. Schließlich haben Sie mich ja danach gefragt. Ich bin nicht von selbst darauf zu sprechen gekommen. Jetzt sieht es so aus, als hätte ich alles noch schlimmer gemacht.«
»Okay. Das akzeptiere ich. Belassen wir es dabei. Sonst stehen wir noch die ganze Nacht herum und erklären uns einander.«
»Okay. Hauptsache, Sie sind nicht wütend.«
»Nicht im geringsten.«
»Und Sie glauben mir.«
»Das habe ich nicht gesagt. Ich habe gesagt, ich akzeptiere es.«
»Oh. Na ja, dann ist es ja okay. Ich schätze, es ist okay.«
Ich merkte, wie ich zu schielen begann.

Es war zwanzig nach elf, als ich mir den Weg durch die Menge im Neptune's Palace bahnte. An diesem Abend war die Illusion der Meerestiefen bestechend. Wäßrige blaue Lichter gingen in Schwarz über. Ein Lichtmuster fluoreszierte auf der Tanzfläche wie das Schimmern am Grund eines Swimmingpools. Ich hob den Blick an die Decke, wo ein Sturm auf hoher See projiziert wurde. Blitze flackerten über einen falschen Himmel, und ein unsichtbarer Wind toste über den Meeresspiegel. Ich hörte das Knacken der Schiffsplanken, als der Regen durch die Masten peitschte, und die Schreie ertrinkender Seeleute vor einem Hintergrund aus Rock 'n' Roll. Tanzende wogten vor und zurück, während ihre Arme in der rauchgeschwängerten Luft ruderten. Die Musik war so laut, daß sie schon fast geräuschlos war, wie Stille, genauso wie Schwarz jede Farbe ist, gesteigert ins Nichts.

Ich erklomm einen freien Barhocker und bestellte mir ein Bier, während ich die Menge musterte. Die Jungen trugen Wimperntusche und schwarzen Lippenstift, die Mädchen dagegen Punkfrisuren und komplizierte Tätowierungen. Ich ließ mir nicht anmerken, daß ich sie beobachtete. Schlagartig verstummte die Musik, und die Tanzfläche begann sich zu leeren. Ganz kurz tauchte ein vertrauter blonder Schopf in meinem Blickfeld auf, von dem ich geschworen hätte, daß er Berlyn gehörte. Dann verschwand sie wieder. Ich ließ mich vom Barhocker gleiten und bewegte mich in einem Bogen nach rechts, wobei ich immer wieder über die tobende Menge hinweg an den Punkt spähte, wo ich sie gesehen zu haben glaubte. Sie war nirgends in Sicht, aber ich war mir fast sicher, daß ich mich nicht geirrt hatte.

Ich blieb neben einem mächtigen Salzwasserbassin stehen, in dem ein flacher Aal mit tückischen Zähnen einen glücklosen Fisch verschlang. Plötzlich sah ich sie, wie sie mit einem bulligen Kerl in Muskelshirt, Armeehosen und schweren Springerstiefeln an einem Tisch saß. Den Kopf hatte er sich kahlgeschoren, aber seine Schultern und Oberarme waren noch mit dichter Wolle bewachsen. Sämtliche nicht von Haaren bedeckten Körperteile schienen mit Tätowierungen von Drachen und Schlangen bedeckt zu sein. Ich konnte die Ausbuchtungen seines Schädels und die Fleischwülste seines Nackens sehen. Oft schon habe ich mir vorgestellt, daß fette Nacken der Teil des menschlichen Körpers sind, den Außerirdische am liebsten verspeisen würden.

Berlyn saß im Profil zu mir. Sie hatte ihre Lederjacke abgestreift, die nun über der Stuhllehne hing und von ihrer Umhängetasche gehalten wurde. Sie trug die Ohrringe, zwei diamantenübersäte Reifen, die ihr rechts und links von den Ohren baumelten. Ihr Rock war aus grünem Satin und – genau wie ihr schwarzer – kurz und eng. Während sie sprach, berührte sie immer wieder die Ohrringe, erst den einen und dann den anderen, und vergewisserte sich so, daß sie noch an Ort und Stelle waren. Sie schien unsicher; vielleicht war sie es nicht gewohnt, so üppigen Schmuck zu tragen. Das Licht der Kerze, die mitten auf ihrem Tisch stand, fing sich in den zahllosen Facetten der Steine.

Donnernde Musik dröhnte durch den Raum, und die beiden standen auf, um wieder zu tanzen. Berlyn trug wieder dieselben spitzen Absätze, vielleicht in der Hoffnung, Knöcheln, die sonst so unförmig wie Verandapfosten waren, Anmut zu verleihen. Ihr Hintern sah aus, als hätte sie sich einen vollgepackten Rucksack um die Taille geschnallt. Die Leute am Tisch nebenan waren gegangen, und ich setzte mich auf den Stuhl neben ihrem.

Auf einmal stand Trinny rechts von mir. Ich hätte diese Begegnung gerne vermieden, aber ich wußte, daß sie mich bereits gesehen hatte.

»Hallo, Trinny. Wie geht's? Ich wußte gar nicht, daß Sie hierher kommen.«

»Jeder kommt hierher. Es ist geil.« Beim Sprechen sah sie sich um und schnippte mit den Fingern, während sie im Takt der Musik ruckartig mit dem Kinn wippte. Ich überlegte, ob das wohl Paarungsverhalten war.

»Sind Sie allein hier?«

»Ä-äh, ich bin mit Berl da. Sie hat einen Freund, mit dem sie sich hier trifft, weil Daddy ihn nicht leiden kann.«

»Ehrlich, Berlyn ist auch hier? Wo ist sie denn?«

»Gleich hier, auf der Tanzfläche. Sie hat gerade noch hier gesessen.«

Sie zeigte in Richtung der Tanzfläche, und ich sah pflichtschuldigst hin. Berlyn zog mit ihrem bulligen Freund eine Hüftwackelnummer ab. Ich konnte seinen rasierten Schädel über die anderen Köpfe ragen sehen, die auf der Tanzfläche auf und ab hüpften.
»Das ist der Typ, den Ihr Vater nicht leiden kann? Nicht zu fassen.«
Trinny zuckte mit den Achseln. »Es ist wegen seiner Haare, glaube ich. Daddy ist irgendwie konservativ. Er findet, Männer sollten sich nicht den Kopf rasieren.«
»Ja, aber was macht das schon, wo er doch sonst überall so viele Haare hat?« sagte ich.
Trinny verzog das Gesicht. »Ich mag keine Männer mit Haaren auf dem Rücken.«
»Hübsche Ohrringe trägt Berlyn da. Wo hat sie die gekauft? Ich hätte auch gern solche.«
»Das ist bloß Straß.«
»Straß? Das ist ja cool. Von hier aus wirken sie wie echte Diamanten, finden Sie nicht?«
»Oh, natürlich. Als ob sie echte Diamanten tragen würde.«
»Vielleicht hat sie sie in einem Laden gekauft, wo es imitierten Schmuck gibt. Sie wissen schon, Smaragde, Rubine und so. Wenn ich mir solches Zeug ansehe, erkenne ich keinen Unterschied.«
»Ja, vielleicht.«
Ich sah auf. Ein Typ, der mit dem Kinn ruckte und mit den Fingern schnippte, stand neben Trinnys Stuhl. Sie stand auf und fing auf der Stelle mit dem Hüftwackeln an. Ich fuhr mit den Händen durch die Luft und versuchte, durch ihre um sich schlagenden Arme die Tanzfläche im Blick zu behalten. »Wenn Sie mich entschuldigen?«
Die beiden begannen auf die Tanzfläche zuzutanzen. Auf einmal entdeckte ich Berlyn und ihren Verehrer wieder und behielt ihre auf und ab hüpfenden Köpfe in den Augen. Dann beugte ich mich vor, als wollte ich mir den Schuh binden, und ließ eine Hand in ihre Umhängetasche gleiten. Ich spürte ihre Brieftasche, die Schminksachen und eine Haarbürste. Dann setzte ich mich wieder auf und nahm einfach die Tasche von der Lehne des Stuhls, auf dem sie

gesessen hatte, und ließ statt dessen meine dort hängen. Ich schlang mir den Riemen um die Schulter und machte mich auf den Weg zur Damentoilette.

An den Waschbecken standen fünf oder sechs Frauen, die ihre Kosmetikutensilien auf den dafür vorgesehenen Borden verteilt hatten. Alle waren hektisch damit beschäftigt, ihre Haare aufzupeppen, Rouge zu verteilen und sich die Lippen nachzuziehen und sahen nicht einmal auf, als ich in eine Kabine ging und den Riegel vorschob. Ich hängte die Tasche auf einen Haken, den die Geschäftsleitung in weiser Voraussicht dort angebracht hatte und begann mit der richtigen Durchsuchung.

Berlyns Brieftasche war nicht besonders aufschlußreich: Führerschein, ein paar Kreditkarten und mehrere zusammengefaltete Kreditkartenquittungen, die zwischen das Bargeld geschoben waren. In ihrem Scheckheft waren einige wöchentliche Einzahlungen verzeichnet, die wohl das Gehalt waren, das sie von Kepler-Installationen bezog. Das Mädchen war massiv unterbezahlt. Ich ging die letzten Monate durch, wobei mir gelegentliche Einzahlungen von zweitausendfünfhundert Dollar auffielen, meist gefolgt von Schecks, die auf Holiday Travel ausgestellt waren. Das war interessant. Außerdem fand ich die kleine, samtbezogene Juwelierschachtel, in der sie vermutlich die Ohrringe aufbewahrte.

Ich zog den Reißverschluß des Innenfachs auf und stöberte durch alte Einkaufszettel, Kassenzettel von Thrifty's Drugstore und Einzahlungsbelege. Dahinter steckten zwei Sparbücher. Das erste war ungefähr einen Monat nach Lornas Tod mit einer Einzahlung von neuntausend Dollar eröffnet worden. Immer wieder waren zweitausendfünfhundert Dollar abgehoben worden, womit der Stand inzwischen auf eintausendfünfhundert Dollar gesunken war. Auf dem zweiten Sparbuch lagen weitere sechstausend Dollar. Vermutlich gab es irgendwo noch ein drittes. Berlyn hatte die Durchschläge ihrer Ein- und Auszahlungsbelege hinten in eines der Sparbücher gelegt – Informationen, die sie nicht zu Hause aufzubewahren wagte. Wenn Janice ihr Versteck mit den geheimen Guthaben gefunden hätte, wären heikle Fragen aufgekommen. Ich nahm aus jedem Sparbuch einen Durchschlag.

Jemand klopfte an die Tür. »Sind Sie da drin gestorben?«
»Moment noch«, sagte ich.

Ich drückte auf die Toilettenspülung und ließ es lautstark rauschen, während ich alles wieder in die Handtasche zurückstopfte. Mit der Tasche über der Schulter trat ich aus der Kabine. Ein schwarzes Mädchen mit einem Siebziger-Jahre-Afro-Look ging in die Kabine, aus der ich gekommen war. Ich fand ein freies Waschbecken und schrubbte mir heftig die Hände, da ich fand, daß sie es nötig hatten. Dann verließ ich die Toilette und kehrte eilig zum Tisch zurück, da die Musik gerade auf ein tosendes Finale zusteuerte. Von der Tanzfläche ertönte frenetischer Beifall, mitsamt schrillen Pfiffen und Getrampel. Ich ließ mich auf meinen Stuhl gleiten, schnappte mir meine Tasche von Berlyns Stuhl und hängte ihre wieder hin.

Berlyn kam mit dem massigen Typen im Schlepptau näher. Ihr Stuhl wackelte gefährlich. Ich griff nach ihm, jedoch nicht schnell genug, um zu verhindern, daß ihre Tasche und ihre Lederjacke in einem Haufen auf den Boden fielen.

19

Mein Blick fiel auf Berlyns Mund, der sich verärgert öffnete, als sie bemerkte, daß der Stuhl umgekippt war. Sie sah verschwitzt und zornig aus, ihr Dauerzustand, wie ich annahm. Ich drehte mich auf der Stelle um, so daß ich auf die Bar blickte. Mit Herzklopfen trank ich an meinem Bier. Ich hörte ihren erstaunten Ausruf. »Schau dir das an. Mein Goooott...« Sie dehnte den Fluch auf drei verschiedene Töne aus, während sie ihre Habseligkeiten zusammensammelte und sich offenbar die Zeit nahm, den Inhalt ihrer Handtasche zu überprüfen. »Da hat jemand drin herumgewühlt.«

»In deiner Tasche?« fragte der Typ.

»Ja, Gary, in meiner Tasche«, sagte sie mit von Sarkasmus triefender Stimme.

»Fehlt irgend etwas?« Er schien betroffen, verlor aber nicht gerade die Fassung. Vielleicht war er an ihren Ton gewöhnt.

Sie sagte: »He.«

Ich wußte genau, daß sie in meine Richtung sprach.

Sie stieß mich an die Schulter. »Ich rede mit Ihnen.«

Ich wandte mich mit gespielter Unschuld um. »Wie bitte?«

»O mein Gott. Was zum Teufel tun Sie denn hier?«

»Ach, hallo Berlyn. Ich dachte mir schon, daß Sie es sind«, sagte ich. »Vor einer Minute habe ich Trinny getroffen, und sie hat gesagt, Sie seien hier irgendwo. Was liegt denn an?«

Sie schüttelte die Tasche, als wäre es ein ungezogenes Hündchen. »Kommen Sie mir nicht mit diesem Stuß. Waren Sie an meiner Tasche?«

Ich legte mir eine Hand auf die Brust und sah mich verwirrt um. »Ich war auf der Toilette. Ich habe mich eben erst hingesetzt«, sagte ich.

»Haha. Sehr witzig.«

Ich sah ihren Begleiter an. »Ist sie auf Drogen?«

Er rollte mit den Augen. »Komm schon, Berl, beruhig dich, ja? Sie hat dir nichts getan. Laß die Frau in Ruhe.«

»Halt's Maul.« Ihr blondes Haar sah in dem flackernden Licht von oben beinahe weiß aus. Ihre Augen waren schwarz umrandet, und die Wimperntusche machte aus ihren Wimpern zwei winzige Reihen Spikes. Sie fixierte mich mit einem seltsam eindringlichen Blick und plusterte sich auf wie eine Katze, wenn sie Gefahr wittert.

Ich ließ meinen Blick über ihr Gesicht gleiten und stoppte bei den Diamantreifen, die sachte an ihren Ohren schaukelten. Das freundliche Lächeln behielt ich bei. »Haben Sie vielleicht etwas zu verbergen?«

Aggressiv beugte sie sich vor, und einen Moment lang dachte ich, sie wollte mich am Kragen meines Pullovers packen. Sie schob ihr Gesicht ganz nah an meines heran, so daß ich ihren Bieratem riechen konnte, was keine so große Bedrohung war. »Was haben Sie gesagt?«

Ich sprach klar und überdeutlich. »Ich sagte, Sie haben hübsche Ohrringe. Würde mich interessieren, wo Sie die herhaben.«

Ihr Gesicht versteinerte sich. »Ich brauche nicht mit Ihnen zu sprechen.«

Ich warf ihrem Begleiter einen Blick zu, um einzuschätzen, wie er das Ganze aufnahm. Er schien nicht im geringsten interessiert. Bereits jetzt war er mir sympathischer als sie. »Was halten Sie von folgendem Vorschlag: Sie erzählen mir, wie Sie zu soviel Geld auf Ihren Sparbüchern gekommen sind.«

Der bullige Typ sah von mir zu ihr und wieder zurück. Offenbar war er verwirrt. »Sprechen Sie mit mir oder mit ihr?«

»Eigentlich mit ihr. Ich bin Privatdetektivin und bearbeite einen Auftrag«, erklärte ich. »Ich glaube nicht, daß Sie in die Sache verwickelt werden möchten, Gary. Im Moment ist zwar alles in Ordnung, aber es wird gleich äußerst ungemütlich.«

Er hielt die Hände hoch. »He, wenn ihr zwei ein Hühnchen miteinander zu rupfen habt, könnt ihr das ohne mich erledigen. Bis dann, Berl. Ich bin weg.«

Ich sagte »bye-bye« zu ihm und wandte mich dann an Berlyn. »Mein Wagen steht vor der Tür. Möchten Sie reden?«

Wir setzten uns in meinen Wagen. Auf dem Parkplatz vor Neptune's Palace schien ebensoviel los zu sein wie drinnen. Zwei Streifenpolizisten hatten eine ernste Unterredung mit einem Jungen, der sich kaum noch aufrecht halten konnte. In der Reihe vor uns klammerte sich zwei Autos weiter ein Mädchen an einen Kotflügel, während sie den Inhalt ihres Magens von sich gab. Die Temperaturen sanken, und der Himmel über uns wirkte glasklar. Berlyn sah mich nicht an.

»Möchten Sie mit den Ohrringen anfangen?«

»Nein.« Mürrisch. Abweisend.

»Möchten Sie mit dem Geld anfangen, das Sie Lorna gestohlen haben?«

»Sie brauchen nicht so zu tun«, sagte sie. »Ich habe es nicht direkt gestohlen.«

»Ich höre.«

Sie schien sich zu winden und zu überlegen, wieviel sie mir »anvertrauen« sollte. »Ich erzähle Ihnen das unter dem Siegel der Verschwiegenheit, okay?« sagte sie.

Ich hielt in Pfadfindermanier die Hand hoch. Ich liebe Geheimnisse, je vertraulicher, desto besser. Wahrscheinlich würde ich sie verpfeifen, aber das brauchte sie ja nicht zu wissen.

Sie zierte sich noch ein Weilchen und bewegte den Mund, während sie sich überlegte, wie sie es formulieren sollte. »Lorna hat angerufen und Mom erzählt, daß sie verreisen würde. Mom hat mir erst später davon berichtet, direkt bevor sie zur Arbeit ging. Ich war ganz bestürzt, weil ich wegen dieser Reise nach Mazatlán mit Lorna sprechen mußte. Sie hatte angedeutet, daß sie mir vielleicht aushelfen könnte, und deshalb bin ich zu ihr rübergegangen. Ihr Auto stand da, aber drinnen brannte kein Licht, und sie hat nicht auf mein Klopfen reagiert. Ich dachte mir, daß sie wohl aus sein müsse. Gleich am nächsten Morgen bin ich wieder vorbeigegangen, da ich sie noch erwischen wollte, bevor sie abreiste.«

»Um wieviel Uhr war das?«

»Vielleicht neun oder halb zehn. Ich sollte an diesem Tag bis zwölf Uhr das Geld ins Reisebüro bringen, sonst hätte ich meine Anzahlung verloren. Ich hatte ihnen bereits tausend Dollar gezahlt, und ich mußte den Restbetrag haben, sonst wäre alles verfallen, was ich angezahlt hatte.«

»Das war für die Reise, die Sie letzten Herbst gemacht haben?«

»Ja.«

»Wie sind Sie auf die Idee gekommen, daß Lorna Geld hätte?«

»Lorna hatte immer Geld. Das wußten alle. Manchmal war sie großzügig und manchmal nicht. Es hing von ihrer Laune ab. Außerdem hatte sie mir zugesagt, daß sie mir helfen würde. Sie hatte es praktisch *versprochen*.«

Eigentlich wollte ich sie noch eingehender befragen, hielt es dann aber für besser, die Angelegenheit zunächst auf sich beruhen zu lassen. »Und weiter?«

»Tja, ich habe an ihre Tür geklopft, aber sie hat nicht reagiert. Ich sah, daß ihr Auto immer noch dastand und dachte, sie wäre vielleicht unter der Dusche oder so, und da habe ich die Tür aufgemacht und hineingespäht. Sie lag auf dem Boden. Ich war so entsetzt, daß ich nicht einmal denken konnte.«

»War die Tür am Abend zuvor verschlossen gewesen oder nicht?«

»Das weiß ich nicht. Ich habe sie nicht ausprobiert. Ich habe nicht einmal daran gedacht. Jedenfalls habe ich sie am Arm angefaßt, und sie war ganz kalt. Ich wußte, daß sie tot war. Das habe ich auf den ersten Blick erkannt. Ihre Augen standen weit offen, und sie starrte nur. Es war echt brutal.«

»Und dann?«

»Ich habe mich gräßlich gefühlt. Es war furchtbar. Ich habe mich hingesetzt und zu weinen angefangen.« Sie blinzelte und äugte durch die Windschutzscheibe, die für meinen Geschmack etwas zu staubig war. Ich nahm an, daß sie versuchte, sich eine Träne abzuringen, um mich mit der Ernsthaftigkeit ihrer Pein zu beeindrucken.

»Sie haben nicht die Polizei gerufen?« fragte ich.

»Äh – nein.«

»Warum nicht? Ich möchte nur wissen, in welcher Verfassung Sie waren.«

»Ich weiß nicht«, sagte sie mißmutig. »Ich hatte Angst, sie würden denken, ich sei es gewesen.«

»Warum sollten sie das denken?«

»Ich konnte nicht einmal beweisen, wo ich zuvor gewesen bin, weil ich allein zu Hause war. Mom war zwar da, aber sie hat geschlafen, und Trinny hatte damals noch einen Job. Ich meine, was, wenn ich verhaftet worden wäre? Mom und Dad wären *gestorben*.«

»Ich verstehe. Sie wollten sie schützen«, sagte ich ausdruckslos.

»Ich versuchte, darüber nachzudenken, was ich tun sollte. Ich war echt fertig, verstehen Sie? Ich hatte erst kurz zuvor um das Geld gebeten, und jetzt war es zu spät. Und die arme Lorna. Sie tat mir so leid. Ich mußte an all die Dinge denken, die sie nicht mehr tun konnte, wie heiraten oder ein Kind bekommen. Sie würde nie nach Europa reisen –«

»Also haben Sie was getan?« fragte ich und unterbrach ihre Aufzählung. Ihre Stimme begann langsam zu zittern.

Sie zog ein ramponiertes Taschentuch hervor und tupfte sich damit die Nase. »Tja. Ich wußte, wo sie ihre Sparbücher aufbewahrte, und dann habe ich mir ihren Paß und dieses Sparbuch ausgeliehen. Ich war so durcheinander und erledigt, daß ich gar nicht wußte, was ich tun soll.«

»Das kann ich mir vorstellen. Und dann?«

»Ich bin in mein Auto gestiegen und ins Valley hinuntergefahren und habe etwas von ihren Ersparnissen abgehoben.«

»Wieviel?«

»Das weiß ich nicht mehr. Ziemlich viel, glaube ich.«

»Sie haben das Konto aufgelöst, stimmt's?«

»Was sollte ich denn sonst tun?« sagte sie. »Ich dachte mir, wenn sie erst einmal wissen, daß sie tot ist, frieren sie ihre ganzen Konten ein wie bei meiner Großmutter. Und wozu soll das gut sein? Sie hatte *versprochen*, mir zu helfen. Ich meine, es war ja nicht so, daß sie meine Bitte abgelehnt hätte oder so. Sie wollte mir das Geld geben.«

»Was ist mit ihrer Unterschrift? Wie haben Sie die hingekriegt?«

»Wir schreiben sowieso gleich, weil ich es ihr selbst beigebracht habe, bevor sie in den Kindergarten kam. Sie hat immer meine Handschrift nachgemacht, deshalb war es nicht so schwierig, ihre zu imitieren.«

»Mußten Sie keinen Ausweis vorlegen?«

»Natürlich, aber wir sehen uns ähnlich genug. Mein Gesicht ist voller, aber das ist in etwa der einzige Unterschied. Die Haarfarbe, na ja, aber die wechseln doch alle. Als später die Meldung in der Zeitung stand, schien niemand einen Zusammenhang herzustellen. Ich glaube, dort unten war nicht einmal ein Foto von ihr in der Zeitung.«

»Was war mit der Bank? Hat man ihr denn keine Bestätigung der Kontoauflösung zugeschickt?«

»Sicher, aber die ganze Post bekomme zuerst ich in die Hände. Alles, was von dieser Bank kam, habe ich aussortiert und gleich weggeworfen.«

»Tja, fast alles«, sagte ich. »Und dann?«

»Das ist alles.«

»Was war mit den Ohrringen?«

»Ach ja. Das hätte ich vermutlich nicht tun sollen.« Sie zog eine Miene, mit der sie Reue und andere tiefe Gefühlsregungen zum

Ausdruck bringen wollte. »Ich hatte schon vor, den Rest wieder zurückzubringen.«

»Wohin zurück?«

»Wir haben immer noch einiges von ihren Kleidern und so. Ich dachte, ich könnte den Schmuck in eine alte Handtasche stecken, weil sie ihn selbst auch so aufbewahrt hat. In die Tasche ihres Wintermantels oder so, und ihn dann entdecken, verstehen Sie, und ganz erstaunt tun.«

»Das wäre jedenfalls eine Möglichkeit«, sagte ich. Mir fehlte noch etwas, aber ich wußte nicht genau, was. »Könnten wir vielleicht kurz noch einmal auf das Geld zurückkommen. Nachdem Sie von Simi zurückgefahren waren, hatten Sie doch neben dem Geld immer noch Lornas Führerschein. Ich wüßte gerne, was Sie als nächstes getan haben. Nur um mir ein Bild zu machen.«

»Ich verstehe nicht ganz. Was meinen Sie denn?«

»Nun, Lornas Führerschein stand auf der Liste, die die Polizei erstellt hat, also müssen Sie ihn zurückgebracht haben.«

»Oh, natürlich. Ich habe den Führerschein wieder dorthin zurückgebracht, wo er war. Ja, genau.«

»Mhm. In ihre Brieftasche oder wohin?«

»Richtig. Dann fiel mir ein, daß ich es besser so aussehen lassen sollte, als hätte sie das Konto selbst aufgelöst, wissen Sie, als hätte sie Geld abgehoben, bevor sie verreist ist.«

»Soweit kann ich Ihnen folgen«, sagte ich vorsichtig.

»Tja, alle dachten, sie wäre bereits weggefahren, also mußte ich lediglich den Eindruck erwecken, sie hätte den ganzen Freitag noch gelebt.«

»Moment mal. Ich dachte, das sei am Samstag gewesen. Das ist alles am Freitag passiert?«

»Es mußte doch am Freitag sein. Die Bank hat ja samstags überhaupt nicht geöffnet und das Reisebüro auch nicht.«

Mir blieb zwar nicht wirklich der Mund offen stehen, aber ich hatte das Gefühl, als sei mir die Kinnlade nach unten weggeklappt. Ich wandte mich zur Seite, um ihr direkt ins Gesicht zu sehen, aber Berlyn schien es nicht zu bemerken. Sie war ganz in ihre Erzählung vertieft und rechnete offensichtlich nicht mit meinem verblüfften

Blick. Sie war wirklich eine erstaunliche Mischung aus Schläue und Dummheit und außerdem viel zu alt, um so ahnungslos zu sein.

»Ich bin nach Hause gegangen. Ich war echt furchtbar durcheinander, deshalb habe ich Mom gesagt, ich hätte Unterleibskrämpfe und bin ins Bett gegangen. Am Samstag nachmittag bin ich wieder zu ihrer Hütte gefahren und habe die Post mitsamt der Morgenzeitung hereingeholt. Ich habe nichts Schlimmes daran gesehen. Ich meine, tot ist tot, also was macht es schon?«

»Was haben Sie mit dem Sparbuch gemacht?«

»Es behalten. Ich wollte nicht, daß irgend jemand merkt, daß das Geld weg war.«

»Und dann haben Sie einen Monat abgewartet und ein paar Sparkonten eingerichtet.« Ich beherrschte mich nach Kräften und versuchte, nicht das anzuwenden, was eine Englischlehrerin vermutlich die schreiende Anklageform nennen würde. Berlyn mußte es am Rande mitbekommen haben, da sie nickte und sich bemühte, bescheiden und reumütig auszusehen. Was auch immer sie sich in den zehn Monaten seit Lornas Tod eingeredet hatte – jetzt, wo sie es mir erklärte, hörte es sich vermutlich anders an.

»Hatten Sie denn keine Angst, daß Ihre Fingerabdrücke in ihrer Hütte gefunden würden?« fragte ich.

»Eigentlich nicht. Ich habe alles abgewischt, was ich angefaßt habe, damit meine Abdrücke nicht darauf sind, aber ich dachte mir, auch wenn es aufflog, hätte ich schließlich ein Recht darauf, dort gewesen zu sein. Schließlich bin ich ihre Schwester. Ich war oft bei ihr. Und überhaupt, wie will man denn nachweisen, von wann ein Fingerabdruck stammt?«

»Es überrascht mich, daß Sie sich nicht neu eingekleidet oder ein Auto gekauft haben.«

»Das wäre nicht richtig gewesen. Darum habe ich Lorna nicht gebeten.«

»Sie haben sie auch nicht um ihren Schmuck gebeten«, sagte ich scharf.

»Ich schätze, Lorna hätte nichts dagegen. Ich meine, was sollte es sie kümmern? Ich war so untröstlich, als ich sie gefunden habe.« Sie brach den Blickkontakt ab, und ihr Gesicht bekam einen betrübten

Ausdruck. »Und überhaupt, warum hätte sie mir das übelnehmen sollen, wenn sie damals sowieso nichts mehr tun konnte?«

»Sie wissen, daß Sie gegen das Gesetz verstoßen haben.«

»Ja?«

»Genauer gesagt haben Sie gegen einige Gesetze verstoßen«, sagte ich liebenswürdig. Ich merkte, wie meine Wut anschwoll. Es war, als stünde ich kurz davor, mich zu übergeben. Ich hätte meinen Mund halten sollen, weil ich merkte, wie ich die Beherrschung verlor. »Aber der Punkt ist doch folgender, Berlyn. Ich meine, abgesehen von Diebstahl, Unterschlagung von Beweismitteln, Manipulation des Tatorts, Behinderung der Justiz und Gott weiß, welche weiteren Gesetze Sie gebrochen haben, haben Sie die Ermittlungen im Mord an Ihrer Schwester komplett versaut! Irgendein Dreckskerl läuft in dieser Minute frei wie ein Vogel da draußen herum, und zwar Ihretwegen, kapieren Sie das? Wie bescheuert sind Sie eigentlich?«

Nun fing sie endlich richtig zu weinen an.

Ich beugte mich über sie und machte die Beifahrertür auf. »Steigen Sie aus. Gehen Sie nach Hause«, sagte ich. »Oder besser, gehen Sie zu Frankie's und erzählen Sie Ihrer Mutter, was Sie gemacht haben, bevor es in meinem Bericht steht.«

Mit roter Nase und über die Wangen laufender Wimperntusche drehte sie sich zu mir, fast atemlos wegen meines Verrats. »Aber ich habe es Ihnen unter dem Siegel der Verschwiegenheit anvertraut. Sie haben gesagt, Sie würden es nicht weitererzählen.«

»Das habe ich nicht ausdrücklich gesagt, und wenn ich es gesagt habe, war es gelogen. Ich bin eine ziemlich niederträchtige Person. Tut mir leid, wenn Sie das nicht begriffen haben. Und jetzt verlassen Sie mein Auto.«

Sie stieg aus und knallte die Tür zu. Ihr Kummer hatte sich in knapp zehn Sekunden in Wut verwandelt. Sie hielt ihr Gesicht dicht ans Fenster und brüllte: »Miststück!«

Ich ließ den Wagen an und stieß rückwärts aus der Parklücke, so wütend, daß ich sie dabei beinahe überfahren hätte.

Ich begann, in der Hoffnung, irgendwo auf Cheney Phillips zu stoßen, das Viertel abzufahren. Vielleicht hatte er Bereitschaftsdienst und machte sittenpolizeiliche Hausbesuche wie ein Arzt. Vor allem brauchte ich aber irgendeine Beschäftigung, während ich mir die Konsequenzen dessen durch den Kopf gehen ließ, was Berlyn gesagt hatte. Kein Wunder, daß J.D. nervös war und tat, was er konnte, um Tag und Zeit seiner gemeinsamen Abreise mit Leda zu fixieren. Wenn Lorna am Freitag abend oder am Samstag ermordet worden war, waren sie aus dem Schneider. Datierte man das Ganze um einen Tag zurück, war alles wieder offen.

Ich fuhr den Cabana hinunter in Richtung CC's. Vielleicht hielt sich Cheney dort auf. Es war noch nicht ganz Mitternacht. Der Wind hatte aufgefrischt und rauschte so laut durch die Bäume wie bei einem Sturm, obwohl kein Regen fiel. Die Brandung war aufgepeitscht, und wilde Gischt sprühte von den Wellen, wenn sie gegen den Strand schlugen. In einer linken Seitenstraße hörte ich eine Autoalarmanlage losgehen, und das Geräusch drang durch die Nacht wie das Heulen eines Wolfs. Aus dem Augenwinkel sah ich, wie ein vertrockneter Palmwedel von seinem Stamm fiel und direkt vor mir über die Fahrbahn schlitterte.

Auf dem Parkplatz vor dem Caliente Café standen nur sehr wenige Autos. Für Freitag abend war kaum Betrieb. Im Lokal befanden sich nur ganz wenige Gäste, und Cheney war nicht unter ihnen. Bevor ich ging, benutzte ich das Münztelefon und versuchte, ihn zu Hause zu erreichen. Er war entweder nicht da oder nahm nicht ab, und ich legte auf, ohne eine Nachricht auf seinem Anrufbeantworter zu hinterlassen. Ich wußte nicht genau, was mich mehr störte: die Geschichte, die Berlyn mir erzählt hatte, oder Danielles Enthüllung über Lorna und Clark Esselmann.

Ich machte einen Umweg über Montebello und konnte mich nicht entscheiden. Das Anwesen der Esselmanns lag in einer schmalen Straße ohne Gehsteige oder Straßenlampen. Meine Scheinwerfer tauchten die Fahrbahn vor mir in weißes Licht. Der Wind blies immer noch. Sogar mit geschlossenen Autofenstern konnte ich hören, wie er durchs Gras brauste. Ein großer Ast hing herab, und ich mußte abbremsen, um ihm auszuweichen. Meine Augen folgten der niedrigen Mauer, die das Grundstück umgab. Sämtliche Außenscheinwerfer waren aus, und das Haus lag im Dunkeln. Seine eckige, schwarze Silhouette hob sich von dem lehmfarbenen Himmel ab. Der Mond war nicht zu sehen. Eine Eule flog über die Straße, stieß kurz auf die Wiese auf der anderen Seite herab und stieg mit einem kleinen Bündel in den Klauen wieder auf. Mancher Tod ist so still wie der Flug eines Vogels, manche Beute so widerstandslos wie ein Bündel Lumpen.

Das Vordertor war geschlossen, und ich konnte kaum über die dunklen Umrisse der Wacholderbüsche an der Einfahrt hinaussehen. Ich legte den Rückwärtsgang ein, wendete und ließ den Motor weiterlaufen, während ich überlegte, was ich tun sollte. Später fragte ich mich, was geschehen wäre, wenn ich tatsächlich den Knopf an der Sprechanlage gedrückt und mich angemeldet hätte. Vermutlich hätte es nichts geändert, aber man kann nie wissen. Schließlich fuhr ich nach Hause zurück und kroch ins Bett. Über mir blies der Wind vertrocknete Blätter über das kuppelförmige Oberlicht, was sich anhörte wie das Scharren winziger Füßchen. Während ich mich im Schlaf unruhig hin- und herwarf, verursachte mir etwas Gewissensbisse. Einmal, mitten in der Nacht, hätte ich schwören können, daß ein kalter Finger meine Wange berührte, und ich schreckte hoch. Der Raum war leer, und der Wind hatte sich bis auf ein Flüstern gelegt.

Um zwölf Uhr mittags klingelte mein Telefon. Ich war seit einer Stunde wach, hatte aber keine Lust aufzustehen. Nachdem ich zur Gänze in die nächtlichen Gefilde übergesiedelt war, fand ich die Vorstellung, vor zwei Uhr nachmittags aufzustehen, abstoßend. Das Telefon klingelte erneut. Ich brauchte zwar keinen Schlaf mehr, aber ich wollte mich einfach nicht dem Tageslicht stellen. Beim dritten Klingeln packte ich den Apparat, holte ihn zu mir ins Bett und klemmte mir den Hörer zwischen Ohr und Kopfkissen. »Hallo.«

»Hier ist Cheney.«

Ich stützte mich auf einen Ellbogen und fuhr mir mit der Hand durchs Haar. »Oh, hallo. Ich habe gestern abend versucht, dich zu erreichen, aber da warst du wohl unterwegs.«

»Nein, nein. Ich war hier«, sagte er. »Meine Freundin war da, und wir haben um zehn das Telefon ausgestellt. Was gibt's denn?«

»O Mann, wir müssen miteinander sprechen. Bei meinen Ermittlungen kommen alle möglichen Sauereien ans Tageslicht.«

»Dabei weißt du noch nicht einmal die Hälfte. Ich habe gerade einen Anruf von einem Kumpel aus dem Sheriffbüro bekommen. Clark Esselmann ist heute morgen bei einem grotesken Unfall ums Leben gekommen.«

»Er ist was?«

»Du wirst es nicht glauben. Er hat in seinem Swimmingpool einen tödlichen Stromschlag abbekommen. Ist hineingesprungen, um ein paar Bahnen zu schwimmen, und war sofort tot, schätze ich. Der Gärtner kam auch um. Der gute Mann ist hinterhergesprungen, um Esselmann zu retten und starb auf dieselbe Weise wie er. Esselmanns Tochter sagte, sie hätte einen Schrei gehört, doch als sie draußen ankam, waren sie beide schon tot. Zum Glück hat sie begriffen, was los war, und den Schutzschalter betätigt.«

»Das ist ja seltsam«, sagte ich. »Warum hat denn der Schutzschalter nicht von vornherein den Strom unterbrochen? Dazu ist er doch da, oder?«

»Frag mich nicht. Sie haben mittlerweile einen Elektriker hinausgeschickt, der die ganzen Leitungen überprüft, also warten wir einfach ab, was er entdeckt. Jedenfalls ist momentan Hawthorn mit den Jungs von der Spurensicherung drüben am Haus, und ich mache mich jetzt auch auf den Weg. Willst du vorbeikommen und mich abholen?«

»Gib mir sechs Minuten. Ich warte draußen.«

»Bis dann.«

Als Cheney und ich zum Eingang von Clark Esselmanns Anwesen kamen, drückte er auf den Knopf und meldete unsere Ankunft einer dumpf klingenden Stimme am anderen Ende. »Einen Moment bitte, ich frage nach«, sagte der Mann und unterbrach die Verbindung. Auf der Fahrt hatte ich Cheney soviel wie möglich über Esselmanns Zusammenstoß mit Stubby Stockton auf der Versammlung am Abend zuvor erzählt. Außerdem berichtete ich ihm von meinem Gespräch mit Berlyn und von Danielles Behauptung, daß Esselmann ein Verhältnis mit Lorna gehabt hatte.

»Du warst ganz schön fleißig«, bemerkte er.

»Nicht fleißig genug. Ich bin gestern abend hier vorbeigefahren, da ich fand, daß ich mit ihm sprechen sollte. Ich habe keine Ahnung, was ich eigentlich sagen wollte, aber dann stellte sich heraus, daß das ganze Haus finster war, und ich hielt es nicht für angebracht, den gesamten Haushalt zu wecken, um ihn wegen seiner angeblichen perversen Vorlieben zu befragen.«

»Tja, nun ist es zu spät.«

»Ja, allerdings«, sagte ich.

Die Tore schwangen auf, und wir kurvten die Auffahrt hinauf, die auf beiden Seiten von Fahrzeugen gesäumt war: zwei neutrale Wagen, der Kleinlastwagen des Elektrikers und ein städtisches Fahrzeug, das vermutlich dem Leichenbeschauer gehörte. Cheney parkte den Mazda hinter dem letzten Wagen in der Reihe, und wir gingen zu Fuß weiter. Direkt vor dem Haus standen ein Rettungswagen der Feuerwehr und ein orange-weißer Krankenwagen neben einem schwarz-weißen Streifenwagen vom Büro des Sheriffs. Ein uniformierter Hilfssheriff verließ seinen Posten an der Eingangstür und kam uns entgegen. Cheney zeigte ihm seine Dienstmarke, und die beiden sprachen kurz miteinander, bevor der Hilfssheriff uns durchwinkte.

»Wie kommt es, daß du hineindarfst?« fragte ich leise, als wir die Veranda überquerten.

»Ich habe Hawthorn erzählt, daß es einen vagen Zusammenhang mit einem Fall geben könnte, an dem wir arbeiten. Er hat nichts dagegen, solange wir nicht stören«, sagte Cheney. Er drehte sich um und deutete mir mit dem Finger ins Gesicht. »Wenn du irgendwelchen Ärger machst, dreh' ich dir den Hals um.«

»Warum sollte ich Ärger machen? Ich bin genauso neugierig wie du.«

An der Haustür blieben wir stehen und machten zwei Sanitätern von der Feuerwehr Platz, die bereits zusammengepackt hatten und vermutlich nicht mehr gebraucht wurden.

Wir gingen ins Haus und durch die große, rustikale Küche. Innen herrschte Ruhe. Keine Stimmen, kein Staubsaugerlärm, kein Telefongeklingel. Ich sah weder Serena noch irgend jemanden vom

Personal. Die hohen Glastüren standen offen, und die Terrasse war, wie bei Dreharbeiten, bevölkert von Leuten, deren Status und Funktion sich nicht auf den ersten Blick erschlossen. Die meisten standen in respektvollem Abstand zum Swimmingpool untätig herum, aber die wichtigen Mitglieder des Teams waren in ihre Arbeit vertieft. Ich erkannte die Fotografin, den Leichenbeschauer und seinen Assistenten. Zwei Detectives in Zivil nahmen für eine Skizze Maß. Nun, da wir Zutritt erhalten hatten, schien niemand mehr unser Recht, anwesend zu sein, in Frage zu stellen. Soweit wir es beurteilen konnten, stand noch nicht fest, daß es sich um ein Verbrechen handelte, doch wurde der Schauplatz aufgrund Esselmanns hoher Stellung innerhalb der Stadt mit peinlichster Genauigkeit untersucht.

Man hatte die Leichen Esselmanns und des Gärtners aus dem Wasser geholt. Sie lagen Seite an Seite, diskret mit Planen abgedeckt. Zwei Paar Füße sahen hervor, die einen nackt und die anderen in Arbeitsstiefeln. Die Sohlen der nackten Füße waren von einem unregelmäßigen Muster von Verbrennungen gezeichnet, und an manchen Stellen war das Fleisch schwarz. Der Hund war nirgends zu sehen, und ich nahm an, daß man ihn irgendwo eingesperrt hatte. Die Sanitäter standen schweigend da und warteten wahrscheinlich darauf, daß der Leichenbeschauer seine Zustimmung gab, die Toten ins Leichenschauhaus zu bringen. Es war eindeutig, daß sie nichts mehr tun konnten.

Cheney überließ mich mir selbst. Sein Anrecht darauf, sich hier aufzuhalten, war nur geringfügig größer als meines, aber er nahm sich die Freiheit herumzugehen, während ich es für klüger hielt, unauffällig im Hintergrund zu bleiben. Ich drehte mich um und sah zu den angrenzenden Grundstücken hinüber. Im Tageslicht sahen die ausgedehnten Rasenflächen fleckig aus, durchsetzt von Schwingel- und Hundszahngras, wovon letzteres zu dieser Jahreszeit verwelkt war und schmutzigbraune Streifen bildete. Die blühenden Büsche um die Terrasse herum formierten sich zu einer hüfthohen, bunten Mauer. Ich konnte genau erkennen, wo der Gärtner sich heute morgen zu schaffen gemacht hatte, da der eine Teil der Hecke, die er geschnitten hatte, säuberlich zurechtgestutzt und der andere noch struppig war. Seine elektrische Heckenschere lag auf dem Beton, wo er sie wohl fallen gelassen hatte, bevor er ins Wasser sprang. Der Pool sah friedlich aus, und an seiner dunklen Oberfläche spiegelte sich ein Teil des steilen Daches. Vielleicht war es ein Trugbild meiner übersteigerten Phantasie, aber ich hätte schwören können, daß der schwache Geruch geschmorten Fleisches noch in der Morgenluft hing.

Ich ging über die Terrasse auf den Durchgang zu, der die vier Garagen mit dem Haus verband, und schlenderte langsam wieder zurück. Ich konnte mir nicht vorstellen, daß Esselmanns Tod ein Unfall gewesen sein sollte, aber genausowenig begriff ich, inwiefern er mit Lornas Tod in Verbindung stand. Es war *möglich*, daß er sie umgebracht hatte, aber es kam mir nicht wahrscheinlich vor. Wenn er ihr Verhältnis bereute oder Bloßstellung befürchtete, könnte er womöglich Selbstmord begangen haben, aber das war weiß Gott eine bizarre Methode dafür. Schließlich hätte Serena diejenige sein können, die als erste den Schauplatz betrat, und dann wäre sie mit ihm umgekommen.

Ich bemerkte, wie auf der Seite des Hauses, die dem Pool am nächsten lag, geschäftig gearbeitet wurde: Der Elektriker sprach mit den beiden Detectives. Er unterstrich seine Erklärung mit Handbewegungen, und ich konnte sehen, wie sie alle von der elektrischen Schalttafel auf den Geräteschuppen blickten, in dem die Pumpe, der Filter und die große Heizungsanlage für den Pool untergebracht waren. Der Elektriker ging zu der am entfernteren Ende des Beckens gelegenen Seite hinüber. Er sprach weiter und ging in die Hocke, während einer der Detectives blinzelnd ins Wasser äugte. Er ließ sich auf Hände und Füße hinab und beugte sich weiter hinunter. Dann stellte er dem Elektriker eine Frage, zog sein Sakko aus, krempelte die Ärmel hoch und faßte in die Tiefe. Die Fotografin wurde herbeizitiert, und der Detective begann neue Instruktionen auszugeben. Sie legte einen frischen Film in ihre Kamera ein und wechselte das Objektiv.

Der andere Detective ging zum Assistenten des Leichenbeschauers hinüber, und sie besprachen sich. Der Leichenbeschauer hatte sich zurückgezogen, und die beiden Sanitäter begannen, die Leichen für den Abtransport zum Krankenwagen fertigzumachen. Von meinem Standort aus konnte ich verfolgen, wie sich unter den versammelten Fachleuten eine Neuigkeit verbreitete. Worin die Information auch immer bestand, sie wanderte jedenfalls von Zweiergrüppchen zu Zweiergrüppchen, während das Team sich neu formierte. Der Detective ging weg, und ich bahnte mir den Weg zum Assistenten des Leichenbeschauers. Ich wußte genau, wenn ich nur geduldig war, würde der Zug mit den Neuigkeiten schließlich auch an meinem kleinen Bahnhof eintreffen. Der Elektriker hatte seinen Werkzeugkasten auf dem Terrassentisch stehenlassen und kam nun herüber, um ihn abzuholen. In der Zwischenzeit sprach der Detective mit dem Fachmann für Fingerabdrücke, der bislang noch nicht viel zu tun gehabt hatte. Die drei begannen sich zu unterhalten und warfen immer wieder Blicke auf den Pool. Ich hörte, wie der Elektriker das Wort *Effet* benutzte, und meine Gedanken rasten blitzartig zu der Abschrift, die ich mit Hector debattiert hatte.

Ich legte ihm eine Hand auf den Arm, und er sah mich an. »Entschuldigen Sie bitte. Ich möchte mich nicht einmischen, aber *was* haben Sie gerade gesagt?«

»Daß mit der FI etwas nicht stimmt. Ein Kabel hat sich gelockert, und deshalb wurde der Stromunterbrecher nicht ausgelöst, wie es eigentlich hätte der Fall sein sollen. Eine der Lampen im Pool ist kaputt, und das hat das Wasser unter Strom gesetzt.«

»Ich dachte, es hieße FI-*Schaltung,* Fehlerstromschutzschaltung.«

»Ist doch dasselbe. Ich verwende beides. FI ist kürzer, und jeder weiß, was man meint.« Der Elektriker war ein junger Mann Mitte Zwanzig mit klaren Gesichtszügen, einer aus der Armee von Fachleuten, die die zivilisierte Welt ein bißchen reibungsloser funktionieren lassen. »Das Vertrackteste, was ich je gesehen habe«, sagte er zum Hilfssheriff. »Um einen solchen Unterwasserscheinwerfer zu zerbrechen, müßte man einen Stock nehmen und von oben dagegenstoßen. Die Polizei wird feststellen, wann der Pool zum letzten Mal gewartet wurde, aber da hat jemand richtig zugeschlagen. Das gibt einen gigantischen Prozeß, glaub mir.«

Der Experte für Fingerabdrücke meldete sich zu Wort. »Glauben Sie, der Gärtner könnte es gewesen sein?«

»Was gewesen? Man stößt einen Unterwasserscheinwerfer nicht versehentlich kaputt. Ich habe es dem Detective schon gesagt, daß dieses Glas massiv ist. Das ist harte Arbeit. Wenn es Nacht und die ganzen Lichter an gewesen wären, hätte es vielleicht jemand gemerkt. Bei Tageslicht wie jetzt und mit diesen ganzen schwarzen Fliesen, kann man ja kaum am vorderen Ende bis auf den Grund schauen, geschweige denn am anderen Ende.«

Von der entgegengesetzten Seite der Terrasse winkte der Detective den Elektriker wieder zu sich her, und dieser setzte sich in Bewegung. Um mich herum hatten inzwischen der Hilfssheriff und der Fingerabdruckexperte ein Gespräch über jemanden angefangen, der von seinem elektrischen Rasenmäher mit einem Stromschlag ins Jenseits befördert worden war, weil seine Mutter, die sich nützlich machen wollte, den Stecker mit seinen drei Stiften in ein Verlängerungskabel mit nur zweien gesteckt hatte. Die Isolierung am Nulleiter war defekt, was zu direktem Kontakt zwischen dem Kabel und dem Metallgriff des Rasenmähers geführt hatte. Der Hilfssheriff erläuterte die Ausmaße des Schadens in allen Einzelheiten und verglich diesen Fall mit einem anderen, den er erlebt hatte, nämlich als ein Kind ein Stromkabel durchbiß, während es in einer Wasserlache im Badezimmer stand.

Ich dachte immer noch über die Bandaufnahme nach und ließ mir ständig den Satz *Sie geht jeden Tag zur gleichen Zeit rein* durch den Kopf gehen. Vielleicht war Esselmann gar nicht das vorgesehene Opfer gewesen, sondern Serena. Ich sah mich nach Cheney um, konnte ihn aber nirgends entdecken. Ich sprach den mir am nächsten stehenden Detective an. »Hätten Sie etwas dagegen, wenn ich mit Mr. Esselmanns Tochter spräche? Es dauert nur eine Minute. Ich bin mit ihr befreundet«, sagte ich.

»Ich will nicht, daß Sie über Mr. Esselmanns Tod sprechen. Das ist meine Sache.«

»Es geht nicht um ihn. Es dreht sich um etwas anderes.«

Er musterte mich einen Augenblick und sah dann weg. »Machen Sie's kurz«, sagte er.

20

Ich ging durch die Küche in den vorderen Teil des Hauses. In der Halle wandte ich mich nach rechts und stieg die Treppe hinauf. Ich hatte keine Ahnung, wo die Schlafzimmer lagen. Ich ging den Flur entlang, an einem Zimmer nach dem anderen vorbei. Am Ende des Korridors kam eine T-förmige Gabelung mit einem Wohnzimmer zur Rechten und einem Schlafzimmer zur Linken. Ich sah Serena unter einer leichten Decke auf einem Himmelbett liegen. Das Zimmer war sonnig und geräumig, tapeziert mit einer gelb-weißen Tapete mit einem winzigen Rosenmuster, und vor den Fenstern hingen weiße Vorhänge. Alles, was aus Holz war, war ebenfalls weiß.

Serena schien nicht zu schlafen. Ich klopfte an den Türrahmen. Sie wandte den Kopf um und sah mich an. Es kam mir nicht so vor, als ob sie geweint hätte. Ihr Gesicht war blaß und wies keinerlei Spuren von Tränen auf. In ihren Augen stand eher Resignation als Kummer geschrieben, falls man diese Unterscheidung überhaupt treffen kann. Sie fragte: »Sind sie jetzt fertig da draußen?«

Ich schüttelte den Kopf. »Es wird vermutlich noch eine Weile dauern. Soll ich irgend jemanden verständigen?«

»Eigentlich nicht. Ich habe Roger angerufen. Er kommt herüber, sobald er sich in der Anlage frei machen kann. Wollten Sie etwas Bestimmtes?«

»Ich muß Sie etwas fragen, falls Sie die Störung verkraften können.«

»Ist schon in Ordnung. Worum geht es?«

»Benutzen Sie den Pool täglich?«

»Nein. Ich bin nie gern geschwommen. Das war Daddys Leidenschaft. Er hat sich den Swimmingpool vor ungefähr fünf Jahren anlegen lassen.«

»Schwimmt hier sonst noch jemand? Eines der Dienstmädchen oder die Köchin?«

Sie überlegte kurz. »Hin und wieder ruft eine Freundin an und fragt, ob sie den Pool benutzen darf, aber sonst niemand«, antwortete sie. »Weshalb?«

»Unter Umständen, die ich nicht weiter ausführen möchte, habe ich ein aufgezeichnetes Gespräch gehört. Lorna hat mit einem Mann gesprochen, der die Formulierung *Sie geht jeden Tag zur gleichen Zeit rein* verwendet hat. Ich dachte, das könnte sich aufs Schwimmen beziehen, aber damals konnte ich keinen Sinn darin erkennen. Ich habe mich nur gefragt, ob es auf dem Anwesen eine ›Sie‹ gibt, die ›jeden Tag zur gleichen Zeit reingeht‹.«

Sie lächelte matt. »Nur die Hündin, und die geht auch nur rein, wenn Dad reingeht. Sie haben sie ja neulich abends gesehen. Sie spielen Stöckchen holen, und wenn er seine Bahnen schwimmt, paddelt sie neben ihm her.«

Das verwirrte mich etwas. »Ich dachte, der Hund sei ein Männchen. Heißt er nicht Max?«

»Maxine. Abgekürzt Max«, sagte sie. »Ihr richtiger Name ist eigentlich noch viel länger, weil sie einen Stammbaum hat.«

»Ah, Maxine. Wie geht's ihr? Ich habe sie unten nicht gesehen. Ich dachte, sie wäre vielleicht hier oben bei Ihnen.«

Serena kämpfte sich mühsam in Sitzposition. »Um Himmels willen. Danke, daß Sie mich daran erinnern. Sie ist immer noch im Hundesalon. Ich habe sie heute morgen in aller Herrgottsfrühe dort hingebracht. Die Besitzerin hat sogar uns zuliebe früher aufgemacht. Ich hätte sie um elf Uhr abholen sollen, habe es aber völlig vergessen. Bitten Sie doch Mrs. Holloway hinüberzufahren oder dort anzurufen, damit sie wenigstens Bescheid wissen. Die arme Max, das arme Mädchen. Sie wird umkommen ohne Daddy. Die beiden waren unzertrennlich.«

»Mrs. Holloway ist die Haushälterin? Ich habe sie auch nicht gesehen, aber ich kann den Anruf übernehmen, wenn Sie möchten.«

»Bitte. Vielleicht kann Roger Max auf dem Weg hierher abholen. Sie ist im Montebello-Hundesalon unten im Ort. Die Nummer steht an der Pinnwand in der Küche. Ich möchte Ihnen keinerlei Umstände machen.«

»Das sind keine Umstände«, sagte ich. »Ist mit Ihnen alles in Ordnung?«

»Mir geht's gut, ehrlich. Ich brauche nur etwas Zeit für mich allein, dann komme ich herunter. Ich werde vermutlich sowieso noch einmal mit dem Detective sprechen müssen. Ich kann das alles gar nicht fassen. Es ist derart grotesk.«

»Lassen Sie sich Zeit«, sagte ich. »Ich werde im Hundesalon sagen, daß Max etwas später abgeholt wird. Soll ich die Tür zumachen? Dann wäre es vielleicht ruhiger.«

»Gerne. Und vielen Dank.«

»Keine Ursache. Das mit Ihrem Vater tut mir leid.«

»Nett von Ihnen.«

Ich verließ das Zimmer und schloß die Tür hinter mir. Dann ging ich hinunter in die Küche und rief im Hundesalon an. Ich stellte mich als eine Freundin von Serena vor und erklärte, daß ihr Vater völlig unerwartet gestorben sei. Die Frau war äußerst freundlich und drückte ihr Beileid aus. Der Salon schloß um drei, und sie sagte, sie könne Max ohne weiteres auf dem Nachhauseweg vorbeibringen. Ich hinterließ eine entsprechende Nachricht und nahm an, daß entweder Mrs. Holloway oder Serena sie entdecken würden.

Als ich auf die Terrasse zurückkehrte, waren die Leichen bereits weggebracht worden, und die Fotografin hatte ihre Ausrüstung zusammengepackt und war gegangen. Weder der Elektriker noch der Leichenbeschauer noch sein Assistent waren irgendwo zu sehen. Der Experte für Fingerabdrücke bearbeitete gerade die Geräte für die Wartung des Pools. Am näher gelegenen Ende des Beckens sah ich Cheney mit dem jüngeren der beiden Detectives sprechen, seinem Freund Hawthorn, wie ich vermutete, obwohl er uns nicht miteinander bekannt gemacht hatte. Als er mich entdeckte, beendete er das Gespräch und kam über die Terrasse auf mich zu. »Ich habe mich schon gefragt, wohin du verschwunden bist. Sie sind hier fast fertig. Möchtest du gehen?«

»Ich habe nichts dagegen«, sagte ich.

Wir sprachen nicht viel, bis wir das Haus verlassen hatten und die Einfahrt bis zu der Stelle hinuntergegangen waren, wo Cheney seinen Wagen geparkt hatte. Dann sagte ich: »Wie lautet denn die aktuelle Theorie? Es kann einfach kein Unfall gewesen sein. Das wäre ja absurd.«

Cheney schloß die Beifahrertür auf und hielt sie mir. »Auf den ersten Blick sieht es nicht danach aus, aber warten wir mal ab, was sie herausfinden.«

Er schloß die Tür auf meiner Seite und kappte damit erfolgreich das Gespräch. Ich beugte mich hinüber und entriegelte die Fahrertür, mußte aber trotzdem warten, bis er um den Wagen herumgegangen war und sich gesetzt hatte. Er ließ sich hinter das Lenkrad gleiten.

»Sei nicht so kleinkariert und spiel mit«, sagte ich. »Was glaubst du denn?«

»Ich halte es für unsinnig herumzuraten.«

»Ach, komm schon, Cheney. Es muß Mord gewesen sein. Jemand hat den Unterwasserscheinwerfer ruiniert und dann die FI-Schaltung abgeklemmt. Du glaubst doch selbst nicht, daß es ein Unfall war. Du bist doch derjenige, der Hawthorn erklärt hat, daß ein vager Zusammenhang zwischen Lornas Tod und dem Esselmanns bestehen könnte.«

»Was für ein Zusammenhang?« fragte er starrköpfig.

»Das frage ich dich!« rief ich aus. »Mein Gott, bist du ein Dickkopf. Okay, ich mache den Anfang. Ich sage dir, was ich denke.«

Er rollte mit den Augen und drehte den Zündschlüssel herum. Dann legte er den Arm um die Rückenlehne, spähte aus der Heckscheibe und fuhr mit atemberaubender Lässigkeit aus dem Tor hinaus. Auf der Straße angekommen, legte er den ersten Gang ein und jagte davon. Auf dem Weg zurück zu meiner Wohnung erzählte ich ihm von Ledas heimlicher Bandaufzeichnung. Ich hatte die Abschrift nicht dabei, aber der Text war so lückenhaft, daß es nicht schwer war, ihn wiederzugeben. »Ich glaube, der Kerl schildert ihr seinen Plan. Er hat sich eine Methode ausgedacht, um Esselmann umzubringen, und er kommt sich ganz schlau vor. Vielleicht hat er sich eingebildet, sie würde das witzig finden, aber das tut sie offensichtlich nicht. Du müßtest sie auf dem Band hören. Sie ist stocksauer und bestürzt, und er versucht so zu tun, als wäre das alles ein toller Spaß. Das Problem ist nur, nachdem er es ihr einmal erzählt hat, hat er sich verraten. Wenn er tatsächlich vorhat, die Sache durchzuziehen, weiß sie, daß er es war. Angesichts ihrer

Reaktion kann er sich nicht sicher sein, daß sie den Mund halten wird.«

»Wie lautet also deine Theorie? Dein Fazit?« wollte er wissen.

»Ich glaube, sie wurde ermordet, weil sie zuviel wußte.«

Er verzog das Gesicht. »Ja, aber Lorna ist letzten April umgekommen. Wenn der Typ Esselmann umbringen wollte, warum hat er dann so lang gewartet? Wenn seine einzige Sorge war, daß sie ihn verpfeifen könnte, warum hat er dann den alten Knaben nicht sofort umgelegt, als sie tot war?«

»Das weiß ich nicht«, sagte ich. »Vielleicht mußte er warten, bis sich die Wogen geglättet hatten. Wenn er zu schnell vorging, hätte er womöglich den Verdacht auf sich gelenkt.«

Er hörte mir zu, aber ich merkte genau, daß ich ihn nicht überzeugte. »Noch einmal zurück zu dem Mordplan. Was hat der Kerl denn vorgehabt?«

»Ich glaube, er spricht von einer Variante dessen, was tatsächlich passiert ist. Clark und Max machen jeden Morgen dasselbe. Er wirft ein Stöckchen in den Swimmingpool, und sie holt es. Sie ist ein Labrador, ein Apportierhund. Sie ist für so etwas geschaffen. Nach diesem Spielchen schwimmen die beiden. Es läuft also folgendermaßen ab: Gehen wir davon aus, daß das Becken unter Strom steht. Er wirft das Stöckchen. Sie springt hinein und bäumt sich auf. Er sieht, daß sie Probleme hat. Also springt er ihr hinterher und kommt ebenfalls um. Es sieht wie ein Unfall aus, wie eine aberwitzige Verkettung von Umständen, die alle bestürzt. Der arme Mann. Hat versucht, sein Hündchen zu retten und kam dabei ums Leben. In Wirklichkeit hat Serena den Hund in den Hundesalon gebracht, und Clark ging alleine schwimmen. Statt Clark und dem Hund haben wir nun Clark und den Gärtner, aber das Schema ist das gleiche.«

Cheney schwieg einen Moment. »Woher weißt du, daß das auf dem Band Lorna ist?« fragte er. »Du hast nie ihre Stimme gehört. Der Kerl könnte auch mit Serena sprechen.«

»Warum sollte sie sich überhaupt dort aufhalten?« wandte ich prompt ein. Ich merkte, daß es viel mehr Spaß machte, Fragen zu stellen, als sie beantworten zu müssen.

»Darüber habe ich noch nicht nachgedacht. Der Punkt ist doch, Serena ist aufgebracht, weil sie nicht möchte, daß der Hund als Köder verwendet wird, also bringt sie Max in den Hundesalon, damit sie aus dem Weg ist.«

»Ich habe mit Serena gesprochen. Die Stimme klang nicht wie ihre.«

»Moment mal. Das ist unfair. Du hast mir doch erzählt, daß die Stimmen verzerrt sind. Du hast auch mit J.D. gesprochen und gesagt, daß es nicht wie er klang.«

»Das stimmt«, sagte ich zögernd. »Aber du unterstellst, daß Serena ihren eigenen Vater umgebracht hat, und das glaube ich nicht. Warum sollte sie das tun?«

»Der Typ hat einen Haufen Geld. Erbt sie nicht seinen Besitz?«

»Wahrscheinlich, aber weshalb sollte sie ihn umbringen? Er hat bereits einen Herzinfarkt hinter sich, und mit seiner Gesundheit ging es bergab. Sie brauchte lediglich abzuwarten, und das vermutlich nicht einmal besonders lang. Außerdem habe ich sie mit ihm gesehen. Da war nichts als die reine Zuneigung. Gelegentlich hat sie sich über seinen Starrsinn beklagt, aber man konnte sehen, daß sie ihn bewundert hat. Auf jeden Fall werde ich versuchen, das Band wiederzubekommen, und dann kannst du es dir selbst anhören.«

»Wer hat es denn?«

»Leda. Sie hat J.D. gestern abend vorbeigeschickt, um es abzuholen. Das hat er zumindest behauptet. Im Grunde sind die beiden keine üblen Kandidaten für die Verdächtigenliste. Sie hatten beide Angst, ich könnte das Band der Polizei übergeben. Keiner von beiden hat ein Alibi. Und weißt du, was J.D. von Beruf ist? Elektriker. Wenn irgend jemand weiß, wie man einen Swimmingpool unter Strom setzt, dann er.«

»Die Stadt ist voll von Leuten, die wüßten, wie man das macht«, sagte er. »Aber wenn deine Theorie zutrifft, müßte derjenige, der Esselmann umgebracht hat, auf jeden Fall jemand sein, der das Haus, den Pool und die Angewohnheit mit dem Hund kennt.«

»Genau.«

»Was uns wieder zu Serena zurückbringt.«
»Vielleicht«, sagte ich langsam. »Obwohl auch Roger Bonney über all das Bescheid weiß.«
»Und was hat er für ein Motiv?«
»Ich habe keine Ahnung, aber er ist auf jeden Fall das Bindeglied zwischen Lorna und Esselmann.«
»Tja, da hast du's«, schnaubte Cheney. »Wenn Roger nun auch noch Stubby kennt, hat sich der Kreis geschlossen, und wir können ihn unter Mordanklage stellen.« Cheney gab sich witzig, aber es war ein guter Einfall, und ich spürte, wie mir unbehaglich wurde.

Meine Gedanken schweiften zu Danielle und dem Mann, der in der Dunkelheit der Gasse verschwunden war. »Woher wollen wir wissen, daß es nicht derselbe Kerl ist, der Danielle überfallen hat? Vielleicht hängt der Angriff auf sie mit allem anderen zusammen.«

Cheney war vor meinem Haus angekommen und hielt an. Er zog die Handbremse und schaltete in den Leerlauf. Dann sah er mich ohne zu lächeln an. »Tu mir einen Gefallen und denk an etwas anderes. Es ist zwar ein amüsantes Spielchen, aber du weißt genausogut wie ich, daß es nichts bedeutet.«

»Ich probiere nur Theorien aus, wie wenn ich Teller an die Wand würfe, um zu sehen, ob einer kleben bleibt.«

Er streckte die Hand aus und zog mich sachte an den Haaren. »Paß bloß auf. Selbst wenn du recht hast und diese ganzen Fälle zusammenhängen, kannst du nicht einfach ganz allein losstürmen«, sagte er. »Dieser Fall gehört dem Sheriff. Er hat nichts mit dir zu tun.«

»Ich weiß.«

»Dann sieh mich nicht so an. Es ist nichts Persönliches.«

»Doch, es ist persönlich. Vor allem, wenn es um Danielle geht«, sagte ich.

»Hör endlich auf, dir Sorgen zu machen. Sie ist in Sicherheit.«

»Wie lange noch? Sie können sie jeden Tag aus der Intensivstation verlegen. Krankenhäuser sind nicht direkt Hochsicherheitszonen. Du müßtest mal die Leute sehen, die dort ein und aus gehen.«

»Da hast du recht. Laß mich nachdenken und überlegen, was

ich tun kann. Wir sprechen uns bald, okay?« Er lächelte und ich merkte, wie ich sein Lächeln erwiderte.

»Okay.«

»Gut. Ich gebe dir die Nummer meines Piepsers. Laß mich wissen, wenn du auf irgend etwas stößt.«

»Das werde ich tun«, sagte ich. Er nannte mir die Nummer und ließ sie mich wiederholen, bevor er wieder den Gang einlegte.

Ich stand am Straßenrand und sah zu, wie der rote Mazda wegfuhr. Es war Samstag nachmittag kurz vor drei. Ich betrat meine Wohnung, notierte mir die Nummer von Cheneys Piepser und legte den Zettel auf meinen Schreibtisch. Ich spürte, daß meine Gedanken nicht zur Ruhe kommen würden. Die Antwort lag irgendwo in den Randbereichen, wie ein Fleck in meinem Gesichtsfeld, der jedesmal seitlich davonwich, wenn ich ihn ansehen wollte. Es mußte eine logische Folge der Ereignisse geben, irgend etwas, das sämtliche Teile dieses Puzzles verband. Ich brauchte irgendeine Ablenkung, um die ganzen Fragen beiseite zu schieben, bis ich ein paar Antworten fand. Ich stieg die Wendeltreppe zum Obergeschoß hinauf und zog meinen Jogginganzug und Laufschuhe an. Dann steckte ich den Hausschlüssel in die Hosentasche und trabte hinüber zum Cabana Boulevard.

Es war ein frischer und klarer Tag, und die Nachmittagssonne ergoß sich wie goldener Sirup über die Berge in der Ferne. Das Meer präsentierte sich als glitzernder Diamantteppich, und in der Luft hing der frische, salzige Geruch der See. Das Laufen war ein Vergnügen und verschaffte mir die uneingeschränkten Freuden körperlicher Aktivität. Ich lief sechseinhalb Kilometer und fühlte mich voller Kraft. Als ich zurückkam, duschte ich und fing den Tag von vorn an, indem ich Corn-Flakes und Toast verspeiste und dazu die Zeitung las, für die ich am Morgen keine Zeit gehabt hatte. Dann verließ ich das Haus, kaufte Lebensmittel und ging bei der Weinhandlung vorbei. Es war schon sechs Uhr, als ich mich endlich entspannt genug fühlte, um mich an meinem Schreibtisch niederzulassen und das Licht einzuschalten.

Ich machte mich wieder über meine Karteikarten her. Ich studierte jede einzelne genau, ohne etwas Speziellem auf der Spur zu sein. Ich wollte nur nicht untätig herumsitzen, bis mir einfiel, was ich als nächstes tun sollte. Ich sah auf die Tüte, in der die zerbrochenen Bilderrahmen lagen. Mist. Natürlich hatte ich vergessen, Danielles Bettwäsche in die Reinigung zu bringen, bevor sie schloß, aber ich konnte wenigstens die Rahmen austauschen. Mit den neuen Rahmen, die ich besorgt hatte, ging ich zur Anrichte in der Küche hinüber. Ich stellte den Papierkorb in Reichweite und holte die Fotos aus der Papiertüte. Es waren vier Vergrößerungen im Format 18×27, alle in Farbe. Ich entfernte Rahmen und Passepartout vom ersten und hielt inne, um das Bild genauer zu betrachten: drei Katzen, die es sich auf einem Picknicktisch gemütlich gemacht hatten. Ein geschmeidiges, graues Kätzchen war kurz davor herunterzuspringen, von fotografischer Unsterblichkeit offenbar nicht besonders angetan. Die beiden anderen Katzen waren langhaarig, die eine zartbeige und die andere schwarz, und äugten hochnäsig beziehungsweise desinteressiert in die Kamera. Auf die Rückseite hatte Danielle das Datum und die Namen der Katzen geschrieben: Smokey, Tigger und Cheshire.

Als ich das Foto aus dem zerborstenen Rahmen nahm, zerfiel das Glas in zwei Stücke. Ich warf beide in den Müll und den Rahmen hinterher. Dann holte ich einen neuen Rahmen, zupfte das Preisschildchen ab und entfernte das Passepartout und die Rückwand aus Pappe. Ich legte das Foto zwischen Rückwand und Passepartout und drehte es um, um sicherzugehen, daß es gerade lag. Anschließend schob ich die drei Schichten – Passepartout, Foto und Rückwand – in den Zwischenraum zwischen dem Glas und den Klammern, die aus dem Rahmen hervorstanden. Dann drehte ich es wieder um. Es sah gut aus.

Ich nahm das zweite Foto zur Hand und wiederholte die Prozedur. Das Glas hatte nur an einer Ecke einen Sprung, aber der Rahmen selbst war nicht mehr zu retten. Auf diesem Foto waren zwei junge Männer und eine junge Frau auf einem Segelboot abgebildet, allesamt mit Bierdosen, Sonnenbrand und windzerzaustem Haar. Danielle hatte die Aufnahme vermutlich selbst gemacht. Es mußte ein schöner Tag mit Freunden gewesen sein, zu einer Zeit ihres Lebens, als sie ihre Unschuld noch nicht verloren hatte. Ich bin auch auf solchen Ausflügen gewesen. Man kommt hundemüde und schmutzig nach Hause zurück, aber man vergißt den Tag nie.

Auf dem dritten Bild posierte Danielle unter einem weißen Spalierbogen neben einem jungen Mann mit klargeschnittenen Gesichtszügen. Aus dem Kleid, das sie trug, und der Orchidee an ihrem Handgelenk schloß ich, daß es anläßlich ihrer High-School-Abschlußfeier aufgenommen worden war. Es war schön, einen kleinen Einblick in ihr Privatleben zu bekommen, Bilder von ihr zu sehen, wie sie zuvor gewesen war. Sie war so überzeugt wie eine Novizin, die ins Kloster geht, in dieses Leben eingetreten, und die Kluft zwischen Vergangenheit und Gegenwart war ebenso groß.

Um das letzte Bild war ein neues Passepartout gelegt worden, ein breites graues Band, das das Bild auf seine beiden zentralen Figuren reduzierte: Danielle und Lorna, wie sie schick gekleidet in einem Lokal saßen. Es sah aus wie ein kommerzielles Foto, aufgenommen von einem Fotografen, der davon lebte, daß er an Ort und Stelle Schnappschüsse verkaufte. Schwer zu sagen, wo es gemacht worden war – Los Angeles oder Las Vegas, in irgendeinem protzigen Nachtclub mit Dinner und Tanz. Im Hintergrund konnte ich den Teil eines Podiums und eine Topfpflanze erkennen. Vor ihnen auf dem Tisch standen Champagnergläser. Der Rahmen war billig, aber das breite, graue Passepartout war für seinen Zweck geschickt gewählt, da es die beiden hervorhob.

Beide Frauen wirkten elegant und saßen an einem runden Tisch in einer mit Leder ausgeschlagenen Nische. Lorna war wunderschön: dunkle Haare, haselnußbraune Augen und ein perfektes, ovales Gesicht. Ihr Gesichtsausdruck war würdevoll, und um ihre Lippen spielte lediglich die Andeutung eines Lächelns. Sie trug ein schwarzes Cocktailkleid aus Satin mit langen Ärmeln und einem tiefen, viereckigen Dekolleté. An ihren Ohren funkelten die Ohrringe mit den Diamantreifen. Danielle trug ein enganliegendes, paillettenbesetztes Oberteil in kräftigem, hellem Grün, vermutlich mit einem Minirock, wenn ich ihren Geschmack richtig einschätzte. Ihr langes dunkles Haar war hinten zu einer Rolle zusammengesteckt. Ich stellte mir vor, wie Lorna sie für ein hochkarätiges Rendezvous aufputzte: zwei Callgirls im Einsatz. Im Hintergrund der Nische konnte ich hinter Lorna die Hand und den ausgestreckten Arm eines Mannes sehen. Mein Herz begann heftig zu klopfen.

Ich zog das Foto aus dem Rahmen und drehte es um. Als ich das Passepartout entfernt hatte, konnte ich alle vier Personen sehen, die an diesem Abend zusammen am Tisch gesessen hatten: Roger, Danielle, Lorna und Stubby Stockton. O Mann, das ist es, dachte ich. Das ist es. Vielleicht nicht alles, aber der Kern des Rätsels.

Ich nahm das Foto mit hinüber zum Telefon, wählte Cheneys Piepser an und gab meine Telefonnummer sowie beim Signalton das #-Zeichen ein. Dann legte ich auf. Während ich auf seinen Rückruf wartete, setzte ich mich an meinen Schreibtisch und ging meine Notizen durch, wobei ich alle Karteikarten aussortierte, auf denen Roger erwähnt war. Die meisten stammten von meiner ersten Befragung, dazu kamen zusätzliche Informationen aus dem Gespräch mit Serena. Ich musterte die Karteikarten an der Pinnwand, doch es fanden sich keine weiteren Bezüge. Dann legte ich die Karten auf meinem Tisch aus wie bei einer Tarotsitzung. Ich entdeckte die Notizen, die ich nach meiner Unterredung mit ihm flüchtig hingekritzelt hatte. Roger hatte mir gegenüber behauptet, daß Lorna ihn am Freitag morgen angerufen hätte. Ich umringelte das Datum, fügte ein Fragezeichen hinzu und heftete die Karte mit einer Büroklammer an das Foto.

Das Telefon klingelte. »Kinsey Millhone«, sagte ich automatisch.

»Hier ist Cheney. Was gibt's?«

»Ich bin mir nicht ganz sicher. Ich erzähle dir einfach, worauf ich gestoßen bin, und dann sagst *du* es mir.« Ich schilderte ihm kurz, wie ich an die Fotos gekommen war und beschrieb ihm dann das eine, das ich gerade vor Augen hatte. »Ich wußte, daß es ein Scherz sein sollte, als du von Roger und Stubby gesprochen hast, aber sie haben sich tatsächlich gekannt, und zwar gut genug, um irgendwo auswärts zusammen mit ein paar Callgirls einen draufzumachen. Außerdem bin ich meine Aufzeichnungen noch einmal durchgegangen und auf einen interessanten Widerspruch gestoßen. Roger hat mir erzählt, Lorna hätte ihn am Freitag morgen angerufen, aber das kann wohl kaum sein. Da war sie nämlich schon tot.«

Kurzes Schweigen. »Ich weiß nicht, worauf du damit hinauswillst.«

»Ich habe keine Ahnung. Deshalb habe ich ja dich angerufen«, sagte ich. »Ich meine, nimm nur mal an, Roger und Stubby hätten Geschäfte miteinander gemacht. Wenn Lorna nun Roger von ihrem Verhältnis mit Esselmann erzählt hat, hätten sie diese Information dazu verwenden können, um ihn unter Druck zu setzen. Esselmann stellte sich stur ...«

»Und dann hat Stubby ihn umgebracht? Das ist ja lächerlich. Stubby hat eine Menge Eisen im Feuer. Wenn ein Geschäft nicht läuft, hat er schon ein anderes an der Hand, und wenn das schiefgeht, hat er noch massenhaft weitere. Glaub mir, Stockton ist in dieser Branche, um Geschäfte zu machen. Ende. Wenn Esselmann stirbt, wirft ihn das sogar zurück, weil er dann abwarten muß, bis jemand anders an Clarks Stelle ernannt wird, tadam, tadam, tadam ...«

»Ich spreche auch nicht von Stockton. Ich glaube, daß es Roger war. Er ist derjenige, der Zugang zu den Geräten für den Swimmingpool hat. Er hatte Zugang zu Lorna. Er hatte Zugang zu allem. Außerdem kannte er Danielle. Nimm nur mal an, er und Stockton hätten an diesem Abend über Geschäfte gesprochen. Damit wäre Danielle die einzige Zeugin.«

»Wie willst du denn das beweisen? Das sind doch reine Spekulationen. Nichts als heiße Luft. Du hast nichts Konkretes in Händen. Zumindest nichts, was du zum Staatsanwalt tragen könntest. Er würde nie einen Haftbefehl ausstellen.«

»Was ist mit dem Band?«

»Das beweist rein gar nichts. Zum einen ist es illegal, und zum anderen weißt du nicht einmal, ob es Lorna ist. Sie könnten über alles mögliche reden. Hast du schon einmal den Begriff ›verbotene Früchte‹ gehört? Ich habe über diese Geschichte nachgedacht, seit ich dich zu Hause abgesetzt habe. Da haben Leute am Tatort herumgepfuscht und Beweismittel verfälscht. Jeder gute Verteidiger würde deine Theorie komplett auseinandernehmen.«

»Was ist mit Rogers Behauptung, daß Lorna ihn am Freitag morgen angerufen hätte?«

»Da hat er sich eben geirrt. Sie hat an einem anderen Tag angerufen.«

»Und wenn ich mit einer Wanze zu ihm ginge und mit ihm spräche? Ich frage ihn –«

Cheney fiel mir ins Wort, und sein Tonfall war eine Mischung aus Ungeduld und Zorn. »Was willst du ihn fragen? Wir werden dich jedenfalls nicht mit einer Wanze ausstaffieren. Wie stellst du dir das denn vor? Du klopfst an seine Tür und sagst: ›Hi, Rog. Ich bin's, Kinsey. Wen haben Sie denn heute umgelegt? Oh, nichts weiter, bin bloß neugierig. Entschuldigen Sie, aber würden Sie bitte in diese künstliche Blume in meinem Knopfloch sprechen?‹ Das ist nicht dein Job. Sieh's ein. Du kannst nichts tun.«

»Schwachsinn. Das ist Schwachsinn.«

»Okay, aber es ist Schwachsinn, mit dem du leben mußt. Wir sollten das eigentlich überhaupt nicht debattieren.«

»Cheney, ich habe es satt, daß die Bösen gewinnen. Ich habe die Schnauze voll davon, daß Leute mit Mord davonkommen. Wie kommt es, daß das Gesetz sie schützt und nicht uns?«

»Ich verstehe dich, Kinsey, aber das ändert nichts an den Tatsachen. Sogar wenn du in bezug auf Roger recht hast, hast du keine Möglichkeit, ihn zur Strecke zu bringen, also kannst du es genausogut aufgeben. Irgendwann baut er Mist, und dann kriegen wir ihn.«

»Das werden wir ja sehen.«

»Komm mir nicht mit ›das werden wir ja sehen‹. Wenn du etwas Dummes anstellst, bist du dran, nicht er. Wir sprechen uns später wieder. Ich habe einen anderen Anruf in der Leitung.«

Ich knallte den Hörer auf und kochte vor Wut. Ich wußte, daß er recht hatte, aber so etwas ist mir wirklich zuwider, und daß er recht hatte, machte es nur noch schlimmer. Ich saß eine Minute lang unbewegt da und starrte das Foto von Lorna und Danielle an. War ich die einzige, der wirklich an ihnen lag? Ich hielt das fehlende Teil des Puzzles in Händen, aber mir fehlten Mittel und Wege, um das Unrecht aus der Welt zu schaffen. Meine Erfolglosigkeit hatte etwas Demütigendes an sich. Ich ging quer durch den Raum und wieder zurück und fühlte mich völlig machtlos. Das Telefon klingelte erneut, und ich packte den Hörer.

»Hier ist Cheney...« Seine Stimme klang merkwürdig ausdruckslos.

»He, wunderbar. Ich hatte gehofft, daß du zurückrufst. Ganz unter uns muß es doch eine Möglichkeit geben, die Sache zu erledigen«, sagte ich. Ich dachte, er riefe an, um sich dafür zu entschuldigen, daß er so starrköpfig gewesen war. Nun wartete ich darauf, daß er einen Vorschlag machte, wie wir vorgehen könnten, und war daher auf das, was dann kam, vollkommen unvorbereitet.

»Der Anruf war vom St. Terry's. Die Schwester von der Intensivstation. Wir haben Danielle verloren. Sie ist gerade gestorben«, sagte er.

Ich begriff überhaupt nichts und wartete auf die Pointe. »Sie ist gestorben?«

»Sie hatte einen Herzstillstand. Ich nehme an, man hat Wiederbelebungsmaßnahmen eingeleitet, aber es war zu spät, um sie zurückzuholen.«

»Danielle ist *gestorben?* Das ist absurd. Ich habe sie gestern abend noch gesehen.«

»Kinsey, es tut mir leid. Der Anruf kam gerade eben. Ich bin genauso verblüfft wie du. Es ist mir alles andere als angenehm, daß ich dir das mitteilen muß, aber ich fand, du solltest es wissen.«

»Cheney.« Meine Stimme klang schroff, während sein Tonfall inzwischen mitfühlend geworden war.

»Möchtest du, daß ich vorbeikomme?«

»Nein, ich möchte nicht, daß du vorbeikommst. Ich möchte, daß du aufhörst, mir den Kopf mit Müll vollzuschütten«, fauchte ich. »Warum tust du das?«

»Ich bin in einer Viertelstunde da.«

Die Verbindung brach ab, und er war weg.

Behutsam legte ich den Hörer auf die Gabel. Noch im Stehen legte ich mir eine Hand vor den Mund. Was war hier los? Was spielte sich da ab? Wie konnte Danielle tot sein, wenn Roger nicht zu greifen war? Zuerst spürte ich überhaupt nichts. Meine anfängliche Reaktion war seltsam hohl, ohne jegliche Emotion. Ich nahm den Wahrheitsgehalt dessen, was Cheney mir berichtet hatte, in mich auf, aber es löste keine entsprechende Gefühlsreaktion aus. Im

Kopf glaubte ich es, aber mit dem Herzen konnte ich es nicht fassen. Vielleicht eine Minute lang blieb ich regungslos stehen, und als die Empfindungen schließlich langsam zurückkamen, fühlte ich nicht Trauer, sondern anschwellende Wut. Wie ein prähistorisches Wesen, das aus der Tiefe emporschnellt, brach meine Wut durch die Oberfläche, und ich schlug zu.

Ich nahm den Telefonhörer ab, schob die Hand in die Tasche meiner Jeans und zog die Karte heraus, die ich in der Großraumlimousine erhalten hatte. Da stand die hastig notierte Nummer, eine magische Zahlenkombination, die den Tod bedeutete. Ich wählte, ohne auch nur einen Gedanken daran zu verschwenden, was ich tat. Mich trieb der brennende Drang zu handeln, das blindwütige Bedürfnis, gegen den Mann vorzugehen, der mir diesen Schlag versetzt hatte.

Nach dem zweiten Läuten wurde am anderen Ende der Hörer abgenommen. »Ja?«

Ich sagte: »Roger Bonney hat Lorna Kepler umgebracht.«

Ich legte auf. Dann setzte ich mich. Ich spürte, wie es in meinem Gesicht vor Hitze zuckte und mir einen Moment lang Tränen aus den Augen schossen.

Ich ging ins Badezimmer und sah aus dem Fenster, aber die Straße gegenüber lag im Dunkeln. Ich ging zu meinem Schreibtisch zurück. O Gott. Was hatte ich getan? Ich nahm den Hörer ab und wählte die Nummer ein zweites Mal. Endloses Läuten. Keine Reaktion. Ich legte den Hörer wieder auf. Mir zitterten die Hände. Ich nahm meine Pistole aus der untersten Schublade und legte ein neues Magazin ein. Dann schob ich sie hinten in den Bund meiner Jeans und zog meine Jacke an. Ich packte Handtasche und Autoschlüssel, machte die Lichter aus und verschloß hinter mir die Tür.

Ich fuhr auf der 101 in Richtung Colgate. Immer wieder sah ich in den Rückspiegel, aber die Limousine war nirgends in Sicht. Ich nahm die Abfahrt an der Little Pony Road und bog nach rechts ab. Dann fuhr ich am Volksfestplatz entlang, bis ich an die Kreuzung mit der State Street kam. An der Ampel blieb ich stehen, trommelte ungeduldig mit den Fingern aufs Lenkrad und sah erneut in den Rückspiegel. An der Hauptdurchgangsstraße war nur ein einziger

Farbfleck zu erkennen, und zwar mit roten Neonröhren geschriebene Worte, die am Drugstore prangten. SAV-ON stand auf dem Schild. Das Einkaufszentrum zu meiner Linken hielt offenbar einen exklusiven abendlichen Ausverkauf ab. Grelle Lichter durchbohrten den Himmel. Weiße Plastikfahnen hingen von zahlreichen Masten. An der Einfahrt zum Parkplatz bedeuteten ein Clown und zwei Pantomimen den vorbeifahrenden Autos, hineinzufahren. Die beiden weißgeschminkten Pantomimen begannen mit einem kurzen Zweipersonensketch. Ich konnte nicht ausmachen, welches Drama sie aufführten, aber der eine drehte sich um und sah mich an, als ich aus dem Lichtkegel herausfuhr. Ich wandte mich ebenfalls um, sah jedoch nichts weiter als den geschminkten Schmerz seines herabgezogenen Munds.

Ich raste an der dunklen Tankstelle vorbei, deren Stellplätze und Zapfsäulen über Nacht geschlossen waren. Vermutlich aus einem Geschäft in der Nähe erklang eine Alarmanlage, doch war weder Polizei in Sicht noch herbeieilende Fußgänger, die nachsehen wollten, was los war. Wenn in dem Laden tatsächlich Einbrecher waren, konnten sie sich ruhig Zeit lassen. Wir sind alle so sehr an losjaulende Alarmanlagen gewöhnt, daß wir ihnen überhaupt keine Beachtung mehr schenken und annehmen, sie seien versehentlich ausgelöst worden und bedeuteten nichts. Sechs Häuserblocks weiter überquerte ich eine kleinere Kreuzung und fuhr die Straße hinauf, die zur Wasseraufbereitungsanlage führte.

Die Gegend war fast unbewohnt. Gelegentlich sah ich zu meiner Rechten ein Haus, doch die Felder auf der anderen Straßenseite lagen brach und waren mit Steinen übersät. In der Ferne heulten und winselten Kojoten, die die Wassernot von den Bergen herabgetrieben hatte. Eigentlich war es noch zu früh am Tag für Raubtiere, doch dieses Rudel folgte seinen eigenen Gesetzen. Sie waren heute abend auf der Jagd, witterten Beute. Vor meinem geistigen Auge sah ich eine glücklose Kreatur in Todesangst über die Felder flitzen. Der Kojote tötet rasch, eine Gnade für sein Opfer, aber nur ein schwacher Trost.

Ich fuhr in die Einfahrt der Wasseraufbereitungsanlage. Im Gebäude brannten Lichter, und davor standen vier Autos. Ich ließ meine Tasche im Wagen und schloß ihn ab. Von der Limousine war noch immer nichts zu sehen. Aber andererseits würde der Mann wohl auch nicht mit seinem Riesenschlitten anreisen, wenn er jemanden umbringen wollte, dachte ich. Vermutlich würde er seine Gorillas schicken, und die würden vielleicht erst in Rogers Wohnung nachsehen, wo immer das sein mochte. In der Einfahrt parkte ein Wagen, der dem County gehörte. Im Vorübergehen streckte ich die Hand aus. Die Motorhaube war noch warm. Ich ging die Stufen zu der beleuchteten Eingangshalle empor. Im Kreuz spürte ich die beruhigende Wölbung der Pistole. Dann stieß ich die Glastür auf.

Der Platz der Empfangsdame war nicht besetzt. Einst hatte Lorna Kepler hier gesessen. Es war merkwürdig, sich vorzustellen, wie sie Tag für Tag hier arbeitete, Besucher begrüßte, Anrufe entgegennahm und mit dem Steuerungstechniker und altgedienten Aufbereitungsexperten Konversation betrieb. Vielleicht war das der letzte Fetzen Illusion, der letzte Versuch, den sie unternahm, ein gewöhnlicher Mensch zu sein. Andererseits könnte sie aber auch ernsthaftes Interesse an Belüftungsbecken und Schnellfiltern entwickelt haben.

Im Gebäudeinneren schien zunächst völlige Ruhe zu herrschen. Leuchtstoffröhren strahlten auf die glänzenden Bodenfliesen herab. Der Flur war menschenleer. Aus einem der weiter entfernt liegenden Büros nahm ich die Klänge eines Countrysenders wahr. Ich hörte, wie jemand gegen ein Rohr schlug, doch das Geräusch kam aus den Eingeweiden des Gebäudes. Rasch schritt ich den Flur hinunter und spähte in Rogers Büro. Das Licht brannte, aber er war nirgends zu sehen. Ich hörte, wie sich Schritte näherten. Ein Mann in Overall und Baseballmütze kam um die Ecke auf mich zu. Meine Anwesenheit schien ihn nicht zu verwundern, aber trotzdem nahm er höflich die Mütze ab, als er mich erblickte. Sein Haar war eine lockige, graue Masse, in die die Mütze um seinen Kopf herum eine Linie gezeichnet hatte. »Kann ich Ihnen irgendwie weiterhelfen?«

»Ich suche Roger.«

Er zeigte nach unten. »Das, was Sie da gegen die Prüfleitung hämmern hören, ist er.« Er war etwa Mitte Fünfzig, hatte ein breites Gesicht und ein Grübchen im Kinn. Sympathisches Lächeln.

Er streckte die Hand aus und stellte sich vor. »Ich bin Delbert Squalls.«

»Kinsey Millhone«, sagte ich. »Könnten Sie Roger sagen, daß ich da bin? Es ist dringend.«

»Klar, kein Problem. Ich bin sowieso gerade auf dem Weg nach unten. Kommen Sie doch einfach mit.«

»Danke.«

Squalls ging denselben Weg wieder zurück und öffnete die Tür mit den Glasfenstern, die in den Gebäudeteil führte, den ich schon einmal gesehen hatte: bunte Rohre und eine Wand voller Pegel und Meßgeräte. Ich konnte das klaffende Loch im Boden sehen. Orangefarbene Plastikkegel standen am einen Ende, um Unvorsichtige davor zu warnen, hineinzufallen.

Ich fragte: »Wie viele Leute arbeiten heute abend hier?«

»Schauen wir mal. Mit mir fünf. Kommen Sie hier entlang. Ich hoffe, Sie leiden nicht unter Klaustrophobie.«

»Überhaupt nicht«, log ich und folgte ihm, als er zu der Öffnung hinüberging. Bei meinem ersten Besuch hatte ich einen fließenden Strom schwarzes Wasser dort unten erblickt, still und nach Chemikalien riechend, der anders aussah als alles, was ich je gesehen hatte. Nun sah ich Lichter und kahle Betonwände, die an den Stellen, wo das Wasser entlanggeflossen war, die Farbe verloren hatten. Ich mußte schlucken. »Wo ist denn das ganze Wasser hingekommen?« fragte ich.

»Wir schließen die Schleusentore, und dann fließt es in zwei große Becken«, sagte er im Plauderton. »Dauert ungefähr vier Stunden. Das machen wir einmal im Jahr. Gerade werden einige Nachbelüftungsprüfleitungen repariert. Sie waren fast völlig durchgerostet. Vor dieser Schließung waren sie schon monatelang verstopft. Wir haben zehn Stunden Zeit, um das in Ordnung zu bringen, dann kommt es wieder zurückgeflossen.«

Mehrere an der Wand befestigte Metallsprossen bildeten eine Leiter, die zum Kanal hinunterführte. Das Hämmern hatte aufgehört. Delbert wandte sich um, schob vorsichtig seinen Fuß in die Öffnung und begann schließlich den Abstieg. *Tack, tack, tack* machten seine Schuhsohlen auf dem Metall, während er langsam aus meinem Blickfeld verschwand. Ich schritt auf das Loch zu und drehte mich um. Dann stieg ich wie er in den darunter liegenden Tunnel hinab.

Am Grund angekommen, befanden wir uns gut dreieinhalb Meter unter der Erde und standen in dem Zulaufkanal, durch den schon Millionen Liter Wasser geflossen waren. Hier unten herrschte stets Nacht, und der einzige Mond schien in Form einer Zweihundertwattbirne. Der Durchgang roch feucht und erdig. Am dunklen Ende des Tunnels konnte ich das Schleusentor erkennen und auf dem Boden Streifen von Sedimenten. Ich kam mir vor wie bei der Höhlenforschung – nicht gerade eine meiner Leidenschaften. Dann entdeckte ich Roger, der mit dem Rücken zu uns an einer Leitung an der Decke arbeitete. Er stand etwa viereinhalb Meter entfernt auf einer Leiter, und die große Glühbirne hing mit ihrem Gitterschutz an einem Rohr direkt neben seinem Gesicht. Er trug einen blauen Overall und bis zur Hüfte reichende schwarze Gummistiefel. Über der Gabelung der Leiter sah ich eine Jeansjacke hängen. Es war kalt hier unten, und ich war froh, daß ich meine Jacke anhatte.

Roger wandte sich nicht um. »Bist du das, Delbert?« fragte er über die Schulter.

»Ja, ich bin's. Hier ist eine Bekannte von dir. Eine Miss... wie war noch Ihr Name – Kenley?«

»Kinsey«, verbesserte ich.

Roger drehte sich um. In seinen Augen glänzte das Licht und verbannte jegliche Farbe aus seinem Gesicht. »Ah, ja. Ich habe Sie erwartet«, sagte er.

Delbert hatte die Hand in die Hüfte gestützt. »Brauchst du noch Hilfe hier?«

»Eigentlich nicht. Schau doch mal nach Paul und geh ihm zur Hand.«

»Mach' ich.«

Delbert stieg wieder die Leiter hinauf und ließ uns allein. Erst verschwand sein Kopf, dann der Rücken, die Hüften, die Beine und zuletzt die Stiefel. Es war ganz still. Roger kam von seiner Leiter herunter und wischte sich die Hände an einem Lappen ab, während ich dastand und mir überlegte, wie ich es anfangen sollte. Ich sah, wie er seine Jacke aufhob und eine der Vordertaschen befühlte.

»Es ist nicht das, was Sie denken«, sagte ich. »Hören Sie, Lorna sollte an dem Wochenende, als sie ermordet wurde, heiraten. Vor ein paar Tagen hat mich ein Mann mit ein paar Gorillas in ausgebeulten Mänteln in einer Großraumlimousine abgepaßt...« Ich merkte, wie mir die Stimme versagte.

Er hatte etwas von der Größe eines Walkie-talkies in der Hand: ein schwarzes Kunststoffgehäuse mit ein paar Knöpfen an der Vorderseite. »Wissen Sie, was das ist?«

»Sieht aus wie ein Elektroschocker.«

»Genau.« Er drückte auf einen Knopf, und zwei winzige Sonden mit einer Ladung von hundertzwanzigtausend Volt kamen herausgeschossen. Sowie sie mich berührten, lag ich flach, und mein ganzer Körper war gefühllos geworden. Ich konnte mich nicht bewegen. Ich konnte nicht atmen. Nach ein paar Sekunden begann mein Gehirn wieder zu arbeiten. Ich wußte, was passiert war. Ich wußte nur nicht, was ich dagegen tun konnte. Unter all den möglichen Reaktionen, die ich bei ihm in Betracht gezogen hatte, war diese nicht mit auf der Liste gestanden. Ich lag wie ein Stein auf dem Rücken und mühte mich ab, eine Methode zu finden, wie ich Sauerstoff in meine Lungen pressen konnte. Keine meiner Gliedmaßen reagierte auf Anforderung. In der Zwischenzeit tastete Roger mich ab, zog meine Pistole hervor und steckte sie in die Tasche seines Overalls.

Ich machte ein Geräusch, das aber vermutlich nicht besonders laut war. Er ging zur Wand hinüber und stieg die Leiter hinauf. Ich dachte schon, er würde mich hier unten liegen lassen. Statt dessen schlug er die Klapptür zu, womit die Luke verschlossen war. »Ich dachte, wir wären vielleicht gern unter uns«, sagte er, als er wieder herunterstieg. Er holte sich einen Plastikeimer, der auf der Seite lag. Dann drehte er ihn um und setzte sich nicht weit von mir entfernt darauf. Er beugte sich ganz nahe zu mir her. Sanft sagte er: »Wenn Sie mir dumm kommen, ersticke ich Sie mit dieser Jacke. So geschwächt, wie Sie jetzt sind, wird das keinerlei Spuren hinterlassen.«

Das hat er auch mit Lorna gemacht, dachte ich. Sie mit einem Elektroschocker außer Gefecht gesetzt und ihr dann ein Kissen ins Gesicht gedrückt. Wird nicht lange gedauert haben. Ich fühlte mich wie ein Baby im ersten Entwicklungsstadium und bewegte beim Versuch, mich umzudrehen, unbeholfen meine Glieder. Ächzend schaffte ich es, mich auf die Seite zu rollen. Schwer atmend lag ich da und sah aus den Augenwinkeln auf den nassen Beton. Meine Wange lag auf etwas Sandigem: Anthrazit, Klärschlamm, kleine Muscheln. Ich konzentrierte mich und zog langsam den rechten Arm unter mir an. Ich hörte, wie die Klapptür aufging, und Delbert Squalls herunterrief: »Roger?«

»Ja?«

»Hier oben ist ein Mann, der dich sprechen will.«

»O verdammt«, zischte er. Und dann zu Delbert: »Sag ihm, ich komme gleich.«

Ich fixierte ihn mit einem Auge, außerstande zu sprechen, und sah, wie er ungeduldig das Gesicht verzog. Er schob die Arme unter mich, zerrte mich in Sitzposition und lehnte mich gegen die Wand. Wie eine Stoffpuppe saß ich da, mit hängenden Schultern und steif nach vorn ausgestreckten Beinen, die Füße einander zugekehrt. Wenigstens konnte ich atmen. Über mir hörte ich jemanden herumlaufen. Ich wollte ihn warnen. Ich wollte ihm sagen, daß er einen entsetzlichen Fehler machte. Während ich noch grunzende Geräusche von mir gab, stieg Roger bereits die Leiter hoch, wobei seine Füße *tack, tack, tack* machten, während Kopf und Schultern bereits verschwanden. Tränen füllten meine Augen. Meine Glieder waren von dem Elektroschock noch gelähmt. Ich versuchte, die Arme zu bewegen, aber das Ergebnis war das gleiche Gefühl der Fruchtlosigkeit wie wenn man feststellt, daß einem Arme oder Beine »eingeschlafen« sind. Ich begann, die eine Hand zur Faust zu ballen, um so den Blutkreislauf anzuregen. Mein ganzer Körper fühlte sich seltsam taub an. Ich lauschte angestrengt, konnte aber nichts hören. Mit großer Mühe gelang es mir schließlich, mich zur Seite fallen zu lassen und mich mit Händen und Knien aufzurichten. Schwer atmend hielt ich mich in dieser Stellung, bis ich es schaffte, auf die Beine zu kommen. Ich weiß nicht, wie lange ich dazu brauchte.

Oben herrschte völlige Stille. Ich griff nach der Leiter und klammerte mich an die nächstgelegene Sprosse. Nach einem weiteren Moment machte ich mich an den Aufstieg.

Als ich oben herauskroch, war im ganzen Korridor kein Mensch zu sehen. Ich quälte mich vorwärts. Es ging schon wieder besser, aber meine Arme und Beine fühlten sich seltsam losgelöst an. Ich gelangte zu Rogers Büro, spähte zur Tür hinein und lehnte mich gegen den Türrahmen. Er war nirgends zu sehen. Meine Pistole lag ordentlich mitten auf seiner Schreibtischunterlage. Ich ging hinüber, nahm sie an mich und steckte sie mir wieder hinten in den Hosenbund.

Ich verließ das Büro und ging in die Empfangshalle. Delbert Squalls saß dort am Tresen und blätterte im Telefonbuch. Vermutlich wollte er eine Runde Pizza für die Nachtschicht bestellen. Er sah auf, als ich vorbeiging.

Ich fragte: »Wo ist Roger hingegangen?«

»Sagen Sie bloß nicht, er hat Sie da unten sitzen lassen? Der Kerl hat keine Manieren. Sie haben ihn knapp verpaßt. Er ist mit diesem Mann im Mantel weggefahren. Hat gesagt, er käme gleich wieder. Möchten Sie ihm eine Nachricht hinterlassen?«

»Ich glaube nicht, daß das nötig sein wird.«

»Oh. Tja, wie Sie wollen.« Er wandte sich wieder seiner Suche zu.

»Gute Nacht, Delbert.«

»Nacht. Schönen Abend noch«, wünschte er und griff nach dem Telefon.

Ich trat aus dem Gebäude in die kühle Nachtluft hinaus. Der Wind hatte wieder aufgefrischt, und obwohl der Himmel wolkenlos war, trug er den Duft eines fernen Regens in sich, der in unsere Richtung unterwegs war. Es war kein Mond zu sehen, und die Sterne wirkten über den Bergen wie vergrößert.

Ich stieg die Stufen hinunter und ging auf die Parkbucht zu, in der ich meinen Wagen abgestellt hatte. Ich setzte mich in den VW, ließ den Motor an und bog hinaus auf die Straße, die in die Stadt zurückführte. Als ich die Kreuzung überquerte, war mir, als sähe ich eine Großraumlimousine in der Dunkelheit verschwinden.

EPILOG

Roger Bonney wurde seit diesem Abend nicht mehr gesehen. Nur wenige Menschen sind sich im klaren darüber, was wirklich mit ihm geschehen ist. Ich habe lange Gespräche mit Lieutenant Dolan und Cheney Phillips geführt und – zumindest dieses eine Mal – die Wahrheit gesagt. Angesichts der Ungeheuerlichkeit dessen, was ich getan hatte, fand ich, daß ich die Verantwortung dafür übernehmen mußte. Nach reiflicher Überlegung entschieden sie schließlich, daß niemandem damit gedient wäre, wenn man die Angelegenheit weiter verfolgte. Sie ermittelten pro forma wie in einem Vermißtenfall, aber es kam nichts dabei heraus. Und dabei blieb es.

Heute, mitten in der Nacht, denke ich über die Rolle nach, die ich in Lorna Keplers Geschichte gespielt habe, und bin dabei, diese Gespenster zur letzten Ruhe zu betten. Mord weckt in uns den archaischen Wunsch, mit gleicher Wucht zurückzuschlagen, den Impuls, ebensolchen Schmerz zuzufügen, wie er uns zugefügt wurde. Meist verlassen wir uns auf juristische Maßnahmen, um unsere Trauer zu dämpfen. Vielleicht haben wir sogar die schwerfälligen Gerichtsprozeduren geschaffen, um unsere Barbarei in Schach zu halten. Problematisch ist nur, daß die Mittel des Gesetzes allzuoft blaß wirken und uns in unserem Trachten nach Genugtuung ruhelos und unzufrieden lassen. Und was dann?

Was mich betrifft, so stellt sich mir nun die simple und quälende Frage: Finde ich nach meinem Ausflug ins Reich der Schatten den Weg zurück?
Hochachtungsvoll,
Kinsey Millhone

DANKSAGUNG

Die Autorin möchte folgenden Personen für ihre wertvolle Unterstützung danken: Stephen Humphrey; Susan Aharonian, die das Treatment begutachtete, und Jo Ann Fults von der Wasseraufbereitungsanlage Cater; Larry Gillespie, Leichenbeschauer von Santa Barbara County, Lieutenant Terry Bristol von der Dienststelle des Sheriffs von Santa Barbara County; Detective Tom Miller von der Polizei Santa Barbara; Jody Knoell von der Wells Fargo Bank; Michael Creek von KMGQ; Hildy Hoffman, Sekretärin des Bürgermeisters und Stadtrats von Santa Barbara; Tokie Shynk, examinierte Krankenschwester, und dem Pflegepersonal der Herzstation im Santa Barbara Cottage Hospital; Bobbie Kline, examinierte Krankenschwester, B. S. und Leiterin der Notaufnahme im Santa Barbara Cottage Hospital; und Craig Wertz von Kleen Pools, Santa Barbara.

GOLDMANN TASCHENBÜCHER

Das Goldmann Gesamtverzeichnis erhalten Sie im Buchhandel oder direkt beim Verlag.

Literatur · Unterhaltung · Thriller · Frauen heute
Lesetip · FrauenLeben · Filmbücher · Horror
Pop-Biographien · Lesebücher · Krimi · True Life
Piccolo Young Collection · Schicksale · Fantasy
Science-Fiction · Abenteuer · Spielebücher
Bestseller in Großschrift · Cartoon · Werkausgaben
Klassiker mit Erläuterungen

* * * * * * * * *

Sachbücher und Ratgeber:
Gesellschaft / Politik / Zeitgeschichte
Natur, Wissenschaft und Umwelt
Kirche und Gesellschaft · Psychologie und Lebenshilfe
Recht / Beruf / Geld · Hobby / Freizeit
Gesundheit / Schönheit / Ernährung
Brigitte bei Goldmann · Sexualität und Partnerschaft
Ganzheitlich Heilen · Spiritualität · Esoterik

* * * * * * * * *

Ein SIEDLER-BUCH bei Goldmann
Magisch Reisen
ErlebnisReisen
Handbücher und Nachschlagewerke

Goldmann Verlag · Neumarkter Str. 18 · 81664 München

Bitte senden Sie mir das neue kostenlose Gesamtverzeichnis

Name: _____

Straße: _____

PLZ / Ort: _____